HEYNE BÜCHER

W0215168

SCIENCE FICTION

Herausgegeben
von Wolfgang Jeschke

Ein vollständiges Verzeichnis aller
im HEYNE VERLAG erschienenen STAR TREK-Romane
finden Sie am Schluß des Bandes.

STAR TREK
VOYAGER™

JERI TAYLOR

MOSAIK

Roman

Star Trek®
Voyager™
Band 11

Deutsche Erstausgabe

WILHELM HEYNE VERLAG
MÜNCHEN

HEYNE SCIENCE FICTION & FANTASY
Band 06/5811

Besuchen Sie uns im Internet:
http://www.heyne.de

Titel der Originalausgabe
MOSAIK

Übersetzung aus dem Amerikanischen von
ANDREAS BRANDHORST

2. Auflage

Redaktion: Rainer-Michael Rahn

Printed in Germany 1999
Umschlagbild: Pocket Books/Simon & Schuster, New York
Umschlaggestaltung: Atelier Ingrid Schütz, München
Technische Betreuung: M. Spinola
Satz: Schaber Datentechnik, Wels
Druck und Bindung: Ebner Ulm

ISBN 3-453-13315-3

Für Alex

1

Einige herrliche Sekunden lang glaubte Kathryn Janeway, wieder daheim in Indiana zu sein. Sie spürte warme, ein wenig feuchte Luft, und ein gewisser Duft erinnerte an frisch gemähtes Gras. Das leise Summen von Insekten wirkte beruhigend. Janeway konnte fast vergessen, daß sie sich auf einem unbekannten, namenlosen Planeten im fernen Delta-Quadranten befand. Sie gab sich der Vorstellung hin, durch die Hügellandschaft ihrer Heimat zu wandern.

Sie bemerkte mehrere große weiße Büsche, deren flauschige Wedel wie Kissen aussahen. Die Versuchung war groß, sich für einige Minuten hinzulegen, um den warmen Nachmittag zu genießen. Janeway streckte die Hand aus und berührte einen der dichten Wedel. Er gab ein wenig nach, wie ein weiches Kopfkissen.

Die Kommandantin der *Voyager* sah zu den übrigen Mitgliedern der Landegruppe, die nach verwendbaren Nahrungsmitteln suchten: Der dunkelhaarige Erste Offizier Chakotay begleitete einige junge Fähnriche, die sich ganz offensichtlich darüber freuten, zum erstenmal seit einem guten Monat wieder den Boden eines Planeten unter den Füßen zu haben. Ihre fröhlichen Stimmen hallten durch das Tal, das sie untersuchten. Janeway wußte, daß Chakotay klug genug war, um den jungen Leuten etwas Spaß und Entspannung zu gönnen. Ein Ausflug auf einen grünen Planeten – genau das richtige Mittel, um die Moral nach mehreren Wochen Isolation an Bord des Raumschiffs zu heben.

Einen halben Kilometer entfernt, unweit der Talöffnung, leitete der vulkanische Sicherheitsoffizier Tuvok die zweite Gruppe. Ihre Aufgabe bestand darin, die als bedenkenlos eingestuften Nahrungsmittel zu sammeln. Die Entscheidung darüber traf der Talaxianer Neelix, der als Koch, selbsternannter Moraloffizier und Faktotum zur Crew der *Voyager* gehörte. Janeway lächelte, als sie an die Interaktionen zwischen Neelix und Tuvok dachte. Der Talaxianer war ständig bestrebt, Freude in Tuvoks Leben zu bringen, doch der gesetzte Vulkanier reagierte mit einem ausgeprägten Mangel an Begeisterung auf diese Bemühungen. Neelix ließ sich davon nicht entmutigen und bestand darauf, Tuvok von etwas zu befreien, das er für Kummer und Niedergeschlagenheit hielt.

Janeway atmete tief durch. Alles wirkte so sehr wie zu Hause – ein schwach modriger Geruch, der von dem feuchten Boden ausging, in der leichten Brise ein Hauch von Blumenduft –, daß sie beschloß, der Versuchung nachzugeben. Sie sank auf die weichen, weißen Wedel, schloß die Augen und stellte sich vor, auf einem Heuhaufen zu liegen.

Der Schein einer gelben Sonne wärmte ihr Gesicht, und das Summen von Insekten hielt an – es wäre leicht gewesen, einfach einzuschlafen. Doch Janeway wollte diese Sekunden ganz bewußt erleben, mit wachem Ich träumen und sich der Illusion hingeben, nicht achtundsechzigtausend Lichtjahre von der Erde entfernt zu sein. Sie verdrängte alle Gedanken an die schwer auf ihr lastende Verantwortung, an die Aufgabe, alle Besatzungsmitglieder sicher nach Hause zu bringen, an die Hoffnung darauf, daß sich die viele Jahrzehnte lange Reise vielleicht irgendwie abkürzen ließ. Janeway begnügte sich damit, einfach nur dazuliegen und sich vorzustellen, auf der Erde zu sein. Einige Minuten lang weilten ihr Denken und Empfinden in dieser Wunschwelt: Die *Voyager* hatte endlich die Erde erreicht, und alle Personen an Bord waren als Helden empfangen worden, um anschließend zu ihren Familien und Freunden zurückzukehren. Das galt auch für Janeway. Sie hatte sich nach Hause gebeamt und dort Mark wiedergesehen.

Es war ihr im Lauf ihrer Reise gelungen, mit den Gefühlen in Hinsicht auf Mark fertig zu werden. Mehr als ein Jahr war vergangen, bis ihre Gedanken nicht immer wieder in seine Richtung glitten und sie aufhörte, seine Stimme zu hören, sein Lachen. Die Bilder von ihm hatte sie verstaut, weil sie nur dazu führten, die Wunden offenzuhalten. Nach einem Jahr mußte Mark zu dem Schluß gelangt sein, daß sie tot war, nie zu ihm zurückkehren würde. Bestimmt hatte er längst beschlossen, einen Schlußstrich unter diesen Teil seiner Vergangenheit zu ziehen und das Leben fortzusetzen. *Ich sollte mich ebenso verhalten*, fuhr es Janeway durch den Sinn.

Seit einiger Zeit fiel es ihr schwer, sich an Marks Aussehen zu erinnern.

Ihr gegenwärtiger Tagtraum sollte also nicht Mark betreffen. Es ging dabei nur um die Heimat, um den Teil ihres Lebens, den sie in einem der schönsten Teile des Landes verbracht hatte, im landwirtschaftlichen Paradies von Indiana. Die Phantasie gaukelte ihr ein Gespräch mit ihrer Mutter vor.

»Manchmal dachte ich, wir würden es nicht schaffen«, sagte Janeway. »Du hast keine Ahnung, wie schwer es gelegentlich für mich war, nicht den Mut zu verlieren. Doch ich mußte die ganze Zeit über zuversichtlich bleiben, um der Crew ein gutes Beispiel zu geben.« Sie saßen im sonnigen Frühstückszimmer des Hauses, in dem sie aufgewachsen war. Die Kiefernholzvertäfelung schuf eine angenehme Atmosphäre, und das Sonnenlicht glitzerte durch eine alte Platane, die draußen vor dem Fenster wuchs. Ihre Zweige neigten sich im sanften Wind langsam hin und her.

Janeways Mutter lächelte, und ihr Gesicht zeigte dabei Verständnis und Anteilnahme. »Gott behüte, daß du jemals auch nur die geringste Schwäche zeigst! Das bedeutet es also, Captain zu sein? Man darf anderen Leuten nicht mehr seine Gefühle zeigen?«

»Darauf lief es für mich hinaus. Ich mußte die ganze Zeit über Optimismus ausstrahlen, um der Crew Kraft zu geben. Meine Taktik hat funktioniert – immerhin gelang uns die Rückkehr.«

Gretchen Janeway streckte die Hand aus und berührte ihre Tochter an der Wange. »Ich bin ja so stolz auf dich.«

»Bist du stolz genug, um einen Karamelkuchen für mich zu backen?«

Gretchen lachte und ging zur Küche. »Das habe ich bereits. Weil ich wußte, daß du danach fragen würdest.«

Janeway lag auf dem weißen Wedelpolster und schmunzelte. Sie hatte versucht, den berühmten Kuchen ihrer Mutter zu replizieren, was sie vier Tagesrationen kostete. Das Ergebnis war so enttäuschend, daß sie sich nicht dazu durchringen konnte, es zu verspeisen. Sie überließ den Kuchen dem jungen Bajoraner Jerron, und seine Freude bot ihr Lohn genug. Während der ersten Phase ihrer Reise war Jerrons Schmerz deutlich sichtbar gewesen. Nach und nach schaffte er es, Leid und Zorn abzustreifen, sich mehr als Besatzungsmitglied der *Voyager* zu fühlen. Janeway begegnete ihm mit besonderer Fürsorge, und der junge Mann reagierte darauf.

Sie wußte nicht, wie lange sie schon dalag und träumte, als sie plötzlich eine Veränderung fühlte, die den Geruch betraf. Janeway roch noch immer Gras und Blumen, aber dieser Duft enthielt nun eine gewisse ... Schärfe, gewann eine metallische Qualität.

Sie öffnete die Augen, setzte sich auf und sah, daß beide Gruppen neue Sondierungen vornahmen, in verschiedene Richtungen deuteten und sich Hinweise zuriefen. Janeway erhob sich, und eine halbe Sekunde später identifizierte sie den neuen Geruch: Ozon. Wie bei einem Kurzschluß.

Es war die einzige Vorwarnung.

Es zischte, und dann knallte es. Grünes Licht formte einen weiten Bogen, und der Ozongeruch bekam eine beißende Qualität. Janeway zuckte so heftig zusammen, als hätte sie einen elektrischen Schlag erhalten. Die Luft schien aufgeladen zu werden von dem... was? Handelte es sich um einen Plasmastrahl? Sie hob den Tricorder, nahm eine rasche Sondierung vor und entdeckte ein elektrisch erzeugtes Energiefeld unbekannter Art.

Heißer Wind kam auf und verstärkte den scharfen Geruch. Janeway spürte, wie ihre Nase zu brennen begann. Aus den Augenwinkeln sah sie in den Böen flatternde weiße Wedel, doch sie schenkte ihnen keine Beachtung, rückte die beiden Gruppen des Landeteams ins Zentrum ihrer Aufmerksamkeit.

Chakotay und die Fähnriche hatten sich bereits in Bewegung gesetzt. Sie näherten sich der Kommandantin, als drei oder vier weitere grüne Blitze vom Himmel herabzuckten. Es krachte fast ohrenbetäubend laut, und Rauchschwaden bildeten sich. Janeway schrie auf, als sich Schmerz durch ihren Leib bohrte. Wurden sie angegriffen? Oder hatten sie es mit einem natürlichen Phänomen zu tun? Eigentlich spielte es gar keine Rolle. Was auch immer es mit den sonderbaren Blitzen auf sich hatte: Sie stellten ganz offensichtlich eine Gefahr dar. *Ich muß meine Leute in Sicherheit bringen,* dachte Janeway.

Sie klopfte auf ihren Insignienkommunikator und beobachtete, daß auch Chakotay versuchte, einen Kom-Kanal zu öffnen. »Janeway an *Voyager*. Nottransfer. Beamen Sie uns an Bord.« Sie wiederholte die Worte mehrmals, bis sie sich schließlich folgender Erkenntnis stellte: Die Kom-Signale wurden von den elektrischen Entladungen so sehr gestört, daß kein Kontakt mit dem Schiff hergestellt werden konnte. Angesichts so starker Interferenzen ließ sich vermutlich auch kein Transfer durchführen.

Wieder zuckten zischende und fauchende Blitze durch die Luft. Janeway hörte einen Schrei und sah, wie jemand zu Boden fiel. Der heiße Wind wurde immer heftiger, und das Krachen wiederholte sich in kürzeren Abständen. Die Kommandantin rief dem Ersten Offizier etwas zu, aber ihre Stimme verlor sich in dem Getöse. Sie winkte, deutete zur Talöffnung. Weiter vorn waren Tuvok und die Angehörigen der zweiten Gruppe losgelaufen. Janeway sprintete ihnen entgegen.

Doch der Körper gehorchte den Befehlen des Gehirns nicht mit der sonst üblichen Zuverlässigkeit. Die Beine zitterten immer wieder und ließen sich ebenso schwer kontrollieren wie die eines neugeborenen Kalbs. Janeway taumelte und erbebte am ganzen Leib, als neue grüne Blitze durch die Luft rasten. Sie schnaufte und keuchte – die Atmosphäre schien plötzlich ohne Sauerstoff zu sein. Das Display des Tricorders zeigte eine mögliche Zuflucht: In den Bergen am Rand des Tals gab es Höhlen, die Schutz gewähren konnten.

Chakotay und seine Gruppe stapften näher, stemmten sich dem Wind entgegen und schnappten immer wieder nach Luft. Ein Fähnrich verlor das Gleichgewicht und fiel; zwei andere zogen ihn sofort wieder auf die Beine. Die jungen Leute wirkten besorgt, sogar furchtsam, aber niemand geriet in Panik. Janeway deutete zu den Bergen. »Höhlen!« rief sie, doch im Tosen des Winds konnte sie kaum die eigene Stimme hören.

Chakotay nickte; er hatte verstanden. Er drehte sich um und bedeutete den Fähnrichen, Janeway zu folgen, die nun auf die nächsten Felsvorsprünge zuhielt und nach den Zugängen der Kavernen suchte.

Plötzlich verschwand der Tricorder, und unmittelbar darauf stellte die Kommandantin fest, daß auch alles andere außer Sicht geriet. Die Welt schien nur noch aus grünen Blitzen zu bestehen. Es blieb ihr kaum Zeit genug, um zu begreifen, daß es zu weiteren Entladungen gekommen war – jäher Schmerz erfaßte sie.

Sie hatte das Gefühl, als leckten Flammenzungen durch ihren Körper. Feuer verzehrte Muskeln und Gewebe; das Blut kochte. Janeway gab einen schmerzerfüllten Schrei von sich und sank zitternd auf die Knie. Für einige Sekunden war sie blind und rang, von Agonie geschüttelt, nach Sauerstoff. Doch irgendwie schaffte sie es, sich wieder unter Kontrolle zu bringen. Sie richtete ihre gesamte Aufmerksamkeit auf den Schmerz, bis er nachließ. Das grüne Wabern vor ihren Augen löste sich allmählich auf, und die Umgebung gewann wieder Konturen, als Janeway den Kopf hob.

Die jungen Offiziere lagen auf dem Boden verstreut, wanden sich stöhnend hin und her. Chakotay kam gerade wieder auf die Beine und versuchte, die Situation einzuschätzen. Nacheinander standen auch die Fähnriche auf, zeigten blasse Mienen.

Eine zweite Entladung dieser Art überstehen wir nicht, dachte Janeway. Sie hob den Tricorder, sondierte und suchte in den nahen Bergen nach Hohlräumen. Dann bemerkte sie, daß sich Tuvok und seine Gruppe einem dunklen Spalt in einer steil aufragenden Klippe näherten. Rasch drehte sie sich um und gab Chakotay ein Zeichen. Doch der Erste Offizier wußte bereits Bescheid und trieb die Fähnriche an.

Die jungen Leute stolperten und taumelten, setzten möglichst schnell einen Fuß vor den anderen – ganz offensichtlich fürchteten sie weitere Blitze. Janeways Beine schienen aus weichem Gummi zu bestehen, aber sie zwang sich dazu, den Weg fortzusetzen. Um sie herum heulte der Wind, und jeder Atemzug verstärkte das Brennen in den Lungen. Das Bild vor ihren Augen blieb ein wenig verschwommen. Die Flanke des Berges schien viele Kilometer weit entfernt zu sein, doch dabei mußte es sich um eine optische Täuschung handeln – die Entfernung konnte nicht größer sein als etwa vierzig Meter. Tuvoks Begleiter befanden sich schon im Innern der Höhle, aber der Vulkanier blieb draußen, kam Janeway sogar entgegen, um ihr zu helfen.

Dreißig Meter ... Die Böen wirbelten Staub auf, und dadurch fiel das Atmen noch schwerer. Janeway warf einen Blick über die Schulter, um sich zu vergewissern, daß ihr die anderen folgten. Mit gesenktem Kopf kämpften sie gegen den Wind an, stapften hartnäckig durch das Heulen. Chakotay bildete den Abschluß der Kolonne, bereit dazu, Nachzüglern zu helfen.

Einmal mehr wurde der Ozongeruch stärker, und Janeway wußte, was das bedeutete: Es kündigten sich neue Entladungen an. Sie stapfte schneller, hob die Stimme und forderte alle anderen auf, sich zu beeilen. Die dunkle Spalte im Fels wirkte wie ein Maul, das sich immer weiter öffnete. Irgendwo in dem Durcheinander zeichnete sich Tuvoks Gestalt ab: Der Mund des Vulkaniers bewegte sich, aber der Sturm stahl ihm die Silben von den Lippen.

Und dann war sie da. Tuvoks Arme gaben ihr Halt, und sein fester Griff verlieh ihr zusätzliche Kraft. Sie drehte sich um und beobachtete, wie die jungen Leute zur Höhle wankten. Erst als sie alle darin Zuflucht gefunden hatten, schickten sich Janeway, Tuvok und Chakotay an, ihnen zu folgen. Das Knistern von Energie wurde lauter, und ein enormer grüner Blitz zuckte zu Boden. Die Entladung schuf eine starke Druckwelle, schleuderte Janeway und ihre Begleiter durch den Spalt in die Höhle.

Im Innern der Kaverne ließ das Heulen des Orkans nach. Hier gab es keine Böen, die an einem zerrten, und die Luft erwies sich als herrlich sauber und frisch.

Draußen zischten und fauchten Plasmablitze, aber glücklicherweise durchdrangen sie nicht das dicke Felsgestein. Janeway sah auf und bemühte sich, in der Dunkelheit Einzelheiten zu erkennen. Als sich ihre Augen an die veränderten Lichtverhältnisse gewöhnt hatten, sah sie die Mitglieder der beiden Gruppen. Die Männer und Frauen saßen auf dem Boden, erleichtert darüber, dem Chaos entronnen zu sein. Neelix eilte zwischen ihnen hin und her, auf der Suche nach Verletzten.

Janeway wandte sich an Tuvok und Chakotay, die ihre Leute zählten, um sicher zu sein, daß es alle in die Höhle geschafft hatten.

»Aus meiner Gruppe fehlt niemand, Captain«, meldete Tuvok. Sie nickte und blickte zu Chakotay, der ein zweites Mal zählte. Sorgenfalten bildeten sich in seiner Stirn, und dadurch verzerrte sich ein wenig die Tätowierung an der einen Schläfe.

»Was ist?« Janeway schob sich näher und fürchtete das Schlimmste. Er sah sie an, und der Glanz in seinen Augen bestätigte die Ahnungen der Kommandantin. »Wen vermissen Sie?«

»Jerron«, antwortete der Erste Offizier. Sie eilten beide zum Ausgang der Höhle. Janeway sah den jungen Bajoraner fast sofort: eine reglose blaue Gestalt, die dort auf dem Boden lag, wo die ersten Entladungen niedergegangen waren. Offenbar war er von den anderen getrennt worden, als die grellen Blitze sie vorübergehend blind gemacht hatten.

Janeway setzte sich sofort in Bewegung und spürte einen Sekundenbruchteil später, wie sich Chakotays Hand um ihren Unterarm schloß.

»Ich hole ihn«, sagte der Erste Offizier.

Janeway löste sich aus dem Griff. »Sie bleiben hier bei den anderen, Commander. Sie ebenfalls, Tuvok. Das ist ein Befehl.«

Chakotay sah sie an, ohne einen Laut von sich zu

geben. Doch Janeway wartete gar nicht auf eine Bestätigung ihrer Anweisung. Sie holte noch einmal Luft, verließ dann die Höhle und lief durch den Plasmasturm.

Während der letzten Minuten hatte er an Intensität gewonnen. Schon nach wenigen Schritten brannten Janeways Lungen, denn die Luft schien sich in Säure zu verwandeln. Sie bekam einen Hustenanfall, und der aufgewirbelte Staub trieb ihr Tränen in die Augen. Die Beine hatten in der Höhle wieder an Kraft und Stabilität gewonnen, doch jetzt wurden sie noch weicher als vorher. Sie taumelte, wahrte nur mit Mühe das Gleichgewicht. Ihr Denken konzentrierte sich auf ein Ziel: Sie mußte Jerron erreichen und in die Höhle bringen, bevor erneut Blitze vom Himmel herabzuckten. Wenn sie sich während der nächsten Entladungen im Freien befand … *Dann erwischt es nicht nur Jerron, sondern auch mich.*

Taubheit breitete sich in ihrem Leib aus, und Janeway mobilisierte all ihre Kraftreserven. Nur noch zehn Meter bis zu dem jungen Bajoraner. Sie konnte es schaffen. Ein Schritt, dann noch einer. Und wieder mußte sie sich dem Zorn des Windes entgegenstemmen, einem Heulen, das alle anderen Geräusche überlagerte. Jeder Atemzug brachte neue Schmerzen, schürte das Feuer in ihren Lungen.

Jerron war nicht bewußtlos. Aus trüben Augen sah er zu Janeway auf und schien etwas zu betrachten, das sein Ich für irreal hielt. Die Uniform wies mehrere verkohlte Stellen auf – allem Anschein nach war der junge Mann von einem Plasmablitz getroffen worden. Wie hatte er überlebt?

Als sie ihn erreichte, stemmte er sich hoch und streckte den Arm aus. Sie griff danach, und er versuchte, ganz aufzustehen. Doch die Knie drohten nachzugeben, und er schwankte von einer Seite zur anderen. Janeway stützte ihn, führte den Bajoraner in Richtung Höhle.

Unterwegs nahm sie wieder den Ozongeruch wahr, der neue Entladungen ankündigte. Alles deutete darauf hin, daß sich die verheerenden Energien entfalteten, bevor sie die Höhle erreichten. Janeway ging schneller und zog Jerron mit sich, dazu entschlossen, nicht die Hoffnung zu verlieren. Die Entfernung zum Felsspalt und der Höhle betrug nur noch fünfzehn Meter.

Gleich sind wir in Sicherheit, dachte die Kommandantin.

Jerron stolperte, fiel und riß auch Janeway mit zu Boden. Aus einem Reflex heraus legte sie sich auf den jungen Bajoraner, um ihn vor der tödlichen Energie zu schützen.

Es waren die bisher schlimmsten Entladungen. Sie fauchten nicht nur, sondern knallten und donnerten, strichen wie die Tentakel eines energetischen Ungeheuers über die Felsen. Janeway kniff die Augen zu, aber das grüne Feuer loderte selbst durch ihre Lider. Neuer Schmerz ging damit einher, schien im Mittelpunkt ihres Körpers zu entflammen und sich von dort aus einen Weg durch den ganzen Leib zu brennen. Janeway schrie, ohne ihre eigenen Schreie zu hören. Krämpfe ließen Arme und Beine zucken. Sie schüttelte sich immer wieder, und jeder mühevolle Atemzug verdoppelte die Pein.

Plötzlich hob ihr Vater sie hoch.

Sie fühlte seine starken Arme, als er sie über den Boden zog, sah sein ruhiges, friedliches Gesicht, das Geborgenheit verhieß. Er lächelte, und Janeway erwiderte das Lächeln. Sie entspannte sich, genoß es geradezu, über die Landschaft zu gleiten, gewann dabei den Eindruck, auf einem Luftkissen zu ruhen, so wie ein Hovercraft. Die Luft schmeckte frisch und sauber. Nach und nach wich der Schmerz aus ihr, und sie blickte erneut auf, um noch einmal in die hellgrauen Augen ihres Vaters zu sehen...

Chakotay starrte sie an, sein Gesicht nur wenige Zentimeter von dem ihren entfernt. Janeways Lider zuckten, und sie versuchte, sich aufzusetzen.

»Es ist alles in Ordnung mit ihr«, hörte sie Chakotay sagen und sah sich um. Sie war wieder in der Höhle, und neben ihr lag Jerron. Tuvok und der Erste Offizier beugten sich über ihn. Der junge Mann hustete; vermutlich brannten auch ihm die Lungen.

Janeway begriff, daß Chakotays starke Arme sie gerettet hatten, nicht die ihres Vaters.

Sie sah zu Jerron und beobachtete, wie Farbe in seine Miene zurückkehrte. »Er hat keine permanenten Verletzungen erlitten, Captain«, sagte Tuvok. »Das gilt auch für Sie.« Die Kommandantin nickte, atmete tief durch und lehnte sich an die Höhlenwand.

Sie hatten den Tod erneut überlistet. Alle waren in Sicherheit.

»Eigentlich kann man in diesem Zusammenhang nicht von Alpträumen sprechen. Allerdings fühle ich mich davon... beunruhigt. Manchmal wache ich auf, und mein Herz schlägt so schnell, als hätte ich einen acht Kilometer langen Lauf hinter mir.«

Janeway saß im Büro des Arztes und erzählte ihm von den seltsamen Träumen, die sich in den Wochen nach dem Plasmasturm wiederholten. Sie entsann sich an ähnliche Visionen aus einer früheren Phase ihres Lebens, doch seit dem Transfer zum Delta-Quadranten hatten sie sich nicht wiederholt. Der holographische Doktor saß an seinem Schreibtisch und hörte geduldig zu. Tiefe Falten zeigten sich auf seiner Stirn, als er über die Schilderungen der Kommandantin nachdachte.

»Es gibt viele gemeinsame Komponenten. Immer befinde ich mich in einer Art Haus – in einem Haus mit vielen Zimmern. Ich bin bestrebt, einen bestimmten Raum zu erreichen, weil er schmutzig ist und gereinigt werden muß, doch eine verschlossene Tür versperrt mir den Weg.«

Der Doktor musterte sie neugierig. »Häuser mit vielen Zimmern?«

»Ja. In einem Traum entdeckte ich an Bord der *Voyager* ein neues Deck, von dessen Existenz ich bis dahin überhaupt nichts wußte. Dort gab es Dutzende von Räumen, und sie alle mußten sauber sein – dieser Punkt hatte große Bedeutung. Doch aufgrund einer verriegelten Tür konnte ich das erste Zimmer nicht verlassen.«

»Reagieren Sie mit ... Furcht auf die Träume?«

»Nein. Aber sie schaffen ... Unruhe. Und ich verstehe sie nicht.«

Der Doktor verschränkte die Arme. »Mir ist nicht ganz klar, was Sie von mir erwarten, Captain. Die Träume erscheinen mir kaum bedrohlich, und sie haben offenbar keine negativen Auswirkungen auf Ihren Schlaf. Da ich kein praktizierender Psychiater bin ... Wie soll ich Ihnen helfen?«

Janeway erwiderte den Blick des Arztes, und ihre Lippen deuteten dabei ein sanftes Lächeln an. Sie fand den holographischen Doktor recht sympathisch. Er war noch immer so verdrießlich wie vor anderthalb Jahren, doch inzwischen hatten alle Gelegenheit gefunden, sich daran zu gewöhnen, diesen Aspekt seines Wesens sogar zu schätzen. Die Programmierungsparameter sahen nicht vor, daß er mit Kranken besonders liebevoll umging, aber trotzdem verbarg sich in seiner ›Natur‹ etwas, das man liebgewinnen konnte.

»Um ganz ehrlich zu sein, Doktor: Ich weiß es nicht. Ich hielt es nur für besser, Sie auf diese Angelegenheit hinzuweisen. Um der Vollständigkeit meiner medizinischen Dateien willen.«

»Ich vermute, es ist ein vorübergehendes Problem. Wenn es Sie nicht behindert oder gar schwächt, würde ich mir keine Sorgen darüber machen.«

»Ich empfinde es nur als ... beunruhigend.«

Der Doktor antwortete nicht, wandte sich ab und bediente die Kontrollen seines elektronischen Datenblocks. Janeway musterte ihn und merkte schließlich, daß er sich erstaunlich viel Zeit ließ. Irgend etwas schien ihn zu beschäftigen.

»Kann ich *Ihnen* helfen, Doktor?«

Der holographische Arzt drehte ruckartig den Kopf – er war immer überrascht, wenn er es mit dem Phänomen des Instinkts zu tun bekam. Er dachte einige Sekunden lang über die Frage nach, und dann platzte es aus ihm heraus:

»Inzwischen sind volle zehn Monate vergangen, seit Lieutenant Torres und Fähnrich Kim mit der Arbeit an einer Vorrichtung begannen, die es mir erlauben soll, die Krankenstation zu verlassen. Da sie in einer solchen Zeit fähig sein sollten, alle technischen Probleme zu lösen, gibt es nur eine Erklärung: Sie widmen dieser Sache nicht ihre volle Aufmerksamkeit. Wahrscheinlich deshalb, weil ich nur ein Computerprogramm bin.«

Janeway stand auf und legte dem Doktor tröstend die Hand auf die Schulter. »Bitte ziehen Sie keine voreiligen Schlüsse. Wir alle schätzen und respektieren Sie sehr; ohne Sie kämen wir überhaupt nicht zurecht. Sie liegen allen Mitgliedern der Crew am Herzen, insbesondere mir.«

Der Doktor war sehr sensibel, obwohl er das nicht zugegeben hätte. Seine Gefühle konnten leicht verletzt werden, und für gewöhnlich kam es bei ihm zu einer emotionalen Reaktion, wenn man Verständnis und Anteilnahme zeigte. Diesmal aber schniefte er nur. In seinem Gesicht zuckte es hier und dort, doch seine Stimme behielt den schroffen Klang.

»Wie Sie meinen«, sagte er. »Es würde mir allerdings leichter fallen, daran zu glauben, wenn ich endlich *Resultate* sähe. Wie heißt es so schön? Probieren geht über Studieren.«

Janeway lächelte. Redewendungen hörten sich immer seltsam an, wenn sie vom Doktor kamen. Bevor sie antworten konnte, meldete sich die Brücke.

»Chakotay an Captain.«

»Hier Janeway.«

»Wir brauchen Sie im Kontrollraum, Captain. Vielleicht gibt es ein Problem.«

»Ich bin unterwegs.«

Als Janeway den Turbolift verließ und die Brücke betrat, sah sie ernste Mienen. Sie wandte sich sofort an den Ersten Offizier.

»Ein Kazon-Schiff hat sich mit uns in Verbindung gesetzt«, berichtete er. »Wir wurden nicht besonders freundlich dazu aufgefordert, auf das Eintreffen der Kazon zu warten. Damit einher ging eine zumindest indirekte Drohung.«

Janeway spürte, wie sich dunkle Vorahnungen in ihr regten. Begegnungen mit den Kazon brachten immer ein gewisses Gefahrenpotential mit sich. Die letzte Konfrontation lag schon eine ganze Weile zurück, und der Captain hatte gehofft, das stellare Territorium der verschiedenen kriegerischen Sekten verlassen zu haben.

»Ist etwas über die Absichten der Kazon bekannt? Gaben sie Auskunft darüber, zu welcher Gruppe sie gehören?«

»Ich habe mit dem Maje Dut der Vistik gesprochen, und er wies nicht darauf hin, worum es ihm geht.«

Den Vistik waren sie bisher noch nicht begegnet, aber Janeway hatte von ihnen gehört. Ihre Gemeinschaft war kleiner als die der Ogla und Nistrim, doch sie verfügten über mehr Einfluß. Darüber hinaus zählten sie zu den Befürwortern eines Bündnisses aller Kazon, was für die *Voyager* katastrophal sein mochte: Mit einzelnen Fraktionen konnte sie fertig werden, nicht aber mit einer Streitmacht kooperierender Kazon.

Welche Möglichkeiten gab es jetzt? Sollten sie sich für ein diplomatisches Verhalten entscheiden und auf das Schiff der Vistik warten, in der Hoffnung, daß es nicht mit feindlichen Absichten kam? Immerhin: Ein einzelner Kazon-Raumer stellte keine allzu große Gefahr dar. Hinzu kam, daß es in der Nähe einen planetarischen Nebel gab, der zu Untersuchungen einlud. Solche Nebel entstanden, wenn ältere Sterne ihre äußeren Schichten abstießen, und sie waren immer sehr interessant. Janeway hatte sich mit dem Helix-Nebel im Alpha-Quadranten beschäftigt und begrüßte jede Gelegenheit, weitere Daten über solche Phänomene zu gewinnen. Damit konnten sie sich die Zeit vertreiben, während sie auf die Kazon warteten.

Doch Janeway lehnte es ab, diese Möglichkeit länger als ein oder zwei Sekunden in Erwägung zu ziehen. Die Kazon hatten mehrmals bewiesen, daß sie kein Vertrauen verdienten. Sie waren aggressiv und unberechenbar; jede Begegnung mit ihnen zeichnete sich durch ein hohes Gefahrenpotential aus. Einst hatten die Kazon selbst unter dem Joch der Unterdrückung gelitten, doch die Freiheit führte bei ihnen nicht dazu, daß sie aus der Vergangenheit lernten, sondern nur zu einer endlosen Folge von Kämpfen, in die auch Fremde verwickelt wurden, wie zum Beispiel die *Voyager*.

Janeway wollte nicht nach der Pfeife irgendeines Kazon-Maje tanzen. Ihr lag nichts daran, die lange Heimreise zu verzögern, um den Launen eines arroganten Fremden zu genügen, der irgendwelche absurden Forderungen an sie stellte. Sie wandte sich an Tom Paris, den jungen, rotblonden Lieutenant. Bei ihrer ersten Begegnung hatte er sich als ›der verdammt beste Pilot, den Sie finden können‹ bezeichnet – nicht zu unrecht.

»Mr. Paris, ich habe keine Lust, auf einen Kazon zu warten, der nicht einmal andeutet, was er von uns will.

Setzen Sie den Flug zum Alpha-Quadranten mit Warp sechs fort.«

»Ja, *Ma'am.*« Paris begrüßte die Entscheidung ganz offensichtlich. Er war noch immer ein Draufgänger – und würde es vermutlich bleiben –, dem es manchmal schwerfiel, die Starfleet-Regeln zu akzeptieren. Aber er verfügte auch über genug Geschick und Intelligenz, um mit seiner Risikobereitschaft dort weiterzukommen, wo andere scheiterten.

Janeway wußte, daß es auf der Brücke mindestens eine Person gab, die ihren Beschluß mit wesentlich weniger Enthusiasmus zur Kenntnis nahm. Eine halbe Sekunde später hörte sie die mahnende Stimme des Betreffenden.

»Captain«, sagte Tuvok, »ich muß Sie daran erinnern, daß wir den Kazon-Maje beleidigen, wenn wir sein Anliegen ignorieren. Wir riskieren also, uns seine Feindschaft zuzuziehen.«

»Zur Kenntnis genommen, Mr. Tuvok. Allerdings weiß ich nicht, ob die Kazon überhaupt so etwas wie ein ›Anliegen‹ kennen. Sie begnügen sich damit, Befehle zu erteilen, und so etwas gefällt mir nicht.«

»Wie Sie meinen, Captain.« Tuvok wirkte so unerschütterlich wie immer, doch Janeway glaubte, auch bei ihm Zustimmung zu spüren. Niemand mochte es, von den Kazon herumkommandiert zu werden.

Die allgemeine Stimmung auf der Brücke schien sich zu verbessern. Sie alle wurden immer wieder damit konfrontiert, wie sehr sie den Umständen ausgeliefert waren, und deshalb empfanden sie es als angenehm, den finsteren Kräften des Delta-Quadranten einmal nicht nachzugeben.

Die Neuigkeit über Janeways Entscheidung war noch nicht bis zum Speisesaal vorgedrungen – andernfalls hätte sich Neelix' gute Stimmung sicher sofort verflüchtigt. Er sah sich häufig außerstande, die unerschrockenen (seiner Meinung nach tollkühnen) Einstellungen der Starfleet-Crew zu teilen. Mit Hilfe von Tücke, Schläue und einem ausgeprägten Selbsterhaltungstrieb hatte Neelix viele Jahre lang in einem gefährlichen Quadranten überlebt. Die Abenteuerlust Janeways und der anderen entzog sich seinem Verständnis. Sicher, ihr Mut verdiente Anerkennung, doch der Talaxianer wußte aus Erfahrung, daß sich ein kleiner Schritt zurück oft als lebensrettend erweisen konnte. Es mochte aufregend sein, sich ins Unbekannte zu stürzen, aber er glaubte, bereits genug Aufregungen hinter sich zu haben.

Derzeit konzentrierte er sich darauf, einen großen Kuchen zu verzieren. Das kulinarische Kunstwerk war dreieckig und bestand aus grissibianischer *Nocha*. Schokolade stellte das nächste im Alpha-Quadranten bekannte Äquivalent dar, doch Neelix vertrat die Ansicht, daß man sie eigentlich gar nicht mit dieser Spezialität vergleichen konnte. *Nocha* war viel aromatischer und cremiger, und das galt erst recht für die grissibianische Art, die beste von allen.

Diese *Nocha* stammte von einem Händler, der dafür einen Liter vulkanisches Bier bekommen hatte. Neelix kannte vulkanisches Bier nur als ein in den Replikatoren gespeichertes Rezept, und außerdem wußte er, daß es sich bei der Besatzung großer Beliebtheit erfreute. Es war ein sehr nützliches Handelsgut: Meistens reichte eine Probe für den Abschluß des Geschäfts.

Grissibianische *Nocha* war eine Köstlichkeit, die man nicht beschreiben konnte – man mußte sie *erleben*. Neelix erinnerte sich daran, als er sie das erste Mal probiert hatte, als Junge auf Rinax, vor dem schrecklichen Krieg, der seine ganze Familie auslöschte. Sein Vater hatte etwas von der Delikatesse auftreiben können und mit nach Hause gebracht. Er reichte dem Sohn ein kleines Quadrat aus einer unscheinbaren, öligen und beigefarbenen Substanz. Als

Neelix vorsichtig hineinbiß, reagierten seine Sinne auf eine Weise wie noch nie zuvor. Die *Nocha* bewirkte eine Geschmacksexplosion in seinem Mund. Ihre Sahnigkeit breitete sich schlagartig aus, berührte alle Bereiche von Zunge, Gaumen, Hals und Magen. Die Süße erwies sich als sehr intensiv, verlor dadurch jedoch nicht an Reiz. Sie schien auf direktem Wege das Gehirn zu erreichen, erzeugte ein Gefühl von tiefem Wohlbehagen.

Neelix' Vater hatte damals gelacht, als er den Gesichtsausdruck seines Sohnes sah.

Er hatte jenes Erlebnis nie vergessen. In der darauffolgenden Nacht kamen seine Eltern durch eine Explosion ums Leben, verursacht von einer Waffe namens ›metreonische Kaskade‹. Wenn er daran zurückdachte, so erinnerte er sich nicht nur an Grauen und Entsetzen, sondern auch an die wenigen Sekunden geschmacklicher Glückseligkeit.

Der Kuchen war für zwei Personen bestimmt: für Kes, die er über alle Maßen verehrte; und für Tuvok – Neelix wollte endlich einmal sehen, wie der Vulkanier lächelte. Irgendwo in seinem Innern verbarg sich die Fähigkeit, Freude zu empfinden. An dieser Überzeugung hielt Neelix fest. Er hatte zahlreiche Versuche unternommen, Glück in das Leben des Vulkaniers zu bringen, doch Tuvok leistete noch immer hartnäckigen Widerstand. Mit dem grissibianischen *Nocha*-Kuchen glaubte Neelix, endlich einen Erfolg erzielen zu können. Niemand war in der Lage, köstlicher *Nocha* zu widerstehen, nicht einmal Tuvok.

Der Talaxianer wollte einen Kuchen präsentieren, der nicht nur ausgezeichnet schmeckte, sondern auch höchsten Ansprüchen visueller Ästhetik genügte. Zu diesem Zweck preßte er bunten Zuckerguß aus einem modifizierten Injektor (den er aus der Krankenstation entwendet hatte; Neelix war sicher, daß der Doktor keine Einwände haben würde) und formte komplizierte Schnörkel auf der ansonsten glatten Oberfläche des Kuchens.

Seine ganze Willenskraft war nötig, um die *Nocha*-Spezialität nicht zu probieren, bevor er sie Kes und Tuvok überreichte. Aus irgendeinem Grund glaubte er, er würde den feierlichen Augenblick dadurch schmälern, vielleicht sogar die Wirksamkeit des Kuchens herabsetzen. Er beugte sich darüber und schloß die Augen, genoß das schokoladenartige Aroma, ließ seine Wahrnehmung davon durchdringen. Es schien ihn aufzufordern, nur einen kleinen Bissen zu probieren, einen winzigen Brocken, den niemand vermissen würde.

Doch Neelix widerstand diesem ganz besonderen Sirenengesang. Er war diszipliniert – eine weitere Eigenschaft, die er während seines rastlosen Lebens gelernt hatte. In dieser Hinsicht lautete seine Erkenntnis: Wenn man allen Verlockungen nachgab, so verlor man schnell den Scharfsinn. Wer es hingegen verstand, Verzicht zu üben, der schuf damit einen guten Schutz vor Selbstgefälligkeit und behielt die Kontrolle über sich.

Er war so sehr mit der Verzierung des Kuchens beschäftigt, daß er nicht die leisen Schritte hörte, die sich ihm näherten.

»Das sieht lecker aus«, ertönte Kes' Stimme in unmittelbarer Nähe seines Ohrs. »Was ist es?«

Neelix wirbelte um die eigene Achse. »Kes ... Was machst du hier?«

Fransiges blondes Haar umrahmte ein elfenhaftes Gesicht, in dem sich Überraschung zeigte. »Ich wollte dir nur einen kurzen Besuch abstatten. Fühlst du dich von mir gestört?«

Ihre Verwirrung weckte sofort den Wunsch in ihm, sie zu trösten. »Natürlich nicht, mein Schatz. Ich freue mich immer, dich zu sehen. Es ist nur ...« Er unterbrach sich und überlegte, ob die geplante Überraschung unter diesen Umständen eine Überraschung bleiben konnte.

»Es ist nur was?«

Neelix' Gedanken rasten, aber es fiel ihm keine plausible Erklärung ein, die es ihm erlaubte, an seinen ursprünglichen Absichten festzuhalten. Schließlich beschloß er, offen und ehrlich zu sein. »Hiermit wollte ich dich und Tuvok überraschen.«

Kes lächelte und wurde dadurch noch schöner. Sie gab Neelix einen Kuß. »Du bist so lieb. Aber ... warum für mich und Tuvok?«

»Was dich betrifft ... Ich wollte einen wundervollen Geschmack mit dir teilen. Und Tuvok ... Nun, ich bin sicher, daß ihm dieser exquisite Kuchen ein Lächeln entlockt.«

Kes bedachte ihn mit einem zärtlichen Blick. »Du verstehst nicht, Neelix. Tuvok ist Vulkanier. Und von Vulkaniern erwartet man, daß sie immer ernst sind.«

»Ich verstehe durchaus. So ist mir zum Beispiel klar, daß der arme Mann keine jener Freuden kennenlernt, die auf Genuß und Vergnügen basieren. Wie gräßlich muß ein solches Leben sein! Wenn er seine Emotionen so gut kontrollieren kann: Wieso unterdrückt er dann nicht die negativen und läßt es zu, daß die positiven sich frei entfalten?«

»Weißt du nicht mehr, was geschah, als er eine Mentalverschmelzung mit Lon Suder herbeiführte? Ohne seine absolute emotionale Kontrolle wäre Tuvok sehr häßlichen, aggressiven Gefühlen zum Opfer gefallen. Ich bezweifle, ob der Geschmack eines Kuchens Lükken in seiner Reserviertheit schaffen kann.«

»Es ist nicht nur ein Kuchen, sondern eine *einzigartige Erfahrung*. Das wirst du heute abend selbst feststellen, Liebling.«

Kes lächelte erneut und kehrte dann zur Krankenstation zurück. Neelix setzte die Verzierung des Kuchens fort und malte sich Tuvoks Reaktion darauf aus. Er ahnte nicht, daß sich der Vulkanier schon bald mit weitaus unheilvolleren Dingen befassen mußte als mit grissibianischem *Nocha*-Kuchen.

Sie entdeckten den Planeten um neun Uhr Bordzeit, und Captain Janeway war zufrieden. Die Entdeckung kam genau zum richtigen Zeitpunkt, denn der elektrische Sturm auf der letzten besuchten Welt – von Chakotay ›Brutzel‹ getauft – hatte sie daran gehindert, notwendige Vorräte zu sammeln. Die Nahrungsmittelvorräte gingen allmählich zur Neige und mußten möglichst schnell erneuert werden.

Ein gelber Zwergstern vom Typ K 7 bildete das Zentrum dieses Sonnensystems. Er war reich an Helium und etwa zehn Milliarden Jahre alt – eine Art kosmischer Senior. Der vierte Planet verfügte über eine Sauerstoff-Stickstoff-Atmosphäre, und die ersten Sensordaten ließen auf eine hochentwickelte Flora schließen. Alles deutete auf gute Möglichkeiten hin, neuen Proviant aufnehmen zu können. Es gab keine Anzeichen einer Bevölkerung, obwohl Janeway einige Formationen bemerkte, die sich durch eine sonderbare Symmetrie auszeichneten und Nachforschungen rechtfertigten.

Nach dem Zwischenfall auf Brutzel hielt sie es für angebracht, besonders vorsichtig zu sein. Sie ordnete gründliche Sondierungen an, bei denen nach ungewöhnlichen Faktoren auf dem Planeten und in seiner Atmosphäre Ausschau gehalten werden sollte – nach irgendwelchen Dingen, die für unliebsame Überraschungen sorgen konnten. Die Kommandantin beschloß erst dann den Einsatz von Landegruppen, als sie ganz sicher war, daß auf dieser Welt nicht die Gefahr von Plasmastürmen und dergleichen bestand. Tuvok sollte ein Team leiten und sich am Retransferort umsehen, bevor der Transfer einer zweiten Gruppe erfolgte. Der Vulkanier ließ sich von Harry Kim begleiten. Janeway blieb auf der Brücke zurück, als die beiden Männer gingen. Ihr kurzes Frösteln führte sie auf einen Luftzug zurück, verursacht vom Öffnen und Schließen der Turbolifttür.

Tuvoks Gruppe gehörten Kim, Neelix, Kes (auf die Bitte des Talaxianers hin) sowie zwanzig Maquis- und Starfleet-Angehörige an. Kims Präsenz war eigentlich nicht notwendig, aber Tuvok glaubte, daß externe Einsätze dem jungen Mann zum Vorteil gereichten. Sie erlaubten es ihm, Erfahrungen zu sammeln und zu lernen, in gefährlichen und verblüffenden Situationen die emotionale Kontrolle zu wahren. Harry wußte solche Gelegenheiten offenbar zu schätzen, aber Tuvok argwöhnte, daß es ihm dabei in erster Linie um frische Luft und Bewegung ging, nicht so sehr um eine bessere Beherrschung seiner Gefühle.

Auf der Prioritätenliste des Vulkaniers stand die Untersuchung der symmetrischen Formationen an erster Stelle. Er wollte sich vergewissern, daß es auf dem Planeten wirklich keine Bewohner gab, die der elektronischen Aufmerksamkeit von Sensoren und Scannern irgendwie entgangen waren. Der Retransfer fand etwa einen Kilometer südöstlich von den seltsamen Gebilden statt. Langsam gingen sie in die entsprechende Richtung, sondierten dabei immer wieder mit ihren Tricordern. Die Landschaft dieser Welt wirkte nicht so erdähnlich wie die auf dem Planeten zuvor (Tuvok lehnte es ab, den lächerlichen, von Chakotay vorgeschlagenen Namen zu benutzen): Hier und dort ragte vulkanisches Felsgestein auf, und der grünliche Boden wirkte fast schleimig. Die Pflanzen zeichneten sich durch eine völlig fremdartige Struktur aus.

»Lieutenant ...«, sagte Harry Kim nach einer Weile. »Ich wette, bei den Formationen handelt es sich um Bauwerke.«

»Eine Wette bliebe ohne jede Auswirkung auf das

Ergebnis Ihrer Beobachtungen, Fähnrich. Entweder sind es Bauwerke, oder es sind keine.« Tuvok konnte noch immer nicht die menschliche Neigung verstehen, den eigenen Argumenten mit dem Hinweis auf Wettbereitschaft Nachdruck zu verleihen.

Eine Anhöhe trennte die Einsatzgruppe von den Formationen. Behutsam erkletterten sie den Hang, und oben duckten sie sich. Tuvok bedeutete den anderen, unten zu bleiben, kroch dann weiter, hob den Kopf und blickte durchs Gebüsch.

Er wußte nicht genau, wie er das klassifizieren sollte, was sich seinen Augen darbot.

Gestrüpp bedeckte einen Steinhaufen von fast einem Kilometer Durchmesser, der einst eine Struktur gehabt haben mochte, aber angesichts der Vegetation fiel es schwer, ein Muster zu erkennen. Ein Merkmal wies jedoch darauf hin, daß die Steinmasse einst von intelligenten Händen berührt worden war: In der Mitte ragte ein blauer Turm auf und glänzte im Sonnenlicht.

Es ließen sich keine besonderen Daten über die Steine oder den Turm gewinnen. Nirgends gab es Lebenszeichen. Wozu auch immer diese ... Anlage einst gedient haben mochte: Ganz offensichtlich wurde sie nicht mehr benutzt. Tuvok bedeutete der Gruppe, sich wieder in Bewegung zu setzen. Wenn der Steinhaufen das Relikt einer untergegangenen Zivilisation war, so sollte dieses Wissen der kartographischen Datenbank von Starfleet hinzugefügt werden.

Die Einsatzgruppe schwärmte aus, sondierte mit den Tricordern und sammelte weitere Daten. Der archäologische Fund schien vor allem Kim zu faszinieren. Er verschwand hinter einem Felsen – und stieß einen verblüfften Schrei aus.

Die anderen schlossen sofort zu ihm auf und schnappten erstaunt nach Luft, als sie sahen, was der junge Fähnrich entdeckt hatte: Zierliche Skelette, die offenbar von geflügelten Humanoiden stammten, lagen in einer runden Bodenmulde. Die langen, ovalen Schädel wiesen große Augenöffnungen auf. Die Brustkörbe waren ähnlich beschaffen wie bei Menschen. Lange, hohlknochige Arme endeten in Händen mit sechs Fingern, wozu auch ein Daumen gehörte. Die Beinknochen wirkten recht kurz und gedrungen.

Das allgemeine Interesse galt allerdings den Flügelknochen, wie Tuvok feststellte. Ausgestreckt mußten die Schwingen mehr als zwei Meter lang gewesen sein. Diese Geschöpfe hatten ganz offensichtlich fliegen können. Der Vulkanier stellte sich vor, wie sie hoch über der Oberfläche des Planeten dahinglitten, um später auf ihren kurzen Beinen zu landen, die ihnen eine Fortbewegung auf dem Boden ermöglichten. Vielleicht hatten sie die meiste Zeit im Flug verbracht.

Tuvok fragte sich, welcher Kategorie man diese Spezies zuordnen sollte, den Humanoiden oder Vögeln. Sie vereinte Eigenschaften beider Arten, und zwar auf eine Weise, die Tuvok noch nie zuvor gesehen hatte.

Kims Aufregung wuchs, als er laut über die Möglichkeiten nachdachte. »In der terranischen Evolution trennte sich der Entwicklungszweig der Vögel von dem der Reptilien, nachdem die ersten Säugetiere erschienen. Auf anderen Planeten könnte es einen Zweig geflügelter Säugetiere gegeben haben, der schließlich zur Entstehung solcher Humanoiden führte.«

Tuvok musterte die Angehörigen der Einsatzgruppe und sah, daß sie dem Bestattungsort mit Ehrfurcht und Respekt begegneten. Das hielt er für durchaus angemessen. Interessiert richtete er den Tricorder auf ein Skelett.

»Der Schädel dieser Geschöpfe deutet auf ein großes Gehirn hin, was wiederum Intelligenz vermuten läßt.

Ich nehme an, daß es sich hier nicht um die sterblichen Überreste von Tieren handelt.«

»Die Anordnung der Gebeine deutet auf ein Bestattungsritual hin, nicht wahr?« Falten bildeten sich in Kims Stirn, als er nachdachte. Der Fund schien ihn zutiefst zu bewegen.

»Ja«, bestätigte Tuvok. »Aus dem, was wir hier sehen, könnten mehrere Schlüsse gezogen werden. Vielleicht ist dies hier eine Familiengruppe. In Frage käme auch ein hochrangiges Individuum mit seinen oder ihren Untergebenen. Oder Opfer einer Katastrophe beziehungsweise Krankheit. Ohne zusätzliche Informationen ist es nicht möglich, eine endgültige Aussage zu treffen.«

»Es fehlen Grabbeigaben«, sagte die immer neugierige Kes.

»In der Tat. Auch daraus ließen sich mehrere Schlüsse ziehen, die jedoch ohne weitere Daten nicht verifiziert werden können.«

»Sehen Sie nur, Mr. Vulkanier.« Tuvok drehte den Kopf und stellte fest, daß Neelix auf ein etwa hundert Meter entferntes Objekt deutete: Ein zweiter Turm ragte dort in die Höhe, ebenso dunkelblau wie der erste. Von ihrer ursprünglichen Position aus war er nicht zu sehen gewesen. Man konnte ihn nur dann erkennen, wenn man am Fuß dieses ersten Turms stand.

»Bei vielen Völkern ist es üblich, Begräbnisstätten durch architektonische Markierungen zu verbinden«, sagte Tuvok. »Wenn wir dem durch diese Bauwerke markierten Weg folgen, erreichen wir vielleicht eine heilige Stätte.«

»Wenn das stimmt… Es wäre das erste dokumentierte Beispiel für ein derartiges Verhalten im Delta-Quadranten.« Diese Worte stammten von Fähnrich Greta Kale, einer jungen Frau mit blondem Haar, dunkelbraunen Augen und kleinen Flecken an der Nase, von Menschen ›Sommersprossen‹ genannt. »Können uns diese Parallelen etwas über den Ursprung aller Spezies verraten?«

Eine sehr interessante Frage – doch Tuvok nahm sich nicht die Zeit für den Versuch, sie zu beantworten. In dieser Hinsicht gab es unter den Fachleuten schon seit Jahren Kontroversen. Warum existierten bei den vielen verschiedenen Völkern mehr Gemeinsamkeiten als Unterschiede? Dieser Umstand wies auf eine Verbindung hin, auf einen gemeinsamen Ursprung der galaktischen Spezies. Doch es gab noch immer keine Klarheit. Viele glaubten, daß Fremde aus einer anderen Galaxis ›Keime‹ in der Ursuppe vieler Welten hinterlassen hatten, zu einer Zeit, als sich die Bausteine des Lebens bildeten. Andere neigten zu der Annahme, daß ein göttliches Wesen das Leben geschaffen hatte, gewissermaßen aus dem Nichts. Tuvok zog eine wissenschaftlichere Erklärung vor. Überall in der Milchstraße existierte die gleiche Basismasse: Elemente und ihre zahlreichen molekularen Kombinationen. Diese Bausteine verteilten sich in der ganzen Galaxis, als Sterne und Planeten entstanden. Daraus folgte: Der Stoff, aus dem sich schließlich das Leben entwickelte, wies viele gemeinsame Eigenschaften auf. Gab es unter solchen Voraussetzungen nicht eine hohe Wahrscheinlichkeit dafür, daß die Evolution von Humanoiden in ähnlichen Bahnen verlief?

»Ich überlasse es Ihnen, sich darüber eine Meinung zu bilden, Fähnrich, und zwar auf der Grundlage Ihrer persönlichen Überzeugungen.«

Kale lächelte – allem Anschein nach hatte sie mit einer solchen Antwort gerechnet.

»Sollen wir den Markierungen folgen, Lieutenant? Um herauszufinden, ob es tatsächlich einen Weg gibt, der zu einer heiligen Stätte führt?« Kim richtete einen hoffnungsvollen Blick auf Tuvok. Das Geheimnis der geflügelten Humanoiden fesselte ihn ganz offensichtlich.

»Ich sehe keinen Grund, der dagegen spricht«, erwiderte der Vulkanier.

»Ich muß daran erinnern, daß unsere erste Aufgabe darin besteht, Nahrungsmittel zu sammeln«, erinnerte Neelix die Einsatzgruppe. »Der paläontologische Kram ist natürlich sehr interessant – ich selbst bin ein erfahrener Amateurarchäologe –, aber wir sollten darüber nicht unsere Prioritäten aus den Augen verlieren.«

»Da stimme ich Ihnen zu, Mr. Neelix. Ich schlage vor, Sie wählen zehn Personen aus und suchen mit ihnen nach geeignetem Proviant. Wir anderen befassen uns mit wissenschaftlichen Nachforschungen.«

»Gut. Kes, du kommst mit ...«

»O nein. Ich begleite Tuvok.« Der Vulkanier hörte die Entschlossenheit in ihrer Stimme ebenso deutlich wie der Talaxianer. Neelix nickte und stellte rasch seine Gruppe zusammen. Die betreffenden Personen wirkten enttäuscht, aber im Gegensatz zu Kes waren sie viel zu tief in der Starfleet-Disziplin verwurzelt, um Einwände zu erheben. Neelix führte seine Gruppe fort von dem Steinhaufen und begann mit der Suche nach geeigneten Nahrungsmitteln.

Harry Kim ging an der Spitze der zweiten Gruppe in Richtung des zweiten Turms. Immer wieder glitt sein Blick nach oben, als rechnete er damit, daß einige Geflügelte vom Himmel herabsegelten. Tuvok behielt die Anzeigen seines Tricorders im Auge.

Nichts deutete auf die Gefahr hin, die bald von jenem Firmament kommen sollte.

Alles geschah ganz plötzlich. Janeway saß im Bereitschaftsraum und entspannte sich bei einer Gemüsesuppe, während sie Personalberichte durchging. Normalerweise brauchte sie sich nicht mit diesen Dingen zu beschäftigen – es genügte, wenn der Erste Offizier die Meldungen prüfte. Doch Janeway las die Berichte gern selbst, weil sie sich dadurch der Crew näher fühlte. Wenn ein Spezialist für Quantenmechanik eine schlechte Woche hatte, so wollte sie davon wissen. Ein gemeinsames Mittagessen mit dem Captain oder ein Gespräch beim Nachmittagstee konnten wieder Zuversicht wecken und Heimweh vertreiben.

Dumpfer Schmerz pochte hinter den Augen der Kommandantin. In der vergangenen Nacht hatte sie schlecht geschlafen, sich erneut in dem Haus mit den vielen Zimmern wiedergefunden, um dort vergeblich zu versuchen, die verschlossene Tür zu öffnen. Anschließend hatte sie sich von einer Seite auf die andere gewälzt, auf der Suche nach jener Position, die Ruhe und Schlaf brachte. Als ihre Bemühungen erfolglos blieben, stand sie früh auf. Jetzt, einige Stunden später, bekam sie die Konsequenzen zu spüren.

Tom Paris' erschrockene Stimme drang aus dem Interkom. »Brücke an Captain. Es nähert sich ...«

Das Krachen einer Explosion übertönte die letzten Worte. Funken stoben aus dem Monitor auf dem Schreibtisch, und von einem Augenblick zum anderen wurde es dunkel. Wenige Sekunden später glühte das matte Licht der Notbeleuchtung. Janeway eilte zur Tür, als sich die *Voyager* schüttelte, wodurch sie fast das Gleichgewicht verloren hätte.

Die Tür glitt beiseite, und Janeway wankte auf die Brücke.

»Bericht!« rief sie und sah Qualmwolken. Ein Offizier lag reglos auf dem Boden.

»Ein Schiff der Kazon, Captain. Es blieb bis zur letzten Sekunde im Warptransfer, kehrte dann in den Normalraum zurück und griff an. Es war unmöglich für uns, rechtzeitig Gegenmaßnahmen zu ergreifen.« Chakotay hatte bereits damit begonnen, das Problem zu lösen: Er berührte Schaltflächen, schuf neue energetische Transferkanäle, aktivierte Schadenskontrolle und Verteidigungssysteme.

»Ich führe Ausweichmanöver durch, Captain.« Tom Paris' Finger huschten über die Kontrollen, und die *Voyager* reagierte sofort, änderte den Kurs. »Allerdings ist das Impulstriebwerk beschädigt.«

»Kapazität der Schilde bei siebenundfünfzig Prozent«, sagte Lieutenant Rollins, der Tuvok an der taktischen Station vertrat. »Lecks in der Außenhülle im Bereich der Decks vier und fünfzehn. Alle Abteilungen melden Verletzte.«

»Treffen Sie Vorbereitungen dafür, das Feuer zu erwidern. Die vorderen Phaserbänke laden.« Janeway wurde aktiv, schlüpfte nun in die Rolle der Kämpferin. »Feuer frei, Mr. Rollins.«

»Aye, Captain. Vordere Phaserbänke werden jetzt ...«

Weiter kam er nicht. Mehrere Explosionen donnerten, und Janeway fragte sich, ob es Rollins gelungen war, die Phaser einzusetzen. Die von Tom Paris eingeleiteten Ausweichmanöver erfüllten offenbar nicht den gewünschten Zweck – das Kazon-Schiff blieb ihnen auf den Fersen. Zwei Konsolen platzten auseinander, und bei einigen weiteren erloschen die Anzeigen. Noch mehr Rauch wogte durch den Kontrollraum.

»Kapazität der Schilde auf vierunddreißig Prozent gesunken. Lecks im Bereich der Decks drei bis fünfzehn. Waffensysteme nicht mehr einsatzfähig.«

»Unter den gegenwärtigen Umständen haben wir keine Chance, Captain«, sagte Chakotay erstaunlich ruhig. »Wir sollten besser von hier verschwinden.«

»Das finde ich auch, Captain«, pflichtete Paris dem Ersten Offizier bei. »Derzeit haben wir noch Warppotential. Wenn wir das verlieren, sind wir dem Feind auf Gedeih und Verderb ausgeliefert.«

Janeway zögerte kurz. Die Einsatzgruppe befand sich noch auf dem Planeten. Sie wollte Tuvok und die anderen nicht im Stich lassen, aber wenn sie in der Umlaufbahn blieben, wurde die *Voyager* vielleicht zerstört – und dann saß die Landegruppe endgültig auf der fremden Welt fest.

»Janeway an Tuvok«, sagte sie, bekam jedoch keine Antwort.

»Das externe Kom-System ist ausgefallen, Captain«, meldete Rollins.

Wieder wurde das Schiff von einer heftigen Erschütterung erfaßt, und daraufhin beschloß Janeway, keine Zeit mehr zu verlieren. »Nehmen Sie Kurs auf den planetaren Nebel, Lieutenant. Leiten Sie einen übergangslosen Warptransit ein. Vielleicht gelingt es uns damit, die Kazon zu überraschen.«

»Ja, Ma'am.« Janeway sah ein dünnes Lächeln auf Paris' Lippen und wußte: Er mochte es, einen Gegner mit seinem Navigationsgeschick auszutricksen. Bestimmt war ihm auch klar, daß sie Harry und die anderen nicht im Stich ließen, daß die Kommandantin alles versuchen würde, die Einsatzgruppe wieder an Bord zu holen. Sie mußten jetzt erst einmal ihre Wunden lecken und notwendige Reparaturen durchführen. Es war also eine vernünftige Entscheidung, zunächst im Nebel Schutz zu suchen.

Der plötzliche Warptransfer überraschte die Kazon tatsächlich. Natürlich nahmen sie sofort die Verfolgung auf, aber die *Voyager* bekam einen Vorsprung von einigen Minuten und konnte den planetaren Nebel erreichen. Er bestand aus stellarer Materie, sie sich viele Millionen Kilometer weit erstreckte – ein perfektes Versteck. Bevor die Kazon begriffen, was geschah, verschwand das Föderationsschiff in der gewaltigen Masse aus Staub und Gas, die von Blicken ebensowenig durchdrungen werden konnte wie von Sondierungssignalen. Janeway sorgte dafür, daß sich Reparaturgruppen an die Arbeit machten, ließ sich vom Doktor über die Anzahl der Verletzten und ihren Zustand informieren. Anschließend beriet sie sich mit den Brückenoffizieren. Ihr Plan war ganz einfach: Wenn das volle Funktionspotential der *Voyager* wiederhergestellt war, wollte sie zu dem Planeten zurückkehren, den Kazon irgendwie ein Schnippchen schlagen und die Einsatzgruppe an Bord beamen.

Janeway lächelte unwillkürlich, als Chakotay sie aufforderte, in ihre Kabine zurückzukehren und zu schlafen. Es war für sie alle wichtig, Kraft zu sammeln, solange sich eine Gelegenheit dazu bot – die nächste Konfrontation mit den Kazon würde ihnen sicher eine Menge abverlangen. Trotzdem fand die Kommandantin es seltsam, wie ein Kind zu Bett geschickt zu werden.

Wieder fand sie keine Ruhe. Sie versuchte es mit allen Methoden, die sie im Lauf der Jahre gelernt hatte, um Anfälle von Schlaflosigkeit zu überwinden: ein kühles, dunkles Zimmer, gleichmäßiges Atmen, Entspannungsübungen, Meditation, als letztes Mittel ein Glas warme Milch. Diesmal half nichts. Die Unruhe hinter Janeways Stirn blieb, und immer wieder schoben sich Gedanken an die Einsatzgruppe auf dem Planeten in den Fokus ihrer Aufmerksamkeit. Sie mußte Tuvok und die anderen unbedingt zurückholen. Zum zweiten Mal in nur zwei Monaten bekam sie es mit einem solchen Problem zu tun. Seit dem unfreiwilligen Transfer zum Delta-Quadranten gerieten sie von einer kritischen Situation in die nächste. Für Janeway bedeutete das immer neue Herausforderungen, denen sie sich stellen mußte und die sie viel Energie kosteten. Wie oft war sie inzwischen auf die Probe gestellt und so sehr belastet worden, daß sie glaubte, es einfach nicht mehr ertragen zu können? Hörte es jemals auf? Kam irgendwann einmal ein Tag, an dem sie nicht ein unlösbares Problem aus der Welt schaffen oder eine große Gefahr von Schiff und Crew abwenden mußte? Manchmal fand sie die Vorstellung verlockend, einfach die Arme zu heben und zu kapitulieren, sich der Müdigkeit hinzugeben und einzugestehen, daß sie an ihre Grenzen gestoßen war. Sie hatte es satt, herausgefordert zu werden. Es stimulierte sie nicht mehr, so wie früher. Ganz im Gegenteil: Janeway glaubte nun, davon erdrückt zu werden. Sie wollte sich geborgen und geschützt fühlen, es jemand anderem überlassen, sich um alles zu kümmern …

2

Die vierjährige Kathryn hockte unter dem Schreibtisch ihres Vaters und lauschte dem regelmäßigen Ticken der alten Standuhr.

Sie achtete darauf, ganz still zu sein, denn ihr Vater mußte sich konzentrieren – und ein kleines Kind, das zu seinen Füßen zappelte, hätte ihn bestimmt abgelenkt. Er arbeitete (er arbeitete dauernd) an einem Raumschiffentwurf. Sein elektronischer Datenblock summte und klickte immer wieder, wodurch die Stille im Zimmer noch tiefer und umfassender wirkte. Außerdem bildeten diese leisen Geräusche einen seltsamen Kontrapunkt zum Ticken der Uhr. Kathryn hörte sie gern, denn sie bewiesen ihr, daß ihr Vater zugegen war. Sie schienen eine Art Verbindung zu ihm herzustellen. Manchmal dachte sie daran, daß es sich bei dem Summen und Klicken um einen privaten Code handelte, von dem allein sie selbst und ihr Vater wußten. Er diente dazu, ihr Nachrichten zu übermitteln, die niemand sonst verstand.

»Daddy an Goldvogel. Geschätzte Ankunftszeit: in fünfzehn Minuten. Führe ein Rendezvousmanöver mit mir durch, und zwar in meinem Arbeitszimmer um sechzehn Uhr Bordzeit. Dies ist streng geheim. Daddy Ende.«

Kathryn lächelte, als sie noch etwas tiefer unter den Schreibtisch rutschte. Vielleicht dauerte es nur noch fünfzehn Minuten, vielleicht auch länger. Aber wenn sie auch weiterhin still und geduldig blieb, so wurde sie belohnt: Dann konnte sie mit Daddy spielen; dann hatte sie ihn eine Zeitlang für sich. Dafür wäre Kathryn bereit gewesen, stundenlang unter dem Schreibtisch zu warten.

Seit ihre Schwester ins Haus gekommen war, verbrachte sie selbst immer mehr Zeit im Arbeitszimmer. Von der Schwester war kaum mehr zu sehen als strampelnde Bewegungen unter einer weichen Decke, doch ihre Ankunft bewirkte grundlegende Veränderungen. Mama hatte jetzt viel weniger Zeit als früher. Gelegentlich ging sie leise singend umher, mit einem kleinen Bündel, das sie an die eine Schulter lehnte und dem sie vorsichtig auf den Rücken klopfte. Bisher hatte Kathryn nicht gehört, daß Mama der Schwester *ihr* Lied vorsang, aber sie kannte auch den Grund dafür: Mama und Daddy mußten erst noch einen Namen für die neue Präsenz finden. Kathryn hatte in diesem Zusammenhang ihre eigenen Vorstellungen, aber bisher hatte sie niemand gefragt.

Daddys Beine neben ihr gerieten in Bewegung, und das vierjährige Mädchen setzte sich auf. Bedeutete es, daß er die Arbeit beendete? Schaltete er nun den Computer aus, um mit ihr zu spielen? Kathryn hielt den Atem an und wagte es nicht, sich von der Stelle zu rühren. Doch dann hörte sie wieder die typischen Geräusche und wußte, daß ihr Vater noch nicht fertig war.

Sie lehnte sich zurück und dachte an die Spiele, bereitete sich in Gedanken darauf vor, um perfekt zu sein. Kathryn wollte ihren Daddy überraschen, indem sie heute alle Antworten wußte. Er sollte ihr das Haar zerzausen und sagen: »Das ist mein Goldvogel – wie klug du doch bist!«

Die Aussicht, solche Worte von ihrem Vater zu hören, ließ Kathryns Herz schneller schlagen.

Ganz ruhig blieb sie sitzen und wartete eine weitere halbe Stunde lang. Das wußte sie, weil die Standuhr alle fünfzehn Minuten schlug, und eine volle Stunde hatte viermal fünfzehn Minuten. Zwei davon bedeutete die Hälfte. Zu dieser Erkenntnis war sie im Alter von drei Jahren gelangt.

Schließlich vernahm sie ein vertrautes Klicken und wußte, daß Daddy den Datenblock zugeklappt hatte. Erneut hielt sie den Atem an, denn manchmal benutzte ihr Vater einen anderen kleinen Computer. Doch dann wichen die Beine fort, und dafür gab es nur eine Erklärung: Er hatte die Arbeit tatsächlich beendet.

Aufgeregt wartete sie noch etwas länger und hörte, wie Daddy so durchs Zimmer schritt, als sei er auf der Suche nach etwas.

»Nein, hier nicht«, sagte er, und Kathryn lächelte. Einige Sekunden später, ein wenig verwundert: »Und da auch nicht. Hmm.«

Kathryns Lächeln wuchs in die Breite, als sie dem ihr bekannten Ritual lauschte. »Ich könnte schwören, daß ich in diesem Zimmer einen kleinen Vogel gehört habe. Wo könnte er sein? Versteckt er sich vielleicht im Replikator?«

Kathryn preßte sich beide Hände auf den Mund. Im Replikator! So eine dumme Idee – wie sollte sie sich dort verbergen? Sie mußte sich sehr beherrschen, um nicht zu lachen.

»Oh, oh ... vielleicht ist er ins Aquarium getaucht und hat es dort auf meine Fische abgesehen. Böser Vogel – laß bloß meine Fische in Ruhe!«

Das Lachen kratzte in Kathryns Kehle. Sie versuchte auch weiterhin, es zurückzuhalten, doch ein leises Schnaufen fand den Weg zur Nase.

»Was war das? Was habe ich da gerade gehört?« Die gespielt ernste Stimme kam immer näher. Kathryn rollte sich zu einem ganz kleinen Ball zusammen und versteckte das Gesicht hinter den Händen. Kurz darauf hörte sie Daddys Stimme in unmittelbarer Nähe. »Ja, es ist ein Vogel. Ein hübscher Goldvogel ist es, und er verbirgt sich *unter meinem Schreibtisch!*«

Hände griffen nach Kathryn und zogen sie empor. Das Mädchen kreischte voller Freude, als der Vater es mühelos hin und her schwang. »Goldvogel fliegt, durch das ganze Zimmer, auf und ab, auf und ab ...«

Kathryn lachte, während Daddy sie in weiten Kreisen fliegen ließ, mal höher und mal tiefer. Schließlich ließ er sie zu Boden.

»Noch einmal, noch einmal«, bettelte sie, doch ihr Vater sank neben ihr auf die Knie.

»Tut mir leid, aber es gibt hier keine Gratisflüge. Was mußt du tun, wenn du fliegen möchtest?«

»Ich muß mir den Flug verdienen.«

»Und wie?«

»Indem ich bei den Spielen gewinne.«

»Bist du soweit?«

»Ja, Daddy.«

Sein wundervolles Gesicht blickte auf sie herab. Graue Augen funkelten, und rotbraunes Haar fiel über die Stirn. Daddy wirkte immer glücklich, fand Kathryn.

»Na schön. Hast du dich mit der Sieben beschäftigt?«

Kathryn atmete tief durch und wagte den Sprung ins Ungewisse. »Nicht nur mit der Sieben, sondern auch mit der Acht. *Und* mit der Neun.«

Ein erstaunter Blick belohnte sie. Kathryn lachte erneut und freute sich darüber, ihren Vater überrascht zu haben. Er hatte bestimmt nicht damit gerechnet, daß sie soviel lernte.

»Mit der Acht und der Neun kennst du dich ebenfalls aus? Das sind große Zahlen für ein so kleines Mädchen. Möchtest du wirklich ein solches Risiko eingehen? Du verdienst dir einen Flug, wenn du mit der Sieben zurechtkommst.«

»Ich bin bereit und kann es schaffen.«

»Aber wenn dir bei der Acht und Neun ein Fehler unterläuft ... Dann fliegst du heute nicht mehr.«

»Ich weiß.«

Daddy schmunzelte, und sein offensichtlicher Stolz ließ Kathryn innerlich erschauern. »Nun gut. Neun mal acht?«

»Zweiundsiebzig.«

»Acht mal sieben?«

»Sechsundfünfzig.«

»Sieben mal vier?«

»Achtundzwanzig.«

»Acht mal acht?«

»Vierundsechzig.«

»Neun mal ... elf?«

Kathryn erblaßte. Bisher waren sie nie über die Zehn hinausgekommen. Sie hatte sich alles genau eingeprägt, bis hin zu einem Vielfachen von zehn; bei der Elf begann ein unbekanntes mathematisches Terrain, das sie erst noch erforschen mußten.

»Das ist nicht fair, Daddy. Wir haben noch nie mit der Elf gerechnet.«

»Du hast bewiesen, wie gut du Dinge auswendig lernen kannst. Aber es ist auch wichtig, in Zahlen zu *denken*. Ich erwarte von dir, daß du jetzt zum nächsten Niveau der Mathematik aufsteigst.«

Panik erfaßte Kathryn. Sie fühlte sich von ihrem Vater verraten. Wie sollte sie mit Zahlen zurechtkommen, über die sie noch nie nachgedacht hatte? Ihr blieb keine andere Wahl, als zuzugeben, daß sie dazu nicht imstande war.

Der letzte Gedanke zuckte wie ein Blitz durch ihren mentalen Kosmos, und sie fühlte, wie ihr Tränen in die Augen quollen.

Daddy sah sie an, geduldig und unnachgiebig. Kathryn wußte, daß sie nicht mit Mitleid rechnen durfte – ihr Vater erwartete von ihr, daß sie die Aufgabe löste. Diese Erkenntnis beruhigte sie ein wenig. Sie sank zu Boden, saß im Schneidersitz, faltete die Hände im Schoß und schloß die Augen. Es ging jetzt darum, sich voll und ganz auf die Zahlen zu konzentrieren. Sie verdrängte alles andere, schob es fort: den Raum, die Standuhr, auch die Präsenz ihres Vaters.

Neunmal zehn ... Das war ganz einfach. Vor Wochen hatte sie gelernt, daß man bei Multiplikationen mit zehn einfach eine Null hinzufügte. Aus neunmal zehn ergab sich also neunzig. Kathryn versuchte, die Zahlen vor ihrem geistigen Auge zu sehen: neun Fische aus dem Aquarium ihres Vaters in der ersten Reihe, neun in der zweiten, neun in der dritten. Auf diese Weise ging sie vor, bis sie alle neunzig Fische sehen konnte. Zehn Reihen. Und wenn sie jetzt eine weitere Reihe hinzufügte ... Elf Reihen aus jeweils neun Fischen. Zehn von ihnen waren neunzig, und noch eine Reihe mit neun Fischen ...

»Neunundneunzig.« Kathryn öffnete die Augen und sah zu ihrem Vater auf. Er bedachte sie mit einem seltsamen Blick, den sie lange Zeit nicht verstehen würde. Dann streckte er die Arme nach ihr aus, hob sie hoch und drückte sie an seine Brust. Er schwieg zunächst, und das Mädchen befürchtete, einen Fehler gemacht zu haben.

»Stimmt es, Daddy?« fragte sie leise.

»Ja, es stimmt.« Er setzte Kathryn ab und zerzauste ihr das Haar. »Was bist du doch für ein kluger Goldvogel. Wie hast du das fertiggebracht?«

Kathryn lächelte. »Ich habe die Zahlen gesehen und einfach eine weitere Reihe hinzugefügt.«

Er musterte sie mit einer Mischung aus Zärtlichkeit und Stolz. »Weißt du was? Du bekommst nicht nur einen weiteren Flug – wir unternehmen einen Streifzug durch die Kornfelder.«

Das war eine besonders schöne Belohnung. Die weiten Kornfelder des Landwirtschaftsparks, in dem sie wohnten, stellten Kathryns Lieblingsort auf der Erde dar: lange Reihen von goldgelben Gestalten, die sich in der Sommerbrise hin und her neigten, im Wind tanzten. Wenn sie dort unterwegs waren, erfand Daddy manchmal Geschichten. Dann verwandelten sich die Getreidehalme in Starfleet-Kadetten, die auf dem Paradeplatz marschierten. Oder sie wurden zu einer Ballettgruppe aus prächtig gekleideten Tänzerinnen. Gelegentlich spielten sie hier Verstecken. Im vergangenen Jahr hatte Kathryn bei der Ernte zugesehen und sehr über den Verlust ihrer Spielgefährten getrauert.

Sie griff nach Daddys Hand, schritt mit ihm durch die breite Tür und auf die Terrasse. Ihr Herz klopfte voller Glück, und sie wünschte sich, diesen Augenblick für immer zu bewahren.

3

Janeway hob ruckartig den Kopf und riß die Augen auf. Für einige Sekunden wußte sie nicht, wo sie sich befand. Die Kindheitserinnerungen und die damit verbundenen Empfindungen waren noch in ihr lebendig, bildeten ein zartes, ungreifbares Gespinst. Sie versuchte, die Reminiszenzen festzuhalten, doch sie glitten fort wie Schatten, die vor der aufgehenden Sonne flohen. Ganz plötzlich kehrte die Gegenwart zurück: Sie war an Bord der *Voyager*, und es drohte Gefahr. Die Kazon lauerten außerhalb des planetaren Nebels, und eine Einsatzgruppe saß auf dem Planeten fest.

Ein Blick aufs Chronometer teilte der Kommandantin mit, daß sie eine Stunde geschlafen hatte – obwohl sie hätte schwören können, die Augen überhaupt nicht geschlossen zu haben.

»Janeway an Brücke.«

»Hier Rollins, Captain.«

»Wie ist die gegenwärtige Situation?«

»Die Reparaturarbeiten werden fortgesetzt. Der Maschinenraum hat mitgeteilt, daß in etwa vier Stunden alle Schäden behoben sind.«

»Danke, Lieutenant.«

Janeway begriff, daß sie die Gelegenheit nutzen sollte, ihre Batterien aufzuladen und neue Kraft für das zu sammeln, was vor ihr lag. Ihr Kopf sank aufs Kissen zurück, und sie trachtete danach, wieder jene angenehmen Gefühle einzufangen, die sie vor dem Erwachen gespürt hatte – Emotionen, die mit Heim und Familie in Zusammenhang standen. Sie hatte geträumt. Aber wovon? So sehr sie sich auch bemühte, den Traum zurückzuholen – die einzelnen Szenen lösten sich immer mehr auf, verschwanden schließlich ganz ...

4

»Den Schläger zurück ... die Schultern drehen ... und schlagen!«

Die Anweisungen nahmen kein Ende, wurden zu einem beständigen Brummen, zu einem Teil ihres Unterbewußtseins. »Ärmel zum Mund ... Das Durchschwingen verlängern ... den Schläger heben und beim Ausholen geradehalten ...« Die Stimme der Tennislehrerin kam von der anderen Seite des Netzes und klang ganz ruhig. Mit der gleichen Gelassenheit schlug sie den Ball. Bei Cameron wirkte alles ganz einfach. Doch so sehr sich Kathryn auch bemühte: Die meisten von ihr geschlagenen Bälle landeten im Netz oder außerhalb des Spielfelds. Ihre Enttäuschung wuchs immer mehr.

Kathryn befand sich auf einem der Tennisplätze eines kleinen Sportzentrums, nicht weit von zu Hause entfernt. Hier befaßte man sich vor allem mit ›traditionellen‹ Sportarten wie Tennis, Golf und Schwimmen. Eine andere Anlage in der Nähe war modernen Sportarten gewidmet: Hoverball, Parrises Squares, Hürdensprung und Hochflug. Kathryn wäre viel lieber dort gewesen. In den meisten dieser Sportarten erbrachte sie gute Leistungen.

Der Frühling von Indiana hatte seine schönste Phase erreicht: Forsythien und Hornsträucher blühten, präsentierten prächtige Farben. Die Luft war warm und würzig. In zwei Monaten würde eine schwüle Hitze herrschen, die einem Dampfbad gleichkam, doch dieser Morgen im Mai erwies sich als recht angenehm.

Kathryn konnte weder die Landschaft noch das Wetter würdigen. Eine widerspenstige Haarsträhne fiel ihr immer wieder in die Stirn, und sie versuchte, sie hinters Ohr zu verbannen. Aber schon nach wenigen Sekunden mußte sie die Bewegung wiederholen. Es schien nichts zu geben, mit dem sich ihr dünnes Haar beim Training unter Kontrolle halten ließ.

»Komm zum Netz, Kathryn.« Die Tennislehrerin Cameron schritt zu ihrer Seite des Netzes, hielt dabei den Schläger in der Hand. Sie war eine kleine, muskulöse Frau mit lockigem blondem Haar und einem stetigen Lächeln auf den Lippen. Als Erwachsene wollte Kathryn ebenso aussehen, doch trotz ihrer neun Jahre begriff sie, daß ihr Haar nie Ähnlichkeit mit dem von Cameron haben würde – ebensowenig wie ihr Tennisspiel.

»Ich möchte deinen Griff überprüfen.«

Kathryn hielt ihren Schläger in Vorhand, und Cameron sah sich alles genau an.

»Vielleicht besteht das Problem darin«, sagte sie. »Dein Griff ist zu sehr nach rechts verschoben, und dadurch winkelst du den Schläger an. Siehst du?«

Cameron schwang Kathryns Arm. »Du schlägst den Ball nach oben – deshalb trifft er nur selten das Spielfeld. Dreh die Hand ein wenig zur Seite.« Sie neigte Kathryns Hand etwas nach links. »Damit sollte es dir gelingen, horizontal zu schlagen.«

Es fühlte sich *schrecklich* an. Kathryn zweifelte daran, mit einem solchen Griff den Ball überhaupt treffen zu können. Ihre Hand schien sich in einen Fremdkörper zu verwandeln, in eine Klaue, die den Schläger umklammert hielt. Sie probierte einen Schlag und gewann dabei den Eindruck, den Arm zum erstenmal zu benutzen.

»So geht es nicht«, sagte Kathryn.

Doch Cameron ging nicht auf sie ein. »Es fühlt sich seltsam an, weil du es anders gewohnt bist. Aber bestimmt dauert es nicht lange, bis du den neuen Griff für ganz natürlich hältst.«

Kathryn gab keine Antwort und kehrte zur Grundlinie zurück. Unterwegs sah sie etwas, das ihre Stimmung noch weiter verschlechterte: Hobbes Johnson. Sein Unterricht begann direkt nach ihrem, und er traf ein wenig zu früh ein. Das fehlte ihr gerade noch – Hobbes Johnson, der beobachtete, wie sie sich lächerlich machte. Er war ein oder zwei Jahre älter und noch dünner als die Vogelscheuchen in den Kornfeldern. Die oberen Schneidezähne standen ein wenig vor, und dunkles, wirres Haar ragte unter der Tennismütze hervor. *Niemand* trug eine Tennismütze; es gab einfach nichts Dämlicheres. Typisch für Hobbes.

»Hallo, Kath!« rief er und winkte. Sie gab keine Antwort und fand es gräßlich, Kath genannt zu werden. Niemand sprach sie so an, nur dieser Dummkopf. Er merkte nicht einmal, daß sie ihn ignorierte, bestand darauf, auch weiterhin zu lächeln.

Kathryn drehte sich um, wartete auf die Bälle der Lehrerin und versuchte, ein Gefühl für den neuen, umständlichen Griff zu bekommen. Den ersten Ball schlug sie ins Netz, und der zweite landete auf dem Boden davor. Sie glaubte zu spüren, wie sich Hobbes' Blick in ihren Rücken bohrte. Was für eine Demütigung!

»Schließ die Hand fester um den Griff, wenn du zuschlägst!« rief Cameron. Kathryn kam der Aufforderung nach, und der nächste Ball flog weit nach links. Sie versuchte es erneut und verfehlte wieder das Spielfeld.

»Ich *kann* es einfach nicht!« jammerte sie und ließ den Schläger fallen. Sie hätte alles für die Erlaubnis gegeben, sofort aufzuhören. Doch Cameron ließ nicht locker. »Der Unterricht geht erst in fünf Minuten zu Ende, und wir werden jede einzelne Sekunde nutzen. Konzentrier dich jetzt ganz *auf den Ball*.«

Während der nächsten fünf Minuten schaffte es Kathryn, den Ball zehnmal übers Netz zu schlagen. Alle anderen Bälle verfehlten das Ziel. Als Cameron den Unterricht für beendet erklärte, brannten Tränen des Zorns in Kathryns Augen. Sie wagte es nicht, Hobbes anzusehen. Mit gesenktem Kopf, den Blick auf den Boden gerichtet, kehrte sie zu ihrer Sporttasche zurück.

»Ich gehe für ein paar Minuten ins Gebäude, Hobbes«, sagte Cameron. »Was hältst du davon, dich mit Kathryn aufzuwärmen?«

»In Ordnung«, erwiderte Hobbes bereitwillig. Die Lehrerin schritt zum Büro des Sportzentrums.

Kathryn hielt den Kopf auch weiterhin gesenkt, öffnete die Schutzhülle aus Kunststoff und schob den Schläger hinein. Schweiß tropfte von ihrem Gesicht; ihr war heiß, und außerdem brannte noch immer das Feuer des Zorns in ihr. Voller Sehnsucht dachte sie an den kalten Saft, der sie zu Hause erwartete.

»Möchtest du den Ball nicht ab und zu mal treffen?« fragte Hobbes. Ehrliche Verwunderung erklang in seiner Stimme.

»Ich verabscheue Tennis«, erwiderte Kathryn voller Nachdruck. »Ich verstehe nicht, warum meine Eltern solchen Wert darauf legen, daß ich mich mit diesem Spiel befasse. Meiner Ansicht nach ist es die reinste Zeitverschwendung. Parrises Squares wäre mir viel lieber.«

»Deine Eltern sind Traditionalisten, so wie meine. Darum leben wir in dieser landwirtschaftlichen Gemeinschaft. Und darum gehen wir zur hiesigen Schule.«

Nur Hobbes benutzte Wörter wie ›Traditionalisten‹. Ein Hohlkopf wie er begriff eben nicht, daß er sich mit dem Erwachsenenvokabular nur zum Narren machte.

Kathryn packte ihre Ausrüstung in die Sporttasche.

»Ich sehe nicht ein, warum ich deshalb lernen soll, Tennis zu spielen. Ich finde Tennis abscheulich.«

»Ich finde, es macht Spaß.«

»Du kannst den Ball übers Netz schlagen.«

»Vor zwei Jahren fiel mir das sehr schwer.«

Daraufhin hob Kathryn den Kopf. Hobbes spielte so gut, daß sie angenommen hatte, ihm liege das Tennisspielen im Blut, so wie ihr die Mathematik. »Im Ernst?«

»Mein erster Lehrer meinte, ich sollte Tennis besser vergessen und mich Hoverball zuwenden.«

»Warum hast du den Rat nicht beherzigt?«

»Weil mich der Typ zum Wahnsinn getrieben hat.«

Das überraschte Kathryn. Hobbes war immer still und lammfromm – sie konnte sich kaum vorstellen, daß er imstande war, die Beherrschung zu verlieren.

»Cameron nervt mich ebenfalls. Aber ich möchte deshalb nicht weitermachen, sondern aufhören.«

»Das Aufhören ist leicht. Ich schätze, ich wollte dem alten Epkowitsch einfach nicht die Genugtuung gönnen.«

»Ich sage meiner Mutter, daß ich Schluß mache. Ich habe einfach genug.«

Hobbes musterte sie ernst. Sein Blick weckte Unbehagen in Kathryn: Er schien zu dem Schluß zu gelangen, daß sie den einfachen Weg wählte. Na und? Wenn sie nie wieder so viel Schande wie an diesem Tag hinnehmen mußte, so war sie gern bereit, mit Hobbes Johnsons Urteil zu leben.

Erneut strich sie sich eine Haarsträhne aus der Stirn. »Bis dann, Hobbes. Ich wünsche dir gutes Training.«

»Gib mir Bescheid, wenn du mal Lust hast, einen Ball übers Netz zu schlagen.«

»In Ordnung.«

»Manchmal ist es besser, nicht mit dem Trainer zu spielen, sondern mit Gleichaltrigen.«

»Da hast du wahrscheinlich recht.«

»Wie wär's mit morgen?«

Kathryn fand die Vorstellung entsetzlich, beim Tennisspiel mit Hobbes Johnson beobachtet zu werden.

»Morgen habe ich Klavierunterricht. Und ich muß meiner Mutter helfen.«

Sein ernster Blick streifte sie erneut, und Kathryn begriff plötzlich, daß er daran gewöhnt war, von anderen Kindern zurückgewiesen zu werden. Einige Sekunden lang neigte sie dazu, seine Einladung anzunehmen. Doch dann dachte sie daran, Emma North oder Mary O'Connell gegenüberzutreten und zugeben zu müssen, daß sie mit Hobbes trainiert hatte – ein schrecklicher Gedanke.

»Tut mir leid«, murmelte sie, griff nach der Tasche und legte sich ihren Trageriemen über die Schulter.

»Vielleicht ein anderes Mal«, erwiderte Hobbes vage. Kathryn nickte und ging fort. Was für ein scheußlicher Tag.

Der Tag wurde nicht besser, als sie zu Hause sagte, daß sie mit dem Tennis aufhören wollte. Ihre Mutter war eine große, elegante und liebevolle Frau mit lockigem braunem Haar – *Warum haben alle schöneres Haar als ich?* dachte Kathryn –, großen blauen Augen und einem wundervollen Lächeln. Früher hatte Kathryn alles getan, um ihre Mutter zum Lächeln zu bringen. Sie wirkte dann so glücklich.

Jetzt lächelte sie nicht. Sie saß im Frühstückszimmer und hörte zu, als Kathryn ihr Leid schilderte. »Ich bin nicht gut darin, ich hasse es, und bestimmt werde ich nie besser. Ich will endlich damit aufhören. Wie peinlich es war! Der hohlköpfige Hobbes Johnson sah zu, und ich konnte den Ball nicht einmal übers Netz schlagen.«

»Du solltest deine Freunde nicht als hohlköpfig bezeichnen«, murmelte ihre Mutter.

»Er ist nicht mein Freund. Und ich empfand es als schrecklich, daß ausgerechnet er Zeuge meiner Demütigung war.« Kathryn spürte, wie ihre Augen feucht wurden, als sie sich an das gräßliche Erlebnis erinnerte. »Ich möchte Parrises Squares spielen. Ich könnte zum Team der vierten Klasse gehören. Mrs. Matsumoto hat mich ausdrücklich darauf hingewiesen. Aber selbst wenn ich dort keinen Platz finde – ich gehe auf keinen Fall zu Cameron zurück, ganz gleich, was du sagst!«

Kathryn konnte die Tränen nicht länger zurückhalten; sie strömten ihr aus den Augen und über die Wangen. Der Kummer fand nun ein Ventil, und sie schluchzte laut.

Ihr Hund namens Bramble – eine wuschelige Promenadenmischung – hatte still in der Nähe gesessen. Jetzt kam er besorgt näher, wedelte mit dem Schwanz und stieß seine feuchte Schnauze ans Bein des Mädchens.

Die Mutter musterte ihre Tochter nachdenklich und streckte dann die Arme aus. »Komm, Engelchen.«

Das ließ sich Kathryn nicht zweimal sagen. Trost und Geborgenheit erwarteten sie bei ihrer Mutter. Jene Arme hatten sie von Geburt an gehalten. Inzwischen war sie zu alt, um sich von ihnen wiegen zu lassen, aber sie vermittelten ein Gefühl der Sicherheit, das sie noch immer sehr zu schätzen wußten. Auf dem Mutterschoß konnte ihr die Welt nichts anhaben. Dort trockneten die Tränen; dort wich die Furcht aus ihr. Kathryn war ganz sicher, daß sie tatsächlich einen Schlußstrich unter den Tennisunterricht ziehen konnte. Auch Bramble schien zu ahnen, daß die Krise überstanden war. Er saß vor dem Schaukelstuhl und sah aus großen dunklen Augen zu ihnen beiden auf.

Ihre Mutter hielt sie fest, strich ihr übers Haar und wischte ihr die Feuchtigkeit von den Wangen. »Beruhig dich«, sagte sie leise.

Als Kathryn nicht mehr schluchzte, fuhr sie fort: »Ich weiß, wie schwer es manchmal ist, eine neue Fertigkeit zu erlernen. Außerdem gefällt es niemandem, sich gedemütigt zu fühlen. Solche Empfindungen setzen jedem zu.«

Kathryn nickte.

»Aber nicht alles im Leben ist leicht«, erklärte ihre Mutter. »Um manche Dinge muß man sich bemühen. Und wenn wir nicht lernen, die erforderlichen Anstrengungen zu unternehmen, so sind wir ungenügend auf die schwierigen Lektionen des Lebens vorbereitet.«

Kathryn erschrak, als sie begriff, was die Worte ihrer Mutter bedeuteten. »Ich lasse mich nicht von dir zurückschicken! Nein, ausgeschlossen! Nie wieder spiele ich Tennis!«

Ihre Mutter sprach weiter, mit ruhiger, tröstender Stimme. »Vieles fällt dir leicht, Kathryn. Wenn wir zuließen, daß du mit den Dingen aufhörst, die dir schwerfallen … Dann würdest du nicht lernen, hart für etwas zu arbeiten. Du gingest von der Annahme aus, alles sei einfach. Doch das Leben ist anders. Wenn du für etwas hart arbeiten mußt, so hat es einen größeren Wert für dich. Deshalb ist es wichtig, daß du jetzt nicht aufgibst. Wenn mehr Anstrengungen nötig sind, um Tennis spielen zu lernen, so mußt du dich eben mehr bemühen. Auch wenn es jetzt anders für dich aussieht: Später wirst du uns einmal dankbar dafür sein, daß wir diesmal nicht auf deine Wünsche eingehen.«

Kathryn stand kurz davor, erneut in Tränen auszubrechen – es war alles so ungerecht! –, doch genau in diesem Augenblick platzte ihre Schwester Phoebe herein. Sie kam von ihrer Spielgruppe, mit Zeichenmaterial und krümelnden Keksen, strahlte wie üblich die Energie eines Orkans aus.

»Mami, Mami, Mami, wir haben Kekse gebacken, und ich habe gemalt und Knetmasse geformt und …« Phoebe blieb stehen, als sie Kathryn auf dem Schoß ihrer Mutter sah. »Ich will auch auf den Schoß«, verkündete sie mit fester Stimme und kletterte auf Gretchen Janeways Knie, die kaum mehr Platz boten.

Es ist nicht fair, dachte Kathryn. Phoebe war nicht traurig. Sie wurde nicht gezwungen, sich mit etwas zu beschäftigen, das sie verabscheute. Sie brauchte keinen Trost. Phoebe hatte sogar lockiges Haar! Warum beanspruchte sie ebenfalls die Zuwendung ihrer Mutter? Wieder stieg Kummer in Kathryn empor, und sie rutschte vom Schoß herunter.

»Ich gehe auf mein Zimmer«, sagte sie und schritt fort, gefolgt von Bramble. Ein Teil von ihr hoffte, daß es ihre Mutter irgendwann bedauerte, sie auf diese Weise fortgeschickt zu haben.

Kathryn schloß die Tür mit etwas mehr Nachdruck – niemand konnte behaupten, daß sie die Tür hinter sich zuwarf, aber als sie ins Schloß fiel, klackte es lauter als sonst. Anschließend warf sie sich aufs Bett. Bramble sprang sofort zu ihr und kuschelte sich an sie. Kathryn schlang den Arm um das warme, weiche Bündel. Es quollen ihr auch weiterhin Tränen aus den Augen, als sie sich ganz dem Selbstmitleid hingab. Nach einer Weile spürte sie die Zunge des Hunds – Bramble leckte die salzigen Tropfen fort. Schon seit Jahren verhielt er sich auf diese Weise, wenn sie weinte. Sie glaubte fest daran, daß er *wußte,* welchen Trost er ihr damit spendete (obwohl ihr Vater behauptete, daß es dem Hund vor allem um den salzigen Geschmack ging).

Daddy. Würde er ihr erlauben, mit dem Tennis aufzuhören? Kathryn dachte kurz darüber nach und verwarf die Idee. Wenn es um solche Angelegenheiten ging, waren ihre Eltern immer einer Meinung. Gehörte das zu ihrem traditionalistischen Wesen?

Sie blickte sich in ihrem Zimmer um, das praktisch keine Ähnlichkeit mit den Zimmern ihrer Freundinnen aufwies. Emma, Mary und die anderen wohnten in spärlich eingerichteten Räumen, in denen es kein Durcheinander gab. Kathryns Zimmer hingegen präsentierte einen alten Stil. Sie schlief in einem weißen Himmelbett mit Rüschendecke, und Spitzengardinen hingen an den Fenstern. An den Wänden zogen sich

Regale mit vielen Plüschtieren entlang. Sie hatte Bilder von ähnlich beschaffenen Räumen aus anderen Epochen gesehen, und daher wußte sie: Ihr Zimmer wirkte wie ein Erbstück aus dem zweiundzwanzigsten Jahrhundert. ›Traditionalisten‹ schienen solche Einrichtungen und Dekorationen für ihre Häuser zu bevorzugen.

Ein Summen von der Schreibtischkonsole unterbrach Kathryns Überlegungen. Sie rollte sich auf die Seite und stellte fest, daß ihre Freundin Mary O'Connell versuchte, sich mit ihr in Verbindung zu setzen. Rasch wischte sie die Tränen fort und versuchte, ihr Haar in Ordnung zu bringen. Mary sah immer tadellos aus, und sie wollte nicht den Eindruck erwecken, unordentlich zu sein.

Sie betätigte eine Taste, und Marys fröhliches Gesicht erschien auf dem Bildschirm.

»Weißt du was, Kathryn?« platzte es aus ihr heraus. Sie war ein lebhaftes Mädchen mit großen braunen Augen und seidigem Haar, so blond, daß es fast weiß zu sein schien. Ein strahlendes Lächeln wies darauf hin, daß sie wundervolle Nachrichten hatte. Sie wartete gar keine Antwort ab und fügte hinzu: »Ich bin Kapitän des Parrises Squares-Team der vierten Klasse!«

Diese Worte trafen Kathryn wie ein Schlag mitten ins Gesicht. Offenbar sah man ihr das auch an, denn Mary fragte verwirrt: »Was ist denn los?«

Kathryn wollte nicht erwidern, daß sie besser Parrises Squares spielte als sonst jemand aus der vierten Klasse, die Jungen eingeschlossen, woraus folgte: Für den Kapitän des Teams stellte sie selbst die beste Wahl dar. Statt dessen sagte sie: »Meine Eltern wollen nicht, daß ich Parrises Squares spiele.« Ihre Stimme bekam wieder einen weinerlichen Klang. »Sie bestehen darauf, daß ich Tennis lerne! Es ist einfach nicht fair – wir könnten beide zum Team gehören!«

Mary zeigte sofort Anteilnahme. »Ich verstehe das nicht. Was haben deine Eltern gegen Parrises Squares?«

»Es hört sich absurd an: Sie glauben, es sei zu einfach für mich.«

»Das ergibt doch keinen Sinn.«

»Ich muß weiter lernen, Tennis zu spielen, weil das *schwer* für mich ist.«

Mary richtete einen mitfühlenden Blick auf ihre Freundin. »Manchmal haben deine Eltern ziemlich komische Vorstellungen.«

»Ich werde es ihnen zeigen. Sie können mich zwingen, auch weiterhin Tennis zu spielen, aber es braucht mir nicht zu gefallen. Und ich werde nie gut darin sein. Früher oder später sehen meine Eltern bestimmt ein, daß es Zeitverschwendung ist.«

Als Kathryn diese Entscheidung getroffen hatte, fühlte sie sich besser. Sie streckte die Hand aus, um Bramble am Bauch zu Kraulen, und der Hund rollte sich glücklich auf den Rücken.

Kurze Zeit später kehrte Daddy mit erstaunlichen Neuigkeiten heim, und Kathryn vergaß ihren Tennis-Ärger.

Ihr erste Reise ins All stand bevor. Ihr erster Flug mit einem Shuttle. Ihr erster Besuch der Mars-Kolonie.

»Ich muß nächste Woche aufbrechen«, erklärte Daddy ihnen allen: ihr, Phoebe und Mutter, als sie im Eßzimmer am Tisch saßen. Kathryn stocherte nur im Essen herum – weil sie viel zu aufgeregt war, und weil sie replizierte Nahrung den Mahlzeiten vorzog, die ihre Mutter mit echten Lebensmitteln zubereitete. Warum mußten sich ihre Eltern in so vielen Dingen von den meisten anderen Leuten unterscheiden?

»Starfleet schickt eine Gruppe, um die Verteidigungssysteme der Kolonie zu überprüfen. Das dauert einige Tage, und ich glaube, es wird Zeit für Goldvogel, die Raumfahrt kennenzulernen.«

Kathryns Herz klopfte schneller. Eine Reise mit ihrem Vater – und sie führte zu einem anderen Planeten! Von so etwas träumte sie, seit sie wußte, daß man zu den Sternen am Himmel fliegen konnte.

»Ich möchte mitkommen!« rief Phoebe, und Kathryn drehte ruckartig den Kopf.

»Das geht nicht. Du bist zu klein.«

»Kathryn ...«, murmelte ihre Mutter.

»Kann ich mit, Daddy? Bitte!« Phoebe sah Daddy aus großen, beschwörend blickenden blauen Augen an. Sie wirkte so mitleiderweckend, daß Kathryn einige Sekunden lang befürchtete, ihr Vater könnte tatsächlich ja sagen.

»Tut mir leid, Phoebe, aber bei Starfleet gibt es strenge Vorschriften. Du bist noch ein wenig zu jung.«

Phoebes Augen füllten sich mit Tränen, und daraufhin tat sie selbst Kathryn leid.

»Du darfst meine Handcomputer benutzen, während ich fort bin. Vorausgesetzt, du gehst vorsichtig damit um.«

Die großen blauen Augen sahen Kathryn an, und die Tränen darin lösten sich auf. »Wirklich?« fragte Phoebe verblüfft und hoffnungsvoll. Sie hatte ihre Schwester immer wieder gebeten, die kleinen Computer benutzen zu dürfen, denn ihre Speicher enthielten Tausende von Spielen, Geschichten und Liedern.

»Das ist sehr großzügig von dir, Kathryn«, lobte ihre Mutter.

Kathryn teilte diese Ansicht – normalerweise legte sie großen Wert darauf, daß Phoebe ihre Sachen nicht anrührte. Doch an diesem Abend konnte sie es sich leisten, großzügig zu sein. Immerhin flog sie bald zum Mars!

Der Transfer nach San Francisco stellte nichts Besonderes dar: ein Hauch von Desorientierung, als das Bild vor den Augen verschwamm, und dann das Prickeln der Rematerialisierung an einem anderen Ort.

Der Retransfer von Kathryn und ihrem Vater fand

auf einer Transporterplattform im Starfleet-Hauptquartier statt. Eine kleine Gruppe erwartete sie, bestehend aus einem Admiral, zwei Personen im Rang eines Captains und einem Lieutenant, der sich respektvoll im Hintergrund hielt.

»Nun, Edward«, wandte sich der Admiral an Kathryns Vater, »wen haben wir denn hier? Vielleicht einen blinden Passagier?« Er war groß und hatte irischrotes Haar, das ziemlich struppig wirkte. Ein schiefes, fröhliches Lächeln umspielte seine Lippen.

»Ich hoffe, es wird einmal ein Kadett aus ihr. Admiral Finnegan, ich möchte Ihnen meine Tochter Kathryn vorstellen.«

Kathryn wußte, wie man sich in solchen Situationen verhielt. Sie näherte sich dem Mann und streckte die Hand aus. »Wie geht es Ihnen?«

Der Admiral sah schmunzelnd auf sie herab. »Es geht mir gut, schöne Dame. Und wie geht es dir?«

Das Kompliment ließ Kathryn erröten. »Gut, danke.« Sie trug einen nagelneuen türkisfarbenen Overall, den ihre Mutter extra für diese Gelegenheit repliziert hatte. Er ähnelte ein wenig den Uniformen der Starfleet-Offiziere, und dadurch fühlte sich Kathryn angemessen militärisch gekleidet.

»Captain Laurel und Captain Dobrynin, Lieutenant Kashut – Kathryn Janeway.« Janeway reichte auch den anderen die Hand, gab sich dabei ernst und würdevoll.

»Können wir?« Admiral Finnegan deutete wieder zur Transporterplattform. »Das Shuttle ist bereit. Der Pilot wartet auf uns.«

Ein neuerlicher Transfer fand statt. Diesmal rematerialisierten sie im Raumdock über der nördlichen Hemisphäre der Erde.

Ein einzigartiger Anblick bot sich Kathryn.

Sie sah eine gewaltige Station, ausgestattet mit riesigen Hangars sowie Dutzenden von Anlegemodulen, Frachtkammern und weiten Korridoren. Überall gab es breite Panoramafenster. Tief unten drehte sich die Erde, blau und in Wolken gehüllt – eine Kugel, die majestätisch in der ewigen Nacht des Alls schwebte.

Kathryn hatte natürlich entsprechende Bilder betrachtet, aber sie fand es trotzdem enorm beeindruckend, ihren Heimatplaneten vom Weltraum aus zu sehen. An einem der großen Fenster blieb sie stehen, blickte zur Erde und hielt nach Indiana Ausschau.

»Wundervoll, nicht wahr?« Kathryn sah auf und stellte fest, daß ihr Vater neben ihr stand. »Ich weiß noch, als ich die Erde zum erstenmal auf diese Weise gesehen habe. Damals bin ich etwa in deinem Alter gewesen.«

»Hast du bei jener Gelegenheit beschlossen, einmal zu Starfleet zu gehören?«

Falten bildeten sich in Mund- und Augenwinkeln, als er lächelte. »Ich glaube, jene Entscheidung traf ich schon vor meiner Geburt.«

»Vorhin hast du gesagt, du hoffst, daß einmal ein Kadett aus mir wird. War das ehrlich gemeint?«

»Ja. Vorausgesetzt natürlich, das entspricht auch deinem Wunsch.«

»Ich wünsche mir nichts sehnlicher, Daddy.«

Er legte ihr die Hand auf die Schulter und musterte sie. Manchmal maß er sie mit solchen Blicken, und Kathryn wußte noch immer nicht, was sie bedeuteten, was ihm dabei durch den Kopf ging.

»Wir sind soweit«, sagte er.

Kathryn griff nach seiner Hand, und kurze Zeit später betraten sie den Shuttlehangar.

Neben der Raumfähre stand ein Kadett in der Uniform der Starfleet-Akademie. Er hatte Haltung angenommen und wirkte sonderbar auf Kathryn. Seine Haut glänzte goldgelb, und ein ähnlicher Farbton zeigte sich in den Augen. Sie versuchte, ihn nicht anzustarren. Admiral Finnegan nickte dem Kadetten zu, als sie an Bord gingen.

»Wir haben heute einen sehr wichtigen Gast, Mr. Data. Sie sollten also für einen ruhigen Flug sorgen.«

»Ja, Sir«, erwiderte der Kadett. Seine Stimme klang freundlich und ruhig. Kathryn sah ihn noch einmal an, als sie an ihm vorbeiging, und diesmal erschien er ihr nicht mehr ganz so seltsam. Ihm haftete eine Unerschütterlichkeit an, die sie sehr reizvoll fand.

Sie nahmen im Shuttle Platz, und der Kadett stieg als letzter ein. Er betätigte die Kontrollen, und Kathryn fühlte sich an einen Klavierspieler erinnert, dessen Finger mühelos über die Tasten huschten.

»Shuttle *Curie* an Dockingkontrolle. Bereitschaft für Prästartsequenz.« Der Kadett schien in eine Aura aus Ruhe und Gelassenheit gehüllt zu sein.

»Kontrolle an *Curie*. Prästartsequenz initiiert. Fahren Sie fort.«

Der Kadett berührte weitere Schaltflächen. Die Luke schloß sich, und Pumpen saugten die Luft aus dem Hangar. Das Shuttle stieg auf und glitt dem großen Außenschott entgegen, das sich vor ihm öffnete.

»Shuttle *Curie* an Dockingkontrolle. Wir nähern uns dem Schott. Bereitschaft für Ausschleusung.«

»Alles klar, *Curie*. Wir wünschen Ihnen einen guten Flug.«

Kathryn hielt den Atem an. Es war ein einzigartiger Augenblick, voller Wunder. Langsam passierte das Shuttle die Öffnung im stählernen Leib des Raumdocks, tauchte ins Tintenschwarz des Alls.

Nur das leise Summen des Impulstriebwerks durchbrach die Stille, die fast heilig anmutete. Kathryn saß mit der Nase am Fenster und beobachtete, wie die gewaltige Raumstation immer kleiner wurde, bis sie schließlich ganz verschwand. Auch die Erde schrumpfte. Schon nach kurzer Zeit war sie eine kleine blaue Scheibe, dann nur noch ein Lichtpunkt.

Drei Stunden später geriet der Mars in Sicht. Kathryn sah, wie er größer wurde. Das erste klar erkennbare Merkmal, das ihr auffiel, war ein weißer Fleck an einer Seite der roten Scheibe.

»Das ist die südliche Polarkappe«, sagte Daddy, der ihre Gedanken zu lesen schien. »Sie fällt beim Mars immer als erstes auf. Der Planet hat zwar ein Terraforming hinter sich, aber die Polarkappe am Südpol existiert nach wie vor. Allerdings besteht sie zum größten Teil nicht aus gewöhnlichem Eis, sondern aus gefrorenem Kohlendioxid.«

Kathryn versuchte, sich an den betreffenden Geschichtsunterricht zu erinnern, bereute es nun, ihm nicht ebensoviel Aufmerksamkeit geschenkt zu haben wie Wissenschaft und Mathematik. Vage entsann sie sich daran, über die Kolonisierung des Mars gelesen zu haben, doch zu jenem Zeitpunkt erschien ihr diese Pioniertat kaum der Rede wert. Immerhin konnte man inzwischen andere Sonnensysteme und Sektoren erreichen – was war so bemerkenswert an einer Kolonie im eigenen Planetensystem?

Doch als der Mars mit seinen vielen Farben wuchs, hielt Kathryn ihn für immer erstaunlicher. Er zeigte noch immer einige rote Stellen, die von oxidiertem Staub stammten. Vor einigen Jahrhunderten hatte man deshalb vom ›roten Planeten‹ gesprochen. Doch jetzt gab es auch weite blaue und grüne Bereiche, außerdem einige weiße Tupfer: Wolken aus Wasserdampf in der Atmosphäre. Der Mars sah nicht wie die Erde aus, aber er wirkte wie eine fruchtbare Welt, die gute Lebensbedingungen bot.

Die Umwandlung war ein kühnes Unternehmen gewesen, das mit Hilfe der Vulkanier möglich wurde – den ersten Außerirdischen, mit denen die Menschheit einen Kontakt herstellte. Jene historische Begegnung fand im Jahr 2063 statt, als Zefram Cochrane mit dem ersten Warpschiff aufbrach. Damit wies er die raumfahrenden Vulkanier darauf hin, daß die Menschen bereit waren, Teil der interstellaren Gemeinschaft zu werden.

Kathryn hatte sich während des Geschichtsunterrichts damit beschäftigt. Cochranes revolutionäre Entdeckungen beendeten auf der damaligen Erde, zu Beginn des einundzwanzigsten Jahrhunderts, ein Zeitalter des Chaos. Aus dem ersten Kontakt mit den Vulkaniern entstand ein Bündnis, das für die Menschheit einen enormen technischen Aufschwung ermöglichte, schließlich zur Entwicklung von inzwischen alltäglichen Geräten wie Replikatoren und Transportern führte.

Doch das erste große Projekt bestand in der Kolonisierung des Mars. Unglücklicherweise erinnerte sich Kathryn nicht an Einzelheiten, was sie ihrem Vater gegenüber aber nicht zugeben wollte. Deshalb gab sie sich heiter und gelassen. »Ich weiß darüber Bescheid, Daddy. Wir haben in der Schule davon gehört.«

Was dazu führte, daß keine Diskussion über den Mars stattfand – obwohl Kathryn gern Details erfahren hätte.

Bald darauf erreichten sie Utopia Planitia, die große Raumstation im Marsorbit, die auch als Werft für Starfleet fungierte. Von dort aus beamten sie sich in die Kontrollzentrale auf der Oberfläche des Planeten. Dabei handelte es sich um einen großen Raum mit vielen Konsolen, Monitoren und Myriaden blinkender Lichter. Dutzende von Spezialisten arbeiteten hier. Kathryn war fasziniert. Sie wollte in dem Raum bleiben und herausfinden, worin die Tätigkeit jeder einzelnen Person bestand, was die vielen Kontrollampen bedeuteten und so weiter. Aber dieser Wunsch ging nicht in Erfüllung.

»Mr. Data, würden Sie unseren jungen Gast bitte bei einer Tour durch die Kolonie begleiten? Sie kennen sich hier doch aus, oder?« Kathryn beobachtete, wie Admiral Finnegans Adamsapfel auf und ab hüpfte, als er sprach.

»Ja, Sir. Vor einem Jahr habe ich hier einen technischen Studienaufenthalt beendet. Mit der Kolonie und ihren Systemen bin ich bestens vertraut.« Der Kadett wandte sich an das Mädchen. »Es wäre mir eine Ehre, Ihnen alles zeigen zu dürfen, Miß Janeway.«

Innerlich belächelte Kathryn die Förmlichkeit des Mannes, doch sie ließ sich ihre Erheiterung nicht anmerken – das wäre unhöflich gewesen. »Danke, Sir«, erwiderte sie ernst.

Sie blickte zu ihrem Vater, der mit den anderen sprach und fortging. Als die Entfernung zu ihm wuchs, regte sich ein seltsames Empfinden in ihr, das sie nicht zu identifizieren vermochte. Sie war allein auf einem fremden Planeten, und Daddy überließ sie sich selbst. Wieder klopfte ihr Herz schneller, und ein flaues Gefühl breitete sich in der Magengrube aus.

Dann vernahm sie die ruhige Stimme des Kadetten. »Eigentlich ist es nicht erforderlich, daß Sie mich ›Sir‹ nennen, Miss Janeway.«

Sie fand es noch immer sonderbar, gesiezt zu werden. »Wie soll ich Sie ansprechen?«

»Mit ›Data‹. Das genügt völlig.«

»Data?« Kathryn suchte nach einer höflichen Formulierung für ihre nächste Frage. »Ist das ein üblicher Name bei Ihrem Volk?«

»Ich bin nicht der Repräsentant eines speziellen Volkes, sondern eine künstliche Intelligenz – die einzige meiner Art, soweit ich weiß.«

Kathryn starrte ihn groß an. Sie wußte, daß sich so etwas nicht gehörte, aber die Überraschung war einfach zu groß. »Soll das heißen, Sie sind ... nicht *echt?*«

»Oh, ich darf Ihnen versichern, daß ich durchaus echt und real bin. Allerdings mangelt es mir an natürlichen biologischen Komponenten.« Um seinen Worten Nachdruck zu verleihen, öffnete Data eine Klappe in seinem Handgelenk.

Kathryn wäre fast zusammengezuckt. Unter der

Haut – Haut? – sah sie Schaltkreise und optische Leiterbahnen. Hier und dort blinkten sogar einige Dioden.

Sie hob den Kopf. Dutzende von Fragen lagen ihr auf der Zunge.

»Wer hat Sie gebaut und programmiert? Wo geschah das? Wie kamen Sie an die Starfleet-Akademie? Was ...« Kathryn preßte sich die Hand auf den Mund. »Tut mit leid. Ich bin zu neugierig. Meine Mutter meint immer, daß ich aufpassen soll, nicht die Gefühle anderer Leute zu verletzen.«

»Ich habe keine Gefühle, die verletzt werden könnten. Sie dürfen mir also jede beliebige Frage stellen. Ich werde versuchen, sie alle zu beantworten.«

Während der Tour durch die Mars-Kolonie erzählte Data von sich selbst. Innerhalb weniger Minuten wich die Besorgnis aus Kathryn, und sie empfand es sogar als angenehm, ihrem Begleiter eine Frage nach der anderen zu stellen. Er schien viel mehr zu wissen als alle anderen Leute, die sie kannte, sogar noch mehr als Daddy.

»Das Terraforming des Mars war schon gegen Ende des zwanzigsten Jahrhunderts ein realisierbares Konzept«, erklärte Data. »Doch die entsprechenden Pläne und Überlegungen basierten natürlich auf der damaligen Technologie. Zu jener Zeit ahnte niemand, daß es einige Jahrzehnte später zur ersten Begegnung mit den Vulkaniern kommen sollte, was zu vielen technischen Durchbrüchen führte.«

Sie wanderten außerhalb der Gebäude, in der marsianischen Atmosphäre, die weder Raumanzüge noch Sauerstoffmasken erforderte. Vor ihnen erstreckte sich eine weite Ebene, in der Eichen wuchsen – die Bäume waren zwar genetisch verändert, hatten jedoch ihre charakteristischen Merkmale behalten. In der geringen Schwerkraft des Mars ragten sie bis zu schier atemberaubenden Höhen auf. Jenseits davon stiegen die Hänge von Olympus Mons täuschend sanft an. Jener

Berg bildete den höchsten Punkt auf dem Mars; er war dreimal so hoch wie der terranische Mount Everest. Auch dort wuchsen Bäume, weiter oben vor allem Kiefern.

»Die Erwärmung des Planeten fand in einem Bruchteil der Zeit statt, die von den Wissenschaftlern des ausgehenden zwanzigsten und beginnenden einundzwanzigsten Jahrhunderts geschätzt worden war. Subplanetares Eis diente zur Freisetzung von Wasser und Sauerstoff. Außerdem verwendete man genetisch manipulierte Bakterien, die den Boden verändern sollten. Auf diese Weise begann das Terraforming. Im Jahr 2103 ließen sich die ersten Kolonisten auf dem Mars nieder, aber außerhalb der von ihnen geschaffenen Biosphäre konnten sie sich nur mit Druckanzügen aufhalten. Knapp hundert Jahre später hatte der Mars bereits eine atembare Atmosphäre.«

Sie näherten sich einem großen Steinbruch, in dem es Wasser gab, wie Kathryn bemerkte.

»Diese Steinbrüche gehen auf die ersten marsianischen Bergbauprojekte zurück«, erläuterte Data. »Die frühen Kolonisten nutzten lokale Ressourcen und entnahmen dem Boden jene Materialien, die sie für den Bau von Wohnräumen benötigten.«

Erinnerungen an den Geschichtsunterricht erwachten in Kathryn. »Sie bauten etwas ab, das ihnen half, Beton herzustellen ...«

»Ja, das stimmt. Es existieren große Mengen an basaltischem Verwitterungsboden auf dem Mars. Auf angemessene Weise verarbeitet und mit Wasser vermischt, läßt sich daraus einfacher Beton produzieren. Eine solche Vorgehensweise war weitaus effizienter und kostengünstiger als der Transport von auf der Erde hergestellten Baumaterialien.«

»Warum gibt es jetzt Wasser in den Steinbrüchen?«

»Als man sie aufgab, floß Wasser aus den weiter unten gelegenen Höhlensystemen nach. In der marsianischen Urzeit fehlte es nicht an Feuchtigkeit. Flüsse, Bäche und Lavaströme formten Höhlen, wie auch auf der Erde.«

Der blasse Kadett blickte ins klare Wasser der Steinbrüche hinab. »Im Sommer sind diese Seen sehr beliebt; dann kann man hier schwimmen.« Er sah auf das Mädchen an seiner Seite hinab. »Allerdings habe ich gehört, daß es Kindern verboten ist, dort zu baden. Immerhin gibt es dort keine Rettungsschwimmer oder sonst jemanden, der Sicherheit garantiert.«

Kathryn lächelte stumm. Dieser sonderbare Mann erzählte Dinge, die komisch waren. Doch sie vermutete, daß überhaupt keine Absicht dahintersteckte.

Sie hatte gerade eine sehr interessante Information bekommen: Kinder sollten in den Steinbruchseen nicht baden. Kathryn wußte nicht genau, warum sie diesen Hinweis für so interessant hielt, aber er berührte etwas in ihr.

5

Harry Kim war fasziniert. Während der letzten beiden Stunden hatten die blauen Markierungstürme ihn und seine Begleiter von einer Begräbnisstätte zur nächsten geführt. Sie wurden immer größer, die Anordnung der Skelette immer komplexer. Die Knochen der geflügelten Wesen bildeten weite Bögen und Spiralen.

»Was halten Sie davon, Lieutenant?« fragte er Tuvok. »Mir scheint, wir werden zu einem Ort geführt, der für die Geflügelten große Bedeutung hatte.«

Der Vulkanier war natürlich mehr an einer Wiederherstellung des Kontakts mit der *Voyager* interessiert als an Spekulationen über einen archäologischen Fundort. Doch Harry wußte, daß es nicht ungewöhnlich war, wenn der Kom-Kontakt zwischen einer Landegruppe und dem Schiff unterbrochen wurde. Dafür gab es viele mögliche Erklärungen, zum Beispiel Interferenzen, die zu einer Störung der Kommunikationssignale führten. Was ihn betraf: Das Geheimnis der Geflügelten interessierte ihn viel zu sehr, um sich Sorgen zu machen.

Geduldig wartete er auf eine Antwort des Vulkaniers.

»Es wäre durchaus denkbar, daß der von den Türmen gekennzeichnete Weg zur wichtigsten aller Begräbnisstätten führt«, erwiderte Tuvok schließlich. »Vielleicht handelt es sich dabei um das Grab eines Stammesoberhaupts oder hochrangigen Würdenträgers. In Frage käme auch ein Ort, an dem Opfer dargebracht wurden.«

Kim starrte auf die Skelette hinab, die vor ihm in der Mulde lagen und mehrere konzentrische Kreise bildeten. Waren jene Geschöpfe vielleicht irgendeiner Gottheit geopfert worden? Dieser Gedanke ließ ihn schaudern, obgleich er wußte, daß es bei vielen Völkern – auch bei seinem eigenen – solche Rituale gegeben hatte.

Vor seinem inneren Auge entfaltete sich eine entsprechende Szene. Das Messer eines Priesters, hoch erhoben, senkte sich jäh herab; Blut quoll aus der tiefen Wunde, spritzte über einen gefiederten Leib, der mehrmals zuckte, bevor er im Tod erschlaffte. Kim schüttelte den Kopf, um das gräßliche Bild zu vertreiben. Dann hielt er nach dem blauen Turm Ausschau, der das nächste Grab markierte.

Er fand keinen.

Verwirrt wandte er sich an Tuvok, der mit seinem Tricorder sondierte. Gelegentlich hob der Vulkanier den Blick vom Display und sah sich mit gerunzelter Stirn um.

»Ich verstehe das nicht, Sir«, sagte Harry. »Der Weg sollte sich fortsetzen. Dieser Begräbnisstätte fehlen besondere Aspekte.«

»In der Tat, Fähnrich. Vielleicht ist das letzte Grab verborgen, um es vor Schändung oder Plünderung zu schützen.«

Kims Blick glitt über die Landschaft, ohne irgendwelche Hinweise zu finden. Der grüne Schleim auf dem Boden wies keine Kennzeichnungen auf, und die Vegetation blieb dicht, wirkte fast massiv. Der Weg schien tatsächlich an diesem Ort zu enden. Aber Harry *wußte*, daß er sich irgendwo fortsetzte; daran konnte seiner Meinung nach überhaupt kein Zweifel bestehen.

Und dann fiel es ihm plötzlich ein. Der Gedanke kam einer Stimme gleich, die hinter seiner Stirn flüsterte: *»Der Weg scheint nur aufzuhören, weil wir uns auf dem Boden befinden.«*

Die Markierungen stammten von *geflügelten* Geschöpfen. Vielleicht ließ sich die letzte Begräbnisstätte nur aus der Luft erkennen.

»Ich hab's, Sir«, sagte Kim aufgeregt. »Vermutlich gibt es ein Muster, das nur aus der Luft sichtbar ist.«

Tuvok verstand sofort. »Eine logische Erklärung, Fähnrich. Gehen Sie auf der Grundlage dieser Hypothese vor.«

»Ich gebe die Koordinaten aller Markierungen ein, die wir bisher gefunden haben. Der Tricorder kann anhand dieser Daten ein Luftbild simulieren.«

Kim wandte sich sofort um und bahnte sich einen Weg durchs Dickicht.

Jal Sittik verließ das Kazon-Shuttle und trat in den Sonnenschein.

Heute würde er Ruhm erwerben und Größe erreichen.

Er atmete tief durch, füllte sich die Lungen mit warmer Luft und glaubte zu spüren, wie neue Kraft seinen Leib durchströmte – eine Kraft, die ihm dabei helfen sollte, über die lächerlichen Leute von der Föderation zu triumphieren.

Sittik stemmte die Hände in die Hüften und blickte in die Sonne, ließ auch weiterhin Kraft in die Lungen und von dort aus in den Rest des Körpers strömen. Er rückte seine Männlichkeit in den Vordergrund, auf daß sich die anderen ein Beispiel an ihm nahmen und das Glück priesen, an seinem Schicksal teilzuhaben.

Er wußte, daß er sehr imposant wirkte. Sein Haarschmuck war über alle Maßen eindrucksvoll: Für jede Fertigkeit hatte er sich einen Behrni-Stein an eine Locke gebunden. Inzwischen gab es viele dieser grünen Steine in seiner Mähne, und heute wollte er sich einige weitere hinzuverdienen.

Als er über die fremde Landschaft sah, dachte er an den glorreichen Sieg, den er bald erringen würde.

Dafür durfte er mit einer großen Belohnung durch den Maje rechnen. Er stellte sich vor, wie er rechts neben dem Oberhaupt saß, ihm ins Ohr flüsterte, ihn in Hinsicht auf Kämpfe und Intrigen beriet. Andere Männer würden ihn um Kraft und Mut beneiden, ihre Söhne auffordern, ihm nachzueifern.

Endlich bekam er Gelegenheit, sich von Demütigung und dem Stigma zu befreien, das er seit dem häßlichen Zwischenfall mit den Nistrim trug. Die Erinnerungen daran brannten noch immer in ihm, wie eine glühende Kohle, die ihre Hitze bewahrte und auch nach Stunden noch Fleisch versengen konnte.

Wie konnte man es ihm zur Last legen, wenn ein junger Mann törichte Risiken einging, um sich einen Namen zu machen? Er war Krieger, kein Kindermädchen. Wenn der junge Hekkar beschloß, ein Nistrim-Lager auf selbstmörderische Weise anzugreifen, so trug er selbst und nicht etwa Jal Sittik die Verantwortung dafür.

Doch Maje Dut sah die Sache anders. Sittik war streng bestraft worden. Zwei Wochen lang mußte er Ketten tragen – die Wunden an Hand- und Fußgelenken verheilten erst jetzt, und bestimmt hinterließen sie Narben.

Narben, auf die er stolz sein wollte.

Er vermutete, daß einige Mitglieder seiner Gruppe dem Maje einen manipulierten Bericht übermittelt hatten. Zum Beispiel Miskk. Von ihm durfte man erwarten, daß er bei der Schilderung jener Ereignisse Sittik in einem möglichst ungünstigen Licht erscheinen ließ. Der Speichellecker und Kriecher Miskk schreckte bestimmt nicht davor zurück, den Umstand auszunutzen, daß Hekkar der Neffe des Maje gewesen war – er wußte natürlich, daß Hekkars Tod im jähzornigen Dut den Wunsch weckte, Rache zu nehmen. Nun, er sollte bald erfahren, daß es sehr dumm war, Jal Sittik zu verraten.

Heute plante Sittik, die Erinnerungen an erlittene Schmach auszumerzen, sie durch Triumph zu ersetzen. Es würde nicht mehr lange dauern, bis ihn Maje Dut wieder willkommen hieß, bis sich Frauen nach seiner Aufmerksamkeit sehnten. Sie würden vor ihm aufmarschieren, um zu versuchen, ihn mit provozierenden Gewändern und erlesenem Parfüm zu provozieren. Schönheiten, die sich danach sehnten, Jal Sittik zu gehören …

Er beschloß, sich bei der Auswahl Zeit zu lassen. Dann versuchten die Frauen bestimmt noch hingebungsvoller, seine Aufmerksamkeit zu wecken. Er würde mit ihnen spielen, sich verächtlich und uninteressiert geben, sie damit noch weiter anstacheln.

Und wenn er schließlich eine Entscheidung traf … Dann waren die Frauen zu allem bereit, um die Auserwählte zu sein.

Sittik musterte seine Männer. Sie waren unruhig, konnten es gar nicht abwarten, daß der Kampf begann. Er hatte ihre Blutgier stimuliert, und jetzt sehnten sie sich danach, über den Feind herzufallen. Einige von ihnen mußten sich erst noch ihre Namen verdienen. Gerade sie hofften auf eine Gelegenheit, sich auszuzeichnen, zum Beispiel dadurch, daß sie Gegner mit bloßen Händen umbrachten.

Die Kraft … Sie floß nun durch seine Adern. Er spürte es ganz deutlich: eine fast greifbare Energie, sowohl Begehren als auch Herrschaft. Erotische Regungen vereinten sich mit Freude auf den Kampf – eine Mischung, die fast so etwas wie Ekstase bewirkte.

»Heute!« rief er seinen Männern zu, versprach ihnen damit den Sieg. Die Reaktion bestand aus einem donnernden Schlachtruf. Gab es etwas Großartigeres als die Kameradschaft von Kriegern kurz vor dem Kampf?

Sittik setzte sich in Bewegung, ging mit zielstrebigen, entschlossenen Schritten dem Feind entgegen.

Neelix hatte mehrere eßbare Pflanzen gefunden – Knollen, Früchte, Gemüse. Der Tricorder entdeckte keine giftigen Substanzen in ihnen. Es gab einen ganzen Hain voller kugelförmiger roter Früchte, die ausgezeichnet schmeckten und wichtige Nährstoffe enthielten. Der Wald erwies sich als recht dicht. Knorrige Baumstämme ragten dort auf, und weiter oben spannte sich ein Blätterdach, das einen großen Teil des Sonnenlichts filterte.

Nate LeFevre stand neben Neelix und starrte ins Halbdunkel.

»Mit den Früchten dort drin läßt sich vermutlich kaum etwas anfangen«, sagte der langgliedrige, rothaarige Mann. »Das Licht genügt nicht. Wahrscheinlich werden sie dort gar nicht reif.«

»Und wenn schon«, erwiderte der Talaxianer. »Wir ernten erst an der Peripherie und arbeiten uns dann nach innen vor. Wenn die Früchte dort nichts taugen, lassen wir sie an Ort und Stelle.«

»Mir wäre es lieb, wenn wir möglichst viele davon sammeln könnten«, sagte LeFevre. »Etwas so Leckeres habe ich seit langem nicht mehr gegessen.«

Neelix schniefte leise. Die kulinarischen Vorlieben der Menschen blieben ihm rätselhaft. Leolawurzeln galten *überall* im Delta-Quadranten als erlesene Delikatesse, doch die Besatzungsmitglieder der *Voyager* wußten sie kaum zu schätzen. Die runden roten Früchte dieses Planeten waren zwar eßbar, aber Neelix hielt ihr Aroma nicht für außergewöhnlich. Nun, es hatte kaum einen Sinn, über Geschmack zu streiten, oder?

Die zehn Begleiter des Talaxianers hatten es nur zu Anfang bedauert, nicht an den archäologischen Nachforschungen der anderen Gruppe teilnehmen zu können. Sie überwanden ihre Enttäuschung rasch, konzentrierten sich auf das Sammeln von Proviant, unterhielten sich dabei und lachten immer wieder. Es herrschte eine gute Stimmung. Greta Kale erwies sich als sehr tatkräftig und humorvoll. Sie setzte Maßstäbe für die anderen, und Neelix war sehr dankbar für ihre Präsenz.

Er sondierte den Hain und fragte sich, ob es einen Sinn hatte, in seine dunklen Tiefen vorzustoßen, als er plötzlich etwas bemerkte. Der Tricorder entdeckte auch Lebensformen im Innern des Dickichts – die Daten deuteten auf Tiere hin. Vielleicht waren sie harmlos, vielleicht aber auch nicht. Wie dem auch sei: Unter solchen Umständen verzichtete Neelix lieber darauf, sich in dem düsteren Wald umzusehen.

Er wollte die anderen gerade auffordern, die roten Früchte zu sammeln, als er mit Hilfe des Tricorders eine weitere Entdeckung machte. Sie war weitaus beunruhigender und veranlaßte ihn, seinen Insignienkommunikator zu aktivieren.

»Neelix an Tuvok.«

»Hier Tuvok.«

»Ich habe Humanoiden auf dem Planeten geortet. Es ist eine recht große Gruppe, kaum zwei Kilometer entfernt. Und sie kommt näher.«

»Ich orte sie ebenfalls.«

»Vielleicht sollten wir zur *Voyager* zurückkehren, um jedes Risiko zu meiden.«

»Das wäre zweifellos vernünftig. Allerdings haben wir keine Kom-Verbindung mehr zum Schiff.«

Diese Mitteilung erfüllte Neelix mit Unruhe. Gab es einen Defekt im Kommunikationssystem? Oder deutete die Präsenz von Humanoiden auf dem Planeten darauf hin, daß die *Voyager* angegriffen wurde? Neelix hoffte, daß Tuvok gründlich über das Problem nachgedacht und bereits einen Plan entwickelt hatte.

Er wurde nicht enttäuscht.

»Wissen Sie, wo ich mich befinde, Mr. Neelix? Ich glaube, wir sollten unsere beiden Gruppen vereinen.«

»Ich habe Ihre Koordinaten, aber wir machen einen kleinen Umweg. Der direkte Weg führt durch einen dichten, dschungelartigen Wald, in dem unbekannte Gefahren lauern könnten.«

»Verstehe. Führen Sie Ihre Gruppe daran vorbei.«

Genau das beabsichtigte Neelix, doch schon kurze Zeit später mußte er es sich anders überlegen. Sie hatten erst wenige Meter zurückgelegt, als ihnen Fähnrich Kale entgegenkam. In ihrer blassen Miene zeichneten sich die Sommersprossen besonders deutlich ab.

»Mr. Neelix, mein letzter Tricorderscan weist auf folgendes hin: Wenn wir versuchen, den Wald in östlicher Richtung zu umgehen, stoßen wir auf eine tiefe Schlucht. Es dürfte ziemlich schwer sein, auf die andere Seite zu gelangen. Vielleicht ist es sogar unmöglich. Wenn wir nach Westen gehen, so nähern wir uns den Humanoiden.«

Neelix wußte, daß er eine Entscheidung treffen mußte, aber er zögerte zunächst und sah in die Richtung, aus der die Fremden vorrückten. Er schauderte unwillkürlich und warf einen neuerlichen Blick auf das Display seines Tricorders. Diesmal waren die Anzeigen klar: Es handelte sich um Kazon, und die Entfernung zu ihnen schrumpfte schnell.

Der Talaxianer spähte in die finsteren Tiefen des Waldes und hob den Arm. »Dort entlang«, sagte er, gab sich einen Ruck und trat ins Dickicht.

6

Kathryn lief durch die Kräuterfelder. Ihr Puls raste, und die Lungen brannten. Wie hatte sie nur das Gefühl für die Zeit verlieren können? Zunächst war der Morgen frisch und kühl gewesen; die Sonne stand tief am Himmel, und Tau glänzte auf den Blättern. Doch nun herrschte eine gnadenlose Hitze, die alles auszudörren schien. Stunden waren vergangen, und es blieben ihr nur noch wenige Minuten, um sich vorzubereiten und ihr Team beim Transporter zu treffen.

Sie schloß die Hand fester um ihren kleinen tragbaren Computer, als sie lief. In gewisser Weise war er der Grund. Sie hatte den Ort aufgesucht, an dem sie besonders gern lernte: einen kleinen Hügel zwischen zwei Kräuterfeldern. Darauf wuchs eine Weide, deren Zweige und Äste zarte Schatten auf den Boden projizierten. Vor einigen Jahren, als Neunjährige, war Kathryn an ihm hochgeklettert und hatte einen bequemen ›Sessel‹ entdeckt, der aus drei stabilen Ästen bestand. Dort konnte sie es sich gemütlich machen, lesen, lernen oder einfach nur in den Tag hineinträumen.

Sie liebte den Baum. Bei ihm fand sie Trost, wenn irgend etwas sie belastete. Wenn sie ein Problem hatte, so geschah es oft, daß eine Stunde im Baum ihr die Lösung zeigte. Wenn in der Schule eine schwierige Prüfung bevorstand, so verhieß die Weide einen Frieden, der ihr Ruhe brachte und den Geist von allem Ballast befreite, wodurch sie viel besser lernen konnte.

Sie war am frühen Morgen hierhergekommen, um endlich die Ableitung der Entfernungsformel zu verstehen. Wenn ihr das gelang, war Daddy bestimmt so stolz auf sie, daß er mehr Zeit zu Hause verbrachte, mehr Zeit mit ihr, so wie damals.

Kathryn wußte nicht, was sich in letzter Zeit verändert hatte, warum ihr Vater so oft von zu Hause fortblieb. Früher hatte er sich ein- oder zweimal pro Woche ins Starfleet-Hauptquartier gebeamt und den Rest der Zeit daheim gearbeitet. Doch dann geschah etwas. Kathryn spürte es vor etwa einem Jahr, als sich ihr Vater fast täglich nach San Francisco transferierte. Gelegentlich hatte sie gehört, wie er mit ihrer Mutter sprach, und dabei erwähnte er ein Volk namens ›Cardassianer‹. Wenn es um dieses Thema ging, klang er sehr besorgt.

Erst blieb Daddy tagelang in San Francisco, dann sogar wochenlang. Inzwischen hatte Kathryn ihn schon seit einem Monat nicht mehr gesehen. Aber heute abend kam er nach Hause. Sie wollte ihm unbedingt zeigen, daß sie die Entfernungsformel ableiten konnte – um dann zu sehen, wie er voller Stolz auf sie strahlte.

Es war natürlich ganz einfach, den numerischen Wert der Entfernung zwischen zwei Punkten zu finden: Man brauchte den Handcomputer nur mit den kartesischen Koordinaten der beiden Punkte zu füttern, und schon gab er die Distanz zwischen ihnen an.

Weitaus schwerer war es, eine Formel zu finden, die sich bei jedem Koordinatenpaar anwenden ließ. Derartiges Denken erwartete Daddy von ihr. Kathryn betrachtete das Problem von allen Seiten, suchte immer wieder nach einer Lösung – ohne Erfolg. Und dann sah sie auf und stellte fest, wie spät es geworden war.

Sie erreichte die Terrasse des Hauses, sprintete an

ihrer überraschten Mutter und Phoebe vorbei. Bramble sprang sofort auf und folgte ihr durch die Tür und in den Frühstücksraum, dann durch den Flur zu ihrem Zimmer. Sie riß die Tür auf, streifte die Kleidung ab und griff gleichzeitig nach der Uniform auf dem Bett. Die Hast machte sie ungelenk und unbeholfen; wütend stampfte sie mit dem Fuß und zischte verbotene Worte, die nur in Zeiten großer Anspannung ausgesprochen werden durften. Die Hose anziehen, dann Hemd, Jacke und Schuhe. Sie warf einen Blick in den Spiegel und stellte fest, daß sie erschöpft und heruntergekommen aussah. Die Zeit genügte nicht mehr, um das Haar in Ordnung zu bringen. Sie zupfte an den rotbraunen Locken, doch sie fielen sofort wieder in sich zusammen; Schweiß sorgte dafür, daß sie am Kopf festklebten.

Aus reiner Angewohnheit griff sie nach dem zylindrischen Behälter des Sonnenschutzmittels. Sie betätigte die Taste, die das kleine Gefäß öffnete ...

Unmittelbar darauf schrie sie, als ein langes, schlangenartiges Etwas jäh aus dem Zylinder sprang. Erschrocken taumelte sie zurück, und tief in ihr krampfte sich etwas zusammen. Sie verlor das Gleichgewicht und fiel, fing den Sturz schwerfällig mit einer Hand ab.

Und dann hörte sie, wie Phoebe kicherte.

Ihre achtjährige Schwester stand in der Tür, preßte sich beide Hände auf den Mund und gluckste. Kathryn starrte sie an, blickte dann zu dem Objekt, das aus dem Behälter gesprungen war. Es handelte sich um eine lange, bunte Kunststoffspule, die jemand zusammengepreßt und dann ins Gefäß mit dem Sonnenschutzmittel gestopft hatte – Phoebe wußte, daß sie es bei jedem Spiel benutzte.

Sie sah wieder zu ihrer Schwester und versuchte vergeblich, einen Sinn in diesem dummen Streich zu erkennen.

»Das ist nicht lustig!« rief sie, wodurch Phoebe nur noch lauter kicherte.

Kathryn drehte sich um, griff nach ihrer Tasche, schob sich an ihrer Schwester vorbei und lief nach draußen zu ihrem Hoverrad. Es blieben ihr nur noch wenige Minuten, um den Transporter der Schule zu erreichen. Sie war nervös, unvorbereitet und zornig. Und in diesem Zustand mußte sie die Aufgaben des Kapitäns ihres Tennisteams wahrnehmen.

Kathryn und ihr Team rematerialisierten im Sportzentrum des Akademie-Instituts. Der Transporterraum war modern und makellos, wie alles im Institut: kühl, blaugrau, funktionell eingerichtet, ohne irgendwelche Verzierungen. Ein weiblicher Institutskadett bediente die Kontrollen der Konsole, und Kathryn hielt sie für ebenso herablassend wie alle anderen, die das Institut besuchten.

Sie hatte sich einen Platz dort gewünscht. In jedem Staat gab es eine solche Schule, die dazu diente, Bewerber für die Starfleet-Akademie auszuwählen, die besten Studenten nach San Francisco zu schicken. Kathryn hätte sich problemlos qualifizieren können, doch statt dessen wählten ihre Eltern die ›Wiesen‹ für sie und Phoebe. Sie meinten, das Ausbildungsspektrum des Instituts sei zu schmal für junge Leute, zogen deshalb die liberale, umfassendere Philosophie der ›Wiesen‹ vor. Dort kam es nicht nur auf das rein akademische Wissen an. Man legte auch auf die Entfaltung individueller Kreativität und den Sport großen Wert. Das Ziel der ›Wiesen‹ bestand darin, die Schüler mit einer guten Allgemeinbildung auszustatten, sie nicht zu früh zu spezialisieren.

Im Institut wäre Kathryn viel glücklicher gewesen. Dort hätte sie keine Zeit beim Klavier-, Ballett- und Kochunterricht verloren. *Kochen* – um Himmels willen! Warum sollte es notwendig sein, über richtiges Kochen

Bescheid zu wissen? Viel wichtiger erschien es ihr, sich mit Mathematik zu befassen.

Zusammen mit ihren sechs Teamkollegen trat Kathryn von der Transporterplattform herunter. Die Kadettin an den Kontrollen begrüßte sie mit einem knappen Nicken. Schüler von den ›Wiesen‹ galten hier als seltsam und undiszipliniert, als Angehörige einer unterlegenen Spezies. Kathryn nahm sich vor, als Siegerin zum Transporterraum zurückzukehren und diese junge Dame ihren Triumph spüren zu lassen.

Durch den sorgfältig angelegten und gepflegten Garten des Instituts führte Kathryn ihre Begleiter zu den Tennisplätzen. Makellose Rasenflächen erstreckten sich hier, und aufmerksam gestutztes Buschwerk flankierte niedrige, langgestreckte Gebäude mit den einzelnen Klassenzimmern. Seltsame Gefühle regten sich in Kathryn. Einerseits liebte sie die Ordnung dieses Ortes und fühlte sich so wohl, als gehörte sie hierher; andererseits ärgerte sie sich darüber, nur eine Besucherin zu sein und zu den ›Wiesen‹ zurückkehren zu müssen, wo es sowohl an Symmetrie als auch an Organisation mangelte.

Hitze stieg vom Boden auf, und Wolken verdichteten sich am Himmel, hingen tief. Die Luftfeuchtigkeit nahm immer mehr zu; bestimmt regnete es am Abend. Es waren keine idealen Bedingungen für ein Tennismatch, das sicher sehr anstrengend und zermürbend wurde.

Kathryn mußte gegen eine Rivalin antreten, die sie bereits kannte. Ihr Name lautete Shalarik: eine vulkanische Austauschschülerin, deren Gelassenheit auf dem Tennisplatz sehr verwirrend wirkte. Doch man konnte sie schlagen. Wenn sich schon früh eine Niederlage für sie abzeichnete, wurde ihr die streng kontrollierte Emotionalität zu einem Hindernis. Dadurch war sie nicht imstande, sich von den eigenen Gefühlen neue Kraft geben zu lassen.

Kathryns Vorteil lag in ihrem Intellekt. Sie konnte die Spielweise eines Gegners mit mathematischer Präzision analysieren und dann Gegenmaßnahmen ergreifen, die den Widersacher auf der anderen Seite des Netzes aus dem Gleichgewicht brachten und verunsicherten. Durch dieses taktische Können wurde Tennis erträglich und verwandelte sich allmählich in eine Herausforderung, die Kathryn annahm. Zuerst hatte sie den Rückhandschlag gelernt, und daraus wurde schon bald eine ausgezeichnete Waffe. Sie mochte das Gefühl: die Knie gebeugt, die Muskeln angespannt – und dann eine Explosion der Kraft, wenn sie zuschlug und den Ball übers Netz jagte. Sie erlebte dabei ein fast berauschendes Gefühl von Macht. Zwei Jahre später wurde sie zum Kapitän des Tennisteams.

Strategie – darauf kam es heute an. Wenn es ihr gelang, Shalarik unter Druck zu setzen, die Bälle zur Grundlinie zu schlagen, immer wieder von der Rückhand Gebrauch zu machen, um die Vulkanierin dann mit einigen kurzen Bällen zu überraschen, die sie zum Netz zwangen... Dann konnte sie gewinnen und ihrem Vater am Abend als Siegerin gegenübertreten.

Vier Stunden später stapfte Kathryn über einen schlammigen Pfad und schluchzte, vom Wolkenbruch eines Gewitters bis auf die Haut durchnäßt. Wind zerrte an ihr, schleuderte ihr Regentropfen ins Gesicht, die sich mit Tränen vermischten.

Sie hatte eine schwere Demütigung erlebt.

Gleich zu Anfang des Spiels ging alles schief. Es fiel ihr schwer, sich richtig zu konzentrieren, und außerdem haperte es mit der Ausdauer, vermutlich wegen des langen Laufs durch die Kräuterfelder. Shalariks kontrolliertes Spiel drängte Kathryn sofort in die Defensive, gab ihr keine Chance, die ursprünglichen

Pläne zu verwirklichen. Was auch immer Kathryn versuchte: Shalarik stellte sich sofort darauf ein und ging dann wieder in die Offensive.

Kathryn gewann nur ein einziges Spiel des gesamten Matchs, das mit 6-1 und 6-0 endete. Ihre Niederlage erlaubte es dem Institutsteam, den Sieg zu erringen. Sie hatte alle enttäuscht.

Die Kameraden versuchten, sie zu trösten, konnten jedoch nichts gegen ihren Kummer ausrichten. Sie lehnte es ab, zum Transporter zurückzukehren, wollte auf keinen Fall noch einmal der arroganten Kadettin begegnen. Statt dessen brach sie allein auf, dazu entschlossen, den ganzen Heimweg – mehr als dreißig Kilometer – zu Fuß zurückzulegen. Das sollte ihre Strafe für die unverzeihliche Niederlage sein.

Wenige Minuten später begann das Gewitter. Der Wind lebte auf, die Temperatur fiel, und erste Blitze flackerten, gefolgt von lautem Donnern, das Kathryn beunruhigte – sie ging schneller.

Es dauerte nicht lange, bis sich die Schleusen des Himmels öffneten und wahre Fluten herabströmten. Innerhalb weniger Sekunden war Kathryn völlig durchnäßt, und der Boden unter ihren Füßen verwandelte sich in Brei.

Sie stapfte weiter. Schlamm klebte an ihren Beinen, kroch ihr in die Schuhe. Die Regentropfen prasselten noch zorniger, und der Wind riß sie fast von den Beinen. Sie mußte sich den Böen entgegenstemmen und brauchte ihre ganze Kraft, um auch weiterhin einen Fuß vor den anderen zu setzen.

Tränen brannten ihr in den Augen, vermischten sich mit dem kalten Regen. Sie schluchzte so heftig, daß sie am ganzen Leib bebte. Seltsamerweise brachte ihr Leid auch einen gewissen Trost, denn heute *verdiente* sie es, zu leiden.

Irgendwo in der Ferne sah sie die Lichter eines Hoverwagens. Bei diesem Wetter sollte er eigentlich nicht unterwegs sein – wenn der Wind so heftig wehte, konnten Hoverwagen außer Kontrolle geraten. Wer auch immer ihn lenkte: Vermutlich suchte er nach einem Ort, der Sicherheit versprach.

Plötzlich begriff Kathryn, wie dunkel es geworden war. Die Böen ließen ein wenig nach, und nach den Blitzen dauerte es länger, bis es donnerte, aber es regnete noch immer sehr stark. Und die Nacht hatte begonnen. Sie blieb stehen, drehte sich um und merkte, daß sie nicht mehr wußte, wo sie sich befand. Sie sah Felder und Hügel, auch einen bewaldeten Bereich, aber wo ging es nach Hause?

Ihre Tränen trockneten, als der Verstand wieder aktiv wurde. Was sollte sie jetzt unternehmen? *Bleib an Ort und Stelle.* Wenn man sich verirrt hatte, so verschlimmerte man seine Situation nur, wenn man ziellos umherwanderte. Viel besser war es, sich zu setzen und auf Hilfe zu warten.

Der Regen ließ nach. Kathryn stellte die Tennistasche auf den schlammigen Boden, nahm daneben Platz und legte schließlich den Kopf auf die Tasche, benutzte sie als improvisiertes Kissen. Sie beschloß, einfach zu schlafen. Am nächsten Morgen, wenn die Sonne aufging, würde sie den Weg nach Hause finden.

Erst jetzt wurde ihr klar, welche Erschöpfung sich in ihr angesammelt hatte. Sie schloß die Augen, und ihre dahintreibenden Gedanken befaßten sich mit analytischer Geometrie und der Entfernungsformel. Kathryn fühlte sich ausgelaugt und leer, wodurch in ihrer mentalen Welt eine sonderbare Ruhe herrschte. Und als sie nicht mehr angestrengt versuchte, eine Lösung zu finden, präsentierte sie sich von ganz allein.

Sie kam aus dem Altertum. Vor fast dreitausend Jahren hatte ein visionärer Mathematiker namens Pythagoras einen Lehrsatz entwickelt, der die beiden Katheten eines rechtwinkligen Dreiecks mit der Länge der

Hypotenuse in Verbindung brachte – die Entfernung zwischen zwei Endpunkten. Von einem Augenblick zum anderen begriff Kathryn, daß es sich dabei um die Lösung für die Ableitung der Entfernungsformel handelte.

Und dann hob ihr Vater sie hoch.

Seine starken Arme ergriffen sie und drückten sie sanft an seine Brust. Sorge und Erleichterung zeigten sich in Daddys Gesicht. Kathryn lächelte und entspannte sich, ließ sich von ihm zum Hoverwagen tragen und in eine Decke hüllen.

»Ich habe Licht gesehen«, murmelte sie schläfrig. »Stammte es von dir? Bei dem Gewitter hättest du nicht unterwegs sein sollen.«

»Du warst irgendwo hier draußen, Kathryn. Ich mußte dich finden.«

»Tut mir leid, Daddy.«

»Was hast du dir nur dabei gedacht?«

»Ich habe das Match verloren und verdiente es nicht, zusammen mit den anderen heimzukehren.« Sie fühlte seinen Blick auf sich ruhen und schwieg einige Sekunden lang. »Aber weißt du was? Ich hab herausgefunden, wie man die Entfernungsformel ableitet. Mit dem pythagoreischen Lehrsatz, nicht wahr?«

Ihr Vater lachte leise. »Du bist ein komischer kleiner Vogel.« Er betrachtete den an Kathryn klebenden Schlamm. »Heute nacht bist du eine Amsel.« Stille folgte diesen Worten, und dann sah er erneut zu ihr. »Bitte versprich mir, daß sich so etwas nie wiederholt. Wir haben uns alle große Sorgen um dich gemacht.«

»Ich verspreche es, Daddy.« Kathryn wartete auf ein Lob dafür, daß es ihr gelungen war, das Rätsel der Entfernungsformel zu lösen, aber ihr Vater sprach nur darüber, wie besorgt die ganze Familie gewesen war.

Daheim trat sie unter die Dusche, löffelte eine heiße Suppe und ließ sich dann von ihrer Mutter zu Bett bringen. Daddy hatte sich in sein Arbeitszimmer zurückgezogen und kam nicht einmal, um ihr eine gute Nacht zu wünschen.

Zwar lag Kathryn unter einer warmen Decke, aber sie fröstelte trotzdem. Eiseskälte schien nach ihrem Herz zu tasten. Es war ihrem Vater völlig gleichgültig, daß sie die Formel abgeleitet hatte.

Diese Erkenntnis bescherte ihr noch mehr Leid als die Niederlage beim Tennismatch. Plötzlich wünschte sie sich zurück in den Regen und kalten Schlamm.

7

Der Gefangene lag auf dem Tisch, und seine Augen verloren allmählich den Kampf gegen das Betäubungsmittel – langsam schlossen sie sich. Wie sich herausgestellt hatte, mußte er fast ständig mit Sedativen behandelt werden. Der trabische Arzt Trakis bedauerte diesen Umstand, denn er wußte nicht, welche längerfristigen Auswirkungen eine so hohe Dosierung von Beruhigungsmitteln auf das fremde Geschöpf haben mochte.

Im nicht betäubten Zustand neigte der Gefangene dazu, sich den Untersuchungen hartnäckig zu widersetzen. Vielleicht zeichneten sich alle Angehörigen seiner Spezies durch eine solche Aufsässigkeit aus – oder dieses eine Exemplar war besonders trotzig. Wie auch immer: Trakis wollte keine Verletzungen riskieren, während er den Kazon-Vistik bei ihrem Bemühen half, den ganzen Sektor unter ihre Herrschaft zu bringen.

Ein leises Zischen wies ihn darauf hin, daß sich die Tür des Laboratoriums öffnete. Nimmet kam herein, und wie immer stolzierte er, gab sich herablassend, um in Trakis das Gefühl von Minderwertigkeit zu wecken.

Doch mit seinem absurden Gebaren erreichte Nimmet genau das Gegenteil. Die lächerliche Arroganz des hirnlosen Nimmet sorgte dafür, daß Trakis sich ihm weit überlegen fühlte.

Nimmet fungierte als seine Kontrolle. Er war Trakis kurz nach der Entführung vom trabischen Außenposten auf Slngsnd und dem anschließenden Transfer an Bord des Kazon-Schiffes zugewiesen worden. Es gab noch andere Traben an Bord, doch nur Trakis konnte die Aufgaben eines Arztes wahrnehmen. Der selbstgefällige und närrische Vistik hatte erst dann beschlossen, einen Arzt zu entführen, als es eine spezifische Aufgabe für ihn gab. Er schien der Ansicht zu sein, daß Kazon keine routinemäßigen medizinischen Untersuchungen benötigten.

Der Stolz wird sie noch ins Verderben führen, dachte Trakis.

»Nun?« fragte Nimmet scharf.

Der Trabe drehte sich um und richtete einen verächtlichen Blick auf ihn.

»Sie haben Augen. Sie können sehen. Ich habe noch keine neuen Informationen gewonnen.«

In Nimmets Pupillen blitzte es auf. Trakis wußte, daß er mit Wut auf Respektlosigkeiten reagierte. Aber er wußte auch, daß Nimmet es ihm nicht heimzahlen konnte. Für die Mission der Kazon war Trakis unbedingt erforderlich, und bis zu ihrem erfolgreichen Abschluß durfte ihm nichts geschehen.

Später sah die Sache anders aus, aber Trakis wollte fliehen, bevor er entbehrlich wurde.

Nimmet trat auf ihn zu und kniff die Augen zusammen. »Warum nicht?« knurrte er. »Maje Dut wartet auf Ihren Bericht.«

»Der Maje wird noch etwas länger warten müssen«, sagte Trakis. »Die Untersuchungen lassen sich nicht schneller durchführen.«

»Wissen Sie, wie der Maje auf eine solche Mitteilung reagieren könnte?«

»Er würde einen Wutanfall bekommen und mir damit drohen, die Finger abzuschneiden – um dann zu begreifen, daß ihm gar keine andere Wahl bleibt, als mich so weitermachen zu lassen wie bisher.«

Nimmet versuchte, die Augen noch mehr zusammenzukneifen, in der Hoffnung, den Arzt dadurch einzuschüchtern. Trakis kehrte ihm einfach den Rücken zu und näherte sich dem inzwischen bewußtlosen Gefangenen auf dem Tisch.

»Jetzt kann ich die Untersuchung durchführen«, sagte er ruhig, betätigte die Kontrollen einer großen Konsole und beobachtete, wie Datenblöcke über einen Bildschirm glitten. »Obgleich ich keine Genauigkeit garantieren kann. Diese Geräte sind viel zu alt.«

»Sie wurden von Traben konstruiert«, erinnerte ihn Nimmet, der noch immer versuchte, die Oberhand zu gewinnen.

»Vor mehr als einem Vierteljahrhundert. Die Kazon haben unsere Technik praktisch eingefroren – Verbesserungen und Weiterentwicklungen finden nicht mehr statt. Es grenzt an ein Wunder, daß diese Schiffe noch fliegen.«

»Unsere Techniker haben alle Anlagen in einem guten Zustand erhalten. Das gilt auch für die medizinische Ausrüstung. Versuchen Sie nicht, Ihre eigene Unfähigkeit mit mangelhaften Geräten zu rechtfertigen.«

Trakis drehte sich langsam zu Nimmet um. Seine Stimme klang ganz ruhig und fast freundlich, als er fragte: »Möchten Sie, daß sich einer Ihrer Ärzte um diese Angelegenheit kümmert?«

Nimmet errötete. Bei den Kazon gab es keine Heiler – zumindest keine, die einem Patienten helfen konnten, anstatt bei ihm noch mehr Schaden anzurichten. Er deutete zu dem Gefangenen. »Beeilen Sie sich. Führen Sie alle notwendigen Untersuchungen durch, bevor er erwacht.«

Trakis wandte sich wieder der Konsole zu und begann mit einem monotonen Vortrag. »Dieses Exemplar ist etwa anderthalb Meter groß und weist die für parasektoide Wesen typische dreigeteilte Körperstruktur auf: Kopf, Torso und Unterleib. Das Außenskelett stellt eine harte Hülle dar. Es gibt zwei verschiedene Flügelpaare: widerstandsfähige Vorderschwingen, vergleichbar mit den Alytronen ähnlicher Spezies, und darunter gefaltete kleinere Hinterschwingen. Das Geschöpf hat zwei Fühler und vier Mandibeln. Beim Kopf läßt sich eine in die Länge gezogene Schnauze mit Beißkiefern feststellen. Hinzu kommen drei Facettenaugen. Der Bauch ist weich und grün mit schwarzen Flecken.

Das Atmungssystem zeichnet sich durch eine einzigartige Beschaffenheit aus. Ganz offensichtlich ist es dazu bestimmt, Luft aufzunehmen, aber es gibt auch einige Komponenten, die Anpassungen an andere Umweltbedingungen ermöglichen. Im Innern des Körpers zirkuliert eine sehr außergewöhnliche Flüssigkeit, die Ähnlichkeiten mit Lymphflüssigkeit aufweist, in elektrischer und magnetischer Hinsicht jedoch supraleitende Eigenschaften hat.«

Während Trakis sprach, nahm er zur Kenntnis, daß Nimmet kaum zuhörte. Der Kazon verstand die medizinischen Ausdrücke nicht, interessierte sich auch gar nicht dafür – er fand es abscheulich, sich an Bord dieses Schiffes aufhalten und als Kontrolleur eines Arztes fungieren zu müssen. Trakis lächelte innerlich. Nimmets Gleichgültigkeit bot ihm einen geeigneten Ansatzpunkt; er wollte sie ausnutzen, wenn der richtige Zeitpunkt kam.

Neelix und seine Gruppe eilten durch den düsteren Wald, doch schon nach kurzer Zeit kamen sie nicht mehr so schnell voran. Die Vegetation wurde immer dichter. Dornen kratzten über Gesichter, Hände, Haar und Uniformen. Bald herrschte eine solche Finsternis, daß sie ihre Handlichter einschalten mußten. Doch die Dunkelheit schien ihr Leuchten einfach zu verschlukken.

Der Geruch war gräßlich: ranzige Feuchtigkeit, darin ein abscheulicher Gestank, der nur von verfaulendem Fleisch stammen konnte. Neelix erinnerte sich kurz daran, daß sein Tricorder Lebensformen im Dickicht geortet hatte. Rasch verdrängte er diesen Gedanken.

Sie mußten den Wald durchqueren und Tuvok erreichen, bevor die Kazon zu ihnen aufschlossen. Die Verfolger waren weitaus gefährlich als das, was sich vor ihnen befand.

Sie drangen tiefer in den Wald vor. Die Pflanzen um sie herum schienen sich noch enger aneinanderzudrängen, und der schauderhafte Geruch wurde intensiver.

»Sind alle da?« fragte Neelix und versuchte, seiner Stimme einen fröhlichen Klang zu geben.

»Wir sind hier, Mr. Neelix.« Fähnrich Kales Antwort kam vom Ende der Kolonne.

Neelix drehte sich wieder um und sah etwas, das wie ein unüberwindliches Hindernis wirkte: eine massive Wand aus Büschen, Sträuchern, Bäumen und Dornen. Er leuchtete mit dem Handlicht, suchte zunächst vergeblich nach irgendeiner Lücke. Dann entdeckte er am Boden ein Loch, an dessen Rändern er einige abgebrochene Zweige fand – was darauf hindeutete, daß diese Route schon einmal benutzt worden war, vermutlich von irgendwelchen Tieren. Neelix sank auf die Knie und leuchtete in die Öffnung. Offenbar handelte es sich um einen Tunnel, der ein ganzes Stück durchs Dickicht führte, vielleicht sogar bis zur anderen Seite.

Allerdings ... Um ihn zu passieren, mußte man auf dem Bauch kriechen, Zentimeter um Zentimeter, durch eine Dunkelheit, in der hungrige Geschöpfe lauern mochten.

Der Talaxianer wandte sich an die Gruppe. »Dies scheint der einzige Weg zu sein.«

Die jungen Leute blickten ohne große Begeisterung zu dem Loch. Niemand von ihnen freute sich darauf, durch den finsteren, stinkenden Tunnel zu kriechen. Alle suchten nach einer Alternative, doch LeFevre beendete ihre Überlegungen mit folgendem Hinweis: »Die Kazon sind jetzt auf der Lichtung.«

Was bedeutete, daß sie innerhalb weniger Minuten in den Wald vorstoßen würden. Neelix und seinen

Begleitern blieb keine Wahl. Sie mußten durch den Tunnel.

Der Talaxianer atmete tief durch und gab sich optimistisch. »Ich glaube, dies bringt uns bis zur anderen Seite.« Er lächelte zuversichtlich, streckte sich dann auf dem Boden aus und kroch in die dunkle Öffnung, die vielleicht Sicherheit versprach – oder auch nicht.

Nur einige Sekunden später bedauerte er seine Entscheidung. Es wäre besser gewesen, sich auf einen Kampf gegen die Kazon vorzubereiten, anstatt wie Insekten durch diesen Tunnel zu kriechen. Dornenzweige zerrten an seinem Haar, und er konnte nicht einmal einen halben Meter weit sehen. Es war feucht und heiß in der kleinen Passage. Dampf stieg von der verrottenden Masse auf, die einen schleimigen Matsch auf dem Boden bildete, und der Gestank wurde schier unerträglich. Neelix dachte an Kes, an die zarte Schönheit der Ocampa und ihre sanften, zärtlichen Berührungen – auf diese Weise gelang es ihm, sich ein wenig von der gräßlichen Umgebung abzulenken.

Er stützte sich mit der einen Hand ab, und sie geriet in einen Haufen, der aus Fell, Knochen und einer weichen, gelatinösen Masse bestand. Neelix verzichtete darauf, sich zu fragen, was das Etwas einst gewesen sein mochte. Er hörte, wie ihm die anderen folgten, seiner Führung vertrauten.

Kurz darauf vernahm er ein leises Kratzen, wie von einem schweren Seil, das langsam über den Boden gezogen wurde. Rasch drehte er sich auf die Seite und leuchtete in die entsprechende Richtung. Für einen Sekundenbruchteil glaubte er, Schlitzaugen zu erkennen, doch sie verschwanden sofort wieder in der Dunkelheit.

Trotz der Hitze schauderte Neelix und kroch schneller durch die Finsternis.

Nach einer Weile wurde der Tunnel breiter, und bald konnte der Talaxianer kriechen, ohne daß ihm immer wieder Dornen über die Hände und das Gesicht kratzten. Außerdem sank die Temperatur ein wenig. Nach einigen weiteren Metern hob Neelix den Kopf, um den Weg dann auf Händen und Knien fortzusetzen und schließlich ganz aufzustehen. Der Tunnel verwandelte sich hier in einen breiten, vom Grün überdachten Durchgang, der viel Platz bot.

Auch die anderen Mitglieder der Gruppe erhoben sich schnaufend und dankbar. Als alle den Tunnel verlassen hatten, hob Neelix seinen Phaser. »Kale, LeFevre, Hutchinson – richten Sie Ihre Waffen auf das Dickicht. Es soll den Kazon ein wenig schwerer fallen, uns zu folgen.«

Phaserstrahlen versiegelten den Tunnel durch das Dickicht. Neelix lächelte, als er sich die durch den Gestank kriechenden Kazon vorstellte: Für sie endete die enge Passage nun mitten im undurchdringlichen Pflanzengewirr.

Einen knappen Kilometer weiter vorn sahen sie ein wenig Sonnenlicht – das Ende des Waldes. Jenseits davon wartete Tuvoks Gruppe, von der sie jetzt nur noch wenige Minuten trennten.

Neelix winkte und setzte sich in Bewegung, gefolgt von den anderen. Sie schritten dem matten Glühen des Sonnenscheins entgegen.

Dann fiel plötzlich etwas auf sie herab.

Neelix spürte, wie sich hinter ihm etwas aus dem Blätterdach löste und fiel, seinen Hinterkopf streifte und dann auf dem Boden landete. Verwirrt drehte er sich um und sah, wie sich ein dunkler Schlangenleib um LeFevres Schultern schloß. Der junge Mann schnappte erschrocken nach Luft und gab dann einen erstickten Schrei von sich. Bevor Neelix etwas unternehmen konnte, fielen weitere Geschöpfe von den Bäumen. Sie zischten und fauchten, schufen damit eine Geräuschkulisse, die bei den Angegriffenen noch mehr Entsetzen verursachte.

Und dann der Geruch ... Der schreckliche Verwesungsgestank, den sie die ganze Zeit über wahrgenommen hatten, ging von diesen Wesen aus. Schleimige Flüssigkeit quoll aus ihren langen, röhrenförmigen Schnauzen, ein Miasma des Todes und des Zerfalls. Neelix hob den Phaser, fürchtete jedoch, LeFevres Kopf zu treffen. Der junge Mann stöhnte schmerzerfüllt – die Schlange versuchte offenbar, ihm den Brustkorb zu zerquetschen.

Der Kopf des Wesens schwang herum, und es starrte Neelix aus glitzernden, uralt wirkenden Augen an. Der Talaxianer nutzte die gute Gelegenheit, zielte und betätigte den Auslöser.

Ein Strahlblitz traf den Schädel des Reptils, dessen Leib sofort erschlaffte und sich vom Körper des Menschen löste. LeFevre keuchte, befreite sich ganz aus der Umklammerung und stieß den Kadaver beiseite.

Die übrigen Mitglieder der Gruppe waren in einen ähnlichen Kampf verwickelt. In der Düsternis fand ein verzweifelter, tödlicher Tanz statt, als die Besatzungsmitglieder der *Voyager* versuchten, die Angreifer abzuwehren. Wer nicht selbst von einer Schlange attackiert wurde, trachtete danach, den Kameraden zu helfen. Sie bemühten sich, auf die Köpfe der Reptilien zu zielen, doch aufgrund ihrer Agilität fiel es sehr schwer, einen Treffer zu erzielen.

Neelix sah, wie sich eine Schlange um Greta Kale wand, sie auf die Knie sinken ließ. Er wollte zu ihr eilen, spürte jedoch einen jähen Druck am Fußknöchel. Als er den Blick senkte, bemerkte er ein um sein Bein gewickeltes Reptil – der röhrenförmige Kopf wandte sich ihm entgegen. Er feuerte blindlings, verfehlte das Ziel jedoch und spürte, wie der Schlangenleib stärkeren Druck ausübte. Praktisch sofort wurde das Bein taub. Er hielt nach dem Schädel des Wesens Ausschau, der hin und her schwang, visierte ihn an, feuerte erneut ... Der Strahl trennte den Kopf vom

Rest des Körpers, und sofort ließ der Druck am Bein nach.

Der Talaxianer wandte sich Greta zu, deren Gesicht bereits blau anlief. Ihre Augen waren weit aufgerissen. Vergeblich suchte er nach dem Kopf der Schlange und beschloß dann, nicht noch mehr Zeit zu verlieren. Er richtete den Phaser auf den gefleckten Leib und drückte ab.

Die Schlange explodierte regelrecht.

Gewebefragmente und Flüssigkeit spritzten Neelix entgegen, der sich mit erhobenen Händen davor zu schützen versuchte. Einige Knochensplitter klebten im Gesicht und an den Haaren fest, doch viel wichtiger war: Es drohte Kale keine Gefahr mehr. Sie atmete wieder, wenn auch flach und mühsam. Ein leises Stöhnen wies den Talaxianer darauf hin, daß unter dem Druck der Schlange vielleicht einige Rippen nachgegeben hatten.

Er sah sich um und stellte fest, daß die Situation unter Kontrolle zu sein schien. Schlangen lagen reglos oder zuckend auf dem Boden, und alle Mitglieder der Gruppe standen. Einige schnauften halb zusammengekrümmt; andere beobachteten mißtrauisch die Reptilien auf dem Boden und suchten in den Bäumen nach weiteren Angreifern.

Eigentlich handelte es sich gar nicht um Schlangen. An den dunklen Körpern bemerkte Neelix einige kleine, beinartige Gliedmaßen, die wahrscheinlich zur Fortbewegung auf dem Boden dienten und den Geschöpfen einen besseren Griff ermöglichten, wenn sie Beute umklammerten. Die langen Schnauzen konnten weit aufgerissen werden, um auch größere Opfer zu verschlingen.

Neelix konnte sich kaum häßlichere Wesen vorstellen. Er schauderte einmal mehr, dankbar für die sehr leistungsfähigen Starfleet-Phaser. Seine eigene Waffe hätte sich vielleicht als nicht so wirkungsvoll erwiesen.

Er bedeutete einem Fähnrich, Greta zu helfen. Gemeinsam stützten sie die junge Frau und führten sie zum Licht am Ende des langen Durchgangs. Es schien Sicherheit zu verheißen.

Tuvok nahm eine neuerliche Sondierung mit dem Tricorder vor: Neelix und seine Gruppe näherten sich. Die Kazon befanden sich hinter ihnen und blieben in Bewegung. Der Vulkanier hielt es für angebracht, so schnell wie möglich Deckung zu finden.

Er drehte sich zu seinen Begleitern um, die nach etwas suchten, das Schutz vor den Kazon gewährte. In dieser Hinsicht wirkte die Landschaft nicht vielversprechend. Es gab keine Anhöhen, die sich leicht verteidigen ließen, und Versteckmöglichkeiten existierten nur in dem Wald, durch den Neelix kam. Tuvok hielt nichts davon, in offenem Gelände mit den Kazon konfrontiert zu werden, doch darauf schien alles hinauszulaufen.

Er wandte sich an Fähnrich Kim, der aufmerksam den Boden scannte. Der junge Mann hatte nach einem Muster Ausschau gehalten, das nur aus der Luft erkennbar war und auf eine verborgene Grabstätte hinwies. Kurz vor dem Eintreffen der Kazon hatte er geglaubt, ein solches Muster identifiziert zu haben. Doch die Suche danach wurde unterbrochen, als sich herausstellte, daß Gefahr von den Neuankömmlingen drohte. Jetzt galten ihre Sondierungen eventuellen Höhlen, in denen sie Zuflucht finden konnten.

»Lieutenant Tuvok!« platzte es aufgeregt aus Kim heraus. »Ich habe etwas gefunden!«

Der Fähnrich stand etwa fünfzig Meter entfernt und winkte dem Vulkanier zu.

Dann verschwand er plötzlich.

Tuvok lief sofort los und eilte durchs Gestrüpp. Als die Entfernung zu der Stelle schrumpfte, an der sich Kim scheinbar in Luft aufgelöst hatte, hörte er erneut die Stimme des jungen Fähnrichs.

»Dies ist sie, Lieutenant – ich bin ganz sicher!«

Tuvok näherte sich und sah, daß sich ein Teil des Bodens nach unten gesenkt hatte. Es handelte sich dabei offensichtlich um eine falltürartige kreisförmige Konstruktion: Dreieckige Segmente des Kreises führten wie Rampen nach unten, und eine dieser Rampen schritt Tuvok ab. Unten erwartete ihn Kim. Er stand in der Mitte einer großen unterirdischen Kammer.

»Dies dürfte die Grabstätte sein, nach der wir suchten. Hier können wir uns vor den Kazon verstecken.«

»In der Tat, Mr. Kim. Ich hole die anderen.«

Der Vulkanier kehrte nach oben zurück und klopfte auf seinen Insignienkommunikator. »Tuvok an alle. Gruppieren Sie sich neu.«

Er sah, wie Neelix und sein Team aus dem Wald kamen. Offenbar gab es Verletzte bei ihnen, was auch Kes bemerkte – sie hastete der Gruppe mit ihrer Medotasche entgegen. Der Talaxianer und seine Begleiter wirkten seltsam. Tuvok bemerkte zerzaustes Haar, darin Reste von Blättern und kleinen Zweigen, schmutzige Uniformen und blutige Gesichter. Einige Männer und Frauen hinkten. Fähnrich Kale wurde von Neelix und LeFevre getragen. Alles deutete darauf hin, daß es zu einem Kampf gekommen war.

»Hier entlang, Mr. Neelix. Wir haben einen Ort gefunden, der Schutz bietet.«

Der Talaxianer lächelte schief und führte seine Gruppe dem Vulkanier entgegen. Kes richtete einen medizinischen Tricorder auf Kale und untersuchte sie.

»Wir haben einiges hinter uns, Mr. Vulkanier«, sagte Neelix. »Sie wollen bestimmt alle Einzelheiten erfahren – natürlich erst, wenn wir in Sicherheit sind.«

»Ja.« Tuvok freute sich nicht gerade auf eine von Neelix' endlosen Schilderungen. Der Talaxianer schien aus irgendeinem Grund zu glauben, er lege Wert auf eine exakte Beschreibung selbst der unwichtigsten Details. Seine Langatmigkeit stellte selbst die vulkanische Geduld auf eine harte Probe.

Tuvok vergewisserte sich, daß alle Mitglieder der Einsatzgruppe die unterirdische Kammer erreicht hatten, näherte sich dann Kim, der die Felswand des Gewölbes betrachtete.

»Es muß hier irgendwo einen Kontrollmechanismus geben, mit dem sich der Zugang schließen läßt. Die Vorrichtung an der Oberfläche reagiert auf Druck. Sie verbarg sich im Gestein, und ich fand sie aufgrund einer gravimetrischen Signatur, die sich von der Umgebung unterschied.«

Kim richtete den Tricorder auf verschiedene Stellen der Wand und behielt dabei das Display im Auge.

»Seltsam«, sagte er. »Ich kann nicht feststellen, woraus die Wand besteht. Es sieht nach gewöhnlichem Gestein aus, aber die Sensoren registrieren auch organische Komponenten.«

»Im Delta-Quadranten existieren viele Substanzen, die der Föderationswissenschaft unbekannt sind«, entgegnete Tuvok.

»Was auch immer es sein mag: Ich hoffe, das fremde Material ist hart und stabil genug, um die Kazon von uns fernzuhalten.«

»Hoffen wir vor allem, daß die Kazon nicht den Mechanismus finden, der die Grabkammer öffnet.«

Einige Männer und Frauen schritten umher, erforschten die neue Umgebung. Neelix' Gruppe hingegen hatte erschöpft Platz genommen, und Kes kümmerte sich um die Verletzten.

»Aha«, sagte Kim und nickte zufrieden. »Bitte treten Sie zurück, Sie alle. Ich glaube, ich habe die Vorrichtung gefunden.«

Er drückte die Hand auf eine ganz bestimmte Stelle an der Wand, und eine Sekunde später zischte Luft. Die Rampen glitten stumm nach oben und vereinten sich perfekt zu einer Decke, die das Sonnenlicht fernhielt.

Es wurde stockfinster in der unterirdischen Kammer. Handlichter strahlten durch die Finsternis, und Tuvok entdeckte Magnesiumkarbonat, das er mit dem Phaser entzündete – auf diese Weise bekamen sie Licht und Wärme. Andere folgten seinem Beispiel. Es dauerte nicht lange, bis die Finsternis aus der Kammer wich und ein warmes Glühen die Schatten zurückdrängte.

Eine veränderte Atmosphäre entstand, und Tuvok hoffte, daß sie die Mitglieder der Einsatzgruppe beruhigte. Sie waren vorerst in Sicherheit – falls man in diesem Zusammenhang wirklich von Sicherheit sprechen konnte. Immerhin befanden sie sich in der geheimnisvollen Grabkammer eines unbekannten Volkes, auf einem fremden Planeten, achtundsechzigtausend Lichtjahre von zu Hause entfernt.

Und hier warteten sie auf die Kazon.

8

Der Boden war hart und felsig. Kathryn spürte einen spitzen Stein am Bein, als sie sich auf dem Bauch ausstreckte und über den Rand des Steinbruchs hinweg zu den Badenden tief unten blickte. Die Sonne stand hoch am Himmel, aber im Gegensatz zu den Sommern ihrer terranischen Heimat wurde es auf dem Mars nie richtig heiß.

Sie drehte den Kopf und sah zu den beiden Mädchen, die neben ihr lagen, Emma North und Mary O'Connell. Sie trugen Badekleidung und T-Shirts. Ihre Taschen enthielten Musikmodule, Spiele, Snacks, Sonnenschutzmittel und andere Dinge, die einen Badenachmittag angenehm gestalten sollten.

»Wenn man uns hier sieht, erfahren bestimmt unsere Eltern davon«, brachte Mary mit einem heiseren Flüstern hervor. »Wieso habe ich mich bloß von dir überreden lassen?«

Das Baden in den Steinbrüchen der Mars-Kolonie galt als sehr riskant, und ihre Eltern hatten es streng verboten. Das Wasser war tief und kalt, der Zugang zu den Seen gefährlich – jederzeit konnte scharfkantiger Fels schutzlose Haut aufreißen. Die Mädchen wußten natürlich davon, aber früher oder später badete *jeder* einmal in den Steinbruchseen. Es war gewissermaßen zu einem Rite de passage geworden.

Schon seit Jahren verspürte Kathryn den Wunsch, einmal im Steinbruch zu schwimmen. Starfleet unterhielt viele für Offiziere bestimmte Einrichtungen auf dem Mars, und die Familie Janeway verbrachte dort so manchen Sommerurlaub. Bisher hatten die Eltern Kathryn immer aufmerksam im Auge behalten, doch jetzt war sie vierzehn Jahre alt und unterlag einer nicht mehr ganz so strengen Kontrolle.

»Warum bist du so beunruhigt? Die Leute schwimmen hier schon seit Jahren. Seit Jahrzehnten.«

»Wir hätten nicht hierherkommen sollen.«

»Es bleibt unser Geheimnis.«

»Es kann kein Geheimnis bleiben, wenn uns die anderen Schwimmer dort unten sehen.«

»Sie werden uns nicht zu Gesicht bekommen«, sagte Kathryn zuversichtlich. »Weil wir uns ihnen überhaupt nicht zeigen.«

Sorge zeichnete sich in Emmys Gesicht ab. »Das läßt sich wohl kaum vermeiden, wenn wir dort baden.«

»Wir baden in einem anderen See. Es gibt hier viele. Sie bilden ein regelrechtes Netzwerk, das kilometerweit durch die Hügel reicht.«

»Woher willst du das wissen?«

Kathryn lächelte und erinnerte sich an einen ganz bestimmten Tag vor fünf Jahren. Er hatte sich ihr fest ins Gedächtnis eingeprägt. »Jemand, der sich hier gut auskennt, wies mich darauf hin. Er führte mich durch die ganze Kolonie. Wenn man eine Atemkieme benutzt und in einem der Steinbruchseen taucht, so kann man das Höhlensystem unter Olympus Mons erreichen. Wußtet ihr das? Es gibt Hunderte von unterirdischen Höhlen und Seen. Man muß manchmal einen ganzen Kilometer weit tauchen, bis man schließlich zur nächsten Höhle gelangt. Irgendwann unternehme ich einmal eine solche Entdeckungsreise.«

Die beiden anderen Mädchen starrten sie an, als seien ihr gerade besonders häßliche Warzen gewachsen. »Das klingt *schrecklich*«, meinte Mary. Emma nickte sofort. »Und gefährlich.«

»Ich finde, es klingt aufregend. Andere haben eine solche Tour bereits gemacht.«

»Kam es dabei nie zu Todesfällen?«

Kathryn zögerte. Data hatte tatsächlich einen fatalen Unfall bei der Expedition durch das Höhlensystem von Olympus Mons erwähnt – was jedoch nur dazu führte, daß Kathryns Interesse wuchs. Damals beschloß sie, sich irgendwann einmal dieser besonderen Herausforderung zu stellen. Aber sie durfte sicher nicht hoffen, dabei von Emma und Mary begleitet zu werden.

»Für einen erfahrenen Taucher ist es nicht gefährlich«, sagte sie fest.

»Bist du erfahren?«

»Ich habe den Taucherschein und brauche nur noch etwas mehr zu üben. Deshalb wollte ich hierher.«

»Ich dachte, wir sind hierhergekommen, um zu schwimmen und Spaß zu haben.« Diese Worte stammten von Emma, die immer skeptischer wirkte.

Kathryn seufzte. Es fiel ihr zunehmend schwerer, Emmas und Marys Gesellschaft als angenehm zu empfinden. Seit vielen Jahren waren sie ihre besten Freundinnen, doch in letzter Zeit reagierten sie oft mit Furcht und Nervosität, wenn Kathryn etwas vorschlug. Eigentlich freute es sie, daß sie bald nicht mehr gemeinsam zur Schule gehen würden.

Endlich stand ihr Wechsel zum Akademie-Institut bevor. Lange hatte sie mit ihren Eltern darum gerungen; die Erlaubnis hatte sie schließlich bekommen, als sie einen wichtigen Mathematikpreis gewann. Die letzten vier Jahre der Vorbereitungsschule würde Kathryn an jenem Ort verbringen, den sie von Anfang an hätte besuchen sollen.

Am Institut fand sie bestimmt neue Freunde – Freunde, die ihre Neugier und Abenteuerlust teilten, die ebenfalls gern Neues entdeckten. Schluß mit Tennis, Klavierunterricht und Ballett. Sie durfte endlich die Welt des vierundzwanzigsten Jahrhunderts betreten und konnte es gar nicht abwarten.

»Ist es weit bis zum anderen See?« Unbehagen erklang in Marys Stimme. Die Vorstellung, sich noch weiter von der Kolonie zu entfernen, schien sie zu beunruhigen.

»Nein. Er befindet sich hinter der nächsten Anhöhe.«

»Wir sind ziemlich weit weg. Was ist, wenn etwas passiert?«

»Zum Beispiel?«

»Ein Unfall.«

Kathryn schüttelte verächtlich den Kopf. »Wir sind zu dritt. Einer von uns kann jederzeit zurückkehren und Hilfe holen.«

Die beiden anderen Mädchen wechselten einen Blick, der ihre Besorgnis widerspiegelte. Kathryn wurde allmählich wütend.

»Wollt ihr zurück? Meinetwegen. Dann schwimme ich eben allein.«

»Das ist gefährlich, Kathryn. Man sollte nie allein schwimmen.«

»Es ist mir lieber, als Zeit mit Leuten zu verbringen, die mit Jammermiene herumlaufen und darauf warten, daß irgend etwas Schlimmes passiert.« Sie stand ganz still, richtete einen durchdringenden Blick auf Mary und Emma. Erwartungsgemäß konnten sie diesem Blick nicht standhalten, wichen ihm aus und beobachteten die marsianische Landschaft.

»Nun?« drängte Kathryn. Mary fand als erste den Mut, sie anzusehen.

»Wir haben dir versprochen mitzukommen, und dabei bleibt es. Laß uns deswegen nicht streiten.«

Kathryn nickte, setzte den Weg fort und hörte, wie ihr Mary und Emma folgten. Sie seufzte leise. Die beiden Mädchen erschienen ihr so *jung* – obwohl sie alle im gleichen Alter waren.

Sie kletterten nun über einen Hang mit großen Felsblöcken und Vorsprüngen. Immer wieder schoben sie sich durch schmale Passagen, die wie die gewundenen Gänge eines Labyrinths anmuteten. Nach einer Weile gelangten sie zu der Kuppe der Anhöhe. Unmittelbar dahinter ging es steil in die Tiefe.

Als sie sich dem Rand näherten, blieben Emma und Mary zurück, wagten sich nur noch ganz langsam vor. Kathryn sank auf alle viere und kroch vorsichtig zur Kante des Felsplateaus.

Vor ihr erstreckte sich der alte Steinbruch: hohe Hänge, an denen Ultraschallbohrer unübersehbare Spuren hinterlassen hatten. Fünfzig Meter weit führten sie in die Tiefe, bis zur Oberfläche eines Sees, der etwa fünfhundert Meter durchmessen mochte. Er bot einen eigenartigen und geheimnisvollen Anblick. Kathryn spürte, wie eine Mischung aus Furcht und Aufregung in ihr prickelte.

»Wie sollen wir nach unten gelangen?« hauchte Emma.

Kathryn wandte sich ihr zu. »Warum flüsterst du?«

Emma sah sie aus großen Augen an und wirkte sehr blaß. »Ich weiß nicht. Hier kommt es mir irgendwie ... gespenstisch vor.«

»Es ist ein sonderbarer und schöner Ort, eine Art Wildnis. Mir gefällt's.« Während Kathryn sprach, glitt ihr Blick über die Felswände und suchte nach einem geeigneten Weg.

Die Hänge waren nicht etwa glatt, sondern zerklüftet. Ein Kletterer fand dort überall Halt – sie konnten den See erreichen.

»Wir klettern. Bei solchen Felswänden dürfte das überhaupt kein Problem sein.«

»Kommt nicht in Frage.« Mary stand auf, und ihr Gesicht zeigte Entschlossenheit. »Dadurch fordert man Unheil geradezu heraus.«

Kathryn wollte antworten, doch plötzlich hörten sie alle das unmißverständliche Geräusch von Schritten – jemand näherte sich ihnen durch das Labyrinth aus Felsblöcken, das sie gerade durchquert hatten. Mary sank wieder auf die Knie, und schuldbewußt versuchten die drei, sich hinter einem Vorsprung zu verbergen. Kam jetzt einer ihrer Väter? Hatte jemand beobachtet, wie sie die Kolonie verließen und über die Tharsis-Ebene wanderten?

Das Knirschen der Schritte wurde lauter. Es konnte nur noch wenige Sekunden dauern, bis der Unbekannte den Bereich der Felsblöcke verließ. Kathryn hielt den Atem an. Sie zweifelte kaum daran, daß sie gleich ihrem Vater begegnete, und bestimmt war er wütend darüber, daß sie sich über ein ausdrückliches Verbot hinweggesetzt hatte.

Eine Gestalt erreichte das Plateau, war zunächst aber nicht zu identifizieren, weil das Licht der weiter hinten strahlenden Sonne zu sehr blendete. Sie war groß und schlank – ein Mann.

In Kathryns Magengrube krampfte sich etwas zusammen, als sie ihre Befürchtungen bestätigt glaubte. *Es ist mein Vater!*

»Hallo, werte Damen. Ein kleiner Badeausflug?«

Die Stimme klang vertraut, gehörte aber nicht ihrem Vater. Kathryn stand auf. Die Gestalt trat näher, und schließlich konnte sie ihr Gesicht sehen.

Hobbes Johnson.

Erleichterung und Kummer rangen in Kathryn um die Vorherrschaft. Natürlich war sie sehr froh darüber, daß es sich nicht um ihren Vater handelte. Aber der Anblick des schlaksigen und langweiligen Hobbes Johnson ruinierte ihr endgültig den Tag.

»Was machst du denn hier, Hobbes?«

»Die gleiche Frage könnte ich euch stellen. Der Aufenthalt bei den Steinbrüchen ist euch doch verboten, oder?«

»Wir sind wenigstens zu dritt. Du bist allein gekommen. Das ist dumm.«

»Nein, das ist es nicht. Ich habe gesehen, wie ihr aufgebrochen seid. Und ich dachte mir, daß ihr hierher wolltet.«

Ärger regte sich in Kathryn. »Glaubst du nicht, daß wir dich eingeladen hätten, wenn uns etwas an deiner Gesellschaft läge?«

Hobbes erbleichte, und Kathryn bedauerte ihre verbale Attacke sofort. Ihr lag nichts daran, seine Gefühle zu verletzen; sie suchte nur nach einem Ventil für den aufgestauten Frust. Mary und Emma starrten sie verblüfft an, und daraufhin wußte sie, daß sie zu weit gegangen war.

»Tut mir leid, Hobbes. Ich hab's nicht so gemeint. Der Tag ist bisher ziemlich frustrierend gewesen – daran liegt's. Ich möchte wirklich gern schwimmen, aber meine beiden Freundinnen sind alles andere als begeistert.«

Mary hatte noch immer die Borsten aufgestellt. »Ich bin begeistert *gewesen* – bis mir klar wurde, wie verrückt und gefährlich dies alles ist. Kathryn möchte an den Felswänden hinabklettern, um den See dort unten zu erreichen. So ein Wahnsinn.«

»Es ist der einzige Weg«, erwiderte Hobbes ruhig.

»Ohne mich. Ich kehre nach Hause zurück.«

»Ich ebenfalls«, sagte Emma, und beide Mädchen standen auf. Kathryn konnte es kaum fassen, fühlte sich verraten. Ihre beiden besten Freundinnen wollten sie mit *Hobbes Johnson* allein lassen?

»Na schön«, hörte sie sich antworten. »Geht ruhig heim. Wenn ihr nicht mutig genug seid, kann ich auf euch verzichten.« Wieder bereute sie ihre Worte. Ihr Mund schien sich plötzlich in ein eigenständiges Wesen zu verwandeln, das von ganz allein aktiv wurde, ohne ihre Erlaubnis. Sie sah, wie Mary beleidigt die Schultern straffte.

»Wenn du vernünftig bist, kommst du mit. Gib es zu, Kathryn: Es war eine dumme Idee.«

»Wenn ich eine Entscheidung treffe, so mache ich keinen Rückzieher, nur weil die Sache ein wenig schwierig wird. Nun, es steht euch natürlich frei, so zu handeln, wie *ihr* es für richtig haltet.« Kathryns Wangen glühten, und sie begriff, daß sie einfach nur trotzig war. Doch je länger diese Auseinandersetzung dauerte, desto sturer wurde sie.

»Komm, Mary. Laß uns gehen.« Emma schien es sehr eilig zu haben, den Steinbruch zu verlassen.

Mary zögerte. »Kathryn?«

Starrsinnig schüttelte sie den Kopf. Die beiden anderen Mädchen zuckten mit den Schultern, griffen nach ihren Taschen und gingen in die Richtung zurück, aus der sie gekommen waren. Kathryn sah ihnen nach, fühlte sich plötzlich sehr einsam und ohne Freunde.

Als besonders schlimm empfand sie es, jetzt ausgerechnet mit Hobbes Johnson allein zu sein. Sie warf ihm einen verlegenen Blick zu. Mit ausdrucksloser Miene beobachtete er, wie Mary und Emma im Felslabyrinth verschwanden. Kathryn fragte sich, was sie jetzt unternehmen sollte. Sie spielte mit dem Gedanken, noch ein wenig zu warten – um das Gesicht zu wahren – und dann ebenfalls umzukehren. Die Vorstellung, auch nur zwei weitere Minuten in der Gesellschaft von Hobbes zu verbringen, erschien ihr unerträglich.

Sie sah zum See hinab und erinnerte sich an ihre Absicht, dort im klaren Wasser zu schwimmen und zu tauchen.

Kathryn hob den Kopf, als sie Hobbes' Blick spürte.

Eigentlich sah er nicht mehr so gräßlich aus wie früher, obwohl man ihn gewiß nicht als attraktiv bezeichnen konnte. Er verwendete jetzt keine Hosenträger mehr, doch in seinem Gesicht zeigten sich einige rote Pickel – die dermalen Regenerationsbehandlungen schienen kaum etwas gegen seine Akne auszurichten. Kathryn fand es abscheulich.

Außerdem war er noch immer so dürr: ein hochaufgeschossener, gertenschlanker Junge mit dünnem Hals und immer zerzaustem Haar. Mit einem solchen Geschöpf war Kathryn allein, hoch oben im Steinbruch. Was nun?

»Wie wär's mit einem Versuch?« fragte Hobbes in einem neutralen Tonfall. Mit der gleichen Stimme hätte er einen Spaziergang durch ein Kornfeld vorschlagen können.

Kathryn zögerte, im Widerstreit mit sich selbst. Sie wünschte sich wirklich, in dem See zu schwimmen. Aber nicht mit Hobbes Johnson. Nein, auf keinen Fall.

Einmal mehr blickte sie nach unten. Das Wasser des Sees glitzerte verlockend.

Sie hob und senkte die Schulter, gab sich gleichgültig. »Da wir schon mal hier sind ...« Sie hob die Tasche und justierte ihre Riemen so, daß sie auf dem Rücken getragen werden konnte. Dann schob sie sich wieder näher an die Plateaukante heran und suchte nach einem geeigneten Weg in die Tiefe.

»Dort drüben«, sagte Hobbes und ging zu einer mehrere Meter entfernten Spalte. Er trat hinein, drehte sich um und streckte die Hände nach kleinen Vorsprüngen aus. Erstaunlich geschickt kletterte er den steilen Hang hinab.

Kathryn war beeindruckt. Sie verstand es, im Fels zu klettern, was sie den ›Wiesen‹ verdankte: Dort stand sogar eine so alte Sportart wie Klettern auf dem Lehrplan. Allerdings mangelte es ihr dabei an Eleganz und Stil. Sie näherte sich der Spalte, sah sofort, wo man Halt finden konnte. Rasch schwang sie sich ebenfalls hinein und folgte Hobbes nach unten.

Zehn Minuten später standen sie auf einem steinernen Gesims, das übers Wasser reichte – eine natürliche Sprungplattform. Hobbes hatte bereits seine Tasche geöffnet, holte seine Atemkieme und einen Thermoanzug aus speziellem Kunststoff hervor.

»Willst du tauchen?«

Er sah auf, als er die Kieme justierte. »Deshalb bin

ich hierhergekommen. Ich suche nach einem Zugang zum Höhlensystem von Olympus Mons.«

Kathryn glaubte, ihren Ohren nicht trauen zu können. »Du? *Du* willst ins Olympus-System?«

Hobbes musterte sie neugierig. »Warum fragst du? Weißt du davon?«

Sie nickte. »Eines Tages werde ich die Höhlen erforschen und eine Karte von ihnen anfertigen.«

»Wie hast du von dem Höhlensystem erfahren?«

»Ein Starfleet-Angehöriger erzählte mir davon. Und du?«

»Ich habe darüber gelesen. Es wurde in einer seltsamen Geschichte erwähnt, die ich in einer historischen Datenbank der Bibliothek fand.«

Kathryn nickte langsam. Hobbes schien den größten Teil des Tages damit zu verbringen, auf das Display seines kleinen Handcomputers zu starren – für ihn hatte das Lesen offenbar die gleiche Bedeutung wie für andere Leute das Atmen.

»Im vergangenen Jahr haben mein Vater und ich damit begonnen, in den Steinbrüchen zu tauchen«, fuhr Hobbes fort. »Sieben Seen sind inzwischen untersucht. Vor einigen Tagen waren wir auch hier, aber meine Atemkieme hatte eine Fehlfunktion, und deshalb mußten wir wieder fort.«

»Dein Vater läßt dich in den Steinbrüchen tauchen?«

»Ja.«

Kein Wunder, daß Hobbes so seltsam war – er stammte aus einer seltsamen Familie. *Niemand* ließ seine Kinder in den Steinbruchseen tauchen. Was dachte sich sein Vater dabei?

»Nun, hoffentlich bist du vernünftig genug, nicht allein zu tauchen.«

»Natürlich. Normalerweise bin ich dabei mit meinem Vater zusammen. Heute habe ich dich.«

Kathryn glaubte, Überheblichkeit in der ruhigen Gelassenheit des Jungen zu erkennen – eine Anmaßung, die sie wurmte. Sie hätte fast geantwortet, gar nicht tauchen zu wollen, nur um Hobbes eins auszuwischen. Gerade noch rechtzeitig erinnerte sie sich daran, daß ein Tauchgang im See ihren Wünschen entsprach. Mit der Weigerung, Hobbes zu begleiten, hätte sie sich nur selbst den Tag verdorben. Diesmal gelang es ihr, den Mund zu schließen, bevor er Worte formulieren konnte, die sie sofort bereute.

Sie streifte ihren eigenen Thermoanzug über: ein dichtes Netz aus Nichromfäden, das selbst dann die Wärme ihres Körpers bewahrte, wenn sich die Temperatur des Wassers dem Gefrierpunkt näherte. Sowohl Kathryn als auch Hobbes verfügten über die Ausrüstung, die sie auch in der Schule verwendeten – dort wurde Tauchen zusammen mit Felsklettern, Tennis und Schwimmen gelehrt. Ihnen standen leichte Schutzanzüge, Schwimmflossen und Atemkiemen zur Verfügung, die dem Wasser atembaren Sauerstoff entzogen und damit den gleichen Zweck erfüllten wie echte Kiemen. Vor langer Zeit waren Menschen mit schweren Sauerstoffflaschen getaucht. Später benutzte man spezielle Recyclingvorrichtungen für die ausgeatmete Luft: Das Kohlendioxid wurde mit Hilfe von alkalischem Hydroxid entfernt und dem Restsauerstoff Helium hinzugefügt. Mit solchen Geräten konnten Taucher bis zu vierundzwanzig Stunden unter Wasser bleiben.

Die Atemkiemen hingegen ermöglichten unbegrenzt langes Tauchen.

Sie überprüften gegenseitig die Markierungslichter, rückten die Atemkiemen zurecht und glitten ins Wasser.

Sofort spürte Kathryn Kälte. Die Schutzanzüge zeichneten sich durch ein extrem geringes Gewicht aus, und ihre besondere chemische Struktur gewährleistete Wärme selbst bei Wassertemperaturen von nur zwei Grad Celsius. Dennoch gewann Kathryn den Eindruck von Kühle.

Die zweite Überraschung bestand in der absoluten Klarheit des Wassers. Sie glaubte, hundert Meter weit sehen zu können – obwohl es eigentlich gar nichts zu sehen gab. In diesem See existierten weder Pflanzen noch Fische; diese Welt hier bestand allein aus Felsen und Wasser.

Stille herrschte, schenkte Kathryn Ruhe und Frieden. Mühelos schwamm sie durch die klare Kühle und behielt dabei die beiden grünen Markierungslichter auf Hobbes' Rücken im Auge. Sie wiesen darauf hin, daß mit ihm alles in Ordnung war.

Er glitt nach unten, hielt gleichzeitig auf die Felswand des alten Steinbruchs zu und suchte dort nach einer Öffnung, nach einem Spalt oder dunklen Fleck, der auf ein Loch hinwies, das vielleicht Zugang zum Höhlensystem gewährte.

Etwa vierzig Minuten lang tauchten sie und suchten methodisch die Felswände ab, ohne etwas anderes zu finden als nur massives Gestein. Schließlich gab Hobbes das Zeichen zum Auftauchen, und sie kehrten an die Wasseroberfläche zurück.

Kathryn war dankbar dafür, denn inzwischen empfand sie die Kälte als recht unangenehm. Sie wollte sich aufwärmen und etwas essen.

Doch Hobbes dachte gar nicht daran, wieder an Land zu gehen.

»Ich glaube, ich habe etwas gefunden.«

»Wo?« Kathryn hatte aufmerksam Ausschau gehalten, jedoch nichts entdeckt, das nach einer Öffnung aussah.

»Wir müssen ein ganzes Stück tiefer, um die Stelle zu erreichen. Ich würde gern zurückkehren und mir die Sache aus der Nähe ansehen. Du könntest bei etwa fünfundzwanzig Meter auf mich warten.«

»Das ist ziemlich tief.«

»Aber noch diesseits unseres Sicherheitslimits. Denk daran: Angesichts der geringeren marsianischen Schwerkraft ist das Wasserdruck nicht so hoch wie auf der Erde.«

Kathryn fühlte Hobbes' Blick, während sie kaltes Wasser traten. Sie wünschte sich wirklich, ins Trockene zu gelangen und sich aufzuwärmen, doch das wollte sie Hobbes Johnson gegenüber nicht zugeben. Deshalb nickte sie und rückte einmal mehr die Atemkieme zurecht. Er folgte ihrem Beispiel, und sie sanken wieder in die Tiefe.

Als sie sich fünfundzwanzig Meter unter der Wasseroberfläche befanden, forderte Hobbes Kathryn mit einer knappen Geste auf, an dieser Stelle zu verharren und zu warten. Sie beobachtete, wie er noch tiefer tauchte, der Dunkelheit entgegen. Seine Gestalt verschmolz mit den Schatten, die sich dort erstreckten, wohin das Sonnenlicht nicht vordringen konnte. Bald fiel es ihr schwer, das Glühen der Markierungslichter zu erkennen.

Und dann verschwand Hobbes ganz.

Kathryn spürte einen Frost, der noch kälter war als das Wasser. Und wenn dem Jungen etwas zugestoßen war? Wie sollte sie davon erfahren? Wie tief wollte er tauchen? Wie lange würde er unten bleiben?

Sie zwang sich zur Ruhe, atmete langsam und gleichmäßig, fokussierte den Blick auf ihre geisterhaft weißen Hände. Allmählich wich die Panik aus ihr, und daraufhin sah sie erneut in die dunkle Tiefe. Unglücklicherweise hatte sie keine Unterwasserfackel mitgebracht, auch keine Lampe. Der Grund: Ihr ursprünglicher Plan sah nicht vor, so tief zu tauchen.

In der Finsternis bewegte sich nichts.

Zehn Minuten verstrichen, und Kathryn begriff, daß sie handeln mußte. Nach und nach sank sie tiefer, achtete darauf, auch weiterhin gleichmäßig zu atmen. Sie durfte jetzt auf keinen Fall die Kontrolle über sich verlieren.

Nur konturlose Dunkelheit bot sich ihren Blicken

dar. Sie sah zur Felswand und hoffte, das Etwas zu erkennen, das Hobbes Neugier geweckt hatte.

Schließlich sah sie es, fünf Meter weiter unten.

Eine dunkle, klaffende Spalte in der Wand, kaum sichtbar in der Düsternis, nur ein vager Schemen. War es Hobbes darum gegangen? Als Kathryn näherkam, stellte sie fest, daß es sich tatsächlich um eine Öffnung handelte: ein schwarzes Loch in der Felswand, etwa zehn Meter breit und fünf Meter hoch. Sie glitt ihm entgegen.

Plötzlich merkte sie, daß sie von dem Loch *angezogen* wurde.

Hier gab es eine Strömung, und das bedeutete: Es konnte der Zugang zu einem unterirdischen Fluß sein, vielleicht sogar zu einem Höhlensystem, das sich tief in der Kruste des Planeten erstreckte.

Kathryn ließ sich von der Strömung zur Öffnung ziehen, die sich nun dicht unter ihr befand.

Doch sobald sie auf einer Höhe mit dem Loch war, nahm die Strömung schlagartig zu. Sie fühlte sich von einem jähen Zerren erfaßt, und der dunkle Schlund verschluckte sie.

Verzweifelt versuchte sie, sich der Strömung zu widersetzen, doch schon nach wenigen Sekunden sah sie die Vergeblichkeit solcher Bemühungen ein. Sie kämpfte nicht mehr dagegen an, hielt statt dessen auf die Wand zu.

Wie durch ein Wunder fanden ihre Hände Halt. Eine kleine, nach oben ragende Felsnase erlaubte ihr, sich daran festzuhalten, um nicht noch tiefer in die Schwärze gesaugt zu werden.

Für eine Weile blieb sie von Furcht gelähmt. Sie dachte an ihren Vater, an ihre Sorge, daß es seine Schritte waren, die sie auf dem Felsplateau gehört hatte. Wenn er es doch nur gewesen wäre! Dann könnte sie jetzt die Sicherheit der Kolonie genießen, wenn auch mit Stubenarrest bestraft.

Hier drohte der Tod.

Wo steckte Hobbes? Hatte ihn die Strömung ebenfalls in diesen Kanal gerissen? Mit aller Kraft hielt sich Kathryn an dem kleinen Felsvorsprung fest, drehte den Kopf und sah nach hinten.

Etwa fünf Meter entfernt glühten zwei grüne Markierungslichter im tintenschwarzen Wasser. Die Distanz zu ihnen wuchs nicht, aber das Licht flackerte, als die kleinen Module von der Strömung bewegt wurden. Offenbar war es auch Hobbes gelungen, sich irgendwo festzuhalten.

Die Umgebung blieb Kathryn verborgen. Abgesehen von den beiden Markierungslichtern herrschte völlige Finsternis, in der Kathryn absolut nichts sehen konnte.

Um Hobbes zu erreichen, mußte sie an der Wand andere Stellen finden, die Halt boten. Sie löste die eine Hand von der Felsnase, tastete in der Dunkelheit – und fand einen zweiten kleinen Vorsprung. Dort hielt sie sich fest, löste die andere Hand und achtete darauf, daß sie in unmittelbarer Nähe der Wand blieb, wo die Strömung weniger stark war.

Kathryn wiederholte den Vorgang mehrmals, und einige Minuten verstrichen. Zentimeter um Zentimeter näherte sie sich Hobbes, während das kalte Wasser unablässig an ihr zerrte. Sie fragte sich, warum Hobbes passiv blieb, warum er sich nicht nach vorn zog, der Öffnung entgegen.

Als sie die beiden Markierungslichter erreichte, fand sie eine Antwort. Der Junge befand sich nicht an der Wand, sondern fast im Zentrum des Kanals – was ihm dort Halt bot, blieb Kathryn ein Rätsel. Eins stand fest: Von seiner gegenwärtigen Position aus konnte er die Wand nicht erreichen. Er saß fest.

Kathryn überlegte, wie sie ihm helfen sollte. Wußte er überhaupt von ihrer Präsenz? Bestimmt – wenn sie seine Markierungslichter sah, so mußte er auch ihre bemerken. Sie schloß beide Hände um einen kleinen Vorsprung und krümmte den Leib, so daß er immer weiter in den Kanal hineinragte.

Kurz darauf berührten ihre Beine seinen Körper. Kathryn übte rhythmischen Druck aus und versuchte, dadurch eine Botschaft zu übermitteln – Hobbes sollte sich an ihr festhalten.

Es dauerte nicht lange, bis er verstand. Kathryn fühlte, wie sich eine Hand um ihren Fußknöchel schloß, dann eine zweite. Plötzlich mußten ihre eigenen Hände mit der doppelten Belastung fertig werden, denn Hobbes hing mit seinem ganzen Gewicht – beziehungsweise mit seiner ganzen Masse – an ihr. Die entscheidende Frage lautete nun: War Kathryn kräftig genug, um sie beide durch die Öffnung zu ziehen, zurück in den See?

Wenn es ihr gelang, ihn näher zur Wand zu bringen, so konnte er sich dort festhalten. Sie nutzte die Strömung aus, um die Beine zurückschwingen zu lassen. Das Zerren an ihnen schien immer mehr zuzunehmen und so stark zu werden, daß Kathryns Hände an dem Felsvorsprung abglitten …

Dann ließ der Druck abrupt nach. Sie drehte den Kopf und sah Hobbes' Markierungslichter an der Wand – allem Anschein nach hatte er irgendwo Halt gefunden.

Und dann begann der eigentliche Kampf. Kathryns Finger waren eiskalt und fast ganz taub. Immer wieder rutschten sie am glatten Fels ab. Sie bemühte sich, nicht den Mut zu verlieren, tastete in der Dunkelheit hin und her, auf der Suche nach kleinen Vorsprüngen, an denen sie sich etwas weiter nach vorn ziehen konnte.

Wie in Zeitlupe kam die Öffnung näher. Kathryn stellte sich vor, wie die pechschwarze Finsternis einem ersten vagen Grau wich, was darauf hindeutete, daß sie nur noch einige wenige Meter zurücklegen mußte, um diese kalte Hölle zu verlassen. Sie dachte daran, dem Sonnenlicht entgegenzuschwimmen, in eine Welt der Helligkeit und Wärme zurückzukehren …

Dann fanden Kathryns Finger eine Kante.

Sie befand sich in der Öffnung. Wenn sie es jetzt auch noch um den Rand schaffte, war alles überstanden.

Sie streckte die rechte Hand an der Kante vorbei und suchte nach etwas, das Halt bot. Doch ihre Finger strichen nur über glatten Fels.

Panik quoll in ihr empor, und sie spürte, wie ihr Herz jäh schneller schlug. Nur mit Mühe gelang es ihr, den emotionalen Aufruhr im Zaum zu halten, sich wieder zu beruhigen. Es mußte einen Weg geben. Hobbes befand sich dicht hinter ihr und stieß mehrmals gegen ihre Füße.

Kathryn achtete darauf, daß die rechte Hand festen Halt hatte, als sie sich umdrehte, bis ihr Gesicht zur Wand zeigte – auf diese Weise konnte sie den linken Arm weiter ausstrecken als zuvor den rechten.

Die linke Hand fand eine Kerbe im Fels, gerade breit genug für die Finger. Konnte sie sich dadurch ganz aus dem Kanal herausziehen?

Sie wartete einige Sekunden lang und atmete mehrmals tief durch, bevor sie einen Versuch wagte. Dann spannte sie die Muskeln und zog sich nach vorn, blieb gleichzeitig bemüht, den Körper so dicht an der Felswand wie möglich zu halten. Kurze Zeit später war sie außerhalb der Öffnung, und dort erlaubte es ihr die wesentlich schwächere Strömung, von dem Loch fortzuschwimmen.

Sie sah zurück, um festzustellen, ob Hobbes ihr folgte.

Es schien ziemlich viel Zeit zu vergehen. Die Kälte bescherte Kathryn eine sehr unangenehme Benommenheit, und sie dachte daran, daß sie nicht sofort zur Wasseroberfläche zurückkehren durfte – beim Weg nach oben mußten Dekompressionsphasen beachtet werden. *Komm schon, Hobbes,* dachte sie. *Du kannst es ebenfalls schaffen.* Sie blickte zur dunklen Öffnung, der sie entkommen war, trachtete danach, dem Jungen allein mit der Kraft ihres Willens zu helfen.

Kurz darauf sah sie ihn. So wie zuvor Kathryn rollte er um die Kante und blieb in unmittelbarer Nähe der Wand, bis er sich so weit von dem Loch entfernt hatte, daß die Strömung keine Gefahr mehr darstellte. Sie wechselten stumme Blicke, vollführten Gesten der Freude und stiegen so rasch auf, wie es ohne Risiken möglich war.

Zehn Minuten später erreichten sie die Wasseroberfläche, kletterten auf die Plattform, trockneten sich dort ab und genossen den warmen Sonnenschein. Sie aßen, tranken und lachten, glücklich darüber, alles mit heiler Haut überstanden zu haben.

Als sie sich ausgeruht hatten, kletterten sie wieder die steile Felswand empor – was ihnen nach dem Abenteuer im See geradezu lächerlich einfach erschien. Oben auf dem Plateau blieben sie noch einmal stehen und blickten zum glitzernden Wasser, das ihnen fast den Tod gebracht hätte.

Hobbes fing Kathryns Blick ein. »Du hast mir das Leben gerettet, Kath«, sagte er schlicht. »Das werde ich dir nie vergessen.«

Sie zuckte verlegen mit den Schultern. »Du würdest das gleiche für mich tun.«

»Ja, das würde ich«, erwiderte er, und etwas in seiner Stimme veranlaßte Kathryn, ihn neugierig zu mustern. Doch sein Gesicht verriet nichts.

Unbehagen regte sich in ihr. »Wir sollten jetzt besser zur Kolonie zurückkehren.«

»Das halte ich für eine gute Idee«, ertönte es scharf hinter ihnen.

Sie drehten sich um, und Kathryn sah ihren Vater. »Was ist nur in euch gefahren? Ihr wißt doch, daß die Steinbrüche für euch verboten sind.«

»Es ist meine Schuld, Sir«, sagte Hobbes sofort. »Ich bin mit meinem Vater hiergewesen und habe Kathryn gebeten, mit mir zu schwimmen.«

Kathryn spürte den Blick ihres Vaters auf sich ruhen. »Nun?«

Einerseits hätte sie Hobbes' freundliche Worte gern bestätigt, doch andererseits sah sie sich außerstande, ihren Vater zu belügen.

»Hobbes möchte mich schützen, und dafür bin ich ihm sehr dankbar, Dad. Ich habe Emma und Mary überredet, mich hierher zu begleiten. Hobbes kam später.« Sie sah zu dem Jungen. »Danke.«

Vizeadmiral Janeway klopfte auf seinen Insignienkommunikator, ergriff Hobbes und seine Tochter dann am Arm. »Janeway an Kontrollzentrum. Transferieren Sie drei Personen.«

Eine Sekunde später standen sie in der Zentrale. Mehrere Offiziere starrten verblüfft in ihre Richtung und lächelten – bestimmt geschah es nicht häufig, daß sie hier junge Leute in Badekleidung sahen.

Kathryns Vater führte die beiden Jugendlichen in einen nahen Korridor. »Habt ihr mir sonst nichts zu sagen?« fragte er.

»Wir wollten nur ein wenig Spaß haben. Wir sind geschwommen und ein wenig getaucht.« Kathryn hielt dem Blick ihres Vaters stand. Nein, Lügen kamen nicht in Frage, aber sie hielt es für durchaus gerechtfertigt, nicht die ganze Wahrheit zu sagen. Von der gefährlichen Situation im Kanal sollte er besser nichts erfahren.

»Aber dir ist klar, daß du damit gegen ein Verbot verstoßen hast?«

»Ja, Dad.«

»Du hast für die nächste Woche Stubenarrest, Kathryn. Und auch das Holodeck ist für dich gestrichen. Hobbes, ich erwarte von dir, daß du deinen Eltern alles erzählst. Anschließend liegt es bei ihnen, welche Entscheidung sie treffen.«

»Ja, Sir.«

»Dad ...« Kathryn versuchte, die Verzweiflung aus ihrer Stimme fernzuhalten. »Wir sind nur noch eine Woche lang hier. Ich habe noch einiges vor, und am nächsten Samstag findet eine Party statt ...«

»Daran hättest du denken sollen, bevor du dich auf den Weg zum Steinbruch gemacht hast. Such jetzt dein Quartier auf – dort wirst du die kommende Woche verbringen.«

Tränen brannten ihr in den Augen, und Kathryn zwinkerte sie rasch fort. Sie wollte auf keinen Fall vor ihrem Vater weinen und ihm damit zeigen, wie sehr sie unter der ungerechten Strafe litt.

Fast trotzig hob sie das Kinn und sah ihm in die Augen. »Ja, *Sir*«, sagte sie, drehte sich ruckartig um und ging fort. Sie hörte noch, wie Hobbes leise mit ihrem Vater sprach, sich entschuldigte und danach trachtete, mehr Verantwortung für den Zwischenfall zu übernehmen, Kathryn zu entlasten. Sie haßte ihn dafür.

Ihre Empörung wuchs. Wieso behandelte ihr Vater sie auf diese Weise? Er war kaum mehr zu Hause, nahm dauernd an irgendwelchen Besprechungen mit hochrangigen Starfleet-Offizieren teil. Welches Recht hatte er, einfach so zu erscheinen, um sie zu bestrafen? Die Ungerechtigkeit trieb Kathryn neue Tränen in die Augen.

Aber es regte sich auch noch ein anderer Gedanke in ihr. Er betraf einen Beschluß, den sie gefaßt hatte, als sie zusammen mit Hobbes zum Plateau hinaufkletterte. Eines Tages wollte sie zurückkehren, und dann würde sie vorbereitet sein. Sie wollte erneut im Steinbruch tauchen, den entdeckten Kanal passieren und das Höhlensystem unter Olympus Mons erforschen. Und es spielte überhaupt keine Rolle, was ihr Vater davon hielt.

9

»Statusbericht.« Captain Janeway trat mit erneuerter Entschlossenheit auf die Brücke. Sie hatte eine weitere Stunde geschlafen und fühlte sich erfrischt.

»Die Reparaturarbeiten dauern an, Captain. Wir haben noch kein Warppotential, aber das Impulstriebwerk müßte bald wieder einsatzbereit sein. Ein Teil unserer Waffenkapazität ist inzwischen wiederhergestellt: Eine Phaserbank ist funktionsfähig.«

»Irgendwelche Anzeichen von den Kazon?«

»Soweit wir wissen, befinden sie sich noch immer im Orbit um den Planeten. Der Nebel stört die Sensorsignale; wir können also nicht mit der üblichen Genauigkeit sondieren.«

Janeway nahm im Kommandosessel Platz. »Brücke an Maschinenraum.«

»Hier Torres, Captain«, klang eine Stimme aus dem Interkom. Sie stammte von B'Elanna Torres, der Chefingenieurin, in deren Adern auch klingonisches Blut floß.

»Wie lange dauert es noch bis zur Einsatzbereitschaft des Impulstriebwerks?«

»Maximal sechzig Minuten.«

»Und der Warpantrieb?«

Kurze Stille folgte. »Ich weiß es nicht genau«, erwiderte Torres vorsichtig. »Wir sind auf einige Probleme gestoßen.«

Janeway überlegte. Ohne Warppotential und mit nur einer funktionstüchtigen Phaserbank konnten sie nicht hoffen, sich gegen die Kazon durchzusetzen. Nein, es war besser, noch etwas mehr Zeit zu investieren und alle Bordsysteme in Ordnung zu bringen.

»Halten Sie mich auf dem laufenden, Lieutenant«, sagte Janeway und schloß den internen Kom-Kanal. Sie wandte sich an Chakotay, als plötzlich Tom Paris' beunruhigte Stimme ertönte.

»Wir bekommen Besuch im Nebel, Captain. Von einem anderen Schiff.«

»Kazon?«

»Ich glaube schon. In dieser Suppe kann man kaum sicher sein.«

Janeways Gedanken rasten. Ohne Waffen, ohne Warpantrieb und ohne zuverlässig arbeitende Sensoren grenzte es an Wahnsinn, eine Konfrontation mit dem Feind herbeizuführen. Sie mußten sich auch weiterhin verstecken.

»Gehen Sie auf minimale energetische Signatur. Im ganzen Schiff. Justieren Sie die Schilde so, daß fremde Sondierungsimpulse gestreut werden.«

Nur wenige Sekunden nach diesen Anweisungen wurde es dunkler, nicht nur im Kontrollraum der *Voyager*, sondern auch in den anderen Sektionen des Schiffes. Außerdem ließ das beständige leise Summen der Bordsysteme nach. Kontrollflächen glühten nicht mehr; Displays erloschen. Nur einige wenige Notlichter blieben aktiv. Eine geisterhafte Atmosphäre entstand. Jetzt waren fast alle Systeme deaktiviert, abgesehen von der Lebenserhaltung und den passiven Sensoren. Angesichts des drastisch reduzierten energetischen Niveaus konnte die *Voyager* kaum noch entdeckt werden.

Janeway hoffte, daß die Kazon dort draußen im Nebel irgendwann der Jagd überdrüssig wurden und verschwanden.

Jal Sittik stand mitten in einem dichten Wald und versuchte, seine Verwirrung vor den anderen Männern zu verbergen. Es erwies sich als erstaunlich schwer, die Föderationsleute zu fassen. Zuerst verschwanden sie in einem Dickicht, das sich als praktisch undurchdringlich erwies. Kurze Zeit später kamen sie auf der anderen Seite wieder zum Vorschein – die Ortungsgeräte wiesen ganz deutlich darauf hin.

Inzwischen hätte Sittiks Gruppe längst zu ihnen aufschließen sollen. Doch seltsamerweise war weit und breit nichts von ihnen zu sehen. Mehr noch: Die Biosensoren zeigten ihre Präsenz nicht mehr an.

Sittik stemmte erneut die Hände in die Hüften, nahm damit eine Haltung an, die Zuversicht ausstrahlen und seine Männer beruhigen sollte, während er eine Entscheidung zu treffen versuchte.

Verärgert stellte er fest, daß sich Jal Miskk näherte.

Miskks Haarschmuck war fast ebenso beeindruckend wie der Sittiks, was ihn mit Zorn erfüllte. Er argwöhnte, daß sich Miskk Behrni-Steine ins Haar band, die er gar nicht verdiente. Sittik lehnte es strikt ab, sich auf das Niveau eines derartigen Betrugs hinabzubegeben. Wut zitterte bei der Vorstellung in ihm, daß andere Leute glauben mochten, Miskk könnte ebensoviel Geschick wie er in Anspruch nehmen.

Miskk richtete einen Blick auf ihn, der zweifellos eine Herausforderung darstellte. »Nun?« fragte er. »Wo sind sie?«

Sittik musterte ihn streng und ließ seine Brust anschwellen, um den anderen Kazon einzuschüchtern. »Soll das heißen, Sie wissen es nicht?« erwiderte er scharf.

Miskk kniff die Augen zusammen, und die beiden Männer starrten sich an. Die Spannung der Feindschaft schien sich zwischen ihnen zu verdichten und nach einer Möglichkeit zu suchen, sich zu entladen. Sittik mochte diese stummen Duelle, denn es gab kaum jemanden, der seinem Blick länger als für einige wenige Sekunden standhalten konnte.

Es dauerte nicht lange, bis Miskk den Kopf zur Seite drehte und den Blickkontakt damit unterbrach. Sittik jubelte innerlich und genoß den Sieg. Er liebte es, zu erobern und zu triumphieren. Und dann der Lohn. Wenn er als Sieger zur Kolonie zurückkehrte, lagen ihm bestimmt die schönsten Frauen zu Füßen.

Er richtete den Biosensor auf den Horizont, streckte den Arm dazu ganz aus – eine Geste der Macht. Seine Leute würden Kraft und Zuversicht darin erkennen, zu dem Schluß gelangen, daß die gegenwärtigen Schwierigkeiten nur ein kleines, leicht zu überwindendes Hindernis auf dem Weg zum Sieg darstellten.

Sittik deutete auf eine Stelle, die etwa einen halben Kilometer entfernt war. Dort wuchsen Bäume mit seltsamen roten Früchten.

»Sie haben sich erneut in dem Dickicht versteckt«, sagte er. »Ihre Gruppe soll sie heraustreiben.«

»Wenn die Föderationsleute so nahe sind – warum werden sie dann nicht von unseren Biosensoren erfaßt?«

»Ich habe Lebensformen in dem Wald festgestellt«, erwiderte Sittik. »Halten Sie sich an Ihre Anweisungen.«

»Ich glaube nicht, daß es sich bei den Lebensformen um die Leute von der Föderation handelt ...«

»Ich leite diese Mission, Miskk. Gehorchen Sie meinen Befehlen, oder *Sie* verbringen die nächsten beiden Wochen in Ketten.«

Voller Genugtuung beobachtete Sittik, wie sich Miskks Gesicht verfärbte. Er setzte zu einer Antwort an, schluckte sie dann aber hinunter. Nach einem knappen Nicken bedeutete er seinen Männern, in Richtung des Dickichts vorzurücken.

Sittik hob erneut den Arm, um die Sondierungen fortzusetzen und herauszufinden, wo sich die Föderationsgruppe tatsächlich befand.

Das Gefühl der Enttäuschung kratzte an Harry Kims Selbstbewußtsein, obwohl er wußte: Seine gegenwärtigen Aktivitäten waren immer noch besser, als einfach herumzusitzen und auf die Kazon zu warten.

Tuvok hatte die Gruppe in kleinere Teams aufgeteilt, und im Anschluß daran brach Kim mit Kes auf, um die unterirdische Anlage zu erforschen. Sie erwies sich als sehr groß, bot bisher nur Rätsel und keine Erkenntnisse. Es hätte Tage und vielleicht sogar Wochen gedauert, das Labyrinth aus kilometerlangen Korridoren zu untersuchen.

Doch genau darauf schien es sich zu beschränken: auf Korridore, deren Wände alle aus der gleichen sonderbaren Substanz mit den organischen Komponenten bestanden. So oft und genau sie auch mit den Tricordern sondierten: Nirgends schien es Kammern zu geben. Sie fanden auch keine Leichen, Skelette, Zeichnungen oder Artefakte. Es fehlten all jene Dinge, die man in der Grabstätte erwarten durfte.

Nachdem Kim und Kes eine halbe Stunde lang gesucht hatten, wandte sich der junge Fähnrich enttäuscht an seine Begleiterin.

»Ich verstehe das nicht. Die Fremden gaben sich große Mühe, diese Anlage zu verbergen. Sie muß ihnen sehr wichtig gewesen sein. Doch sie enthält nichts.«

»Bestimmt gibt es hier etwas. Wir haben es nur noch nicht gefunden.«

»Die Tricorder bieten uns nicht den geringsten Hinweis.« Kim drehte sich im Kreis, behielt dabei das Display des Ortungsgeräts im Auge. »Nur Gestein und noch mehr Gestein. Wenn man diese Substanz so nennen kann. Man könnte sie für gewöhnlichen Fels halten, aber sie hat eindeutig eine organometallische Komponente.«

Er riß die Augen auf, als ihm der Tricorder plötzlich

noch etwas anderes zeigte. »Reagiert Ihr Gerät ebenfalls darauf, Kes? Erfaßt es etwas über uns?«

Kes richtete ihren Tricorder in die gleiche Richtung, und Falten bildeten sich auf ihrer Stirn. Sie nickte ernst. »Kazon.«

Die in den Anzeigefeldern dargestellten Biodaten waren eindeutig: Es handelte sich tatsächlich um Kazon. Mehrere von ihnen gingen über den Boden, der die Decke der unterirdischen Tunnels bildete. Sie konnten nichts hören: Das Felsgestein über ihnen war einen halben Meter dick, und weiter oben sorgte Gras für zusätzliche Isolierung. Vermutlich empfingen auch die Kazon keine akustischen Signale.

Trotzdem flüsterten sie.

»Kim an Tuvok.«

»Ich höre, Fähnrich.«

»Wir haben mehrere Kazon über uns geortet.«

»Bestätigung. Unsere Geräte erfassen sie ebenfalls. Für alle Teams wird Bereitschaft angeordnet. Was Sie betrifft ... Sie brauchen nicht zurückzukehren. Wir sollten ausschwärmen, damit es den Kazon schwerer fällt, uns zu orten.«

»Ja, Sir.« Kim sah zu Kes, die noch immer aufmerksam das Display ihres Tricorders betrachtete.

»Wenn wir die Kazon orten, müßten sie umgekehrt ebenfalls dazu in der Lage sein.«

»Vielleicht ist das auch der Fall. Aber es dürfte ihnen sehr schwer fallen, einen Weg hierher zu finden. Ich habe den Mechanismus entdeckt, weil ich das Muster auf dem Boden erkannte. Doch die Kazon verfolgen uns nur. Sie haben nicht die gleichen Überlegungen angestellt wie ich. Für sie präsentiert sich die Situation folgendermaßen: Wir befanden uns auf der Oberfläche des Planeten, und jetzt ist das nicht mehr der Fall. Ich bezweifle, daß sie herausfinden, wie wir an diesen Ort gelangt sind.«

»Hoffentlich haben Sie recht.«

»Ich schlage vor, wir setzen den Weg fort. Ich würde gern feststellen, was es mit diesem Labyrinth auf sich hat.«

Kes nickte, und daraufhin schritten sie wieder durch den Korridor. Sie nahmen ständig Sondierungen vor, und der Schein ihrer Handlichter schnitt durch eine Dunkelheit, die so lange unberührt geblieben war.

Während der nächsten fünfzehn Minuten wanderten sie durch Tunnel, und mit Hilfe der Tricorder zeichneten sie ihren Weg auf. Ohne jene Karte wären sie vielleicht gar nicht imstande gewesen, zu den anderen zurückzukehren.

Sie suchten die Wände, den Boden und die Decke ab, ohne irgendein Zeichen zu finden. Überall sahen sie nur den seltsamen Fels, der eigentlich gar kein richtiger Fels war.

Die Rätsel der unterirdischen Anlage blieben ungelöst.

»Ich bin mit meinem Latein am Ende«, sagte Harry Kim schließlich. »Diese langen Gänge scheinen überhaupt keinem Zweck zu dienen. Haben Sie eine Ahnung, wie lange es gedauert hat, diese Korridore anzulegen?«

»Wer auch immer der Baumeister ist: Er hatte viel Geduld. Daran sollten Sie sich ein Beispiel nehmen.«

Kim warf der Ocampa einen kurzen Blick zu und lächelte. Kes war sanft und bescheiden, doch hinter ihren äußeren Zartheit verbargen sich ein eiserner Wille und ein manchmal geradezu verblüffender Einblick in das Denken und Empfinden anderer Personen. Sie verfügte über gewisse mentale Fähigkeiten – über die sie selbst nicht genau Bescheid wußte –, aber ganz abgesehen davon verstand sie es, sofort zum Kern einer Sache vorzustoßen.

»Da haben Sie vermutlich recht. Wie dem auch sei: Der Bau dieser Anlage hat sicher enorm viel Zeit in

Anspruch genommen, woraus sich der Schluß ziehen läßt, daß sie für die unbekannten Baumeister sehr wichtig gewesen sein muß. Daher sollte man annehmen, daß sich hier etwas befindet, etwas, das geschützt werden sollte.«

»Der Leichnam eines Oberhaupts? Ein Schatz? Eine Karte?«

»Jeder einzelne Punkt käme in Frage. Aber vielleicht ging es um etwas ganz anderes.«

»Nun, um was es sich auch handeln mag: Vielleicht hat es für uns gar keinen Nutzen. Wir sollten in Erwägung ziehen, zu den anderen zurückzukehren.«

An diese Möglichkeit hatte Kim bereits gedacht, aber er wollte es nicht zugeben. »Ich bin nicht neugierig, weil wir hier etwas entdecken könnten, das sich vielleicht verwenden läßt. Ich bin neugierig, weil alles so geheimnisvoll ist. All die Skelette, und dann dieses Labyrinth ... Ich möchte eine Antwort auf die Frage nach dem Warum.«

Plötzlich hörte er, wie Kes nach Luft schnappte. Er verharrte abrupt und richtete den Schein seines Handlichts auf sie. Ihre Augen wirkte wie die einer Katze im Mondschein: groß und wachsam.

»Was ist los?«

»Ich weiß es nicht. Etwas ...«

Kim musterte sie. Er wußte vom telepathischen Potential der Ocampa. Spürte sie jetzt eine fremde Präsenz in den stillen, dunklen Korridoren?

Sie schloß die Augen und drehte sich langsam, schien bestrebt zu sein, den Ursprung einer leisen, nur für sie hörbaren Melodie festzustellen. Ihre Lippen teilten sich, und Kim hörte ihr leises Atmen. Dann schauderte sie ein wenig. Er wartete und wollte Kes jetzt auf keinen Fall stören.

Schließlich wandte sie sich ihm zu und öffnete die Augen. »Ich habe etwas gehört, in weiter Ferne ... Doch es verschwand.«

»Wie klang es?«

»Das läßt sich kaum beschreiben. Wie… auf Holz tropfendes Wasser.«

»Konnten Sie herausfinden, woher das… Geräusch kam?«

Kes schüttelte den Kopf – offenbar nahm sie jetzt nichts mehr wahr. »Haben Sie nichts gehört?«

»Nein, überhaupt nichts.«

Die Ocampa atmete tief durch und richtete einen fast verlegenen Blick auf den jungen Fähnrich. »Es ist vorbei. Jetzt herrscht auch für mich wieder völlige Stille.«

»Na schön. Gehen wir weiter.«

Sie schritten durch den Korridor und setzten die Sondierungen fort. Einige Minuten später erreichten sie eine Stelle, an der die Passage nach rechts abknickte.

Als sie die Biegung passierten, sahen sie weiter vorn drei bewaffnete Kazon.

Dem ersten Angriff des Kazon-Schiffes ging nur eine knappe Warnung von Tom Paris voraus, der am Navigationspult saß. »Die Waffensysteme der Kazon nehmen Energie auf, Captain.«

Kaum einen Pulsschlag später kam es zu einer Plasma-Entladung, und die *Voyager* schüttelte sich in der energetischen Druckwelle.

»Sie schießen aufs Geratewohl«, sagte Chakotay. »In der Hoffnung, uns allein durch Zufall zu treffen.«

Eine sehr unangenehme Angelegenheit, fand Janeway. Sie verabscheute es, hilflos dazusitzen und zu hoffen, nicht von den Plasmafackeln getroffen zu werden – oder daß sie, falls es doch zu einem Treffer kam, keinen großen Schaden anrichteten. Sie zog es vor, aktiv zu sein, Eigeninitiative zu entwickeln und zu handeln. Doch manchmal standen ihr solche Möglichkeiten nicht offen. Das hatte sie im Lauf der Jahre gelernt. Es handelte sich um eine Erkenntnis, die ebenso in ihr herangereift war wie viele andere: auf eine recht schmerzhafte Weise.

Sie lehnte sich im Kommandosessel zurück und versuchte, die Unruhe aus ihrem Innern zu verbannen, während sie dem dumpfen Donnern der Plasma-Entladungen lauschte. Die ganze Zeit über versuchte sie, nicht an Tuvok und die anderen zu denken, die auf dem Planeten zurückgeblieben waren.

10

Cheb Packer legte ihr in der Dunkelheit die Hand auf den Arm, und Kathryn spürte ein Prickeln, das ihren ganzen Körper erfaßte und in den Fingerspitzen endete. Auf diese Weise empfand sie immer, wenn er sie berührte, sie auch nur ansah oder ihr sein seltsam schiefes Lächeln schenkte.

Sie mochte alles an ihm. Sie liebte sein dunkles Haar mit der einen Locke, die ihm immer wieder in die Stirn fiel. Sie liebte seine Augen – ein so dunkles Blau hatte sie nie zuvor gesehen. Sie liebte seine breiten Schultern und starken Arme. Sie liebte seinen Intellekt – in ihrer Altersgruppe schien es niemanden zu geben, der imstande war, sich mit seiner Brillanz zu messen.

Kathryn konnte es noch immer nicht fassen: Von allen jungen Frauen im Akademie-Institut – die Besten der Besten – fühlte er sich ausgerechnet zu ihr hingezogen. Zweifellos gehörte sie nicht zu den Schönsten; sie glaubte, mit ihren kantigen Zügen und dem dürren Leib wie ein Wildfang auszusehen. Sie erbrachte auch nicht die besten Leistungen. Zwar zählte sie in allen Fächern zur Spitzengruppe, aber es gab immer einige andere Schülerinnen, die noch bessere Noten bekamen. Sie war auch nicht die Talentierteste oder Sportlichste. Und doch: Jetzt im letzten Studienjahr machte Cheb ihr den Hof.

Bisher hatte sie sich nie mit den anderen Mädchen verglichen. Nun begann sie, die ganze Angelegenheit auch aus dem Blickwinkel einer gewissen Rivalität zu sehen: Bess Terman hatte eine viel bessere Figur; Allie

Keagle hatte eine glattere Haut; Nath Malone hatte einen besseren Sinn für Humor. Alle hatten schöneres Haar.

Was fand Cheb an ihr?

Weiter vorn, im kalten dunklen Wald von Südohio, kicherte Anna Mears, und Cheb zischte sofort ein mahnendes »Pscht!« Kathryn wußte nicht, warum sie leise sein sollten. Die Wahrscheinlichkeit, daß sich um diese Jahreszeit jemand anders ausgerechnet hier im Wald befand, war sehr gering. Die Temperatur lag ein ganzes Stück unter dem Gefrierpunkt, und Schnee bedeckte den Boden, knirschte bei jedem Schritt. Die vier jungen Leute gingen hintereinander, folgten dem Verlauf eines kaum sichtbaren Pfads zwischen den Bäumen. Nur das Licht des Mondes, der von einem sternenübersäten Himmel herabschien, erhellte ihren Weg.

Sie hatten den Instituttransporter benutzt, natürlich ohne Erlaubnis. Cheb wußte angeblich, wie man die Aufzeichnungen so manipulieren konnte, daß niemand den privaten Transfer bemerkte. Er hatte die Konsole so programmiert, daß in zwei Stunden ein automatischer Retransfer erfolgte.

Nur noch wenige hundert Meter trennten sie von ihrem Ziel: Magruder Mansion – ein verlassenes Bauwerk tief im Wald. Cheb hatte ihnen davon erzählt. Er war schon einmal hiergewesen, zusammen mit seinem älteren Bruder und einigen Freunden. Er stellte ihnen ein gruseliges und faszinierendes Erlebnis in Aussicht, fügte hinzu, mit dem Transporter im Institut ließe sich der Ort ganz bequem erreichen. Er traf alle Vorbereitungen für den heimlichen Ausflug.

Kathryn hatte den Eindruck, schon seit einer halben Ewigkeit durch den Wald unterwegs zu sein. Die Luft war so kalt, daß sie fürchtete, ihre Nase könnte erfrieren. Taubheit breitete sich in den Füßen aus. Doch Chebs Hand an ihrem Arm schuf sofort Wärme. Sie blickte zum Himmel, suchte nach vertrauten Sternbildern und sah Zweige, die sich nackt dem Firmament entgegenstreckten. Sie erkannte sofort den Orion, und Sirius leuchtete hell über dem südlichen Horizont. Die beiden Zwillingssterne Castor und Pollux befanden sich fast genau im Zenit.

»Da ist es«, flüsterte Cheb. Kathryn und die anderen traten näher, spähten durch die Dunkelheit zu dem großen Schatten, der vor ihnen aufragte.

»Es wurde im einundzwanzigsten Jahrhundert errichtet«, hauchte Cheb. »Als Vorbild dienten alte Schlösser in Irland und England.«

Kathryn kannte solche Gebäude von Bildern, doch tatsächlich eins zu sehen – das erwies sich als weitaus beeindruckender. Es ragte auf einem Hügel empor, vier Stockwerke hoch. Mit Zinnen versehene Eck- und Spitztürme wuchsen aus verschiedenen Etagen und vereinten sich zu einem massiven zentralen Turm. Das Bauwerk strahlte Macht und Erhabenheit aus; Kathryn staunte wortlos.

»Gehen wir.« Cheb setzte sich wieder in Bewegung, hielt genau auf das Schloß zu.

»Wie gelangen wir hinein?« fragte Blake Thomas, ein dünner und sehr ernster Junge, der als Kapitän das Parrises Squares-Team leitete. Er gehörte zu den besten Schülern ihres Jahrgangs, und es konnte nicht der geringste Zweifel daran bestehen, daß er einen Studienplatz an der Starfleet-Akademie bekommen würde.

»Durch den Keller«, antwortete Cheb und führte die kleine Gruppe aus Abenteurern durch Schneewehen zum rückwärtigen Teil des Gebäudes. Dort deaktivierte er einige Bewegungsdetektoren, öffnete ein Fenster dicht über dem Boden und half seinen Begleitern dabei, in den Keller zu klettern.

Dort konnten sie ihre Lampen verwenden. Cheb und Blake schalteten ihre Handlichter ein, erhellten damit einen großen Raum mit gewölbter Decke und holzvertäfelten Wänden. Zwei Bahnen aus Holz erstreckten sich durch die Halle, getrennt von tiefen Rillen.

»Was ist das?« wandte sich Kathryn an Cheb.

Er lächelte. »Das sind Bowlingbahnen«, sagte er. Offenbar sah er die Verwirrung in Kathryns Zügen, denn er fügte hinzu: »Jenes Spiel erfreute sich bis vor etwa hundert Jahren großer Beliebtheit. Man rollt dabei eine schwere Kugel über solche Holzbahnen und versucht, zehn an ihrem Ende aufgestellte Kegel umzustoßen.«

Kathryn schüttelte den Kopf. Es klang lächerlich. Aber sie wußte: Die Menschen in vergangenen Epochen hatten sich mit den sonderbarsten Spielen amüsiert.

»Wer wohnte hier, Cheb? Und warum steht das Gebäude heute leer? Gehört es niemandem mehr?«

»Im einundzwanzigsten Jahrhundert wurde es von einem reichen Amateurhistoriker erbaut. Er wollte ein richtiges irisches Schloß für die Frau, die er liebte – sie kam aus Irland. Deshalb gab er ein Vermögen aus und ließ ein solches Gebäude in Ohio errichten. Aber seine Geliebte wurde hier nicht glücklich. Sie fühlte sich zu weit von der Heimat entfernt, zu sehr von allem anderen isoliert. Sie wollte ihn verlassen, doch er flehte sie an, bei ihm zu bleiben. Er drohte ihr sogar. Eines Tages verschwand sie und wies in einem Abschiedsbrief darauf hin, daß sie nach Irland zurückkehren wollte. Er war so verzweifelt, daß er seine Sachen packte, auszog und diesem Ort für immer den Rücken kehrte. Seit dreihundert Jahren steht das Schloß jetzt schon leer. In seinem Testament verfügte er, einen Fonds einzurichten, dessen Geld dazu dient, hier alles instand zu halten, doch nach ihm wohnte hier nie wieder jemand.«

Sie dachten stumm darüber nach. Kathryn fand die Geschichte sehr romantisch, und ihrer Meinung nach paßte sie gut zu einem so imposanten Gebäude. Sie erschien ihr weder absurd noch unwahrscheinlich.

»Man munkelte damals, der enttäuschte Mann hätte

seine Geliebte umgebracht und ihre Leiche hier im Haus versteckt«, fuhr Cheb fort. »Vielleicht im Keller.«

Kathryn sah ihn an. »Willst du uns Angst einjagen, Cheb?«

Er zuckte mit den Schultern. »Ich sage nur, was ich weiß.«

»Sehen wir uns den Rest an.« Anna ging zu der nach oben führenden Treppe, und die anderen folgten ihr, brachten eine Stufe nach der anderen hinter sich. Cheb und Kathryn bildeten den Abschluß. Erneut berührte er sie, hielt sie einige Sekunden lang zurück. Dann schob er sich näher heran und küßte sie.

Kathryn stellte erstaunt fest, wie weich ihr plötzlich die Knie wurden. Es handelte sich also nicht nur um leere Worte – so etwas konnte tatsächlich geschehen! Eine solche Wirkung erzielte Cheb Packer auf sie. Sie mochte das Gefühl und genoß die sehr intensiven Empfindungen, die sich in ihr regten. Die Sensibilität ihrer Fingerspitzen und Lippen schien sich zu verhundertfachen. Es fühlte sich fast so an, als explodierten kleine Feuerwerkskörper darin.

Sie folgten den anderen nach oben, fanden sie in einem großen, ebenfalls holzvertäfelten Eßzimmer. Tücher bedeckten Tische und Stühle, verliehen der Umgebung etwas Geisterhaftes. Auf der einen Seite zeigte sich ein großer marmorner Kamin; verblaßte Klee- und Distel-Muster schmückten die Decke.

Die jungen Leute zogen die Tücher fort, öffneten ihre Matchbeutel und holten alles Notwendige für ein Picknick hervor. Darin bestand ihr Plan: Sie wollten in einem irischen Schloß speisen. Sie hatten Suppe, Brötchen und von Kathryns Mutter gebackenen Karamelkuchen mitgebracht. Blake zündete Kerzen an, und in ihrem flackernden Schein nahmen sie an einem Tisch aus massivem Holz Platz, dessen Beine in den Nachbildungen von Bärenkrallen endeten.

»Mit ziemlicher Sicherheit beginnt im Herbst für

jeden von uns das Studium an der Starfleet-Akademie«, sagte Cheb. »Ich schlage daher vor, daß wir dieses Essen wiederholen: nächsten Februar in San Francisco.« Er griff in seinen Beutel und holte eine Flasche Wein hervor. »Trinken wir darauf.«

»Das ist doch sicher Synthehol, oder?« fragte Anna.

»Es handelt sich um echten Pinot Noir aus Nordkalifornien.« Cheb schüttete etwas Wein in eine Tasse, schnupperte daran und gab sich als Kenner.

Kathryn wußte nicht recht, was sie von Alkohol halten sollte. Sie hatte ihn nie probiert. In Hinsicht auf Synthehol war sie zu einigen Experimenten bereit gewesen, weil man dabei die Kontrolle behalten konnte. Bei Alkohol hingegen lag der Fall anders, und deshalb hielt sie ihn für gefährlich.

Cheb probierte einen Schluck, befand den Wein für in Ordnung und schenkte dann auch den anderen ein. Kathryn wartete vergeblich darauf, daß jemand ablehnte. Als die Reihe an sie kam, wollte sie nicht die einzige sein, die keinen Wein trank. Sie beobachtete, wie Cheb ihr ebenfalls einschenkte. Nun, eine Tasse konnte sicher nicht schaden. Außerdem paßte es zu der romantischen Atmosphäre, die sie hier zu schaffen versuchten.

Cheb hob seine eigene Tasse und sagte feierlich: »Nächstes Jahr in San Francisco.«

Alle tranken. Für Kathryn schmeckte der Wein fast samtig; er erwies sich als überraschend aromatisch.

Sie aßen Brötchen, löffelten heiße, würzige Suppe, sprachen leise miteinander und sahen sich immer wieder in dem schattigen Raum um. Die alten Damasttapeten lösten sich an einigen Stellen, leisteten damit einen Beitrag zu dem allgemeinen Eindruck von verblaßter Pracht. Das Haus war wie eine alte Dame, die versuchte, an der eleganten Fassade der Jugend festzuhalten, obwohl ihr Gesicht voller Falten und Krähenfüße war.

Eine Flasche Wein für vier Personen bedeutete pro Kopf kaum zwei Tassen. Kathryn bedauerte, daß es nicht mehr gab. Sie fühlte sich auf sehr angenehme Weise entspannt. Jene besondere Wärme, die sie immer in der Nähe von Cheb spürte, schien sich zu verstärken.

»Also gut«, sagte er nach einer Weile. »Jetzt wird es Zeit, den Rest des Hauses zu erforschen. Wartet nur, bis ihr das Bett im dritten Stock seht: ein riesiges Himmelbett mit einem unglaublichen Brokat-Baldachin.«

Cheb brachte sie in die große Eingangshalle. Von dort aus führte eine breite, verzierte Treppe vier Stockwerke weit zu einem zentralen Oberlicht empor. Sie wirkte irgendwie unheilvoll – und gleichzeitig sehr einladend. Langsam näherten sie sich ihr, strichen mit den Händen über ein aus poliertem Holz bestehendes Geländer, auf dem sich erstaunlicherweise überhaupt kein Staub abgesetzt hatte. Kathryn betrachtete ihre Finger.

»Hier müßte sich eigentlich eine dicke Staubschicht gebildet haben. Jemand scheint sie fortgewischt zu haben.« Sie schnupperte an den Fingern, roch Kiefernnadelöl. »Und zwar erst vor kurzer Zeit.«

Cheb zuckte mit den Schultern. »In seinem Testament hat Magruder für die Instandhaltung des Hauses Sorge getragen. Vielleicht war erst vor kurzer Zeit ein Säuberungstrupp hier.«

Kathryn entdeckte einen weiteren Geruch, ganz schwach – er weckte Assoziationen an brennendes Holz. »Riecht ihr das?« fragte sie. »Wie ... wie ein Kamin, in dem noch die Reste eines Feuers schwelen.«

Die anderen starrten sie groß an, und Kathryn begriff plötzlich: Nur sie hatte Erfahrung mit Kaminen. Daheim gab es einen, und ihre Eltern benutzten ihn oft. Der Grund dafür bestand natürlich in ihrer traditionalistischen Einstellung. Die meisten anderen Familien, deren Söhne und Töchter das Institut besuchten, verzichteten sicher auf solche Einrichtungen in ihren Häusern.

Sie erreichten einen Treppenabsatz, auf dem ein prächtiger Kleiderschrank stand. Auch er war kürzlich gereinigt worden, denn er glänzte im Schein der Handlichter. Wieder konnte Kathryn nicht der Versuchung widerstehen, mit den Fingern über das massive Holz zu streichen, als könnte sie dadurch einen Kontakt zu den Menschen herstellen, die hier einmal gelebt hatten.

Cheb zog sie weiter.

Als sie den Weg nach oben fortsetzten, schufen ihre Lichter geisterhafte Schatten, die auf gespenstische Weise hin und her tanzten. Furcht keimte in Kathryn. Sie war nicht ängstlich und hielt wenig von Geschichten, bei denen es um irgendwelchen übernatürlichen Unsinn ging. Doch sie erinnerte sich jetzt daran, was Cheb ihnen von der früheren Herrin dieses Schlosses erzählt hatte. War sie tatsächlich von ihrem verzweifelten Mann umgebracht worden? Ruhten ihre Knochen innerhalb der Mauern dieses Gebäudes? Hatte sich das Schloß in ihr Grabmal verwandelt?

Kathryn versuchte, das Unbehagen von sich abzuschütteln. Sie fühlte sich ein wenig benommen – ein Empfinden, das auf den Wein zurückging und alles andere als angenehm war. Sie legte großen Wert darauf, immer im Vollbesitz all ihrer Kräfte zu sein. Alkohol. Sie schwor, nie wieder irgendwelche alkoholischen Getränke anzurühren.

»Da ist es wieder«, sagte sie. »Riecht ihr es jetzt?«

Diesmal bestätigten die anderen und rümpften die Nase, als sie das scharfe, bittere Aroma von verbranntem Holz wahrnahmen. Kathryn sah nach oben und versuchte, die Dunkelheit mit ihren Blicken zu durchdringen, eine Erklärung für das Rätselhafte zu finden. Schatten huschten über die Wände, an denen sich Malereien im klassischen griechischen Stil zeigten: Nymphen und Satyrn in elysischen Landschaften. Sie repräsentierten die bizarre Vision von einer idyllischen Ära, die nur in der menschlichen Phantasie existiert hatte. Doch die unsteten Schemen verliehen den Darstellungen etwas Düsteres und Böses, verzerrten die Gestalten und ließen ihr Lächeln dämonisch erscheinen. Kathryn schauderte und wandte sich von den Bildern ab.

»Seht nur«, sagte Cheb. Seine Stimme schien jetzt viel lauter zu sein, schien wie die Flamme eines Plasmabrenners durchs Haus zu schneiden.

Er deutete auf einen ganz bestimmten Abschnitt der Wandmalereien, die ein idealisiertes Bild des Schlosses zeigten, in dem sie sich befanden. Es stand ebenfalls auf einem Hügel, umgeben von Heidelandschaft.

»So sah Mr. Magruder sein Schloß. Und dieses Paar... Hier seht ihr Magruder und seine schöne Braut, die holde Mary Joanna Dugan.«

Kathryn sah zu den beiden Personen, die mit einem fröhlichen Lächeln vor dem großen Gebäude standen. Der Mann hatte der Frau den Arm um die Schultern gelegt; sie blickte bewundernd zu ihm auf. Das kastanienbraune Haar reichte ihr über die Schultern hinweg. Ein blaues Band glänzte darin, zeigte die gleiche Farbe wie ihr griechisches Gewand.

Magruder war kräftig gebaut und hatte ein kantiges Gesicht. Seine Augen zeigten Entschlossenheit, und bei ihm deutete das Lächeln vor allem auf Erfolg hin, nicht so sehr auf Freude. »Die Welt gehört mir«, hörte Kathryn seine imaginäre Stimme. »Ich habe alles unter Kontrolle.«

»Komm weiter.«

Sie hob den Kopf und stellte fest, daß Cheb auf sie wartete. Die anderen hatten bereits den Treppenabsatz des dritten Stocks erreicht. Kathryn fröstelte kurz, als sie sich von dem Bild des Paars und ihres Traumschlosses abwandte.

Kurz darauf nahm sie erneut den Geruch von verbranntem Holz wahr, stärker als vorher.

Sie sah zu Cheb auf und suchte Trost in seinen blauen Augen, denn plötzlich zitterte Angst in ihr. »Jemand ist hier«, flüsterte sie.

Erleichterung erfaßte sie, als er sie an der Wange berührte und lächelte. »Ja«, sagte er. »Der Geist von Mary Dugan.«

Sein Scherz vertrieb zumindest einen Teil der Unruhe aus ihr. Wie dumm, sich zu fürchten. Außer ihnen befand sich niemand in diesem leeren, unbewohnten Haus – sie ließ sich von ihrer Phantasie einen Streich spielen. Geistergeschichten und dergleichen ...

Kathryn erwiderte das Lächeln. Gemeinsam mit Cheb ging sie nach oben.

Die anderen waren blaß und starrten durch den Flur.

Kathryn sah in die gleiche Richtung, und eine Sekunde später erbleichte auch sie: Licht flackerte durch den Spalt unter einer geschlossenen Tür. Sie schnappte erschrocken nach Luft, und es lief ihr kalt über den Rücken. Aus einem Reflex heraus hielt sie sich an Chebs Ärmel fest.

Zu ihrem großen Entsetzen näherte er sich der Tür.

Sie zog an seinem Arm. »Was hast du vor?«

»In diesem Haus dürfte sich niemand aufhalten. Ich möchte herausfinden, wer sich in dem Zimmer dort befindet.«

»*Wir* dürften uns hier nicht aufhalten. Es steht uns nicht zu, hier irgend etwas zu kontrollieren.«

»Das finde ich auch«, warf Blake ein. »Laßt uns verschwinden.«

»Habt ihr etwa *Angst?*« fragte Cheb mit einer unmißverständlichen Herausforderung in der Stimme.

»Ja«, sagte Blake schlicht und ließ sich nicht ködern. »Diese Sache ist jetzt nicht mehr lustig.«

»Würdest du dich ebenso verhalten, wenn es um die Erforschung eines fremden Planeten ginge? Kneifst du einfach, wenn es keinen *Spaß* mehr macht?«

»Tut mir leid, Cheb, das zieht bei mir nicht. Ich gehe. Wer kommt mit?«

Die Anspannung wuchs, und Kathryn glaubte zu spüren, wie die Dinge außer Kontrolle gerieten. Sie wollte das Haus verlassen, aber wenn sie ging, verletzte sie Cheb. Warum machte er eine Mutprobe daraus?

Die Umstände ersparten es Kathryn, eine Entscheidung zu treffen. Als die vier jungen Leute unschlüssig im dunklen Flur standen, öffnete sich plötzlich die Tür, und ein Gespenst mit wehendem Haar und blauem Gewand kam zum Vorschein. Es heulte und schwang einen Leuchter.

Anna schrie und stob die Treppe hinunter, gefolgt von Kathryn und Blake. Cheb zögerte kurz auf dem Absatz, doch das Kreischen der Erscheinung klang drohend, und deshalb entschloß er sich ebenfalls zur Flucht.

Oben heulte die Frau auch weiterhin, und angesichts ihrer schrillen Stimme konnte Kathryn die einzelnen Worte nicht verstehen. Die Fremde erschien ihr sehr alt. Das lange Haar war grau, der Körper wie ausgemergelt.

Silben reihten sich aneinander. »... meine Schande ...«, hörte Kathryn, und: »... niemals ...« Doch der Rest blieb wirr und unverständlich.

Die Frau schwang den Leuchter erneut und warf ihn.

Kathryn spürte den Luftzug, als er dicht an ihrem Kopf vorbeiflog. Der Geruch von brennendem Talg stieg ihr dabei in die Nase. Der schwere Gegenstand fiel auf die Treppe, ohne daß die Kerzen erloschen. Cheb befand sich einige Meter hinter den anderen und sprang über den Leuchter hinweg. Kathryn verharrte, um auf ihn zu warten, drehte sich um und sah, wie erste kleine Flammen über die Wandbehänge weiter oben züngelten.

Sie wußte: Das Schloß war in einer Epoche errichtet worden, als das Gesetz für Neubauten noch keine wirkungsvollen Feuerschutzsysteme vorgeschrieben hatte. Und die alten Vorhänge und Holzmöbel würden wie Zunder brennen. Die Flammen fanden reichlich Nahrung und kletterten rasch höher; eine dichte Rauchwolke bildete sich. Kathryn blickte nach oben. Die Alte hob die Faust zum Mund, starrte in Richtung Feuer und wich durch den Flur zurück.

»Wir dürfen nicht zulassen, daß sich das Feuer weiter ausbreitet, Cheb«, sagte Kathryn. Die zuvor empfundene Panik wurde von Verantwortungsbewußtsein verdrängt. »Die Frau säße da oben in der Falle und hätte keine Chance.«

Blake und Anna liefen nicht mehr fort, kehrten langsam über die Treppe zurück. Inzwischen hatte die Glut einen Wandbehang erfaßt.

»Also los«, sagte Cheb, und sie alle eilten zu den Flammen.

»Reißt die übrigen Vorhänge herunter – wir benutzen sie, um das Feuer damit zu ersticken.« Blake und Anna reagierten sofort, während sich Cheb und Kathryn dem brennenden Vorhang zuwandten. Sie griffen danach und versuchten, ihn von der Halterung zu lösen. Ruß und Asche klebten an ihren Händen fest, und in dem Qualm fiel das Atmen schwer. Sie husteten beide.

Plötzlich löste sich der brennende Stoff und fiel ihnen entgegen. Cheb gab Kathryn einen Stoß, und sie taumelte die Treppe hinunter. Sofort sprang er ihr nach, um nicht unter die Flammen zu geraten. Trotzdem wurde er von dem Vorhang am Kopf gestreift, und Kathryn beobachtete entsetzt, wie sein Haar zu brennen begann.

Sie eilte zu ihm, klopfte ihm mit beiden Händen auf den Kopf und erstickte das Feuer. Sie spürte einen Schmerz, doch sie weigerte sich einfach, ihn bewußt zur Kenntnis zu nehmen.

»Laßt uns vorbei!« Blake und Anna trugen einen Vorhang, den sie von der Wand gelöst hatten, warfen ihn auf das brennende Tuch und sprangen dann darauf herum, um das Feuer zu ersticken.

Wenigen Minuten später loderten keine Flammen mehr, und die dichten Rauchwolken lösten sich allmählich auf.

Rußverschmutzt und erschöpft nahmen die jungen Leute auf den Treppenstufen Platz, um wieder zu Atem zu kommen. Erneut blickte Kathryn nach oben und sah die blasse Miene der Alten, die das Geschehen stumm beobachtet hatte. In ihren Augen flackerten Angst und Hilflosigkeit.

Die Fremde wich noch weiter in den Flur zurück, geriet dadurch außer Sicht.

Das Feuer, die Gefahr, der Erfolg ihrer Bemühungen – dies alles vertrieb die letzten Reste der zuvor empfundenen Furcht aus Kathryn. Sie stand auf, blickte dabei auch weiterhin nach oben.

»Was hast du vor?« fragte Cheb in einem scharfen, autoritären Tonfall.

»Ich möchte herausfinden, wer die Alte ist und was sie hier macht.«

»Wir müssen fort.«

»*Du* wolltest doch feststellen, was sich in dem Zimmer befindet.« Kathryn ärgerte sich über Cheb; er neigte dazu, alles kontrollieren zu wollen.

»In fünfzehn Minuten müssen wir am Transferort sein. Uns bleibt keine Zeit mehr.«

»Geht ohne mich. Du kannst später einen zweiten Transfer durchführen.«

»Nein, das kann ich nicht. In dem Fall ließe es sich kaum vermeiden, daß jemand von der unbefugten Benutzung des Transporters erfährt.«

»Dann müssen wir das eben akzeptieren. Nach dem Feuer kann ich die Alte nicht einfach hier zurücklassen, ohne zu wissen, wer sie ist und ob sie Hilfe braucht.«

Kathryn hielt Chebs Blick stand und begriff dabei, daß es zwischen ihnen noch nie zu einer Konfrontation gekommen war. Sie hatte sich ihm immer gebeugt, ihm immer die letzte Entscheidung überlassen. Ein oder zwei Sekunden lang zweifelte sie an sich selbst. Hatte er recht? War es dumm, an diesem Ort zu verweilen, wenn sie innerhalb weniger Minuten in Sicherheit sein konnten? Wenn es die Möglichkeit gab, das Haus zu verlassen, ohne daß jemand von ihnen erfuhr?

Doch die Angst in den Augen der Alten ... Kathryn fühlte sich außerstande, sie einfach zu ignorieren. Nein, sie mußte bleiben. Und deshalb hielt sie Chebs Blick auch weiterhin stand, ohne nachzugeben.

Schließlich sah er zur Seite.

»Sei in einer Stunde am Transferort. Dann aktiviere ich noch einmal den Transporter.« Erstaunlicherweise erklang überhaupt keine Bitterkeit in Chebs Stimme. Er hörte sich so neutral an, als diskutierten sie übers Wetter.

»Gut.« Kathryn sah, wie die anderen die Stufen hinuntergingen. Sie wandte sich um, schritt zum Treppenabsatz hinauf und von dort aus durch den Flur. Es wohnte keine Furcht mehr in ihr, und sie fühlte sich auf seltsame Weise von der Tür weiter vorn angezogen.

11

Kim und Kes holten sofort die Phaser hervor, wichen zu den Wänden des Tunnels zurück und richteten ihre Waffen auf die Kazon.

Die Krieger schienen ihre Präsenz überhaupt nicht zu bemerken. Sie drehten sich um, blickten hierhin und dorthin, sprachen leise miteinander.

Sie sprachen nicht nur leise miteinander, sondern völlig *lautlos*. Harry beobachtete energische Gesten, aber seltsamerweise blieb es völlig still. Wieso konnten Kes und er die Kazon nicht hören?

Die Ocampa sah nach oben – offenbar merkte sie ebenfalls, daß irgend etwas nicht mit rechten Dingen zuging. Erneut blickte Kim zu den Kazon und stellte fest, daß sie vor dem Hintergrund eines Pflanzendickichts standen. Hier unten wuchs aber nichts.

Kurz darauf traten die Kazon zur Seite und verschwanden. Kim lachte leise und schob den Phaser ins Halfter.

»Was ist los?« fragte Kes. »Wo sind sie jetzt?«

»Es handelt sich um eine einfache Vorrichtung, die man auf der Erde *Camera obscura* nannte. Oben befindet sich irgendwo eine Linse, durch die ein Bild von der Oberfläche hierher projiziert wird.« Kim untersuchte die Stelle der Wand, an der er die Kazon gesehen hatte. Sie erwies sich als völlig glatt. Dorthin projizierte Bilder blieben unverzerrt und detailliert; deshalb waren ihnen die Kazon so real erschienen.

»Seltsam«, murmelte er und betrachtete die Wand. »Eine *Camera obscura* repräsentiert ziemlich primitive

Technik, doch diese Fläche hier verrät ein viel höheres technisches Niveau. Sie besteht aus mehreren Schichten harter Polymere.«

Kes blickte sich um und leuchtete mit ihrem Handlicht in die Dunkelheit. »Wenn es hier einen derartigen Apparat gibt... Vielleicht hat dieser Ort deshalb eine besondere Bedeutung.«

Kim warf ihr einen kurzen Blick zu. »Ja, das könnte durchaus sein. Jemand wollte von hier aus feststellen, was auf der Oberfläche geschieht. Daraus läßt sich vielleicht der Schluß ziehen, daß es diesen Bereich zu schützen galt.«

Einmal mehr sahen sie sich um. Sie standen hier an einer T-förmigen Kreuzung. Die Rückwand diente als Projektionsfläche für das verborgene Linsensystem, und zwei Tunnel führten nach rechts und links. Sie begannen mit einer Untersuchung der Wände, strichen mit den Fingern über die harte, glatte Substanz und hofften, irgendeinen Hinweis auf die Bedeutung dieses Ortes zu entdecken.

Zehn Minuten später suchten sie noch immer, als Kes ruckartig den Kopf drehte und abrupt erstarrte.

»Was ist?« fragte Kim. Die Ocampa forderte ihn mit einer knappen Geste auf, keinen Laut von sich zu geben. Wie zuvor lauschte sie Geräuschen, die nur sie hörte. Schließlich wählte sie den nach links führenden Korridor und ging mit sicheren, zielstrebigen Schritten durch die Finsternis.

Nach einer Weile blieb sie plötzlich stehen und hob die Hand, damit auch Kim verharrte. Ihr Gesicht zeigte Staunen und erwartungsvolle Freude.

»In der Nähe... Ich weiß, daß es jetzt nicht mehr weit ist...«

»Was denn?«

Die junge Frau drehte den Kopf von einer Seite zur anderen, schien bestrebt zu sein, mit ihren speziellen geistigen Fähigkeiten eine Art Anpeilung vorzunehmen. »Ich bin mir nicht sicher. Ich höre wieder jenes Geräusch. Es ... es ist jetzt ein Klicken.«

»Ein Code?«

»Keine Ahnung.«

Harry Kim sondierte mit dem Tricorder und wollte schon aufgeben, als das Ortungsgerät etwas fand. Worum handelte es sich? Langsam ging er in die entsprechende Richtung, näherte sich dadurch dem Ende einer Sackgasse. Sie waren schon mehrmals auf Tunnel gestoßen, die einfach an einer Wand endeten, und in keinem Fall hatten sie dabei irgendwelche Besonderheiten entdeckt. Diese Sackgasse schien sich nicht von den anderen zu unterscheiden.

Er wollte sich schon umdrehen, als er aus den Augenwinkeln etwas bemerkte, hoch oben an der Rückwand. Es grenzte an ein Wunder, daß er überhaupt darauf aufmerksam wurde. Das Etwas war völlig unauffällig, wie ein dünner Riß im Gestein. Die Form weckte Kims Interesse: Er sah die gleiche Struktur wie bei den kobaltblauen Türmen, die ihnen den Weg von Grabmal zu Grabmal gewiesen hatten.

»Sehen Sie nur, Kes.«

Die Ocampa kam näher und blickte nach oben.

»Wie bei den Türmen auf der Oberfläche des Planeten.«

Kim streckte den Arm aus und reckte sich, bis seine Finger das kleine Muster berührten. Er übte nur ein wenig Druck aus.

Irgendwo bewegte sich etwas, und kühle Luft wehte durch den Korridor. Sie drehten sich um und sahen im Schein ihrer Handlichter, daß sich in der einen Wand eine Öffnung gebildet hatte. Steinerne Stufen führten dort in die dunkle Tiefe, aus der kalte, feuchte Luft emporströmte. Sonderbarerweise fühlte sich Kim nicht beunruhigt. Die finstere Treppe wirkte einladend. Er wandte sich an Kes und sah, daß sie lächelte. Wortlos setzten sie sich in Bewegung und traten die Stufen hinab.

12

Seit einer Dreiviertelstunde tauchten sie, und es wurde immer schlimmer. Cheb wußte natürlich, daß er Kathryn behinderte, wenn er Schlick und Schwemmsand aufwirbelte. Trotzdem stieß er immer wieder gegen einen Vorsprung oder strich mit der Schwimmflosse über den Boden des Kanals. In solchen Fällen bildeten sich dunkle Wolken, die nicht nur die visuelle Orientierung erschwerten, sondern auch die Filter von Kathryns Atemkieme verstopfen konnten.

Besorgt fragte sie sich, ob Absicht dahintersteckte. Cheb hatte sich noch immer nicht von der immensen Enttäuschung darüber erholt, keinen Studienplatz an der Starfleet-Akademie erhalten zu haben, im Gegensatz zu Kathryn, Blake, Anna und anderen Schülern des Instituts. Es mangelte nicht an angesehenen Universitäten, die sofort bereit gewesen wären, Cheb aufzunehmen, aber Starfleet blieb ihm verschlossen.

Er war erst verblüfft gewesen, wurde dann zornig und auf geradezu beängstigende Weise verschlossen. Kathryn hatte versucht, ihn zu trösten, doch in seiner Verzweiflung attackierte Cheb jeden, der ihm zu nahe kam.

»Es liegt an dem offiziellen Tadel, den ich nach unserem Ausflug zum Schloß im letzten Winter erhalten habe. Dazu wäre es nicht gekommen, wenn du beschlossen hättest, mit uns zusammen zurückzukehren.«

»Wir wurden beide getadelt, Cheb. Nicht nur du allein.«

»Aber du standst wie eine Heldin da, nur weil du die Alte gefunden hast.«

»Sie war verwirrt und krank. Sie brauchte Hilfe. Ich habe ihr geholfen. Das ist alles.«

»Du hast die Sache als eine Art Heilige überstanden. Und mir wurde die ganze Schuld aufgebürdet.«

An jener Stelle hatte Kathryn darauf verzichtet, die Diskussion fortzusetzen. Sie hielt es für sinnlos, mit Cheb zu reden, solange er sich in einer solchen Stimmung befand. Nun, Mrs. Klamers Familie war tatsächlich sehr dankbar gewesen, daß Kathryn ihre alte Großmutter wiedergefunden hatte. Die geistesgestörte alte Dame war seit Jahren von den Geschichten über Magruder Mansion fasziniert. Irgendwie hatte sie es geschafft, das Haus ihrer Familie in Kentucky zu verlassen, Hunderte von Kilometern weit ins südliche Ohio zu reisen und sich dort in dem alten Schloß niederzulassen, davon überzeugt, Mary Dugan Magruder zu sein.

Kathryns Eingreifen verhinderte eine mögliche Tragödie, und die Klamers lobten sie über alle Maßen. Was das Institut jedoch nicht daran hinderte, sie für die unbefugte Benutzung des Transporters ebenso zu tadeln wie Cheb.

Sie glaubte nicht, daß jener Zwischenfall den ablehnenden Bescheid erklärte, den Cheb von der Starfleet-Akademie erhalten hatte. Vielleicht lag es an der Arroganz, mit der er beim Vorstellungsgespräch die Fragen beantwortete. Doch Kathryn behielt diese Vermutung für sich.

Jetzt zweifelte sie immer mehr daran, daß die Tauchtour durchs marsianische Höhlensystem wirklich eine gute Idee war. Seit Monaten hatten sie den Ausflug geplant – Kathryn freute sich seit ihrem vierzehnten Lebensjahr darauf –, und es erschien ihr nicht richtig, nur wegen Chebs Enttäuschung darauf zu verzichten. Sie hoffte, daß ihn dieses Abenteuer auf andere Gedanken brachte, neuen Optimismus in Hinsicht auf die Zukunft in ihm weckte.

Doch ihre diesbezüglichen Erwartungen erfüllten sich nicht. Cheb war von Anfang an übel gelaunt und kurz angebunden, seit sie die Erde an Bord des Shuttles verließen. Die Reise stellte ein Geschenk von Kathryns Vater dar, aus Anlaß des erfolgreichen Schulabschlusses. Auf dem Mars stand ein Starfleet-Quartier für sie bereit, und außerdem durften sie die Privilegien des Offiziersklubs genießen.

Ihr Vater wußte natürlich nichts von den Tauchplänen, und er sollte auch nichts davon erfahren. Kathryn und Cheb beabsichtigen, das unterirdische Höhlensystem tagelang zu erforschen und in den Kavernen zu campen. Auf diese Weise wollten sie ihren Urlaub verbringen.

Doch Chebs schlechte Laune ließ auch bei Kathryn keine rechte Freude aufkommen. Das Aufwirbeln von Schlick und Schwemmsand war nur ein Beispiel. Sie wußte genau, daß er vorsichtiger sein konnte, und daraus mußte der Schluß gezogen werden, daß Absicht dahintersteckte. Da er aufgrund seiner Depressionen keinen Gefallen an dem Ausflug finden konnte, sollte sie sich ebenfalls nicht darüber freuen.

Sie tauchten durch einen langen, röhrenförmigen Tunnel. Stalaktiten und Stalagmiten ragten aus Decke und Boden, schienen nach ihnen zu tasten, als sie von den hydromagnetischen Antriebsmodulen durchs Wasser gezogen wurden. Cheb entrollte eine Leine, und Kathryn befestigte sie in regelmäßigen Abständen an Felsvorsprüngen – nur auf diese Weise konnten sie später den Rückweg finden.

Wenn ihr keine Wolken von aufgewirbeltem Sand die Sicht versperrten, sah Kathryn im Licht der Chemofackel bizarre Formationen, die wie Unterwasserstädte aus Türmen und Zinnen aussahen. Es war ein sehr faszinierender Anblick. Kathryn dachte daran, daß die Entwicklung dieser prächtigen Gebilde viele Jahrtausende gedauert hatte: Im Wasser gelöstes Kalzium lagerte sich ganz langsam ab, Millimeter um Millimeter, härtete und gewann schließlich erstaunliche Proportionen.

Vielleicht sind wir die ersten lebenden Geschöpfe, die das hier sehen, fuhr es ihr durch den Sinn.

Deshalb war sie hier – wegen der Aufregung. Um zu betrachten, was noch niemand vor ihr betrachtet hatte, um zu staunen und Informationen über bis dahin Unbekanntes zu sammeln. Das Unerforschte und Fremde übte einen enormen Reiz auf sie aus. Es prickelte in ihr, wenn sie sich vorstellte, daß hinter der nächsten Ecke etwas Einzigartiges und Wundervolles auf sie warten mochte.

Ihr lag kaum etwas daran, die Krankenschwester für Cheb Packers verletzte Gefühle zu spielen.

Weiter vorn wurde das Wasser klarer. Cheb glitt nach oben, und Kathryn begriff, daß er auftauchte. Nach fast einer Stunde hatten sie einen mit Luft gefüllten Hohlraum gefunden.

Kurz darauf durchstieß Kathryns Kopf die Wasseroberfläche, und ihr Licht strahlte durch eine gewaltige Höhle, so groß wie mehrere Fußballfelder. Die Decke wölbte sich fünfzig Meter über ihnen, und Stalaktiten bildeten dort majestätische Muster. Kathryn gewann den Eindruck, sich in einer Art Kathedrale zu befinden.

Cheb schwamm zum felsigen Ufer und kroch an Land. Kathryn folgte ihm und nahm ihre Atemkieme ab. »Unglaublich«, sagte sie, und ihre Stimme hallte seltsam hohl von den Wänden wider.

»Wir können hier unser Lager aufschlagen. Der Boden ist eben genug.«

Kathryn löste die Riemen des wasserdichten Rucksacks, der Nahrungsmittelkonzentrate, trockene Kleidung und Thermodecken enthielt. Sie stellte ihn beiseite, ging dann los und näherte sich einigen besonders langen von der Decke herabreichenden Stalaktiten. Sie wuchsen noch immer. Nach wie vor tropfte Wasser von ihnen, und jeder einzelne Tropfen hinterließ eine winzige Menge von Kalzium, die schließlich härtete und die Masse des langen Dorns vergrößerte.

»Ist es nicht erstaunlich, Cheb? Das Wachstum der Stalaktiten und Stalagmiten dauert an. Wir sehen hier einen Vorgang, der schon seit Jahrmillionen dauert.«

Er zuckte mit den Schultern. »So was geschieht auch auf der Erde.«

»Aber wir befinden uns hier nicht auf der Erde, sondern auf dem Mars. Und vielleicht sind wir die ersten Lebewesen, die das hier sehen.«

»Wo sind die Haferflocken? In deinem Rucksack oder in meinem?«

Kathryn starrte Cheb groß an. Wollte er die ganze Zeit über so mürrisch sein? Sie atmete tief durch und hielt an der Entschlossenheit fest, sich diesen Ausflug nicht verderben zu lassen. »In deinem, glaube ich.«

Er brummte etwas Unverständliches, kramte in seinem Rucksack, warf dies und das nach rechts und links. *Er ist unordentlich,* dachte Kathryn. *Das wird er bedauern, wenn er wieder alles zusammenpacken muß.*

Sie wanderte durch die große Höhle, betrachtete die Formationen und stellte sich die natürlichen Prozesse vor, die während der langen marsianischen Eiszeit zum Erliegen gekommen waren. Jetzt setzten sie sich fort, und die jahrmillionenlange Unterbrechung stellte kaum mehr dar als eine kurze Pause in der Evolution des Planeten.

Kathryn hörte, wie Cheb auch weiterhin in seinem Rucksack kramte, dabei immer wieder murmelte und grummelte. Sie lächelte stumm. Er gab sich noch immer ganz seinem Kummer hin und …

Fast hätte sie den weißen Fleck übersehen. Sie war schon daran vorbeigegangen, ohne daß ihrem wachen

Selbst etwas auffiel, doch ihr Unterbewußtsein war aufmerksamer. Kathryn blieb stehen, drehte den Kopf und betrachtete die Wand, die deutliche Ablagerungsschichten aufwies.

Diesmal nahm sie es ganz bewußt wahr: ein zwei Zentimeter langes, gestreiftes Oval, von einer dunklen Linie der Länge nach geteilt. Es handelte sich um die fossilen Überreste eines Geschöpfs, seit Äonen hier im Fels eingebettet.

»Cheb! Komm her!« rief Kathryn aufgeregt. In der großen Höhle klang ihre Stimme seltsam.

»Was ist denn?« Er hörte auf, im Rucksack zu kramen, blieb jedoch sitzen.

»Sieh dir das hier an!« Sie konnte seine Sturheit kaum fassen. Wenn er so aufgeregt gewesen wäre, hätte sie nicht gezögert, sofort zu ihm zu eilen. Aber Cheb starrte nur. Er blickte nach rechts, dann nach links, stemmte sich schließlich hoch und schlurfte näher. Die dunkle Locke fiel ihm in die Stirn – jene Locke, die sie früher so reizend gefunden hatte. Jetzt wirkte Cheb dadurch für sie ungepflegt und fast verwahrlost.

Sie richtete den Schein des Handlichts auf ihren Fund. »Siehst du es? Das Fossil?«

Er betrachtete es. »Und?«

»Die Linie dort, entlang der Längsachse… Ich glaube, es ist ein knorpelähnlicher Achsenstab, eine Vorstufe der Wirbelsäule. Es handelt sich um einen Chordat.«

Cheb runzelte skeptisch die Stirn. »Wie könnte sich ein Chordat auf dem Mars entwickelt haben?«

»Ich weiß es nicht. Aber wir sehen hier ein Exemplar vor uns.«

»Du glaubst nur, es sei ein Chordat. Aber du kannst nicht sicher sein.«

»Ich habe eine Dissertation über die Anatomie von Wirbeltieren verfaßt und mich dabei auch mit Chordaten befaßt. Dieses Fossil ähnelt den ältesten Vorfahren des den Wirbeltieren vorbehaltenen Entwicklungszweigs auf der Erde, aus dem auch der Mensch hervorging.«

»Könntest du mir jetzt bei der Suche nach den Haferflocken helfen?«

Zorn brannte in Kathryn. Ja, es steckte Absicht dahinter – so lautete die einzige Erklärung. Einen Hinweis darauf zu finden, daß sich Chordaten auch auf dem Mars entwickelt hatten ... Das war eine großartige Entdeckung, die die evolutionäre Geschichte des Planeten in einem ganz neuen Licht erscheinen ließ. Es handelte sich um einen wissenschaftlichen Durchbruch, doch Cheb dachte in erster Linie an seinen Magen.

»Nein, ich kann dir nicht dabei helfen, die Haferflocken zu finden. Wenn du sie eingepackt hast, sind sie in deinem Rucksack. Wenn nicht, mußt du eben auf sie verzichten. Ich suche nach weiteren Fossilien.«

Cheb schnitt eine schmerzerfüllte Grimasse und schlüpfte sofort in die Rolle des Opfers. »Was ist los mit dir? Ich verdiene es nicht, gleich so angefahren zu werden.«

»Doch, genau das verdienst du. Schon seit Wochen hast du schlechte Laune. Wird es nicht langsam Zeit, daß du versuchst, darüber hinwegzukommen?«

Er kniff die Augen zusammen. »Danke für deine ungeheure Anteilnahme und den Umstand, daß du so große Rücksicht auf meine Gefühle nimmst. Wie angenehm zu wissen, daß man dem besten Freund völlig gleichgültig ist.«

Kathryn hatte das Gefühl, von einem Speer durchbohrt zu werden. Cheb litt noch immer sehr an der Enttäuschung – sie hätte tatsächlich keine so scharfen Worte an ihn richten sollen. Es gab bessere Möglichkeiten, mit einer solchen Situation fertig zu werden. Wann lernte sie endlich, ihr Mundwerk zu kontrollieren?

»Tut mir leid, Cheb. Ich hab nur nicht verstanden, warum dich die Entdeckung des Fossils so kalt läßt.«

Er drehte sich um und stapfte zu den Rucksäcken. »Sollen wir die ganze Woche auf diese Weise verbringen? Indem du jedesmal zur Furie wirst, wenn ich den Mund aufmache?«

»Das ist nicht fair. Ich …«

»Gibt es etwas Schlimmeres, als in einem unterirdischen Höhlensystem gefangen zu sein, in Begleitung einer Person, die einen dauernd auf die eigenen Fehler und Schwächen hinweist?«

»Was soll das heißen, Cheb? Ich habe nicht …«

»Glaubst du etwa, während der letzten Wochen hätte ich überhaupt nicht gemerkt, wie kalt und verschlossen du geworden bist?«

»Ich?«

»Willst du etwa behaupten, liebenswürdig und extravertiert gewesen zu sein?«

Kathryn fühlte sich von einer seltsam vertrauten Verwirrung erfaßt. Eine Auseinandersetzung dieser Art fand nicht zum erstenmal statt. Cheb hatte die ebenso verblüffende wie unerträgliche Fähigkeit, Dinge in ihr Gegenteil zu verkehren und Kathryn die Worte im Mund herumzudrehen. Dabei bewahrte er immer gerade genug Wahrheit, um in Kathryn Zweifel an sich selbst zu wecken. Sie wollte nicht zulassen, daß sich so etwas hier und jetzt wiederholte.

»Ich bin immer so gewesen wie sonst – im Gegensatz zu dir. Du hast dich verändert, seit du den Ablehnungsbescheid von der Starfleet-Akademie bekommen hast.«

»Oh, herzlichen Dank. Daran mußtest du mich natürlich erinnern.«

»Eben, vor einigen Minuten, hast du gesagt, daß du dich mies fühlst und ich dir angeblich nicht mit genug Mitgefühl begegne.«

»Ich erinnere mich nicht daran, einen Zusammenhang mit Starfleet hergestellt zu haben. Ich verdanke meine schlechte Stimmung dir.«

Das Blut rauschte in Kathryns Ohren. Die ganze Szene gewann etwas Unwirkliches: eine finstere Höhle, nur von ihren Lampen erhellt, die phantastische, kathedralenartige Umgebung, die feuchte, kalte Luft... Ein Gefühl der Desorientierung erfaßte sie. Hatte Cheb recht? Sah sie die Ereignisse der vergangenen Wochen aus der falschen Perspektive? Trug sie die Verantwortung für die wachsende Distanz zwischen ihnen?

»Was ... was sagst du da?«

»Wie du mich behandelt hast... Genausogut könnte man jemandem, der hingefallen ist, noch einen Tritt geben. Mit mehr Unterstützung von dir hätte ich die Starfleet-Sache bestimmt schneller und besser überstanden.«

»Aber ich dachte... Ich meine, ich habe versucht, dir zu helfen...« Ihr fehlten plötzlich die Worte.

Cheb sah sie enttäuscht an. »Wenn du so etwas unter Hilfe verstehst, so brauchst du selbst welche, Kathryn.«

Ihr schwindelte, und sie glaubte, ihren Ohren nicht trauen zu können. Mit mehreren tiefen Atemzügen versuchte sie sich zu beruhigen, doch bevor sie etwas erwidern konnte, sank Cheb auf die Knie und stopfte seine Dinge in den Rucksack.

»Was machst du da?«

»Ich packe. Weil ich keine Lust habe, unter solchen Umständen eine Woche mit dir zu verbringen.«

»Aber... wir haben diesen Ausflug seit einem Jahr geplant. Und ich möchte gern nach weiteren Fossilien suchen...«

Cheb stand auf, und seine dunkelblauen Augen blitzten im Licht von Kathryns Lampe. »Das ist typisch für dich. ›Ich möchte gern nach weiteren Fossilien suchen.‹ Ich schätze, du bist eine wahre Wissenschaftlerin. Fossilien bedeuten dir mehr als das, was mit uns geschieht.«

»Was mit uns geschieht? Cheb, warum bist du so anders geworden? Was ist los mit dir?«

Er kniete sich erneut hin und verstaute die restlichen Sachen im Rucksack. »Ich kehre zurück. Komm mit oder bleib – die Entscheidung liegt bei dir.«

»Ich kann die Tour durch das Höhlensystem nicht allein fortsetzen, das weißt du.«

»Dann triff Vorbereitungen für den Aufbruch.«

Einige Sekunden lang starrte sie ihn an und konnte noch immer nicht glauben, daß er es ernst meinte. Doch als er sich die Riemen des Rucksacks um die Schultern schlang, löste sich der Zweifel auf – Cheb wollte wirklich zurückkehren. Und ihr blieb keine andere Wahl, als ihn zu begleiten.

Kathryn dachte kurz an die Möglichkeit, in der Höhle zu bleiben, um sich nicht von Cheb manipulieren zu lassen. Doch als sie noch einmal den Blick durch die dunkle Kaverne schweifen ließ, schauderte sie bei der Vorstellung, hier ganz allein zu sein.

Sie griff nach ihrem eigenen Rucksack, überprüfte die Chemofackel und schob sich die Atemkieme in den Mund. Cheb folgte ihrem Beispiel. Dann kehrten sie stumm ins Wasser zurück, um erneut durch den Kanal zu tauchen, diesmal in die entgegengesetzte Richtung.

13

Seit einer Stunde schickten die Kazon Plasma-Entladungen durch den Nebel. Manchmal kamen sie sehr nahe; dann wieder verursachten sie kaum eine Vibration. Als einmal eine halbe Stunde lang gar nichts geschah, glaubte Janeway schon, daß der Gegner aufgegeben hatte. Doch dann orteten die Sensoren in der Ferne weitere Entladungen, und die Distanz zu ihnen schrumpfte.

Chakotay blickte auf die Anzeigen seiner Konsole. »Die Kazon sind auf direktem Kurs hierher, Captain: eins vier neun Komma sieben.«

Das verhieß nichts Gutes. Bei den bisherigen Plasma-Entladungen ließ sich kein klares Muster erkennen – die Kazon schienen einfach nur zu hoffen, früher oder später das Föderationsschiff zu treffen, allein durch Zufall. Doch jetzt kamen sie auf direktem Kurs heran, was nur bedeuten konnte: Es war ihnen irgendwie gelungen, die *Voyager* zu orten.

»Schilde hoch«, sagte Janeway leise. Sie hatten die Deflektoren deaktiviert, um ihr energetisches Niveau noch weiter zu senken und eine Ortung zu erschweren. Aber unter den gegebenen Umständen hielt es die Kommandantin für besser, nicht auf die Schutzschirme zu verzichten.

Aus dem Grollen in der Ferne wurde schon bald lautes Donnern. Die *Voyager* vibrierte und zitterte zuerst, schüttelte sich dann immer heftiger.

»Brücke an Maschinenraum. Statusbericht.«

Die energisch klingende Stimme der Chefingenieurin tönte aus dem Interkom-Lautsprecher. »Wir haben fast wieder Warppotential, Captain. Ich habe mich darauf konzentriert. Was die Waffensysteme betrifft ... Es bleibt bei der einen funktionsfähigen Phaserbank.«

»Bestätigung. Geben Sie mir sofort Bescheid, wenn wir wieder über Warpkapazität verfügen.«

»Aye, Captain.«

Chakotay behielt auch weiterhin die Displays seiner Konsole im Auge. Er wirkte sehr konzentriert. »Es kann kein Zweifel mehr daran bestehen: Die Kazon fliegen direkt auf uns zu.«

Wie um diese Worte zu bestätigen, entlud sich destruktive Energie an den Schilden. Die *Voyager* neigte sich abrupt zur Seite, und Janeway mußte sich an den Armlehnen festhalten, um nicht aus dem Kommandosessel geschleudert zu werden.

»Das war keine Plasmafackel«, sagte Paris. »Die Kazon setzen jetzt ihre primären Disruptoren ein.«

»Schilde bei vierundachtzig Prozent.«

»Erwidern Sie das Feuer.« Janeway verriet nur ungern, daß die *Voyager* nicht über alle ihre Waffensysteme verfügte, aber den Angriff der Kazon konnten sie nicht tatenlos hinnehmen.

Phaserstrahlen zuckten durch den Nebel, schufen seltsame Leuchtmuster in den Gasschlieren und durchschlugen die Schilde des Kazon-Raumers.

»Direkter Treffer«, stellte Chakotay zufrieden fest. »Das haben sie zu spüren bekommen.«

Unmittelbar darauf wurde die *Voyager* dreimal schnell hintereinander getroffen. Irgendwo krachte es, und der Rauch von Kurzschlüssen zog durch den Kontrollraum.

»Schilde bei einundsiebzig Prozent.«

»Machen Sie erneut von den Phasern Gebrauch. Brücke an Maschinenraum. Was ist mit dem Warpantrieb?«

»Er ist gleich einsatzbereit, Captain«, versprach Torres.

»Wir brauchen ihn dringend, Lieutenant.«

»Verstanden.« B'Elanna Torres arbeitete so hart, daß ihr der Schweiß über die höckrige klingonische Stirn rann. Sie hatte den Dilithiumkristall-Strukturierungsrahmen neu justiert, um das Warppotential wiederherzustellen. Jetzt mußten nur noch die Antimaterie-Injektoren reinitialisiert werden. Lieutenant Carey stand neben Torres und berechnete die Parameter für die Warpkern-Initialisierungssequenz. Wenn alles klappte, hatten sie in einigen Sekunden wieder Warpkapazität.

»Maschinenraum?« Janeways klang fast normal, doch der Umstand, daß sie ihre Anfrage nach so kurzer Zeit wiederholte, deutete auf den Ernst der Lage hin. Eine starke Erschütterung erfaßte die *Voyager*, und Carey flog einige Meter weit durch den Maschinenraum.

»Es ist alles in Ordnung mit mir!« rief er. »Unterbrechen Sie die Arbeit nicht.«

B'Elanna gab die letzten Befehle für die Reinitialisierung ein – und wurde vom Summen des Warpkerns belohnt.

»Torres an Brücke. Wir haben Warppotential.«

»Verstanden. Gute Arbeit, Maschinenraum.«

Auf der Brücke wandte sich Janeway an Paris. »Ich möchte im Innern dieses Nebels den Warptransfer einleiten, Lieutenant. Ist das möglich?«

Tom Paris zögerte nur eine Sekunde lang. »Es ist immer riskant, von Relativgeschwindigkeit null in den Warptransit zu springen, aber wenn ich mehr Energie in die Trägheitsabsorber leite, müßte es sich eigentlich machen lassen – obwohl wir sicher ein wenig durchgeschüttelt werden.«

»Und die Folgen für das Gas im Nebel?«

»Das ist der zweite Aspekt. Es gibt hier einige instabile Elemente, bei denen die plötzliche energetische

Aktivität unseres Warptriebwerks eine Kettenreaktion bewirken könnte. Die Folgen lassen sich kaum vorhersagen.«

Janeway überlegte kurz. »Wir müssen es trotzdem versuchen. Also los.«

»Ja, Ma'am.« Paris betätigte einige Kontrollen, und die *Voyager* raste los. Der jähe Warptransfer führte zu einer enormen Belastung der Trägheitsabsorber, aber glücklicherweise fielen sie nicht aus. Etwa zwanzig Sekunden lang wurden die Besatzungsmitglieder hin und her gezerrt; dann normalisierten sich die Verhältnisse an Bord wieder.

»Schadensbericht.« Janeway hatte das Gefühl, gerade von einem bockenden Pferd heruntergesprungen zu sein, und in ihren Ohren klingelte es.

Chakotay saß ungerührt an seiner Konsole und sah auf die Anzeigen. »Keine Beschädigungen der Bordsysteme. Auf Deck vier kam es zu einigen leichten Verletzungen, kaum der Rede wert.«

»Welchen Kurs soll ich programmieren, Captain?« Paris' Hände schwebten dicht über den Schaltflächen.

»Fliegen Sie einige Ausweichmanöver. Stellen wir fest, ob uns das Kazon-Schiff verfolgen will.«

»Aye, Captain.« Angespannte Stille herrschte auf der Brücke, als Janeway mit dem Spiel begann, das ihr am wenigsten gefiel: Es ging darum, Zeit zu gewinnen.

Der Arzt Trakis war sich der Präsenz von mehreren Augen bewußt. Zwei gehörten dem ungeduldigen und finster dreinblickenden Nimmet, die anderen dem Gefangenen, dessen Lider zuckten – er kam wieder zu Bewußtsein.

Beim letzten Erwachen hatte das Wesen dunkle Flüssigkeit aus einem Bauchrüssel gespritzt. Trakis war der Substanz gerade noch rechtzeitig ausgewichen und sah kurz darauf seine Vermutungen bestätigt: Bei der Flüssigkeit handelte es sich um hochkonzentrierte Säure, die alles andere zersetzte. Es dauerte einige Minuten, bis sie ihr zerstörerisches Potential verloren hatte.

Trakis hoffte, daß es ihm gelungen war, die Verbindung zwischen dem inneren Flüssigkeitssack und dem ventralen Rüssel zu unterbrechen. Er wollte nicht noch einmal riskieren, der Rachsucht des Gefangenen zum Opfer zu fallen, wenn er sich in seine Nähe wagte.

Nimmet beobachtete ihn und kniff dabei wie üblich die Augen zusammen. Glaubte der Narr tatsächlich, ihn einzuschüchtern, wenn er eine derartige Grimasse schnitt? Gab er sich wirklich solchen Illusionen hin? Trakis seufzte innerlich und dachte an seine Jugend auf Trabus, an eine von Eleganz und Höflichkeit geprägte Zeit, an ein Leben in bedächtigen Kadenzen, wie eine gut strukturierte Symphonie. All das war beim Aufstand der Kazon verlorengegangen. Aber Trakis hoffte, daß sein Volk eines Tages zu seiner früheren Existenz zurückfand, unbehindert von den barbarischen Kazon, die sich mit ein wenig Glück schließlich selbst umbrachten.

»Nun?« brummte Nimmet. Allein diese Frage bewies, wie sehr es ihm an Phantasie mangelte.

»Wenn ich mich nicht irre, habe ich einen vollständigen Bericht in Hinsicht auf Anatomie und Physiologie des Gefangenen abgeliefert. Was wollen Sie noch?«

»Ich möchte wissen, was auch Maje Dut wissen will: Kann uns diese Spezies zu Ruhm verhelfen?«

Trakis widerstand der Versuchung, diese dummen Worte zu kommentieren, indem er das Gesicht verzog. Nimmet sprach wie ein Redner, der die Kontrolle über sich verloren hatte und nur noch proklamierte, anstatt sich mitzuteilen und zu kommunizieren.

»Was brauchen Sie, um zum ersehnten Ruhm zu gelangen?« fragte der Arzt.

»Das wissen Sie genau!« Nimmet hob die Stimme

und schrie fast. *Er hat eine niedrige Frustrationsschwelle*, dachte Trakis, als der Kazon keuchte. Seine Wangen gewannen einen scharlachroten Ton. »Wir wollen wissen, ob sich diese Wesen als Waffen verwenden lassen! Wir wollen wissen, ob sie ausgebildet werden können! Wir wollen wissen, ob eine Verständigung mit ihnen möglich ist und auf welche Stimuli sie reagieren! Es gibt noch mehr Fragen, und sie alle *müssen beantwortet werden!*«

Trakis wartete eine Zeitlang, bis sich Nimmets Gesichtsfarbe normalisierte. Für ein oder zwei Sekunden hatte er geglaubt, einen Herzanfall behandeln zu müssen, doch inzwischen schien sich der Kazon wieder in der Gewalt zu haben.

Der Arzt sprach noch langsamer und ruhiger als vorher, wodurch der Kontrast zu Nimmets Wutausbruch wuchs. »Ihnen sollte eigentlich klar sein, daß ich die gewünschten Antworten nicht auf der Grundlage einer physischen Untersuchung liefern kann. Außerdem halte ich es für unwahrscheinlich, daß der Gefangene lange genug kooperiert, um mir weitere Erkenntnisse zu ermöglichen.«

Trakis richtete einen von Unbehagen geprägten Blick auf das fremde Wesen. Die Augen blieben jetzt für jeweils einige Sekunden geöffnet, und die Gliedmaßen zuckten.

»Betäuben Sie ihn erneut. Wiederholen Sie den Vorgang so oft, bis Sie alle notwendigen Informationen haben.«

»Ich weiß nicht, ob er eine weitere Injektion überlebt. Das Mittel ist sehr wirkungsvoll, und er hat bereits eine höhere Dosis bekommen, als ich für klug halte.«

»Niemand schert sich darum, was Sie für klug halten. Es kommt nur darauf an, daß wir Antworten bekommen.«

Erneut sah Trakis auf den Gefangenen hinab. Die

Augen standen jetzt offen und starrten zur Decke hoch: große Facettenaugen hinter einer transparenten Sklera. Der Arzt hielt nach Anzeichen dafür Ausschau, daß das Wesen die Muskeln spannte – eine derartige Aktivität war dem letzten Angriff vorausgegangen –, doch es blieb schlaff und reglos liegen, gelähmt von der Droge und vielleicht auch von Schmerz. Trakis empfand Mitleid und machte keine Anstalten, eine weitere Injektion vorzubereiten.

Nimmet trat drohend einen Schritt vor. »Der Maje verlangt Antworten, Trabe. Muß ich Sie daran erinnern, was geschieht, wenn er keine bekommt?«

Trakis wußte, daß Nimmet damit auf seine Familie anspielte, die noch immer im Außenposten von Slngsnd weilte. Die Kazon fanden großen Gefallen daran, Vergeltung an ihren früheren Herren zu üben; oft bedrohten sie wehrlose Familienangehörige, um Wissenschaftler, Ärzte und Techniker zu dringend benötigter Kooperation zu bewegen.

Trakis wandte sich den Instrumenten zu, die nicht weit entfernt auf einem Tablett lagen. Er lud einen Injektor mit dem Betäubungsmittel und fühlte dabei den Blick des Gefangenen auf sich ruhen.

Die steinernen Stufen der Wendeltreppe führten Harry und Kes in eine Tiefe, die Kim bald gar nicht mehr abschätzen konnte. Es wurde immer kühler, und nach einer Weile sahen sie im Schein der Handlichter, wie ihr Atem kondensierte. Kim begann nach einigen Minuten daran zu zweifeln, daß es wirklich klug war, noch weiter in die Tiefe vorzustoßen. Doch Kes zögerte nicht und ging voraus; eine Stimme, die nur sie hörte, schien sie zu rufen.

»Ich glaube, wir entfernen uns zu weit von den anderen, Kes. Vielleicht sollten wir zurückkehren.« Kims Stimme klang hohl, und sein Atem bildete eine dichte grauweiße Wolke.

Die Ocampa drehte sich um, und Harry erstarrte förmlich, als er ihr Gesicht sah.

Sie wirkte wie hypnotisiert. Die großen Augen glänzten, und in ihrer Stirn zeigten sich dünne Falten. Sie schien mit jeder Faser ihres Selbst auf etwas konzentriert zu sein. Es weckte Beklommenheit in Kim, Kes auf diese Weise zu sehen, denn er begriff: Sie stand in Kontakt mit etwas, das ihm verborgen blieb.

»Hören Sie es nicht?« hauchte Kes. Der flackernde Blick ihrer Augen hielt ihn wie mit einer Faust fest. Er konnte nicht zur Seite sehen.

»Was denn?«

»Das Klicken und Knistern.«

Kim fröstelte. Er vernahm nichts, abgesehen von seinem eigenen Atem, der leise fauchte und zischte.

»Es klingt seltsam. So etwas habe ich noch nie zuvor gehört. Es kann jetzt nicht mehr weit sein.«

Als Kes weiter die Stufen hinabschritt, klopfte Harry auf seinen Insignienkommunikator. »Kim an Tuvok.«

»Hier Tuvok.«

»Sir, Kes und ich haben eine Treppe gefunden. Wir folgen ihr, um festzustellen, wohin sie führt. Aber vielleicht geraten wir dadurch zu weit in die Tiefe.«

»Setzen Sie Ihre Untersuchungen fort, Fähnrich. Es wäre gut zu wissen, ob diese Anlage noch einen zweiten Ausgang hat.«

»Aye, Sir.« Kim ging weiter. Kes befand sich bereits ein ganzes Stück unter ihm, angezogen von den für ihn unhörbaren Geräuschen. Harry schauderte und beeilte sich, zu ihr aufzuschließen.

»Es ist ganz nahe. Ich habe das Gefühl, nur die Hand ausstrecken zu müssen, um es zu berühren.«

»Um *was* zu berühren?«

»Ich weiß es nicht.«

Kim fand keinen großen Gefallen an der Vorstellung, das zu berühren, was Kes hörte. Ihr Abenteuer gewann nun einen ganz neuen Aspekt, der noch mehr Unheil versprach als eine Konfrontation mit den Kazon. Jene Gegner schienen jetzt weit entfernt zu sein und daher gar keine Gefahr mehr darzustellen. Das – für Harry unhörbare – sonderbare Klicken hingegen erfüllte ihn mit immer mehr Unbehagen.

Schließlich erreichten sie das untere Ende der Treppe, fanden sich in einer kleinen Kammer ohne Türen wieder.

Kim begann sofort mit einer Suche nach dem Symbol, das auf einen Ausgang hinwies. Aber das war gar nicht nötig. Kes wandte sich nach rechts, trat unter die Treppe und berührte eine ganz bestimmte Stelle der Wand.

Woraufhin sich die Wand einfach auflöste.

Kim verglich den Vorgang mit der Entmaterialisierung durch einen Transporter. Es war keine Magie, sondern Technik, und mit technischen Dingen kannte er sich aus. Er folgte Kes in die nächste Kammer, entschlossen dazu, der Ocampa-Trance die Rationalität einer wissenschaftlichen Untersuchung entgegenzusetzen.

Der Raum, in dem sie sich nun befanden, zeichnete sich durch eine besondere Eigenschaft aus: Er war erhellt. Allerdings konnte Harry nicht feststellen, woher das Licht kam. Wände, Decke und Boden des Zimmers schienen von innen heraus zu glühen, wobei der eigentümliche Glanz erst einen grünlichen Ton gewann und dann einen bläulichen.

Kim hielt vergeblich nach irgendwelchen Lampen Ausschau. Schließlich vermutete er Leuchtpartikel in der Luft – eine rationale Erklärung.

In der Mitte des Zimmers drehte sich Kes langsam um die eigene Achse, lauschte und erweiterte ihre speziellen mentalen Sinne. Nach einigen Sekunden wandte sie sich Kim zu, und ein Hauch Verwirrung zeigte sich nun in ihrem Gesicht. »Ich kann es nicht erklären, Harry, aber ich glaube, etwas erwacht.«

Das Unbehagen breitete sich noch weiter in Kim aus, und er wollte den Raum verlassen. Aber das war nun nicht mehr möglich. Überall erstreckten sich plötzlich massive Wände, und wo auch immer sie mit den Händen Druck ausübten – es öffneten sich keine Türen.

14

Eine leichte Sommerbrise bewegte die langen, weit nach unten hängenden Zweige der Trauerweide. Sie trug das Aroma von Indiana mit sich: Kräuter, der Duft von Blumen, der würzige Geruch nach Lehm. Als kleines Mädchen hatte Kathryn geglaubt, diese Düfte besäßen Heilkraft und könnten Kopfschmerzen ebenso vertreiben wie Kummer – wenn man sie nur tief genug einatmete.

Jetzt, als junge Frau von achtzehn Jahren, wollte sie noch immer an die heilenden Kräfte dieser Gerüche glauben, als sie im Versteck ihrer Kindheit saß und versuchte, hier den gleichen Trost zu finden wie damals.

Sie fühlte sich leer. Morgen mußte sie zur Starfleet-Akademie aufbrechen – der erste Schritt bei der Verwirklichung eines viele Jahre alten Traums –, aber der Gedanke daran blieb ohne Freude. Sie würde die Reise antreten, weil sie das für ihre Pflicht hielt, und sie war auch entschlossen, sich ganz dem Studium zu widmen; so verlangte es ihre Disziplin. Aber derzeit konnte sie sich nicht vorstellen, dabei Zufriedenheit und Genugtuung zu finden.

Das Knacken eines Zweigs unterbrach Kathryns Grübeleien, und sie starrte durch die Dunkelheit. Hatte sie es sich nur eingebildet? Oder schritt tatsächlich jemand durchs Kornfeld, dem Baum entgegen? Sie kniff die Augen zusammen und versuchte, eine menschliche Gestalt zwischen den hohen Halmen zu erkennen, die im Wind raschelten und im Mondschein tanzende Schatten schufen.

Das Geräusch wiederholte sich und vertrieb die letzten Zweifel: Es näherte sich tatsächlich jemand. Kathryn erstarrte. Sie empfand keine Furcht, denn hier gab es nichts zu fürchten, aber derzeit stand ihr nicht der Sinn nach Gesellschaft. Sie wollte allein sein, mit niemandem reden.

»Kath?« Die Stimme kam aus dem Kornfeld. »Bist du da? Ich möchte dich nicht erschrecken.«

Kathryn ließ den angehaltenen Atem entweichen. Hobbes Johnson. Vielleicht konnte er sie nicht sehen, wenn sie in völliger Reglosigkeit verharrte.

Eine dunkle Gestalt löste sich nun vom Rand des Kornfeldes und spähte zum Baum empor. Kathryn konnte nicht feststellen, ob Hobbes sie sah.

»Entschuldige bitte, wenn ich dich störe. Ich wollte mich nur von dir verabschieden – immerhin machst du dich morgen auf den Weg zur Starfleet-Akademie.«

Kathryn schwieg und hoffte, daß Hobbes ging. Einige Sekunden lang herrschte Stille.

»Wie dem auch sei ...«, sagte er dann. »Ich wünsche dir alles Gute und hoffe, daß wir Freunde bleiben können.« Wieder folgte Stille. »Bis dann. Ich weiß, daß du an der Akademie gut zurechtkommen wirst.«

Die Gestalt drehte sich um und kehrte in Richtung Kornfeld zurück. Kathryn setzte sich auf. »Hobbes ...?«

Der junge Mann blieb stehen. »Du bist also doch hier, so wie ich es mir dachte. Aber wenn du allein sein möchtest ... Das kann ich durchaus verstehen.«

Plötzlich sehnte sich Kathryn nicht mehr nach Einsamkeit. Sie rutschte von dem Ast herunter, auf dem sie bisher gesessen hatte, sprang zu Boden. »Bitte geh nicht. Ich würde mich gern mit dir unterhalten.«

Sie sah im Mondschein, wie er lächelte und sich wieder näherte. Hobbes war nicht mehr der häßliche Knabe, den Kathryn in Erinnerung hatte, aber es gab auch kaum Aussichten für ihn, einen Schönheitswettbewerb zu gewinnen. Er war noch immer dürr, doch die Zähne standen jetzt nicht mehr vor, und es zeigten sich keine Pickel in seinem Gesicht. Sein Haar wirkte noch immer unmöglich, aber Kathryn hielt ihr eigenes für nicht viel besser.

Nach wie vor erweckte er den Eindruck, sich überhaupt nicht darum zu scheren, was andere Leute von ihm dachten. Immer wieder hob er die Hand, um eine lange Strähne aus der Stirn zu streichen.

»Ich habe an dich gedacht«, sagte er. »Und ich erinnere mich gut daran, wie es mir ging, als ich vor zwei Jahren zum College ging. Ich war ziemlich nervös. Du scheinst mir zwar nicht der Typ zu sein, der sich leicht beunruhigen läßt, aber ich wollte dir trotzdem viel Glück wünschen.«

Kathryn spürte sonderbare Dankbarkeit. Hobbes mochte weder attraktiv noch aufregend sein, aber er war anständig. Sie setzte sich auf den Boden, lehnte sich mit dem Rücken an den Baum und bedeutete ihm, ihrem Beispiel zu folgen. »Das ist sehr nett von dir, Hobbes. Ich schätze, ich fühle mich ein wenig …« Sie zögerte. Wie fühlte sie sich eigentlich? Betrübt? Kummervoll? Einsam? Niedergeschlagen? Deprimiert?

Sie lachte kurz und schüttelte den Kopf.

»Ich fühle *etwas*, aber ich kann beim besten Willen nicht sagen, was es ist.«

Hobbes lächelte. »Du hast in diesem Sommer viel durchgemacht.«

Kathryn drehte abrupt den Kopf und musterte ihn. Wie meinte er das? Sprach er von Cheb? Von ihrem Vater? Von der Schule? Sie gab keine Antwort.

»Ich möchte nur folgendes sagen: Die Entscheidung, dich von Cheb Packer zu trennen, war die klügste, die du jemals getroffen hast. Du verdienst Besseres, Kath.«

Sie spürte, wie ihre Wangen glühten. Sprach man über das Ende ihrer Beziehung mit Cheb? Nun, eigentlich sollte sie sich nicht darüber wundern. Die Leute dieser kleinen Gemeinschaft waren eng miteinander verbunden und nahmen Anteil. Kathryns manchmal recht turbulente Affäre mit Cheb hatte sicher viel Gesprächsstoff geliefert.

»Ich hätte besser damit fertig werden können.« Sie versuchte, neutral und objektiv zu klingen. »Als ich ihm das erstemal sagte, daß es mit uns nicht klappt… Ich hätte dabei bleiben und mich nicht dazu überreden lassen sollen, es noch einmal mit ihm zu versuchen. Und dann noch einmal.«

»Ich kenne Cheb. Er ist sehr redegewandt. Wenn er vor vierhundert Jahren gelebt hätte, wäre er sicher Verkäufer geworden.«

Kathryn schmunzelte. Von diesem Phänomen hatte sie in der Schule erfahren. Während einer historischen Phase auf der Erde waren bestimmte Menschen bestrebt gewesen, andere Leute zum Kauf von Dingen zu bewegen, die sie eigentlich gar nicht brauchten. Es ging dabei nur darum, Profit zu erzielen. Es klang überaus bizarr, und ohne Aufzeichnungen aus der damaligen Zeit hätte Kathryn so etwas vielleicht nicht für möglich gehalten. Ja, Cheb wäre sicher ein guter Verkäufer gewesen.

»Wann kehrst du zur Uni zurück?« Kathryn wußte, daß Hobbes die Universität von Indiana besuchte, eine der angesehensten Hochschulen im ganzen Land. Nur ausgewählte Personen bekamen dort eine Studienzulassung.

»In einer Woche. Ich muß noch die Dissertation beenden, mit der ich im Sommer begonnen habe.«

»Worum geht's dabei?« Kathryn kannte Hobbes seit ihrer Kindheit, aber plötzlich wurde ihr klar, daß sie praktisch nichts von seinen Interessen und Hobbys wußte. Spielte er noch immer Tennis?

»Um Philosophie. Das ist mein Hauptfach.« Er lachte leise. »Das klingt vermutlich nicht sehr aufregend für jemanden, der ein wissenschaftliches Studium an der Starfleet-Akademie beginnt.«

»Philosophie hat mir immer sehr gefallen. Allerdings ist sie nicht sehr … aktiv.«

»Oh, dann solltest du Lat Nadeen lesen, einen bolianischen Philosophen aus dem zweiundzwanzigsten Jahrhundert. Ich möchte es so ausdrücken: Er gab sich nicht damit zufrieden, in einem Elfenbeinturm zu sitzen. Einige Dinge, für die er eintrat, würden dich sicher sehr überraschen.«

»Vielleicht lese ich wirklich mal was von ihm.«

Angenehme Stille senkte sich herab. Es überraschte Kathryn, wie wohl sie sich in der Gesellschaft von Hobbes fühlte. Es hatte zweifellos Vorteile, mit jemandem zusammen zu sein, dem man keine romantischen Interessen entgegenbrachte. Stumm saßen sie da und genossen die spätsommerliche Abendbrise.

»Wußtest du, daß mein Hund gestorben ist?« Kathryn hatte eigentlich gar nicht darüber sprechen wollen. Die Worte fanden von ganz allein einen Weg zu ihren Lippen.

»Nein. Du hattest ihn ziemlich lange, nicht wahr?«

Kathryn spürte, wie sich ein Kloß in ihrem Hals bildete. Es fiel ihr noch immer schwer, darüber zu reden. »Elf Jahre. Aber ich hoffte, daß er noch einige Jahre länger leben würde.«

»Mein erster Hund starb, als ich sechs Jahre alt war. Ich glaube, ich bin noch immer nicht ganz darüber hinweg.«

Es erleichterte Kathryn, so etwas von Hobbes zu hören. Sie glaubte, daß ihr Brambles Tod zu nahe ging. Immerhin war er friedlich gestorben, nach einem langen Hundeleben. Doch es geschah während eines sehr ereignisreichen Sommers, und das Resultat bestand aus einer starken Belastung für das bereits arg in Mitleidenschaft gezogene emotionale Gleichgewicht Kathryns.

»Jahrelang war er mein bester Freund. Wenn ich weinte, leckte er meine Tränen fort.« Sie unterbrach sich kurz und spürte, wie ihre Augen brannten. »Jetzt bleibt mir wohl nichts anderes übrig, als das Weinen aufzugeben.«

Hobbes beugte sich ein wenig vor und klopfte ihr auf die Schulter – eine knappe, brüderliche Geste, die Kathryn keinen Trost schenkte, sondern ihre Verlegenheit vergrößerte. Trotzdem wußte sie seine Bemühungen zu schätzen.

Wieder folgte Stille, und dann beschloß Hobbes, das Thema zu wechseln.

»Was hält dein Vater von der Sache mit den Cardassianern?«

Mit dieser Frage vertrieb er sofort die Ruhe aus Kathryn.

»Er spricht nicht darüber. Vermutlich gibt es einen Geheimhaltungsbefehl oder so.« Sie fragte sich, ob Hobbes die Bitterkeit in ihrer Stimme hörte.

»Scheint ein heikles Thema zu sein«, erwiderte der junge Mann.

Kathryn atmete tief durch. Sie wollte ihre diesbezüglichen Gefühle nicht offen darlegen und sie diskutieren. Aber der warme Augustabend, die aromatische Brise und Hobbes Johnsons ruhige Präsenz ... Dies alles führte dazu, daß sie ihre Hemmungen überwand und sich öffnete.

»Die Probleme mit den Cardassianern wirken sich schon seit langem auf unsere Familie aus«, sagte sie. »Mein Vater gehörte zu den ersten Starfleet-Offizieren, die sich damit befaßten, und nun wird sein ganzes Leben davon bestimmt. Er ist nie mehr zu Hause – die Familie scheint gar nicht mehr für ihn zu existieren. Außerdem gilt jetzt eine hohe Sicherheitsklassifikation für ihn, was bedeutet: Wir können oft tagelang nicht mit ihm kommunizieren.«

Kathryn legte eine kurze Pause ein und sah zu Hobbes, um seine Reaktion festzustellen. Er beobachtete sie und hörte aufmerksam zu.

»Morgen sollte mich mein Vater eigentlich begleiten, um mir bei dem ganzen Verwaltungskram zu helfen. Seit Monaten haben wir das geplant. Doch dann schickte er mir eine Nachricht, in der es hieß, daß er zum Vulkan muß, um dort an einer Konferenz teilzunehmen. Das ist alles – eine *Nachricht*.«

»Geht deine Mutter mit dir?«

»Sie hat es angeboten. Aber es ist keine sehr wichtige Angelegenheit, und ich werde auch allein damit fertig.«

»Möchtest du, daß ich dich begleite?«

Kathryn musterte Hobbes erstaunt. Sie wußte nicht, ob sie lachen, dankbar sein oder sich gedemütigt fühlen sollte. Es war eine Sache, sich von ihrem Vater, einem Vizeadmiral von Starfleet, zur Akademie begleiten zu lassen. Aber dort mit einem gleichaltrigen Zivilisten zu erscheinen, der überhaupt nichts von Starfleet wußte ...

»Das ist sehr nett von dir, Hobbes. Aber ich bin kein kleines Mädchen mehr. Und bestimmt treffe ich an der Akademie viele andere Studienanfänger.«

»Na schön.« Wie üblich schien ihm die Ablehnung überhaupt nichts auszumachen. Stimmte dieser Eindruck? Oder hatte er nach vielen Jahren des Leids gelernt, sich nichts mehr anmerken zu lassen? Kathryn bedauerte ihn einmal mehr.

»Erzähl mir von der Universität«, sagte sie, um ihn aufzumuntern. »Ich bin nie dort gewesen.«

»Es würde dir nicht gefallen. An der Uni ist alles sehr traditionell. Einige der alten Gebäude sind noch erhalten; sie stehen am Rand eines Parks. Die neueren Bauwerke wurden im gleichen Stil errichtet. Man sucht dort vergeblich nach der glatten Moderne, wie man sie von der Starfleet-Akademie her kennt.«

Kathryn lächelte und erinnerte sich an ihre Diskussionen über »Traditionalismus«, damals, als Tennis und Ballett auf der Liste ihrer Pflichten standen.

»Spielst du noch Tennis?« fragte sie.

»Ja. Allerdings nehme ich nicht an Wettbewerben teil. Dafür gehöre ich jetzt zur Schwimmgruppe.«

»Tatsächlich?« Kathryn war erneut überrascht. Sie brachte Hobbes nicht mit Leistungssport in Verbindung. Mit erneuerter Aufmerksamkeit musterte sie ihn und stellte fest: Er war nicht dürr, sondern schlank und muskulös.

»Freistil und Delphin. Indiana hat eine lange Tradition erfolgreicher Schwimmer. Jetzt sind die Frauen die eigentlichen Stars, aber wir bemühen uns.«

»Bestimmt finde ich an der Akademie gar keine Sportgruppe für mich. Ich habe all die Jahre mit Tennis verschwendet, anstatt meine Fähigkeiten zum Beispiel in Parrises Squares zu verbessern.«

»Du hast keine Zeit vergeudet. Tennis kannst du ein Leben lang spielen, im Gegensatz zu Parrises Squares.«

»Es ist *möglich*, Tennis bis an sein Lebensende zu spielen. Die Frage lautet aber: Möchte man das auch?«

»Ich schon. Tennis gehört zu meinen Lieblingssportarten.«

»Wirklich?«

Das Gespräch wurde immer lockerer und angenehmer. Kathryn spürte, wie sich die Unruhe in ihr mehr und mehr verflüchtigte. Sie schwebte fort, weggetragen von der Sommerbrise, die nach wachsenden, lebendige Dingen duftete und tatsächlich über heilende Kräfte zu verfügen schien.

Das Wetter in San Francisco war oft kalt und ungemütlich. Im Vergleich zu dem Klima in Indiana bot es Vor- und Nachteile: Zwar brachten die Winter keine eisige Kälte, aber dafür gab es jede Menge Nebel.

An diesem Tag jedoch hüllte die Sonne San Francisco in einen goldenen Glanz. Kathryn saß auf einer Bank im Park der Starfleet-Akademie und genoß die Wärme.

Gleichzeitig regte sich Furcht in ihr. Sie galt dem Gespräch, das bald begann. Admiral Owen Paris stand in einem geradezu legendären Ruf. Zwar glaubte niemand daran, daß er kleine Kinder fraß, aber er verhielt sich so, daß man auf diesen Gedanken kommen konnte.

Er galt als hart, anspruchsvoll und unnachgiebig. Nun, solche Eigenschaften fand man bei vielen Starfleet-Offizieren, aber wenn man diese Attribute in bezug auf Admiral Paris verwendete, so gewannen sie eine ganz neue Bedeutung. Dutzende von Geschichten kursierten über ihn: Er hatte einen Adjutanten degradiert, weil ihm bei einem Eintrag ins Computerlogbuch ein geringfügiger Fehler unterlief. Er hatte eine ganze Klasse durchfallen lassen, nur weil ein Student zu spät kam. Er leitete so anstrengende Trainingseinsätze in der Wildnis, daß viele Kadetten ihr Studium aufgaben, statt so etwas über sich ergehen zu lassen.

Kathryn hatte festgestellt, daß niemand behauptete, derartige Dinge selbst erlebt zu haben. Wenn jene Geschichten erzählt wurden, so war immer die Rede von einem ›guten Freund‹ oder dem ›Vetter meines Freunds‹. Sie fragte sich insgeheim, ob Admiral Paris seinen Ruf selbst geschaffen hatte, um zu einer mythischen Figur in den Annalen von Starfleet zu werden.

Selbst wenn das stimmte: Sie fürchtete das Gespräch mit ihm trotzdem. Admiral Paris gehörte nicht mehr als aktives Mitglied zur Akademiefakultät und war zu Starfleet Command versetzt worden. Kathryn unternahm einen kühnen Schritt, indem sie sich ausgerechnet an ihn wandte. Und wenn er sich bereit erklärte, als Ratgeber bei ihrer ersten Dissertation zu fungieren, so mußte sie doppelt so schwer arbeiten wie die anderen Studenten – so hohe Ansprüche stellte Paris. Es galt häufig als Pech, zu seinen Favoriten zu zählen. Wenn sich das Laserlicht seiner Aufmerksamkeit auf jemanden richtete, so erfuhr das Leben des Betreffenden eine jähe Veränderung.

Kathryn sah auf, als ein Pärchen vorbeischlenderte. Die jungen Leute lachten leise. Den Mann kannte sie: Er hieß William Riker, und sie hatte ihn schon während ihrer ersten Wochen an der Akademie bemerkt, vor zwei Jahren. Er sah Cheb so ähnlich, daß sie es kaum fassen konnte: dunkles, krauses Haar, dunkelblaue Augen – die Ähnlichkeit war geradezu unheimlich.

Damals beschloß Kathryn, sichere Distanz zu wahren. Sie wollte keine Neuauflage jener Episode erleben, nicht einmal an Cheb erinnert werden. Sie wollte es auch nicht riskieren, sich emotional zu engagieren, nur weil jemand wie Cheb *aussah*.

Sie hatte zwei Jahre an der Starfleet-Akademie hinter sich gebracht, ohne William Riker direkt zu begegnen oder zusammen mit ihm eine Vorlesung zu besuchen. Er hätte natürlich nicht unbedingt auf sie aufmerksam werden müssen – offenbar fühlte er sich in erster Linie zu Frauen hingezogen, die überwältigend schön und sich ihrer Attraktivität auch vollkommen bewußt waren. Eine derartige Beschreibung traf kaum auf Kathryn zu, wie sie eingestehen mußte. Seit dem Beginn ihres Akademiestudiums hatte sie sich in eine Art Nonne verwandelt. Sie interessierte sich nicht für Partys und fürs Ausgehen. Ihre Aufmerksamkeit galt in erster Linie dem Studium, den neuen Fächern, die ihr Interesse stimulierten. Kathryn ließ sich von der Wissenschaft faszinieren und brauchte nicht zu befürchten, daß sie ihr das Herz brach.

William Riker ging weiter, begleitet von einer schönen Kadettin, und Kathryns Gedanken kehrten zu Admiral Paris zurück. Mit welcher Einstellung sollte sie ihm begegnen? Ehrfürchtig und unterwürfig? Bestimmt und selbstbewußt? Freundlich und liebenswert?

Kathryn begriff, daß sie keine Antwort fand, weil sie nicht genau wußte, was sie wollte. Einerseits wäre es eine großartige Sache, Admiral Paris als Berater für ihre erste Dissertation zu gewinnen. Andererseits käme es dadurch zu Problemen, die sich leicht vermeiden ließen, wenn sie an einen der anderen Professoren herantrat. Je mehr sie nun darüber nachdachte, desto öfter fragte sie sich, warum ihr die ganze Sache zuerst als so gute Idee erschienen war. Neuerliche Unruhe prickelte in ihr.

Sie beugte sich vor, um die Durchblutung des Kopfes zu fördern – und blickte in zwei dunkle Augen. Ein dickes Hündchen war zu ihrer Bank gewatschelt und sah erwartungsvoll auf, schien zu hoffen, daß sich Kathryn seiner annahm. Es handelte sich um einen Retriever, dessen Fell noch ein gebrochenes Weiß zeigte – das Geschöpf sah aus wie ein großer flauschiger Schneeball.

Kathryn sah sich nach dem Besitzer um. Niemand befand sich in der Nähe, abgesehen von zwei Kadetten, die in entgegengesetzte Richtungen gingen. Sie bückte sich und kraulte den kleinen Hund an den Ohren. Sofort rollte er sich auf den Rücken, streckte vier pummelige Pfoten von sich und genoß es, am Bauch gestreichelt zu werden. Kathryn lächelte und freute sich mit ihm.

Nach einer Weile kam der kleine Hund wieder auf die Beine und versuchte, die Sitzfläche der Bank mit den beiden Vorderpfoten zu erreichen. Aber er war noch nicht groß genug und sank auf den Boden zurück. Sofort versuchte er es noch einmal und schien nicht einzusehen, daß er es allein unmöglich schaffen konnte.

Kathryn hob ihn hoch, setzte sich den kleinen Retriever auf den Schoß und streichelte ihn. »Woher kommst du, hm? Gehörst du niemanden? Wie heißt du?«

Der kleine Hund streckte sich auf ihrem Schoß aus und legte den Kopf auf Kathryns Bein. Als sie ihn auch weiterhin streichelte, fielen ihm die Augen zu, und wenige Sekunden später schlief er.

Wenn niemand Anspruch auf ihn erhob... Dann wollte sie ihn behalten. Im Wohnheim waren natürlich keine Haustiere zugelassen, aber sie hatte inzwischen die Möglichkeit, außerhalb der Akademie zu wohnen. Sie konnte sich ein kleines Apartment mieten, den Retriever dressieren und pflegen. Er sollte nie hungern, nie allein und unglücklich sein.

Tiefer Frieden breitete sich in Kathryn aus. Der warme Sonnenschein, der kleine Hund auf ihrem Schoß, der den Augen schmeichelnde Akademiepark... Das alles bewirkte eine ruhige Unerschütterlichkeit, die fast dem Nirwana gleichkam. Sie schloß die Augen und stellte sich vor, in einem Kornfeld von Indiana zu sitzen, mit Bramble auf dem Schoß.

»Da bist du ja, du ungezogener kleiner Bursche. Ich darf dich wohl nicht aus den Augen lassen, wie?«

Kathryn hob die Lider und sah, wie sich Commander Ruah Brackett näherte: eine attraktive Frau, Mitte Dreißig, Professorin für Mathematik. Kathryn hoffte, ihren Kurs in Differentialgeometrie belegen zu können. Brackett galt als ausgezeichnete Dozentin.

Sie streckte die Hände nach dem kleinen Hund aus, hob ihn von Kathryns Schoß und legte ihm ein Halsband an. »Er ist mir entwischt, der kleine Teufel. Ich habe ihn ›Chomel‹ genannt, was ›Frieden‹ bedeutet, aber ich fürchte, damit bin ich seiner wahren Natur nicht ganz gerecht geworden.«

Kathryn hob den Arm, um das weiche Fell ein letztes Mal zu streicheln. Tiefe Trauer erfaßte sie. »Er ist wundervoll. Woher haben Sie ihn?« Vielleicht hatte er einen Bruder oder eine Schwester.

»Er hat mich adoptiert. Eines Abends saß ich im Golden Gate Park, und da kam dieser kleiner Bursche aus dem Wald, hockte sich direkt neben mir nieder. Er kann nicht älter als fünf oder sechs Wochen gewesen sein. Ich nahm ihn mit nach Hause, wusch ihn dort und gab ihm zu fressen. In jener Nacht schlief er auf meinem Bett. Und dort schläft er immer noch. Ich weiß gar nicht, wie es weitergehen soll, wenn er ausgewachsen ist.«

Commander Bracketts Augen glänzten, als sie davon erzählte – ganz offensichtlich hing sie an dem kleinen Hund. Kathryn freute sich darüber, daß er ein so liebevolles Frauchen gefunden hatte – und gleichzeitig hatte sie das Gefühl, einen enormen Verlust zu erleiden.

Brackett ging, gefolgt von dem unbeholfen watschelnden Vierbeiner. Kathryn sah ihnen nach und fragte sich plötzlich, ob sie vielleicht jemanden brauchte, den sie lieben konnte.

Admiral Paris war nicht in seinem Büro, als Kathryn dort zum vereinbarten Zeitpunkt eintraf. Seine Adjutantin Lieutenant Commander Klenman – eine dunkelhaarige, elegante Frau, die mit britischem Akzent sprach – meinte, er nähme an einer Dringlichkeitssitzung teil und kehre in zehn oder fünfzehn Minuten zurück. Ob sie so freundlich wäre, so lange zu warten?

Kathryn nahm im Büro Platz, sah sich die Bilder an den Wänden und auf dem Schreibtisch an.

Was die Wände betraf: Die dortigen Bilder zeigten verschiedene Starfleet-Angehörige: auf dem Mars, auf Vulkan, auf Bole, auf Risa. Feiern, Konferenzen, Gedenkveranstaltungen. Und immer war mindestens ein Offizier namens Paris zugegen: Argonne Paris, James Paris, Caroline Paris, Bailey Paris, Mackenzie Paris. Diese Namen schmückten einen großen, wichtigen Teil der Starfleet-Geschichte. Es handelte sich um hervorragende, selbstlose Offiziere, die ihr Leben der Föderation gewidmet hatten.

Bei den Bildern auf dem Schreibtisch lag der Fall ein wenig anders. Sie zeigten die Familie: eine hübsche, lachende Frau, vermutlich die Ehepartnerin des Admirals, außerdem Aufnahmen von Kindern in verschiedenen Phasen ihrer Entwicklung. Kathryn vermutete, daß es insgesamt drei verschiedene Individuen waren: ein Junge und zwei Mädchen. Das Spektrum der Bilder reichte vom Säuglingsalter bis zum aktuellen Stand. Die Mädchen schienen inzwischen Teenager zu sein, und den Jungen schätzte Kathryn auf etwa zehn. Es waren hübsche und ganz offensichtlich glückliche Kinder, blond und blauäugig. Wenn tatsächlich ein Ungeheuer in Admiral Owen Paris steckte, so entwickelte sich die Familie unter seiner Herrschaft prächtig.

Kathryn hörte, wie sich hinter ihr die Tür mit einem leisen Zischen öffnete. Rasch stand sie auf und nahm Haltung an.

»Oh, stehen Sie bequem, Kadett. Ich erwarte keine Formalitäten, nachdem Sie eine halbe Stunde lang auf mich warten mußten.«

Kathryn blickte in blaugraue, erstaunlich ausdrucksstarke Augen: Der Blick des Admirals schien imstande zu sein, sich in ihr Hirn zu bohren, dort alle ihre Geheimnisse zu ergründen und festzustellen, mit welchen Absichten sie gekommen war. Sie holte tief Luft und versuchte, diesen Eindruck zu verdrängen.

Die beunruhigenden Augen glänzten in einem freundlich wirkenden, ebenmäßigen Gesicht mit gerader, schmaler Nase und einem koboldhaften Mund, der sich offenbar zwingen mußte, nicht dauernd zu lächeln. In dem einst blonden Haar zeigten sich viele graue Strähnen, und es war so lockig, daß es fast unordentlich wirkte.

Der gefürchtete Admiral Paris erinnerte Kathryn an einige der fröhlichen Farmer in ihrer Heimat Indiana.

Er winkte. »Setzen Sie sich, setzen Sie sich. Kommen wir gleich zur Sache. Ich habe so das Gefühl, daß Sie auf meine Erfahrungen als Akademieprofessor zurückgreifen wollen.«

Es verschlug Kathryn die Sprache. Sie hatte niemandem von ihrem Plan erzählt – um zu vermeiden, später belächelt zu werden, wenn sie keinen Erfolg hatte. War der Admiral tatsächlich in der Lage, ihr Bewußtsein zu sondieren? Verfügte er über telepathische Fähigkeiten? Sie spürte, wie ihr Herz schneller schlug.

»Ich finde es bemerkenswert, daß Sie solche Worte an mich richten, Sir. Ich habe mit niemandem über die Hoffnung gesprochen, Sie als Berater für meine erste Dissertation zu gewinnen.«

Wieder zuckte ein Lächeln in den Mundwinkeln des Admirals. »Für Ihre erste, wie? Ich wäre eventuell bereit, als Berater für eine *Haupt*dissertation zu fungieren. Vielleicht sollten Sie bis zum nächsten Jahr warten.«

»Und vielleicht sollten Sie warten, bis Sie hören, worüber ich zu schreiben gedenke.« Die Worte platzten so schnell aus ihr heraus, daß Kathryn sie nicht zurückhalten konnte. Erschrocken lauschte sie ihrem unverschämten Klang. Doch der Admiral schien amüsiert zu sein, und diesmal unterdrückte er das Lächeln nicht.

»Eins zu null für Sie. Nun gut, Kadett Janeway, bitte verraten Sie mir, worum es in Ihrer ersten Dissertation geht.«

»Um massive, kompakte Halo-Objekte.«

Das Lächeln verschwand aus Paris' Gesicht, und er richtete einen durchdringenden Blick auf die junge Frau. Erneut hatte sie das Gefühl, daß er bis zum Kern ihres Selbst schaute. Doch diesmal schien er dort keine Antworten auf seine Fragen zu finden. »Ich verstehe. Und welche neuen Erkenntnisse haben Sie in Hinsicht auf Halo-Objekte anzubieten?«

Kathryn wußte, daß sich der Admiral sehr für massive, kompakte Halo-Objekte interessierte. Über Jahre hinweg hatte er versucht, eine Theorie in Hinsicht auf den Ursprung dieser faszinierenden kosmischen Phänomene zu erarbeiten.

Die Kadettin glaubte sich auf sichererem Terrain.

»Ich habe eine neue Hypothese in bezug auf den Ursprung entwickelt. Sie könnte unsere bisherigen Auffassungen in bezug auf jene Objekte revolutionieren.«

»Klingt sehr ehrgeizig. Bitte erklären Sie mir Ihre Hypothese.«

»Bei allem Respekt, Sir – wenn Sie mehr herausfinden wollen, müssen Sie meine Dissertation lesen. Die ich nur schreiben kann, wenn ich einen Berater habe.«

Der Admiral lachte laut. »Sie gefallen mir, Kadett. Ihr Ruf eilt Ihnen voraus. Sie sind die junge Frau, die den Chordaten in einer Höhle auf dem Mars fand. Das hat in der wissenschaftlichen Welt einen ziemlichen Wirbel verursacht.«

Kathryn seufzte innerlich. Sie hatte lange gezögert, bevor sie sich entschloß, ihren Fund publik zu machen – immerhin gab sie damit ihre Tauchtour durch das marsianische Höhlensystem zu. Bei den Wissenschaftlern von Starfleet erregte die Entdeckung tatsächlich großes Aufsehen. Gut ausgerüstete Tauchgruppen brachen auf, doch sie fanden keine weiteren Fossilien. Anschließend kam es in Wissenschaftskreisen zu einer Kontroverse: Mehrere Fachleute bezweifelten, daß es sich wirklich um einen Chordaten handelte. Kathryns Lohn bestand aus einem Tadel ihrer Mutter. Der Vater wußte vermutlich gar nichts davon, daß die Tochter ihr Leben in den Höhlen des Mars riskiert hatte. Er war viel zu beschäftigt, um Aufmerksamkeit an so banale Dinge zu verschwenden.

»Bestimmt kommen wir gut miteinander aus«, fuhr Admiral Paris fort. Dann beugte er sich vor und durchbohrte die Kadettin noch einmal mit seinem Blick. »Aber ich warne Sie. Es stimmt, was Sie über mich gehört haben. Ich kann Faulenzer nicht ausstehen. Für mich werden Sie härter arbeiten als jemals zuvor. Sie werden lernen, mit vier Stunden Schlaf pro Nacht auszukommen. Und wenn Sie sich beklagen, jammern oder gar in Tränen ausbrechen ... Dann ist unsere Zusammenarbeit sofort zu Ende. Haben wir uns verstanden?«

»Ja, Sir.«

Der Admiral hielt Kathryns Blick eine volle Minute lang fest, und sie versuchte, nicht zur Seite zu sehen. Schließlich lehnte er sich zurück und griff nach einem der Bilder auf dem Schreibtisch. »Was halten Sie von meiner Familie?«

»Sehr eindrucksvoll, Sir.«

»Danke. Ich bin stolz auf sie. Die Mädchen sind recht unabhängig und haben unmißverständlich darauf hingewiesen, daß sie nicht beabsichtigen, die Familientradition fortzusetzen – sie haben kein Interesse an einer beruflichen Laufbahn bei Starfleet. Das respektiere ich.« Paris legte eine kurze Pause ein. »Es freut mich jedoch, daß der junge Tom entschlossen zu sein scheint, in die Fußstapfen seines Vaters zu treten. Es liegt mir fern, meine Kinder zu irgend etwas zu zwingen, aber ich hätte es bedauert, die letzte Generation von Starfleet-Offizieren namens Paris zu verkörpern.«

»Ich verstehe, Sir. Ich glaube, mein Vater empfindet ebenso.«

Die Erwähnung ihres Vaters ließ den Admiral sofort ernst werden. »Vermutlich haben Sie Ihren Vater in letzter Zeit nicht sehr häufig gesehen. Ich bin ihm vor einigen Wochen an Bord der Raumstation Deep Space Four begegnet. Er arbeitet sehr hart an dem cardassianischen Problem. Leider sieht es damit nicht sehr gut aus.«

»Er spricht kaum darüber. Aber ich weiß, daß er sehr besorgt ist.« Kathryn wollte nicht über ihren Vater sprechen – dadurch fühlte sie sich auf sehr unangenehme Weise verwundbar. Sie rutschte ein wenig im Sessel zur Seite, in der Hoffnung, daß der Admiral den subtilen Hinweis verstand und sie gehen ließ.

Doch er schien das Gespräch fortsetzen zu wollen. »Ein Teil unserer Schwierigkeiten besteht darin, daß wir nur wenig über die Cardassianer wissen. Sie sind uns immer suspekt gewesen, aber wie üblich gingen wir zunächst von der Annahme aus, daß ihre Absichtserklärungen ernst gemeint sind. Die Cardassianer wiesen ausdrücklich darauf hin, daß sie kein Interesse daran haben, ihr stellares Territorium auszudehnen. Wie dem auch sei: In letzter Zeit kam es an ihren Grenzen zu einigen beunruhigenden Zwischenfällen.«

»Ja, Sir.« In den Worten des Admirals kam etwas zum Ausdruck, über das niemand sprechen wollte: Der gräßliche Schatten des Krieges hing über der Föderation. Seit Jahrzehnten war es in der Föderation nicht mehr zu bewaffneten Konflikten gekommen, und sie alle hatten gehofft, diese Art der Auseinandersetzung endlich überwunden zu haben.

Aber in einem fernen Teil der Galaxis regte sich ein neuer Feind, und die hohen Ränge von Starfleet versuchten, einen Kampf zu vermeiden. Diplomatische Anstrengungen wurden unternommen. Doch Kathryn wußte, daß zur gleichen Zeit auch strategische und taktische Planungen stattfanden. Vermutlich war ihr Vater daran beteiligt, weil er zu den Spezialisten für Raumschiffkonstruktion gehörte. Aber in dieser Hinsicht konnte sie nicht ganz sicher sein, denn er gab überhaupt keine Auskunft, hatte sie vollkommen von jenem Teil seines Lebens separiert.

Admiral Paris schien zu bemerken, daß es Kathryn widerstrebte, dieses Thema zu erörtern. Er stand auf und streckte ihr die Hand entgegen. »Ich glaube, der erste Schritt besteht darin, daß Sie mir ein Exposé für die Dissertation vorlegen. Ich erwarte es Montagmorgen um acht Uhr auf meinem Schreibtisch. Verstanden?«

Das Blut wich aus Kathryns Gesicht. In nur vier Tagen sollte sie ein Exposé erarbeiten? War der Admiral übergeschnappt? Sie konnte nicht einmal dann rechtzeitig fertig werden, wenn sie ihre ganze Aufmerksamkeit darauf konzentrierte. Und das ging nicht, weil sie Vorlesungen besuchen und noch viele andere Dinge erledigen mußte.

»Verstanden, Sir«, sagte sie knapp und bedachte den Admiral mit einem zuversichtlichen Blick. Sie sah sich mit einer vertrauten Herausforderung konfrontiert. Das Unmögliche schaffen? Einen viel zu knappen Termin einhalten? Ein unlösbares Problem lösen? So etwas bewerkstelligte Kathryn nicht zum erstenmal. Sie hatte keine Angst vor Paris, wollte sich von ihm nicht einschüchtern lassen. Ganz gleich, vor welche Aufgabe er sie stellte: Sie wollte besser und schneller damit fertig werden, als er es erwartete.

Darin bestand offenbar ihr wichtigstes Lebensprinzip.

Als sie zu ihrem Quartier im Wohnheim zurückkehrte, begegnete sie dort ihrer Stubengenossin. Die schöne, aus Boston stammende Lettie Garrett schien sich nicht ganz wohl in ihrer Haut zu fühlen, was Kathryn sofort auffiel – normalerweise lächelte Lettie dauernd. Sie gehörte zu jenen Leuten, die mit Selbstsicherheit, Charme und Eleganz geboren wurden, anschließend heiter durchs Leben schritten, ohne irgendwo auf Hindernisse oder Unliebsames zu stoßen. Lettie hatte langes dunkles Haar und große dunkle Augen mit langen Wimpern. Kathryn vermutete, daß sie bereits mit jedem zur Verfügung stehenden Mann an der Akademie ausgegangen war.

»Kathryn… Was hast du an diesem Wochenende vor?«

»An diesem *Wochenende?* Ich werde rund um die Uhr arbeiten, um ein Dissertationsexposé zu erstellen.«

»Kannst du dir nicht ein oder zwei Stunden freinehmen?«

»Was ist los, Lettie?«

»Ich habe jemanden kennengelernt, der dir gefallen wird.«

Das hatte Kathryn befürchtet. Lettie verstand ihre asketische Lebensweise nicht und versuchte immer wieder, sie mit jemandem bekanntzumachen. Kathryn hatte sie mehrmals begleitet, ohne daß sich etwas Dauerhaftes ergeben hätte. Wenn ein junger Mann sie später noch einmal einlud, so fühlte sich Kathryn unter Druck gesetzt, was dazu führte, daß sie noch verschlossener wurde. Vage erinnerte sie sich an jemanden, der ihr Interesse weckte – inzwischen fiel ihr nicht einmal mehr sein Name ein. Er hatte nicht wieder angerufen, und sie überlegte einen ganzen Tag lang, bevor sie entschied, auf eigene Initiative keinen neuen Kontakt herzustellen.

»Ich weiß deine Bemühungen sehr zu schätzen, Lettie, aber dies ist wirklich nicht der geeignete Zeitpunkt. Montagmorgen muß mein Dissertationsexposé auf Admiral Paris' Schreibtisch liegen.«

Lettie wölbte die Brauen, was Kathryn mit Zufriedenheit erfüllte. Admiral Paris als Berater zu gewinnen … Dabei handelte es sich um eine erstaunliche Leistung. Und es erwies sich als recht angenehm zu wissen, daß Lettie beeindruckt war.

»Ich verstehe. Aber du mußt etwas essen. Eine Stunde, am Samstagabend. Ein Sandwich und eine Tasse Kaffee.«

»Ein Sandwich und Kaffee kann ich mir auch hier am Schreibtisch genehmigen. Und genau das habe ich vor.«

»Du wirst es den Rest deines Lebens bedauern. Er ist attraktiv, charmant und sehr intelligent – genau jener Typ Mann, der dir gefällt.«

»Das hast du auch beim letztenmal behauptet. Erinnerst du dich an den Exobiologen? Der seine Hausaufgaben an mir ausprobieren wollte?«

»Aber er *war* attraktiv, charmant und sehr intelligent.«

»Ich muß arbeiten. Und das meine ich *ernst*. Etwas anderes als Arbeit, Arbeit und noch einmal Arbeit kommt an diesem Wochenende für mich nicht in Frage.«

»Ich sehe Samstagabend um sechs bei dir vorbei. Vielleicht brauchst du dann eine Pause. Möglicherweise tust du dir damit selbst einen Gefallen. Anschließend kannst du die Arbeit erfrischt und mit neuer Kraft fortsetzen.«

Kathryn seufzte. Lettie war ebenso hartnäckig wie ein Terrier. Es hatte keinen Sinn, jetzt auch weiterhin zu widersprechen. Am Samstagabend war sie sicher ganz in die Arbeit vertieft und würde einfach ablehnen, wenn Lettie kam. »Na schön. Schau vorbei.«

Lettie lächelte. Kathryn wußte, daß sie es gut meinte: Sie wollte ihrer Freundin dabei helfen, ihren schmalen Horizont zu erweitern. Sie konnte nicht ahnen, daß die Welt in Kathryns Kopf so groß und umfassend war, daß sie gar keine andere brauchte.

Trotzdem ging Kathryn am Samstagabend um achtzehn Uhr mit Lettie in ein Café.

»Was veranlaßt mich nur dazu?« fragte sie. »Warum habe ich mich von dir überreden lassen? Das Dissertationsexposé ist noch nicht einmal zur Hälfte fertig. Ich darf keine Zeit vergeuden.«

»Du wirst mir dankbar sein. Bestimmt sinkst du auf die Knie und verneigst dich vor mir. Dieser Mann ist etwas *Besonderes*.«

Kathryn seufzte. Sie hatte sich nur deshalb breitschlagen lassen, weil sie bei der Arbeit an einem toten Punkt angelangt war, wodurch die Vorstellung, eine Pause einzulegen, erheblich an Attraktivität gewann. Frische Luft, eine anständige Tasse tarkalianischer Kaffee, etwas zu essen – das erschien ihr gar nicht übel. Anschließend würde sie mit erneuertem Elan an die Arbeit zurückkehren. Nein, eine Stärkung konnte gewiß nicht schaden. In der vergangenen Nacht hatte sie nur zwei Stunden geschlafen, und in der kommenden würde die Ruhepause kaum länger sein.

Sie betraten das Café, das fast völlig leer war. Kathryn fragte sich, wieso es nicht längst geschlossen hatte. Kaum jemand trank noch Kaffee. Zwar wurden hier leckere Speisen angeboten, aber die meisten Studenten zogen die Teestuben vor, die es praktisch an jeder Ecke gab. Kathryn hingegen mochte Kaffee sehr. Sie liebte den Geschmack, das herrliche Aroma, die anregende Wirkung. Allerdings war sie beim Genuß von Kaffee genauso diszipliniert wie auch in anderen Bereichen ihres Lebens. Sie gönnte sich zwei Tassen am Tag, beziehungsweise vier, wenn sie eine halb entkoffeinierte Sorte wählte.

Lettie führte sie zu einem Ecktisch, an dem zwei Kadetten saßen. Sie kehrten ihnen den Rücken zu. »Das sind sie.«

»Ist das Howie? Der sich für dich interessiert?«

»Ja. Und er hat seinen Freund mitgebracht. Für den du mir dankbar sein wirst.« Sie erreichten den Tisch, und die beiden jungen Männer erhoben sich.

Plötzlich stand Kathryn William Riker gegenüber.

Letties Vorstellung hörte sie gar nicht. Ihre Gedanken rasten, und verzweifelt suchte sie nach einem Ausweg. Sollte sie behaupten, sie würde sich nicht gut fühlen? Oder sie müsse ihrer Mutter eine dringende Nachricht übermitteln? Ihr fiel nichts ein, was einigermaßen sinnvoll klang. Wenige Sekunden später saß sie dem attraktiven jungen Mann mit dem dunklen Haar und den blauen Augen gegenüber.

Sie begriff, daß er eine Frage an sie gerichtet hatte.

»Entschuldigen Sie bitte ... Was haben Sie gesagt?«

»Oh, ich schlage vor, wir duzen uns, einverstanden? Gut. Nennt man dich Kathryn? Oder wird der Name abgekürzt?«

»Man nennt mich Kathryn. Einfach nur Kathryn.«

»Der Klang dieses Namens hat mir schon immer gefallen.«

William Riker lächelte. Eben war er attraktiv gewesen, doch jetzt wurde er atemberaubend. Wie sehr er Cheb ähnelte ...

Kathryn fühlte den dringenden Wunsch, die Situation unter Kontrolle zu bringen. Sie durfte nicht einfach so dasitzen und zulassen, daß ihre Gefühle sie überwältigten. Sie war überrascht worden und brauchte ein wenig Zeit, um sich zu fassen. Aber sie zweifelte nicht daran, in der Lage zu sein, ihr inneres Gleichgewicht wiederzufinden. Sie würde eine Stunde in der Gesellschaft dieses Mannes verbringen und dann einen Schlußstrich unter die Sache ziehen.

»Und du? Nennt man dich William?«

»Viele Leute benutzen die Kurzform Will.«

»Na schön – Will.«

»Es erstaunt mich, daß wir uns noch nie zuvor begegnet sind. Wir gehören zum gleichen Jahrgang und hätten uns eigentlich schon längst über den Weg laufen müssen.«

Wir sind uns bisher nicht begegnet, weil ich dir aus dem Weg gegangen bin, dachte Kathryn. Doch sie lächelte und antwortete: »Ich nehme am wissenschaftlichen Programm teil. Vermutlich haben wir immer verschiedene Vorlesungen besucht.«

»Wie ich hörte, hast du den Schinder als Berater für deine erste Dissertation gewonnen.«

»Ist das sein Spitzname? Ich höre ihn jetzt zum erstenmal.«

»Er nimmt die Leute so hart ran, daß ihnen für etwas anderes gar keine Zeit mehr bleibt.«

»Er ist anspruchsvoll, aber ich finde ihn auch recht nett. Hängt sehr an seiner Familie. Was ist deine Erstdissertation?«

»Ich konzentriere mich auf Exopaläontologie. Eines

Tages möchte ich ein eigenes Schiff, und in diesem Zusammenhang halte ich eine breite Wissensbasis mit dem Schwerpunkt galaktische Kulturen für angemessen.«

»Du möchtest ein eigenes Schiff? Als Captain?«

»Ja.«

Das beeindruckte Kathryn. Es geschah nur selten, daß jemand freimütig zugab, ein so hohes Ziel anzustreben. Und sie war sicher, daß es Will Riker auch gelingen würde, es zu erreichen.

»Für die Kommando-Laufbahn habe ich mich nie interessiert«, erwiderte sie. »Ich möchte als wissenschaftlicher Offizier an einer Forschungsreise durch unbekannte Raumsektoren teilnehmen. In Bereiche des Weltraums vorzustoßen, die noch nie jemand gesehen hat ... Das muß sehr aufregend sein.«

Riker lächelte. »Vielleicht unternehmen wir solche Reisen gemeinsam. Möglicherweise bist du irgendwann einmal der wissenschaftliche Offizier an Bord meines Schiffes.«

Es schwang nicht die geringste Arroganz in diesen Worten mit. Will Riker blieb unaufdringlich, erwies sich als angenehmer Gesprächspartner. Lettie hatte nicht zuviel versprochen: Er war charmant.

Und gefährlich.

Kathryn hatte sich bereits in eine freundschaftliche Konversation verwickeln lassen, und ihre inneren Barrieren zerbröckelten immer mehr. Rikers blaue Augen hielten sie fest, und nach einer Weile merkte sie, daß sie den Blick gar nicht abwenden *wollte*. Ihre Fingerspitzen begannen zu prickeln.

Es wurde höchste Zeit, alles unter Kontrolle zu bringen.

»In meiner Dissertation geht es um massive, kompakte Halo-Objekte. Kennst du dich damit aus?« Wenn sie ihm einen längeren Vortrag über kosmische Phänomene hielt, die er kaum kannte ... Damit langweilte sie ihn bestimmt. So etwas konnte kaum den Wunsch in ihm wecken, sie wiederzusehen.

Riker verblüffte Kathryn, indem er nickte. »Ein wenig. Einer meiner wissenschaftlicher Lehrer zu Hause in Alaska hat sich damit beschäftigt und auch mein Interesse geweckt. In welche Richtung zielt deine Arbeit?«

Kathryns Nervosität nahm abrupt zu. William Riker war nicht nur charmant und liebenswürdig, sondern auch ein engagierter Student. Sie starrte ihn groß an und wünschte sich, Warzen an seiner Nase zu entdecken, irgend etwas, das ihn *nicht* zum attraktivsten Mann machte, den sie je gesehen hatte. Eine neue Liebesaffäre konnte sehr schmerzhaft sein, und Kathryn wollte nicht erneut leiden. Es gab zuviel zu tun und zu lernen, um emotionale Energie auf solche Weise zu verschwenden.

Panik zitterte in ihr, und sie stand auf.

»Tut mir leid. Mir ist gerade eingefallen, daß ich in zwanzig Minuten an meinem Terminal sein muß. Um Forschungsmaterial in Empfang zu nehmen, das ich beim astrophysikalischen Laboratorium angefordert habe.« Sie sah Verwirrung in Wills Zügen, Unverständnis in Letties Miene und Überraschung bei ihrem Freund Howie. Sie wußte, daß sie fast hysterisch klang, fuhr aber trotzdem fort und hoffte, daß ihre Worte einen Sinn ergaben.

»Es geht dabei um Gravitationslinsen, und ich kann es mir auf keinen Fall leisten, die Daten zu verlieren, ich brauche sie für das Dissertationsexposé, und ich wage es nicht, dem Schinder ...« Bei diese Worten wandte sich Kathryn mit einem schiefen Lächeln an Will. »... einen Entwurf ohne jenes Material vorzulegen. Das versteht ihr sicher. Äh, es war nett, dich kennengelernt zu haben. Ich wünsche dir alles Gute. Bestimmt bekommst du ein eigenes Schiff. Auf Wiedersehen. Howie, Lettie ... danke für alles. Es hat mich sehr gefreut, ehrlich.«

Während dieser Litanei wich sie immer mehr zurück, lächelte und nickte, als sei ihr derzeitiges Verhalten die natürlichste Sache der Welt. Doch die drei Gesichter vor ihr zeigten nur Verblüffung.

Kathryn saß an ihrem Computerterminal und gab Daten ein. Nach einer Weile öffnete sich die Tür hinter ihr, und Lettie kam herein.

»Was hast du dir dabei gedacht? Wie konntest du dich so sehr danebenbenehmen? Hast du deine guten Manieren vergessen?« Lettie war außer sich und trat schimpfend neben Kathryn.

Dann sah sie die Tränen im Gesicht ihrer Freundin, vom langen Weinen angeschwollene Augen. Letties Zorn verflüchtigte sich sofort. »Kathryn… Was ist denn? Bitte sag es mir. Es tut mir ja so leid. Ich hätte nicht einfach hereinplatzen und so über dich herfallen sollen…«

»Dazu hattest du jedes Recht«, erwiderte Kathryn kummervoll. »Ich weiß, daß ich mich schrecklich benommen habe. Aber ich konnte nicht eine Sekunde länger bleiben.«

»Warum denn nicht? Was ist passiert? War er unhöflich zu dir?«

»Nein, nein, keineswegs. Deine Beschreibung trifft zu. Will ist attraktiv, charmant und intelligent. Er könnte der wundervollste Mann sein, dem ich je begegnet bin.« Im Anschluß an diese Worte brach Kathryn erneut in Tränen aus.

Sie war nicht imstande, Lettie die Komplexität ihrer Verzweiflung zu erklären – vermutlich deshalb, weil ihr die eigenen Empfindungen zumindest teilweise rätselhaft blieben. Schließlich beruhigte Lettie sie und versprach ihr, Kathryn nie wieder zu einem Rendezvous einzuladen.

Auf Letties Drängen legte sich Kathryn hin und schlief drei Stunden lang. Als sie erwachte, fühlte sie sich viel besser und verbrachte den Rest der Nacht am Computer. Sie arbeitete auch am nächsten Tag und in der folgenden Nacht.

Am Montagmorgen um acht Uhr lag ein Datenblock auf Admiral Paris' Schreibtisch – er enthielt Kathryns Dissertationsexposé.

Es war der Beginn einer bemerkenswerten Beziehung.

15

Jal Sittik hörte zu, als Miskk das Debakel im Dickicht schilderte. Ein Toter, der Rest verletzt, manche sogar schwer – das Ergebnis eines Kampfes gegen Reptilien, die plötzlich aus den Bäumen gefallen waren. Miskk selbst wäre fast ums Leben gekommen. Nur seine erstaunliche Kraft rettete ihn – er brachte es fertig, eine der Schlangen mit bloßen Händen zu töten.

Sittik bezweifelte diesen Teil der Geschichte, aber angesichts der jüngsten Ereignisse hielt er es nicht für klug, Miskk herauszufordern. Immerhin hatte er die Männer in den dichten Wald geschickt, wodurch ihn selbst zumindest eine gewisse Verantwortung traf. Miskk würde es sich bestimmt nicht nehmen lassen, Maje Dut ausdrücklich darauf hinzuweisen. Sittik bedauerte, daß Miskk nicht den Reptilien zum Opfer gefallen war. Das Schicksal schien beschlossen zu haben, ihn auch weiterhin zum Hindernis auf Sittiks Weg zum Erfolg zu machen. Und wenn schon. Durch das Überwinden von Hindernissen wurde sein Triumph nur größer.

»Sie haben Ihre Sache gut gemacht, Miskk. Es ist sehr bedauerlich, daß Pelg nicht überlebte, aber man wird seinen Tod als Opfer für den großen Sieg bezeichnen, den wir heute erringen. Tausende von Lippen werden seinen Namen preisen.«

»Bisher konnten Sie noch keinen großen Sieg erringen, Sittik. Ist es Ihnen inzwischen gelungen, die Föderationsleute zu lokalisieren?«

Sittik lächelte. Auf diese Frage hatte er gewartet. »Natürlich.« Er stampfte mit dem Fuß. »Sie befinden sich direkt unter uns.«

Verwirrung huschte durch Miskks Gesicht, und Sittik gönnte sich ein selbstgefälliges Lachen. Er beschloß, den Mann zu belohnen, der die Föderationsgruppe unter der Oberfläche des Planeten geortet hatte, hielt es jedoch nicht für sinnvoll, einen entsprechenden Hinweis an Miskk zu richten. »Es gibt hier unterirdische Tunnel und vielleicht auch Höhlen, in denen die Föderationsleute Zuflucht gefunden haben. Wir suchen derzeit nach dem Zugang, und sicher finden wir ihn bald.«

»Warum sprengen wir nicht einfach ein Loch in den Boden?«

»Genau das habe ich vor, Miskk – sobald Sie mich nicht länger mit Ihrem Geplapper aufhalten.« Sittik wandte sich ab, schritt zu seinen Männern und erteilte ihnen neue Befehle. Einmal mehr bedauerte er, daß Miskk keinen langsamen und schmerzvollen Tod im Wald der Schlangen gestorben war.

Neelix war bei den Verletzten im Zugangsbereich der unterirdischen Anlage geblieben. Greta Kale ging es inzwischen besser, und LeFevre hatte sich ganz von der gräßlichen Begegnung mit den Reptilien erholt. Der Talaxianer schauderte innerlich, als er an den Kampf zurückdachte.

Er verdrängte diesen Gedanken, erinnerte sich statt dessen an den Kuchen, den er an Bord der *Voyager* gebacken hatte, um Tuvok zu erfreuen. Das *Nocha*-Kunstwerk erschien vor seinem inneren Auge und schenkte ihm Trost. Er dachte viel lieber daran als an die Kazon, die über ihnen nach einem Eingang suchten, um sie alle umzubringen.

Captain Janeway kam sicher bald, um sie zu retten. Es sei denn, sie mußte gegen das Schiff kämpfen, das die Kazon auf den Planeten gebracht hatten. Es blieb

Neelix nichts anderes übrig, als eine solche Möglichkeit in Erwägung zu ziehen.

Erneut dachte er an den grissibianischen Kuchen, rief sich alle Einzelheiten des *Nocha*-Geschmacks ins Gedächtnis zurück, dachte an die Aroma-Explosion auf der Zunge. Oh, Kes würde begeistert sein.

Er sah sich um und wünschte sich die Rückkehr der Ocampa. Neelix wollte nicht übermäßig besorgt erscheinen – Kes verabscheute so etwas –, aber es beunruhigte ihn, daß sie ohne irgendwelche Bedenken aufgebrochen war, um die unterirdischen Tunnel und Gewölbe zu untersuchen. Obwohl in der Finsternis die gräßlichsten Gefahren lauern mochten. Doch bei Kes war die Neugier immer größer als die Furcht, und Neelix hatte sie nicht zurückhalten können.

Plötzlich hallte das Donnern einer Explosion durch die Kammer, und aus einem Reflex heraus zogen alle Mitglieder der Landegruppe den Kopf ein. Tuvok kam im Laufschritt aus einem nahen Tunnel. In der einen Hand hielt er den Phaser, in der anderen den sondierenden Tricorder.

»Die Kazon versuchen, mit Sprengladungen einen Zugang zu schaffen.«

»Es dauert sicher nicht lange, bis ihnen das gelingt«, erwiderte Neelix und blickte furchtsam zur Decke.

»Da können wir nicht sicher sein. Wir wissen nicht, aus welchem Material diese Anlage errichtet wurde. Vielleicht handelt es sich dabei um eine besonders widerstandsfähige Substanz.«

Eine weitere Explosion krachte, dann eine dritte. Staub rieselte von der Decke.

Der Vulkanier klopfte auf seinen Insignienkommunikator. »Tuvok an alle. Sammeln Sie sich im Zugangsbereich.«

Neelix nutzte die Gelegenheit, um seinen eigenen Insignienkommunikator zu aktivieren. »Neelix an Kes. Hörst du mich, Teuerste?«

Stille. Er versuchte erneut, einen Kontakt herzustellen – vergeblich. Der Versuch, sich mit Kim in Verbindung zu setzen, der die Ocampa begleitete, blieb ebenfalls ohne Erfolg. Niemand antwortete ihm.

Betroffen wandte er sich an Tuvok.

»An Ihrer Stelle würde ich mir keine Sorgen machen, Mr. Neelix. Fähnrich Kim teilte mir mit, daß Kes und er einer in die Tiefe führenden Treppe folgen wollten. Vielleicht werden die Kom-Signale von irgend etwas abgeschirmt.«

»Aber ... Wo sind sie jetzt? Und wenn sie uns nicht hören können? Woher sollen sie dann wissen, daß es Zeit für die Rückkehr wird? Die Sache gefällt mir ganz und gar nicht.«

»Bitte geraten Sie nicht in Panik. Wir müssen uns alle bemühen, klar zu denken. Können die Verletzten gehen?«

»Ja. Inzwischen haben sich alle gut erholt. Was beabsichtigen Sie?«

»Ich möchte einen Ort finden, der strategische Vorteile bietet und an dem wir uns leicht verteidigen können.«

Die übrigen Männer und Frauen von der *Voyager* fanden sich in der Kammer ein, und Tuvok gab ihnen Anweisungen. Kurze Zeit später marschierten sie alle durch einen Tunnel, und Neelix hoffte inständig, daß dieser Gang ihn näher zu Kes und Harry bringen würde.

Kim und die Ocampa erforschten den Raum, in dem sie sich nun befanden. Der Fähnrich schätzte seine Größe auf etwa zehn Quadratmeter. Fenster und Türen gab es nicht. Interessanterweise bestanden die Wände hier aus einem ganz anderen Material als im Bereich der Tunnel.

Die Substanz wirkte metallisch und wies einen bläulich-purpurnen Farbton auf – die gleiche Farbe wie das

Licht im Zimmer. Harry sondierte mit seinem Tricorder, und das Display vermittelte ihm folgende Botschaft: Die Wände bestanden aus einem in der Föderation unbekannten Metall. Nun, das war keine große Überraschung. Aber im Gegensatz zu den bisher untersuchten Korridoren fehlte hier eine organische Komponente.

Kim blickte zu Kes, die sich verwirrt umsah.

»Ich höre jetzt kein Klicken mehr«, sagte sie.

Es erleichterte Harry, daß sie eine vernünftige Erklärung von sich gab – ganz offensichtlich war sie jetzt nicht mehr in Trance. Er setzte die Sondierungen fort. »Ich registriere energetische Signaturen. Irgendeine Art von Technik wird aktiv und ...« Er unterbrach sich abrupt, denn die Daten des Tricorders deuteten auch noch auf etwas anderes hin.

Auf Leben.

Es wirkte zart und schwach, wie der Herzschlag winziger Vögel. Biosignale.

Woher kamen sie? Außer ihnen beiden hielt sich niemand in diesem Raum auf. Trotzdem stellte der Tricorder die Präsenz einer fremden Lebensform fest, die allmählich zu erwachen schien.

Langsam schritten sie an der Wand entlang. Nirgends zeigte sich eine Naht, und Kim entdeckte auch keine Muster, die irgendwelche Hinweise boten. Das Material, aus dem die Wand bestand, war völlig glatt, fühlte sich zwar kühl an, aber nicht kalt.

»Ich bin ganz sicher, daß wir hierher geführt wurden«, sagte Kes. »Etwas ... *zog* mich an diesen Ort. Das Klicken lockte mich hierher. Und noch etwas anderes. Ein ... Drängen, dem ich mich nicht widersetzen konnte.«

»Ich weiß. Ich habe es in Ihrem Gesicht beobachtet. Was auch immer es gewesen sein mag: Es hat auf Ihre telepathischen Fähigkeiten eingewirkt. Ich habe überhaupt nichts gespürt.«

»Es fühlte sich sehr ... wichtig an. Und der Zeitfaktor schien eine große Rolle zu spielen. Wir mußten diesen Ort möglichst schnell erreichen, weil ... weil ...« Die Ocampa schwieg verwirrt.

»Weil?« hakte Kim nach.

»Ich bin mir nicht sicher. Vielleicht wollte ich den Satz so beenden: weil der Tod gesiegt hätte, wenn wir nicht hierher gekommen wären.«

»Was bedeutet das?«

»Ich weiß nicht, was es bedeutet. Ich weiß nur, daß es sich so *anfühlte*.«

»Empfinden Sie noch immer auf diese Weise?«

»Nein. Jene Eindrücke haben sich inzwischen alle verflüchtigt.«

»Großartig. Und wie zum Kuckuck sollen wir die Kammer jetzt verlassen?« Kim klopfte auf seinen Insignienkommunikator und war kaum überrascht, als es ihm nicht gelang, einen Kom-Kontakt zu dem Rest der Landegruppe herzustellen. Er begann mit neuerlichen Sondierungen, suchte nach Antworten und merkte nach kurzer Zeit, daß er zu schwitzen begann – seine Besorgnis nahm immer mehr zu.

Er wanderte durchs Zimmer und scannte aufmerksam die Wände. Vielleicht gelang es ihm, die Quelle der schwachen Biosignale zu lokalisieren. Es war eine ebenso umständliche wie langweilige Aufgabe, und Kim wischte sich mehrmals den Schweiß von der Stirn, während er die Peripherie des Raums abschritt. Als er zu Kes zurückkehrte, strichen ihre Fingerkuppen über die Wand.

Verwundert drehte sie den Kopf. »Das Material fühlt sich wärmer an als vorher.«

Harry sah, daß die Ocampa ebenfalls schwitzte. Einige Locken ihres blonden Haars klebten an der Stirn fest. Erstaunt streckte er die Hand aus, berührte die Wand und merkte, daß sie nicht mehr kühl war. Man konnte sie nicht in dem Sinne als heiß bezeichnen, aber ihre Temperatur war um einige Grad gestiegen – was der Tricorder bestätigte.

Kes drehte sich um und hob die Hände zu den Wangen. »Es wird wärmer«, sagte sie.

Und dann sahen sie beide, daß sich auch die Farbe der Wand änderte. Der bläuliche Ton verschwand, und im Purpur zeigten sich erste Anzeichen von glühendem Rot.

»Mr. Paris, haben Sie jemals ein Raumschiff direkt vom Warptransfer in den Orbit gesteuert?«

»Nein, Ma'am. Das kann ich nicht von mir behaupten.«

»Jetzt bekommen Sie Gelegenheit dazu.«

Tom Paris drehte den Kopf und sah die Kommandantin an, obwohl er wußte, daß sie es ernst meinte. »Ma'am?«

»Ich möchte unsere Leute zurückholen. Doch mit ziemlicher Sicherheit überwachen die Kazon noch immer den Planeten. Ich dachte daran, mit Warpgeschwindigkeit zu fliegen, bis wir den planetaren Ortungsschatten erreichen, und dann schwenken wir direkt in eine Umlaufbahn.«

Janeway beobachtete Paris, als er darüber nachdachte. Sie glaubte fast sehen zu können, wie er rechnete. Einige Sekunden verstrichen, und dann richtete er wieder den Blick auf sie.

»Ich bitte um Verzeihung, Captain ... Haben Sie so etwas jemals zustande gebracht?«

»Nein, Lieutenant. Aber wie ich hörte, gelang es anderen. Ein solches Manöver ist also nicht völlig ausgeschlossen.«

»Wie Sie meinen, Ma'am. Welchen Warpfaktor wünschen Sie?«

»Den höchsten, den Sie für möglich halten.«

Tom wandte sich der Navigationskonsole zu, und seine Finger huschten über die Schaltflächen. Janeway wußte: Er gab jetzt Parameter für eine der schwierigsten Berechnungen ein, die er jemals durchgeführt hatte. Der Navigationscomputer, unterstützt vom großen Elaborationspotential der neuralen Gel-Massen, würde die Beschleunigungs- und Bremsphase kalkulieren, dabei nicht nur die Gravitationsfelder des Planeten und der Sonne berücksichtigen, sondern auch die Reibung in den obersten Schichten der Atmosphäre sowie die Leistungsfähigkeit des Warptriebwerks der *Voyager*. Tom betrachtete die Zahlen, als sie vor ihm über den Monitor glitten.

Trotz seiner gewaltigen Rechenleistung war der Bordcomputer nicht fähig, die letztendliche Entscheidung zwischen mehreren verschiedenen Flugbahnen zu treffen. Zwar konnte er alle meßbaren Details in die Berechnungen einbeziehen, doch hier kam es nicht nur auf Fakten an, sondern auch auf den Instinkt. Besser gesagt: auf den Instinkt des Piloten. Nur ein erfahrener, talentierter Navigator konnte den richtigen Kurs wählen. Und genau darauf verließ sich Janeway nun: auf das Talent von Tom Paris.

Schließlich holte er tief Luft. »Ich glaube, wir könnten es mit Warp vier Komma zwei schaffen, Captain«, sagte er, ohne daß seine Stimme Nervosität verriet.

»Also los.«

»Aye, Warp vier Komma zwei. Beschleunigung erfolgt...« Paris zögerte kurz und atmete noch einmal tief durch, verdrängte dann alles andere und dachte nur noch an seine Aufgabe. »*... jetzt.*«

Die *Voyager* sprang in den Warptransit. Bei dieser Geschwindigkeit war der Planet nur wenige Minuten von den Gas- und Staubwolken am fernen Rand des Sonnensystems entfernt. Es stellte überhaupt kein Problem dar, ihn zu erreichen. Schwierig wurde es erst, wenn es darum ging, das Schiff genau zum richtigen Zeitpunkt in den Orbit zu steuern. Wenn Paris auch nur eine Mikrosekunde zu spät reagierte, raste die

Voyager mit hundertfacher Lichtgeschwindigkeit in den Planeten hinein.

»Volle Energie in die Trägheitsabsorber«, sagte Janeway und gab sich ruhig – sie wollte zuversichtlich wirken.

»Zwölf Sekunden bis zum Orbit«, sagte Paris und klang bemerkenswert gelassen. Wieder tanzten seine Finger über die Schaltflächen, als er einige letzte Kurskorrekturen vornahm, um dann die automatische Bremssequenz einzuleiten. Das zentrale Projektionsfeld zeigte, wie der Planet beängstigend schnell größer wurde. Janeways Blick klebte an dieser Darstellung fest, während sie versuchte, den Zweifel aus sich zu verbannen. Wenn das Manöver nicht funktionierte, hatten sie wenigstens keinen qualvollen Tod zu befürchten. In dem Fall kam das Ende ganz plötzlich, ohne daß sie etwas spürten.

Toms Stimme zitterte nicht, als er mit dem Countdown begann. »Ende des Warptransfers in fünf Sekunden ... vier ... drei ... zwei ... eins ...«

Die *Voyager* schüttelte sich heftig, wodurch einige Mitglieder der Brückencrew das Gleichgewicht verloren und stürzten – selbst mit maximaler Energie konnten die Andruckabsorber nicht das gesamte Trägheitsmoment neutralisieren. Das Schiff neigte sich zur Seite, und eine schreckliche Sekunde lang befürchtete Janeway, daß sie die Kontrolle darüber verloren hatten und ein fataler Absturz unmittelbar bevorstand.

Doch dann glitt die *Voyager* in eine Umlaufbahn, tausend Kilometer über der Oberfläche des Planeten. Janeway sah zu Tom Paris, der etwas blasser als sonst wirkte, aber zufrieden lächelte – dazu hatte er auch allen Grund.

»Gute Arbeit, Mr. Paris«, sagte die Kommandantin.

Er drehte sich um und blickte zu ihr auf. »Ein Kinderspiel«, behauptete er keck und bewies damit einmal mehr, daß es ihm nicht an Selbstbewußtsein mangelte.

»Lassen Sie uns nun versuchen, die Landegruppe zu finden.« Janeway sah zu Chakotay. Der Erste Offizier hatte bereits damit begonnen, die Sensoren zu programmieren, um mit ihnen nach Tuvok und den anderen Ausschau zu halten.

»Captain, ein Kazon-Raumer ist auf der anderen Seite des Planeten in den Orbit geschwenkt.«

»Dann bleiben uns nur noch einige Minuten Zeit. Wie sieht's aus, Commander?«

»Schlecht. Die Sensoren orten nur Kazon – etwa vierzig. Aber von der Landegruppe fehlte jede Spur.«

Janeway überlegte. Vielleicht hatte Tuvok an einem Ort Zuflucht gefunden, der nicht von den Sondierungssignalen der Sensoren erreicht wurde.

Es konnte aber auch bedeuten, daß alle Mitglieder der Einsatzgruppe tot waren.

Doch wenn das stimmte: Warum befanden sich dann noch Kazon auf dem Planeten? Und warum befand sich ein Kazon-Schiff in der Umlaufbahn? Janeway mußte davon ausgehen, daß Tuvok und seine Begleiter noch lebten, sich an einem geschützten Ort aufhielten und dort auf Rettung warteten.

»Der Kazon-Raumer nähert sich«, meldete Paris.

Eine direkte Konfrontation mit den Kazon konnten sie sich noch immer nicht leisten – dazu war das offensive Potential der *Voyager* zu gering. Es blieb ihnen also nichts anderes übrig, als erneut den Rückzug anzutreten.

»Bringen Sie uns fort von hier, Lieutenant. Und zwar mit Warpgeschwindigkeit.«

»Aye, Captain.« *Wenn's so weitergeht, werde ich zum Spezialisten für orbitale Warpmanöver*, dachte Paris, als er die *Voyager* beschleunigte.

»Wenn Tuvok bei uns wäre ...«, sagte Chakotay. »Er würde bestimmt darauf hinweisen, daß der Rückzug immer eine Möglichkeit ist.«

»Aber Tuvok ist leider nicht bei uns. Und ich gebe

erst auf, wenn alle Möglichkeiten ausgeschöpft sind. Setzen Sie Ihre Denkkappe auf, Commander. Wir müssen einen Weg finden, unsere Leute zu retten.«

Chakotay lächelte, und Janeway erwiderte das Lächeln. Sie erinnerte sich daran, daß sie sich glücklich schätzen konnte, diesen Mann an ihrer Seite zu haben.

16

Fähnrich Kathryn Janeway beobachtete, wie die Erde immer kleiner wurde. Sie entsann sich an den ersten Raumflug vor vielen Jahren, als ihr Vater sie an Bord eines Shuttles zum Mars mitgenommen hatte. Ganz genau erinnerte sie sich an die in ihr vibrierende Aufregung, als die blauweiße Kugel damals erst zu einer Murmel schrumpfte und schließlich nur noch ein Lichtpunkt in der Weite des Alls war.

Jene erste Lektion wiederholte sich nun: Erneut erfuhr Kathryn von der relativen Bedeutungslosigkeit der Erde im unermeßlichen Kosmos. Die Menschheit war eines von vielen Völkern im Universum, nicht wichtiger als andere.

Als sie klein war, hatte ihr Vater einmal davon erzählt, daß die Menschen vor tausend Jahren die Erde für den Mittelpunkt des Universums hielten, daß sie glaubten, alle anderen Himmelskörper drehten sich um sie. Als Kopernikus eine andere These formulierte und Galilei sie bewies, wurden die beiden Männer nicht etwa für ihre Entdeckungen gelobt, sondern verdammt. Damals wehrte man sich gegen die Wahrheit, anstatt sie willkommen zu heißen.

Kathryn hatte es immer als angenehm empfunden, Teil einer großen Familie zu sein. Zuerst kam die Familie der Menschheit, eine Welt, deren Bewohner endlich in Frieden miteinander lebten und sich nicht mehr über imaginäre Linien auf dem Boden stritten.

Zu einer noch größeren Familie zu gehören, zur Familie der Galaxien mit ihren Myriaden Völkern ... Gab es ein glücklicheres Kind als jenes, das Milliarden von Tanten, Onkeln und Kusinen hatte, das nirgendwo im Universum allein sein mußte? Kathryn sah darin ein wundervolles Privileg des Raumfahrtzeitalters.

Als sie nun auf der Brücke des Raumschiffs *Icarus* saß – es stand unter dem Befehl von Admiral Paris und brach zu einer Forschungsreise auf, um mehr Informationen über massive, kompakte Halo-Objekte zu gewinnen –, glaubte sie, daß es kein größeres Glück geben konnte. Sie gehörte zum wissenschaftlichen Stab. Erst vor einem Jahr hatte man ihr die Doktorwürde in Quantenkosmologie verliehen, und der Admiral hätte erfahrenere Wissenschaftler für seine kürzlich genehmigte Arias-Expedition wählen können. Daß er sich für die junge Kathryn entschied, kam einem großen Kompliment gleich.

Anspannung erfaßte sie, als sie eine Präsenz in der Nähe ihrer Station spürte. Admiral Paris hatte sich ihr genähert und sah auch weiterhin zum Bildschirm, auf dem die Erde zu einem Punkt wurde. »Mehr werden Sie im kommenden Jahr nicht von Ihrer Heimat sehen, Fähnrich«, sagte er. »Ich hoffe, Sie bekommen kein Heimweh.«

Kathryn sah zu ihm auf und fragte sich, ob er seine Worte scherzhaft meinte oder nicht. Inzwischen wußte sie, daß er einen herrlich trockenen Humor hatte und dazu neigte, jene Personen aufzuziehen, die er mochte. Aber manchmal fiel es sehr schwer, bei ihm den Unterschied zwischen Scherz und Ernst zu erkennen.

»Ich bin nicht sehr für Heimweh anfällig, Sir«, antwortete sie und beschloß, auf Nummer Sicher zu gehen. Es überraschte sie allerdings nicht, als es in den Augen des Admirals humorvoll funkelte.

»Um ganz ehrlich zu sein, Fähnrich: Sie sind die letzte Person, bei der ich eine solche Krankheit erwarten würde.«

Der Admiral fügte keine Erklärung hinzu. Er schien

nicht viel von Heimweh zu halten, und Kathryn überlegte, ob sie das für gut oder schlecht halten sollte. Unmittelbar darauf fragte sie sich, ob diesem Punkt überhaupt irgendeine Bedeutung zukam.

»Um elf Uhr Bordzeit möchte ich Sie dem wissenschaftlichen Team vorstellen«, fuhr Paris fort. »Ich glaube, Sie haben noch nicht alle kennengelernt.«

»Nein, Sir. Ich freue mich darauf.« Das stimmte nicht ganz: Der Gedanke an die Begegnung schuf Unruhe in ihr. Bestimmt war sie das jüngste und unerfahrenste Mitglied der Gruppe, ein Umstand, von dem alle anderen wußten. Würde man sie akzeptieren? Und sie respektieren? Hielten es die anderen vielleicht für falsch, daß der Admiral einen einfachen Fähnrich bei einer so langen und wichtigen Forschungsmission mitnahm?

Sie mußte sich beweisen.

Wie sich herausstellte, war das nur bei einer Person erforderlich. Als sie sich später am Morgen in der Offiziersmesse versammelten, spürte Kathryn bei den meisten Anwesenden nur Freundlichkeit und die Bereitschaft, sie herzlich willkommen zu heißen.

Der Admiral stellte sie ihren Kollegen vor.

»Das ist Commander T'Por; ihre Sachkenntnis auf dem Gebiet der Astrophysik genießt einen legendären Ruf.« Kathryn blickte in die ernsten Augen einer eleganten Vulkanierin, von der sie schon viel gehört hatte. »Lieutenant Darran Ditillo, ein erfahrener Raumfahrer und auf astrometrische Analysen spezialisiert.« Ein kleiner, drahtiger Mann trat vor und schüttelte Kathryn die Hand. Er war Ende Dreißig, hatte lichtes Haar und schien immer zu einem Lächeln bereit zu sein. »Fähnrich Sally Rhodes. Sie hat die Akademie erst vor einigen Jahren verlassen und kann bereits einige bemerkenswerte Leistungen auf dem Gebiet der Physik von superdichter Materie vorweisen.« Sally war nur einige Jahre älter, und es beruhigte Kathryn zu wissen, daß auch jemand aus ihrer Generation zur Gruppe gehörte.

Sie alle erschienen ihr sehr freundlich, und sie begann sich zu entspannen. Aber es gab noch jemandem im wissenschaftlichen Team.

»Und dies ist Lieutenant Justin Tighe, unser technischer Verbindungsmann.« Kathryn schüttelte die Hand eines schlanken, muskulösen und etwa dreißig Jahre alten Mannes. Er hatte dunkles, krauses Haar, und in seinen dunkelblauen Augen schimmerte es herausfordernd.

»Willkommen an Bord, Fähnrich«, sagte er mit einem Lächeln, das sowohl wissend als auch aggressiv wirkte.

Kathryn spürte ein Unbehagen, das in ihren Fingerspitzen begann und sich durch die Arme bis zu den Wangen ausbreitete, die zu glühen begannen. »Danke, Sir«, murmelte sie, zog die Hand zurück und setzte sich an den glänzenden schwarzen Tisch. Sie nahm mit dem Rücken zum breiten Panoramafenster Platz, das einen wundervollen Blick ins All gewährte: Derzeit bildeten die Sterne aufgrund des Warptransfers ein buntes Streifenmuster. Der Anblick faszinierte Kathryn noch immer sehr, und sie wollte sich jetzt nicht davon ablenken lassen.

Es bedeutete allerdings, daß sie direkt neben Justin Tighe saß.

»Es freut mich, diese Expedition zu leiten«, begann Admiral Paris. »Wie Sie alle wissen, interessiere ich mich schon seit vielen Jahren für massive, kompakte Halo-Objekte. Wir sind zum galaktischen Rand unterwegs, sechshundert Lichtjahre hinter Deep Space Seven – dort befindet sich ein ›Geburtsort‹ jener kosmischen Phänomene. Ich möchte tägliche Seminare für uns alle veranstalten, um Informationen und Ideen auszutauschen. Dann sind wir gut vorbereitet, wenn wir den Einsatzort erreichen.«

Während Admiral Paris sprach, wurde Kathryn sich auf unangenehme Weise der Präsenz von Lieutenant Tighe neben ihr bewußt. Sie blieb von ihm abgewandt, sah zum Admiral am oberen Ende des Tisches, doch viel zu deutlich spürte sie Tighes Aura. Sie zwang sich, ihre Aufmerksamkeit ganz auf Paris zu richten, der sich nun erhob und durch den Raum wanderte, am Fenster stehenblieb und nach draußen sah.

»Allerdings hat unsere Expedition noch einen anderen Aspekt. Einen, den ich bis zu unserem Start von der Erde vor Ihnen verbergen mußte, weil er streng geheim ist.«

Alle hörten ihm gespannt zu. Die Stimme des Admirals klang jetzt sehr ernst. »Wir sind natürlich mit einem wissenschaftlichen Auftrag unterwegs, und ich hoffe, daß wir mehr über die Halo-Objekte wissen, wenn wir zur Erde zurückkehren. Wenn uns nichts anderes gelingt, haben wir zumindest einen wichtigen Beitrag zur Erforschung der Galaxis geleistet.«

Er drehte sich um und musterte die am Tisch sitzenden Personen der Reihe nach. »Aber das ist nicht der einzige Zweck unserer Reise. Es gibt noch eine zweite, geheime Mission, von der wir hoffen, daß sie erfolgreich durchgeführt werden kann.«

Paris legte eine kurze Pause ein und schien nach den richtigen Worten zu suchen.

»Zuerst muß ich Sie daran erinnern, daß es sich um eine Angelegenheit der höchsten Geheimhaltungsstufe handelt. Nicht alle Besatzungsmitglieder wissen davon. Es ist sehr wichtig, daß Sie mit niemandem darüber sprechen – diskutieren Sie diese Sache nicht einmal untereinander. Ich weise Sie auf die Existenz der zweiten Mission hin, weil Sie als wissenschaftliches Team neugierig werden könnten, wenn bestimmte Maßnahmen ergriffen werden. Das gilt auch für einige Ziele, die wir anfliegen. Wenn Sie nicht Bescheid wissen, könnten Sie Fragen stellen, die nicht gestellt werden dürfen. Einige Entscheidungen wirken sich vielleicht auf Ihre wissenschaftlichen Arbeiten aus, und ich bitte Sie schon jetzt, entsprechende Einschränkungen hinzunehmen.«

Kathryn starrte Admiral Paris groß an, und ihre Gedanken rasten. Was ging hier vor? Was hatte so große Bedeutung, daß eine derart strenge Geheimhaltung nötig erschien? So etwas war nicht typisch für Starfleet – zumindest nicht für die Starfleet-Bereiche, die Kathryn kannte. Das Unbehagen in ihr verdichtete sich.

»Beim Flug der *Icarus* geht es auch darum, Informationen zu sammeln«, sagte Paris. »Wir sind unweit des stellaren Territoriums der Cardassianer unterwegs, und manchmal kommen wir ihrem Raumgebiet sehr nahe. Bei solchen Gelegenheiten sammeln wir Daten über Truppenbewegungen, Waffendepots, Flottengröße und andere Dinge. Alles dient dazu, eine bessere Verteidigung der Föderation zu ermöglichen.«

Stille folgte diesen Worten, und Kathryn stellte plötzlich fest, daß ihr das Herz bis zum Hals empor klopfte. Es handelte sich um eine *Spionage*-Mission. Bei ihrem ersten Flug in die Tiefen des Alls ging es nicht in erster Linie darum, neue wissenschaftliche Erkenntnisse zu gewinnen, sondern um das Sammeln von militärischen Informationen. Damit wurde eine harmlose Expedition zu einem gefährlichen Einsatz.

Admiral Paris wartete, um allen Anwesenden Gelegenheit zu geben, über seine Ausführungen nachzudenken. »An Bord dieses Schiffes befinden sich einige Angehörige einer Eliteeinheit von Starfleet. Es sind speziell ausgebildete Ranger, die gleichzeitig als wissenschaftliche Mitarbeiter fungieren. Ihre Identität bleibt Ihnen unbekannt. Ich bin der einzige an Bord, der sie kennt.«

Erneut glitt sein Blick über die Gesichter der Männer und Frauen am Tisch. »Dies ist der richtige Augenblick, um Fragen zu stellen. Ich werde sie so gut wie möglich beantworten. Aber nach dem heutigen Tag wird diese Sache nie wieder diskutiert. Ist das klar?«

Mehrere Köpfe nickten. Sally Rhodes hob die Hand, so wie in der Schule. Kathryn glaubte, ihre Empfindungen zu verstehen. »Sir ... Kommt es zu einem Krieg gegen die Cardassianer?«

»Ich hoffe nicht. Darin besteht das Ziel solcher Missionen: den Krieg zu verhindern. Ich fürchte allerdings, in diesem Fall hängt es mehr von den Cardassianern ab.«

Kathryn spürte, wie sich Justin neben ihr bewegte. »Sir«, sagte er und klang jetzt nicht mehr ganz so selbstbewußt, »was die ... Ranger betrifft ... Kennen sie sich gegenseitig? Oder tappen sie ebenso im Dunkeln wie wir?«

»Sie kennen sich. Es ist wichtig, daß sie als Gruppe agieren können, und genau darauf haben sie sich ein Jahr lang vorbereitet. Aber ich versichere Ihnen: Die Betreffenden kennen sich auch so gut mit wissenschaftlichen Dingen aus, daß Sie nicht in der Lage sind, sie zu identifizieren.«

Commander T'Por sah den Admiral aus dunklen Augen an. »Ich halte es für logisch anzunehmen, daß unsere Mission auch gefährlich werden kann. Stimmt das?«

»In dieser Hinsicht sind kaum Vorhersagen möglich, aber grundsätzlich haben Sie recht.« Paris zögerte, schien einen Gedanken hin und her zu drehen. »Leider wissen wir nur sehr wenig über die Cardassianer. Viele Jahre lang hielten sie ihre Grenzen geschlossen. Leider ist das, was wir seit einiger Zeit hören, alles andere als ermutigend. Es handelt sich um einen bösartigen und hinterhältigen Gegner, der seinen Einflußbereich erweitern möchte und dabei keine Skrupel kennt.«

Der Admiral unterbrach sich und blickte einige Sekunden lang auf den Tisch hinab. »Wir haben Berichte darüber bekommen, wie die Cardassianer einige unserer Kolonisten behandeln, die in ihre Gewalt gerieten. Sie verfügen über eine besondere Technik, die allein dazu dient, Schmerzen zu verursachen. Schon seit langer Zeit sind wir keiner Kultur mehr begegnet, die das Mittel der Folter nicht nur als Mittel der Einschüchterung und Unterdrückung verwendet, sondern es auf ein fast religiöses Niveau erhoben hat.«

Furcht zitterte in Kathryn, als sie an Personen dachte, die anderen ganz bewußt Schmerzen zufügten. Wie primitiv und barbarisch! Sie wußte, daß es in der Geschichte ihres eigenen Volkes nicht an Beispielen für entsetzliche Grausamkeit mangelte, aber das alles lag nun schon Jahrhunderte zurück. Zu hören, daß hilflose Menschen von Fremden gequält wurden… Kathryn schüttelte sich innerlich.

»Es gibt allerdings keinen Grund zu der Annahme, daß uns Begegnungen mit Cardassianern bevorstehen«, fuhr der Admiral fort. »Wir setzen allein technische Hilfsmittel ein, um Informationen zu gewinnen. Direkte Konfrontationen sind nicht geplant.«

Er beobachtete seine Zuhörer und wartete auf weitere Fragen. Es blieb still, was nicht etwa bedeutete, daß keine Fragen mehr existierten. Noch immer waren alle so überrascht, daß sie kaum einen klaren Gedanken fassen konnten.

»Noch Fragen?« Paris sah sich um. »Wenn nicht, machen wir jetzt weiter. Ich möchte Sie auf folgendes hinweisen: Wenn alles wie geplant läuft, merken Sie gar nicht, daß auch noch eine andere Mission stattfindet. Es ist vorgesehen, Ihre Forschungsarbeiten nicht zu stören und keinen Einfluß auf die tägliche Routine des wissenschaftlichen Teams zu nehmen. Ich hoffe sehr, daß Sie Ihrer Arbeit tatsächlich völlig ungestört nachgehen können.«

Noch einmal musterte er die Anwesenden, legte dieses besondere Thema dann zu den Akten und verteilte kurzfristige Aufträge. Admiral Paris war ein reifer und erfahrener Offizier. Ganz offensichtlich besaß er die Fähigkeit, eine Sache vollkommen abzuschließen und sich dann ganz der nächsten zu widmen.

Kathryn beneidete ihn um dieses Talent, das sie nicht teilte. Die Ausführungen des Admirals hatten sie so verblüfft, daß sie überhaupt nicht auf ihren ersten Auftrag reagierte: Sie sollte mit Justin Tighe zusammenarbeiten und die Sensoren modifizieren.

Wie ein Panther, dachte Kathryn. *Wie ein sehniges, kraftvolles Raubtier, elegant, geschmeidig und sich seiner selbst sehr sicher.*

Sie beobachtete, wie Justin Tighe durchs wissenschaftliche Laboratorium ging und die Schaltflächen eines Handcomputers betätigte. Gelegentlich strich er sich durchs Haar und blickte ins Leere, um dann wieder aufs Display des kleinen Computers zu sehen.

Er beteiligte Kathryn nicht an seinen Überlegungen. Er stellte keine Fragen, bat sie nie um ihre Meinung, verriet nicht, was ihm durch den Kopf ging. Tighe arbeitete ganz für sich allein.

Sie fragte sich, was sie unternehmen sollte. Einerseits war er ihr Vorgesetzter und somit berechtigt, den Auftrag des Admirals auf seine Weise auszuführen. Aber es paßte Kathryn nicht, wie ein Stück des Inventars behandelt zu werden. Sie gehörte als offizielles Mitglied zum wissenschaftlichen Team und sollte daher nicht einfach ausgeklammert werden.

Kathryn begriff, daß es gefährlich war, einem Raubtier gegenüberzutreten. Doch wenn man sich nicht dazu entschied, durfte man kaum hoffen, seinen Respekt zu gewinnen.

»Lieutenant ...«, begann sie sanft, »wenn ich wüßte, welche Modifikationen der Sensorsysteme Sie planen, könnte ich Ihnen vielleicht helfen.«

Tighe sah sie so an, als hätte er vergessen, daß sie

sich im gleichen Zimmer befand. Er blinzelte, schien wie aus einer tiefen Konzentrationstrance zu erwachen. »Was?« fragte er.

»Ich würde gern einen Beitrag leisten. Aber das kann ich nur, wenn Sie mir sagen, wie Sie vorgehen wollen.«

Er strich sich übers Haar – eine Geste, die jetzt nicht auf Geistesabwesenheit hinwies, sondern Nervosität verriet. »Ich weiß Ihr Angebot zu schätzen, Fähnrich, aber um ganz ehrlich zu sein: Die Erklärungen nähmen mehr Zeit in Anspruch als alle Vorbereitungen. Deshalb kümmere ich mich lieber allein darum. Sobald ich einen Plan entwickelt habe, gehen wir ihn gemeinsam durch.«

Daraufhin setzte er seine Wanderung durchs Laboratorium fort und fixierte seine Aufmerksamkeit wieder auf den Handcomputer.

Kathryn spürte, wie ihre Wangen glühten. Die Abfuhr war so total, daß sie sich fast physisch verletzt glaubte. Sie zwang sich zur Ruhe. *Handle nicht, ohne zu denken,* ermahnte sie sich und objektivierte den Ärger, den sie angesichts der Unfreundlichkeit des Mannes empfand, mit dem sie zusammenarbeiten sollte.

Justin Tighe kehrte ihr den Rücken zu und war erneut ganz auf seinen kleinen Computer konzentriert. Kathryn stand auf und trat vor ihn.

»Entschuldigen Sie, Sir.« Er richtete einen erstaunten Blick auf sie, und daraufhin fügte Kathryn hinzu: »Bitte um Erlaubnis, offen sprechen zu dürfen.«

Er seufzte und schnitt eine kurze Grimasse. »Erlaubnis erteilt.«

»Während des kommenden Jahres werden wir zusammenarbeiten, und zwar sehr eng. Meiner Ansicht nach sollten wir uns gleich zu Anfang auf einige Regeln einigen.« Kathryn sah zu dem Mann auf und versuchte festzustellen, wie ihre Worte auf ihn wirkten. Seine Züge verrieten nichts, blieben neutral. Die Augen blickten eisig.

»Mir ist klar, daß ich das jüngste Mitglied der Gruppe bin. Aber ich *gehöre dazu*. Ich möchte einen Beitrag leisten. Es ist mir gleichgültig, auf welche Weise ich beteiligt werde, aber ich *bestehe* darauf, an dem Projekt mitzuarbeiten.«

Tighe gab keine Antwort, sah sie nur mit jenen seltsam funkelnden Augen an.

»Ich lasse mich nicht ausschließen«, fuhr Kathryn fort. »Ich lasse mich nicht so behandeln, als sei ich weniger wichtig als der kleine Computer, den Sie da in der Hand halten. Sie werden bestimmt feststellen, daß ich helfen kann, wenn Sie mich an der Arbeit beteiligen. Geben Sie mir wenigstens die Chance, es zu beweisen.«

Lange Stille folgte, und Tighes Blick bohrte sich in Kathryn hinein. Sie hielt ihm stand, zwinkerte nicht.

Schließlich legte Tighe den Handcomputer auf den nahen Tisch und ließ sich in einen Sessel sinken.

»Ich möchte Ihnen ein wenig von mir erzählen, Fähnrich«, sagte er. Doch er zögerte ziemlich lange, schien nicht daran gewöhnt zu sein, von sich selbst zu berichten. »Ich wurde auf Klatus Primus geboren. Haben Sie jemals davon gehört? Wahrscheinlich nicht. Es ist eine kleine Bergbaukolonie im Sektor 22309. Meine Familie hat eine lange Bergbautradition. Nun, das Leben auf Klatus Primus war nicht so leicht wie das auf der Erde. Als Zehnjähriger entschied ich, den Rest meines Lebens nicht wie mein Vater und Großvater zu verbringen.«

Tighe sah auf, und diesmal schien *er* in Kathryns Gesicht nach einer Reaktion zu suchen. Die junge Frau versuchte, neutral zu bleiben, sich nichts anmerken zu lassen.

»Zwanzig Jahre später gelang es mir, zu einem respektierten Starfleet-Angehörigen zu werden. Den langen Weg dorthin mußte ich mir Schritt für Schritt verdienen. Niemand schenkte mir etwas; niemand machte es leicht für mich.«

Kathryn hörte kein Selbstmitleid in seiner Stimme, nicht das Jammern eines Opfers. Tighe sprach so ruhig, als verläse er das Periodensystem der chemischen Elemente.

Er holte tief Luft und beugte sich vor, ohne den Blick von Kathryn abzuwenden. »Ich weiß, daß der Umgang mit mir nicht leicht ist. Das bedauere ich, aber allem Anschein nach läßt sich nichts daran ändern.« Er senkte den Kopf und strich sich mit beiden Händen übers Haar. »Ich versuche nicht, Sie auszuschließen, Fähnrich. Ich … ich bin nur daran gewöhnt, die Dinge allein zu erledigen.«

Kathryn trat zum Tisch und nahm Tighe gegenüber Platz. »Danke für Ihre Offenheit«, sagte sie. »Das macht alles viel leichter. Aber bitte versuchen Sie, meinen Standpunkt zu verstehen: Diese Mission ist sehr wichtig für mich. Und ich halte meine Arbeitsmethode für ebenso sinnvoll wie Sie die Ihre. Ich bin bereit, Kompromisse einzugehen, doch das erwarte ich auch von Ihnen.«

Stille folgte. Kathryn rechnete fast damit, daß Tighe wieder nach seinem Handcomputer griff, ihr keine Beachtung schenkte und die Arbeit fortsetzte. Statt dessen umspielte der Schatten eines Lächelns seine Lippen, und verblüfft merkte sie, daß ihre Fingerspitzen prickelten – ein vertrautes, unheilverkündendes Gefühl. *Nein,* dachte sie. *Nein, nein, nein.* Nicht schon wieder.

»Sie sind ziemlich hart, Fähnrich. Das gefällt mir. Schwache Leute kann ich nicht ausstehen. Aber … Sind Sie ebenso hart wie ich? Ich schätze, das muß sich erst noch herausstellen.«

Damit hielt Tighe die Diskussion offenbar für beendet. Er drehte den Handcomputer herum und zeigte Kathryn die von ihm zusammengestellten Daten über Sensorauflösung und Signalsensibilität.

Die junge Frau reagierte auf einer unbewußten, tief

in ihr verwurzelten Ebene. Dort flüsterte eine für ihr Bewußtsein unhörbare Stimme: *Ich werde es ihm zeigen. Ich kann mindestens so hart sein wie er.*

Doch hinter dieser von Trotz geprägten Stimme gab es noch eine andere, leiser als die erste. Sie stieß einen schmerzerfüllten Schrei aus, dessen Existenz Kathryn verborgen blieb, obwohl er sie durch den größten Teil ihres Lebens geführt hatte.

Sechs Monate später saß Kathryn neben Admiral Paris im kleinen Shuttle und dachte noch einmal an die erste Begegnung mit Justin Tighe zurück. Sie war stolz darauf gewesen, so gut mit einer recht schwierigen Situation fertig geworden zu sein. Und sie hatte geglaubt, daß von jenem Augenblick an alles leichter sein würde.

Doch da irrte sie sich gewaltig. Lieutenant Tighe erwies sich als jemand, der einen zur Weißglut treiben konnte. Er war ein strenger, anspruchsvoller Perfektionist, festgefahren in seinen Arbeitsmethoden und nicht bereit, menschliche Fehler oder Schwächen hinzunehmen. Es kam zu keinen Veränderungen in der Art und Weise, wie er sie behandelte – vom ersten Tag an schien sie kaum mehr für ihn zu sein als ein mobiler Tricorder.

Kathryn empfand es als Erleichterung, einmal nicht mit ihm zusammen zu sein und sich statt dessen in Admiral Paris' Gesellschaft zu befinden. Sie flogen zu einem Mond von Urtea II; dort hatten sie vor zwei Monaten ein Sensorsystem installiert. Inzwischen sollten die Speichermodule wichtige Daten über das Verhalten von extragalaktischen Neutronensternen und nichtbaryonischer Materie enthalten, zwei wichtigen Komponenten des galaktischen Halos.

»Hören Sie viel von Ihrem Vater?« fragte der Admiral nach einer Weile.

»Eigentlich nicht, Sir. Vor zwei Monaten schickte er

mir eine Subraum-Nachricht, aber er konnte keine Einzelheiten über die Dinge nennen, mit denen er derzeit beschäftigt ist.« *Wie üblich*, fügte Kathryn in Gedanken hinzu. »Er sah müde aus. Bestimmt arbeitet er sehr hart.«

»Daran zweifle ich nicht.« Stille dehnte sich zwischen ihnen. Wenn sie von Kathryns Vater sprachen, erwachte immer das Gespenst namens Cardassia, und dann erinnerte sich die junge Frau an jene Fragen über ihre Mission, die nicht einmal gestellt werden durften.

Zum Glück bekam Kathryn nie das Gefühl, daß noch eine andere, geheime Mission stattfand. Soweit es sie betraf, schien es wirklich nur darum zu gehen, den galaktischen Rand zu untersuchen und Informationen über die Halo-Objekte zu gewinnen. Wenn gleichzeitig auch militärische Daten gesammelt wurden, so merkte sie nichts davon.

»Vor ein paar Tagen habe ich eine Mitteilung von meinem Sohn Tom erhalten«, sagte Paris. Seine Lippen deuteten ein Lächeln an, das väterlichen Stolz zum Ausdruck brachte. »Er hat die Aeroshuttle-Rallye seiner Schule gewonnen. Mit einem neuen Streckenrekord.«

»Sie sind sicher sehr stolz auf ihn.«

»Schon damals, als er noch ein Kleinkind war, wußte ich, daß einmal ein Pilot aus ihm wird. Ich habe ihn bei Routineflügen mitgenommen, und schon als Zweijähriger war er von den Kontrollen fasziniert. Er sah immer zu, wie ich sie bediente, und manchmal rührte er sich stundenlang nicht vom Fleck. Er verhielt sich dann wie ein kleiner Erwachsener, beobachtete und lernte. Mit fünf bat er mich darum, den Simulator benutzen zu dürfen.«

Admiral Paris schüttelte den Kopf und lächelte, als er sich daran erinnerte. »Ich mußte mich sehr beherrschen, um nicht zu lachen. Ein Fünfjähriger im Simulator? Wie sollte er damit fertig werden? Nun, ich stellte ihm ein paar Fragen, und er schaffte es tatsächlich, sie alle richtig zu beantworten. An einem Wochenende besuchten wir die Akademie, und dort startete ich das Simulationsprogramm für Anfänger.«

Paris blickte aus dem Fenster, sah jedoch nicht das All, sondern Bilder der Vergangenheit. »Es war erstaunlich. Der Knirps kam mit dem Programm so gut zurecht wie ein Akademiekadett. Am nächsten Tag brachte ich einige Freunde mit und ließ sie zusehen. Wenn ich einfach nur erzählt hätte, daß ein fünfjähriges Kind so gute Leistungen im Simulator zeigte, so wäre bestimmt niemand bereit gewesen, mir zu glauben.« Er lachte leise. »Sie vermuteten zunächst, ich hätte das Programm mit einer Autopilotensequenz erweitert und Tom angewiesen, nur den *Eindruck* zu erwecken, die Kontrollen zu bedienen. Bei ihrer Überprüfung ergab sich dann, daß mein fünfjähriger Sohn wirklich das simulierte Shuttle flog.«

»Wie alt ist er jetzt, Sir?«

»Fünfzehn. Und er hat bereits eine Studienzulassung an der Starfleet-Akademie erhalten, obwohl er erst noch seine Schulausbildung beenden muß.«

Kathryn glaubte, nie zuvor solchen Stolz in der Stimme eines Vaters vernommen zu haben. Sie beneidete den jungen Tom Paris um den Vater, der sich so sehr über die Erfolge seines Sohns freute. Ihr eigener Vater erzählte seinen Kollegen sicher nichts von ihren Leistungen.

»Wir nähern uns den obersten Atmosphäreschichten des Mondes, Sir«, sagte sie mit einem Blick auf die Instrumente. »Leite Landesequenz ein.«

Eine Sekunde später schnappte sie nach Luft, als ein Objekt auf den Ortungsschirmen erschien. Der Admiral brummte, als er es ebenfalls sah.

»Es befindet sich ein Schiff hinter dem Mond«, sagte Kathryn automatisch, obwohl Paris das bereits wußte. Er beugte sich vor und berührte Schaltelemente, um das Shuttle in einem weiten Bogen zur *Icarus* zurückkehren zu lassen.

»Die energetische Signatur ist mir unbekannt«, fügte Kathryn hinzu.

»Das ist ein cardassianisches Schiff, Fähnrich«, erwiderte der Admiral scharf.

In ihrer Magengrube krampfte sich etwas zusammen. Dieser Raumbereich gehörte nicht zum stellaren Territorium der Cardassianer. Was hatten sie hier zu suchen? »Soll ich das Schiff verständigen?«

»Wahren Sie Kom-Stille. Vielleicht wissen die Cardassianer nichts von der *Icarus*. Wenn das tatsächlich der Fall ist, so sollte es besser dabei bleiben.«

Kathryn stellte fest, daß der Admiral einige sehr komplexe Ausweichmanöver programmierte. Womit rechnete er? Sie versuchte, ruhig zu bleiben, und konzentrierte sich auf die Anzeigen der Sensoren. Die Daten wiesen darauf hin, daß ein ziemlich großes Schiff hinter dem Mond hervorglitt. Es konnte nur noch wenige Sekunden dauern, bis es in Sicht geriet.

Das Shuttle tanzte im All, flog elegant anmutende, aber wie vom Zufall bestimmte Schleifen, als der cardassianische Raumer erschien. Er war geradezu riesig, und seine Form erinnerte an die eines Pfeils. Deutlich waren die vielen Waffensysteme am Rumpf zu erkennen. Kathryns Puls raste plötzlich, aber sie blieb konzentriert, und ihre an den Kontrollen ruhenden Hände zitterten nicht.

Ein violetter Traktorstrahl zuckte plötzlich aus dem stählernen Leib des cardassianischen Schiffes, und Kathryn begriff, daß der Admiral genau so etwas erwartet hatte. Seine Ausweichmanöver sollten verhindern, daß ihr Shuttle von dem Strahl erfaßt wurde.

Er sah zu ihr, und Sorge zeigte sich in seinen grauen Augen. »Es könnte unangenehm für uns werden, Fähnrich«, sagte er. »Geben Sie sich Mühe, aber vermeiden Sie unnötige Heldenhaftigkeit.«

Kathryn wußte nicht, was er damit meinte.

Für einige Minuten gelang es Paris, dem Traktorstrahl auszuweichen, doch es war klar, daß sie ihm nicht auf Dauer entgehen konnten. Irgendwann mußte der breite Fangstrahl des viel größeren Raumschiffs das Ziel treffen…

Als es schließlich geschah, dröhnte das kleine Shuttle wie eine angeschlagene Glocke, und ein jäher Ruck schleuderte Kathryn aus dem Sessel. Sie stieß mit dem Kopf an die Konsole. Ein oder zwei Sekunden lang flackerten bunte Lichter um sie herum, erloschen dann und wichen Finsternis.

Ich habe es geschafft, Daddy, sagte Kathryn. *Ich habe die Entfernungsformel abgeleitet.* Sie wies immer wieder darauf hin, aber ihr Vater sah sie nicht. Er blickte starr geradeaus und hörte ihr nicht zu. Sie sprach lauter und versuchte, seine Aufmerksamkeit zu wecken, damit er den Kopf drehte und sie ansah. *Ich habe das Problem gelöst. Ich weiß jetzt, wie man die Entfernungsformel ableitet! Daddy! Daddy! Daddy…*

Das Geräusch des eigenen Stöhnens brachte sie in die Wirklichkeit zurück, und das Bild ihres Vaters löste sich auf. Sie versuchte vergeblich, es festzuhalten.

Unmittelbar darauf spürte sie feuchte Kälte und dumpfen Kopfschmerz. Sie hob die Hand und berührte eine dicke Kruste aus geronnenem Blut.

Wo befand sie sich? Sie sollte an Bord der *Icarus* sein, doch unter sich fühlte sie matschigen Boden. Ein Holodeck-Programm?

Kathryn setzte sich auf, und aus dem dumpfen Schmerz hinter ihrer Stirn wurde heißes Brennen. Ihr Gesicht verwandelte sich in eine Grimasse, als sie darauf wartete, daß die Pein nachließ. Dann begann sie mit einer Einschätzung ihrer aktuellen Lage.

Sie konnte nichts sehen. Wo auch immer sie sich befand: Um sie herum herrschte rabenschwarze Finsternis. Vorsichtig beugte sie sich vor und betastete den Boden. Er war feucht und roch nach Torf. Als sie sich noch etwas weiter vorbeugte, stieß sie gegen eine Barriere aus Metall. Mit ausgestreckten Händen tastete sie nach rechts und folgte der Wand, bis diese an einer anderen endete, einen Winkel von neunzig Grad mit ihr bildete. Auf diese Weise setzte sie die Erforschung ihrer Umgebung fort und fand heraus, daß sie in einem metallenen Pferch hockte, dessen Grundfläche etwa anderthalb Quadratmeter betrug.

Und in dem Kathryn nicht aufrecht stehen konnte. Selbst im Sitzen mußte sie den Kopf gebeugt halten, damit er nicht an die Decke stieß. Wenn sie lag, mußte sie die Beine anziehen. Der Käfig erlaubte es ihr nicht, sich zu strecken.

Der feuchte Boden sog die Körperwärme aus ihr. Kälte erfaßte sie, kroch bis ins Knochenmark. Bestand die Gefahr der Unterkühlung oder gar des Kältetods? Kathryn begann damit, sich die Arme und Beine zu reiben, um etwas Wärme in sie zurückzubringen.

Was war geschehen? Ihre letzten Erinnerungen betrafen die *Icarus*. Sie hatte mit einem Handcomputer gearbeitet. Justin Tighe saß in der Nähe, und ... Augenblick. Das Shuttle. Admiral Paris. Sie flogen zu einem Mond des Planeten Urtea II, um ein Sensorsystem zu überprüfen, und dann ...

Ein plötzliches Geräusch, und jähes Licht verdrängte die Dunkelheit. Wie mit spitzen Eiszapfen stach es in Kathryns Augen. Sie hob beide Hände vors Gesicht und hörte die Stimme eines Mannes.

»Bitte kommen Sie heraus und treten Sie zu uns, meine Liebe«, sagte jemand.

Die Augen schmerzten noch immer, und Kathryn hielt den Blick gesenkt, als sie aus dem Pferch kroch. Sie spürte Wärme jenseits der Öffnung, ein willkommenes Gefühl, das sie etwas zuversichtlicher stimmte. Ein starker Arm half ihr auf die Beine, aber sie konnte nicht aus eigener Kraft stehen. Ihre Knie knickten immer wieder ein. Sie dachte an neugeborene Tiere, die unsicher erste Schritte versuchten. Der starke Arm hielt sie fest, bis die Schwäche aus ihren Beinen wich. Schließlich blickte sie auf, spähte durch das grelle Licht und sah das Gesicht eines Fremden.

Ein solches Geschöpf hatte Kathryn nie zuvor gesehen. Der Mann war groß und ziemlich dünn. Knorpel zeigten sich im Gesicht und am Hals. Die Gestalt wirkte sehr beeindruckend, doch die Augen blickten freundlich. »Ich bin Gul Camet«, sagte der Fremde mit volltönender, angenehmer klingender Stimme. Kathryn entspannte sich ein wenig.

»Bitte entschuldigen Sie die Art und Weise, in der man Sie behandelt hat. Ich bin davon ausgegangenen, meine Leute hätten Sie in einem Quartier untergebracht, doch dann mußte ich erfahren, daß Ihnen die gleiche Behandlung widerfuhr wie einem gewöhnlichen Kriminellen. Ich darf Ihnen versichern, daß die Verantwortlichen dafür zur Rechenschaft gezogen werden.« Der große Mann betrachtete die Kopfverletzung der jungen Frau. »Sie brauchen medizinische Hilfe. Bitte kommen Sie mit.«

Sie befanden sich auf einem hellen, steinernen Hof, und Kathryn folgte Gul Camet dankbar in einen Korridor, der sie mit matterem Licht begrüßte. Kurze Zeit später erreichten sie eine große Kammer mit niedriger, gewölbter Decke und verzierten Wänden. Die Einrichtung bestand aus einem Tisch und zwei Stühlen.

Gul Camet betätigte einige Kontrollen auf dem Tisch und bedeutete Kathryn, Platz zu nehmen. »Der Arzt wird gleich hier sein. Wie fühlen Sie sich?«

»Ich ... weiß nicht genau. Mir ist kalt. Und ich habe Kopfschmerzen.«

»Vielleicht das Ergebnis einer leichten Gehirnerschütterung. Der Arzt kann Ihnen bestimmt helfen. Erinnern Sie sich daran, wodurch Sie verletzt wurden?«

Kathryn versuchte, die einzelnen Erinnerungsfragmente zu einem einheitlichen Bild zusammenzufügen. »Ich war an Bord des Shuttles, saß neben dem Admiral...« Der Gedanke an Admiral Paris weckte Besorgnis in ihr. »Wo ist er? Wo ist der Admiral?«

»Ihr Begleiter? Ich fürchte, er wurde schwerer verletzt als Sie. Man brachte ihn in ein Hospital, aber keine Angst: Er wird sich vollständig erholen.«

Kathryn starte den Mann groß an. Sie entsann sich jetzt auch an die letzten Momente vor ihrer Bewußtlosigkeit. »Sie sind Cardassianer«, sagte sie leise.

»Ja.« Camet lächelte. »Und Sie sind Terranerin, ein Mensch. Zwischen unseren Völkern gab es nur wenige Kontakte. Ich wünschte, unsere Begegnung wäre für Sie unter angenehmeren Umständen erfolgt. Was führte Sie zu einem unserer Monde?«

Der Benommenheitsdunst hinter Kathryns Stirn verflüchtigte sich immer mehr. Das cardassianische Schiff, der Traktorstrahl, die seltsame Bemerkung des Admirals – sie waren Gefangene, kein Zweifel. Darüber konnten auch die glatten, freundlichen Worte Gul Camets nicht hinwegtäuschen.

»Ich wußte gar nicht, daß der Mond zu Ihrem Raumgebiet gehört. Soweit ich weiß, befindet er sich im stellaren Territorium der Föderation.«

»Dort *befand* er sich. Wir haben diesen Sektor annektiert.«

»Ich verstehe nicht ganz, wie Sie etwas annektieren können, das Ihnen gar nicht gehört.«

»Oh, es ist ganz einfach: Man nimmt es sich.«

Die Augen des Cardassianers blickten jetzt nicht mehr so freundlich, fand Kathryn. Ihr Glanz schien nun von einer transparenten Membran getrübt zu werden, was ihm einen schlangenartigen Eindruck verlieh.

»Ich frage Sie noch einmal«, sagte er strenger als vorher. »Was führte Sie zu dem Mond?«

»Mein Name lautet Kathryn Janeway. Ich bin Starfleet-Fähnrich und Bürger der Vereinten Föderation der Planeten.«

Camet wischte diese Worte mit einer verächtlichen Geste beiseite. »Sie brauchen sich mir gegenüber nicht in Positur zu werfen, meine Liebe. Wenn ich möchte, erzählen Sie mir *alles* von dem Mond. Sie werden mir jede Frage beantworten, Ihre Mutter, Ihren Vater und Ihre Freunde verraten. Sie werden sich wünschen, auch noch andere Leute verraten zu können, damit ich Sie endlich von den gräßlichen Schmerzen erlöse. Und dann dauert es nicht mehr lange, bis Sie den Verstand verlieren.«

Gul maß Kathryn mit einem durchdringenden Blick, um festzustellen, was seine Worte bei ihr bewirkten. Sie trachtete danach, ihre Angst zu verbergen.

»Aber mir liegt nichts daran, Sie zu quälen. Sie sind jung und recht attraktiv. Und Sie scheinen mir intelligent zu sein. Ich hoffe also, daß Sie Kooperationsbereitschaft zeigen. Wenn es einen legitimen Grund für Ihren Aufenthalt auf dem Mond gibt, so erhebe ich keine Einwände. Immerhin wußten Sie nichts von unserer Annexion dieses Raumgebiets.«

Kathryn dachte darüber nach. Die Bemerkungen des Cardassianers klangen vernünftig – eine Taktik, die von geschickten Verhörspezialisten angewandt wurde. Andererseits wußte sie, daß es keinen Sinn hatte, die Heldin zu spielen. Erneut fiel ihr die letzte Bemerkung des Admirals ein.

Sie beschloß, sich einsichtig zu zeigen.

»Wir führten eine wissenschaftliche Expedition durch und untersuchten massive, kompakte Halo-Objekte. Vor zwei Monaten installierten wir ein Sensorsystem auf dem Mond und wollten nun zurückkehrten, um die Meßdaten abzuholen.«

»Ah. Eine Forschungsmission.«

»Genau.«

Die Tür öffnete sich, und ein weiterer Cardassianer

kam mit einer Tasche herein. Gul Camet wies ihn an, Kathryns Kopfverletzung zu behandeln, und er begann sofort damit, die Wunde zu reinigen. Seine Berührungen waren sanft, verrieten gleichzeitig Erfahrung.

»Wenn das so ist, Fähnrich Kathryn Janeway von der Vereinten Föderation der Planeten: Warum waren dann nicht nur Sensoren installiert, sondern auch spezielle Überwachungsgeräte?«

Kathryn bedauerte nun, etwas von der anderen, geheimen Mission der *Icarus* zu wissen. Dann wäre ihre Unwissenheit nicht gespielt, sondern echt gewesen. »Das ist ausgeschlossen. Vielleicht haben Sie in einzelnen Komponenten des Sensorsystems ein falsches Funktionspotential erkannt.«

»Nein, das haben wir nicht. An dem Ergebnis unserer Analysen kann kein Zweifel bestehen. Woraus der Schluß gezogen werden muß, daß Ihre ›wissenschaftliche Expedition‹ in Wirklichkeit dazu diente, militärische Informationen zu gewinnen.«

»Entschuldigen Sie bitte, Gul Camet, aber das klingt ein wenig nach Paranoia.«

Er lächelte humorlos. »Vielleicht haben Sie recht. Unsere Gesellschaft hat Fremden immer mißtraut. Leider aus gutem Grund.« Er wandte sich an den Arzt, der die Wunde inzwischen gereinigt hatte und einen Verband anlegte. »Bitte zeigen Sie dem Fähnrich eins unserer Implantate.«

Der Arzt griff in die Tasche und holte ein rundes, flaches Objekt hervor. Es war kleiner als ein Kommunikator und bestand aus hautartigem Kunststoff. Gul Camet nahm den Gegenstand entgegen und betrachtete ihn von allen Seiten. »Das ist ein erstaunlicher Apparat. Wenn man ihn in Ihrem Körper unterbringt, empfängt er Steuerungssignale von mir und bewirkt Schmerzen von einer Intensität, die Sie sich nicht einmal vorstellen können.«

Kathryn atmete langsamer und versuchte auch weiterhin, ihre Furcht nicht zu zeigen. »Wie dumm«, sagte sie. »Ihnen sollte klar sein, daß gefolterte Personen alles sagen. Es ist eine absurde Methode, um Informationen zu gewinnen.«

»Da haben Sie recht. Um Informationen geht es uns dabei auch gar nicht.«

»Worum denn?«

»Um Macht und Kontrolle. Um die Genugtuung, den Willen eines Individuums vollkommen zu brechen.«

Kathryn spürte, wie es ihr eiskalt über den Rücken lief. Sie wußte, daß Gul Camet die Wahrheit sagte. Wenn der Schmerz begann, hörte er nicht mehr auf, ganz gleich, was sie gestand und welche Auskünfte sie ihm anbot. Der Cardassianer würde nicht aufhören, sie mit gräßlicher Pein zu quälen.

Ihr Schicksal war besiegelt.

»Ich bedauere, daß Sie beschlossen haben, so wenig entgegenkommend zu sein. Ich hätte es vorgezogen, Sie als Gast zu behandeln, Ihnen eine bequeme Unterkunft und genug Nahrung zu geben.« Er zuckte mit den Schultern, und es gelang ihm, damit echte Enttäuschung zum Ausdruck zu bringen. »Aber so wie der Fall liegt ...«

Einmal mehr öffnete sich die Tür, und zwei Wächter kamen herein. Als Gul Camet ihnen zunickte, packten sie Kathryn an den Armen, rissen sie auf die Beine und zerrten sie so schnell zur Tür, daß sie laufen mußte, um nicht zu fallen.

Im langen Korridor trachtete Kathryn danach, auf den Beinen zu bleiben, aber schließlich stolperte sie und sank auf die Knie – was einer der beiden Wächter zum Anlaß nahm, ihr gegen den Oberschenkel zu treten. Sie konnte einen schmerzerfüllten Schrei nicht unterdrücken und stand rasch wieder auf, um den Weg fortzusetzen. Kurze Zeit später verließen sie die lange

Passage und erreichten den steinernen Hof. Dort stießen die beiden Cardassianer Kathryn zu Boden. Als sie versuchte, sich in die Höhe zu stemmen, riß ihr ein Wächter den Verband vom Kopf und rammte seine Faust an die verletzte Stelle. Blut spritzte, rann in die Augen und nahm ihr die Sicht. Erneut wurde sie gepackt und zu dem Pferch geschleift, der so wenig Platz bot.

Als sich die Tür hinter ihr schloß, kamen Dunkelheit und Stille einem Paradies gleich, das Schutz bot vor den grausamen Wächtern. Aber Kathryn zweifelte nicht daran, daß sie schon bald die Hölle erwartete.

Mit angezogenen Beinen lag sie auf dem Boden und wußte, daß die kalte, feuchte Erde ihrem Körper gefährlich viel Wärme entzog. Aber angesichts ihrer Müdigkeit schien das kaum mehr eine Rolle zu spielen. Sie hatte mehrere Stunden auf Händen und Knien verbracht, anschließend gesessen und versucht, möglichst wenig von ihrem Körper den kalten Boden berühren zu lassen.

Doch die Erschöpfung wurde zu groß – sie brauchte Schlaf. Die Kopfwunde hörte schließlich auf zu bluten, nachdem sie eine halbe Stunde lang die Hand auf die betreffende Stelle gehalten hatte. Eine neue Kruste bildete sich, und darunter pochte Schmerz. Kathryn bemühte sich, ihn geistig zu isolieren, griff mit mentalen Händen danach und warf ihn fort. Benommenheit erfaßte sie. Wenn es ihr gelang, ein wenig zu schlafen ... Damit erneuerte sie ihre Kraft und konnte sich auf das Problem konzentrieren, einen Ausweg zu finden.

Dann begannen die Schreie.

Ruckartig richtete sie sich auf und stieß mit dem Kopf an die Decke des Pferchs. Jemand in der Nähe schrie auf eine Weise, die ihr fast das Blut in den Adern gefrieren ließ. Ein Mann. Und vermutlich befand er sich auf dem steinernen Hof außerhalb des Käfigs. Das

Geräusch war gräßlich: ein Kreischen, das von unsagbarer Pein kündete. Aus einem Reflex heraus wich Kathryn an die Rückwand zurück, als könnte sie den Schreien mit einem halben Meter zusätzlicher Distanz entkommen.

Dann hielt sie sich die Ohren zu und sang das erste Lied, das ihr in den Sinn kam – ein Kinderlied, das ihre Mutter gesungen hatte, als sie klein gewesen war. »Kathryn klein, ging allein, in die weite Welt hinein ... Stock und Hut, stehn ihr gut, ist ganz wohlgemut ... Aber Mutter weinet sehr, sie hat keine Kathryn mehr ... Kathryn klein, ging allein, in die weite Welt hinein ...«

Kathryn sang das Lied laut, und dann noch ein wenig lauter, rief die Worte schließlich, wieder und immer wieder. Sie schuf daraus eine akustische Barriere, hinter der sie sich vor den entsetzlichen Schreien eines Gefolterten versteckte.

Es dauerte eine Weile, bis sie begriff: Die grauenhaften Geräusche stammten von Admiral Paris.

Zu jenem Zeitpunkt nahm sie nicht mehr den ganzen Schrecken dessen wahr, was an ihre Ohren drang. Sie hatte das Selbst von der Realität ihrer Situation getrennt, und dadurch gewannen die Schreie eine surrealistische Qualität. Ihnen zuzuhören ... Das lief auf ein seltsames, halluzinatorisches Erlebnis hinaus. Es wurde nicht in dem Sinne erträglich, aber es verlor einen Teil des Horrors.

Versuchten die Cardassianer, Informationen vom Admiral zu bekommen? Die Weigerung, Fragen zu beantworten, war leerer, dummer Heroismus – das wußte Paris sicher. Nein, darum ging es überhaupt nicht. Gul Camet hatte deutlich auf sein Ziel hingewiesen: Er wollte den Geist des Gefolterten besiegen, seinen Willen brechen. Kathryn zweifelte nicht daran, daß er dieses Ziel erreichen würde: erst beim Admiral, und dann auch bei ihr.

Wie konnte sie sich auf das vorbereiten, was ihr bevorstand? Gab es irgendwelche geistigen Disziplinen und Übungen, die ihr dabei halfen, das Grauen zu überstehen? Bestand die Lösung des Problems in einer schnellen Kapitulation? Nein, wahrscheinlich nicht – man würde ihr einfach nicht glauben.

Allmählich stellte sie sich der Erkenntnis, daß es keine Möglichkeit für sie gab, dem Alptraum zu entgehen. Diese Gewißheit sorgte dafür, daß sie Magenkrämpfe bekam.

Die Schreie ließen nach, wurden zu leisem Stöhnen, das keinen Trost spendete und höchstens auf folgendes hinwies: Wer auch immer den Admiral folterte – er schien eine Pause eingelegt zu haben. Mußte Kathryn daraus den Schluß ziehen, daß die Cardassianer nun kamen, um sie zu holen?

Panik quoll in ihr hoch, und sie schnappte mehrmals nach Luft.

Plötzlich hörte sie ein leises Geräusch, das hinter ihr erklang. Sie drehte sich in dem kleinen Pferch um und beobachtete, wie an der Rückwand ein heller Fleck erschien – ein Fleck, der innerhalb weniger Sekunden von oben nach unten kroch.

Stellte dies den Beginn einer Folter dar? Sollte sich der Pferch in einen Backofen verwandeln? Erneut keuchte Kathryn, atmete tief durch und versuchte, sich zu beruhigen. Doch der kleine, dunkle Käfig erfüllte sie mit einem Gefühl absoluter Wehrlosigkeit, und dadurch war es ihr einfach nicht möglich, mentalen Frieden zu finden.

Etwas knirschte, und Arme streckten sich ihr entgegen, zogen sie durch das Loch in der Rückwand. Sie hätte aus einem Reflex heraus geschrien, doch eine Hand preßte sich ihr auf den Mund. Kathryn spürte, wie man sie über unebenen Boden zog, und dann wies frische Luft darauf hin, daß sie sich im Freien befand.

Sie bemühte sich, auf die Beine zu kommen, aber das erwies sich als unmöglich. Wer auch immer sie festhielt und mit sich zog: Er war zu stark und zu schnell. Kathryn fürchtete, sich den Fuß zu verstauchen, wenn sie auch weiterhin versuchte, aus eigener Kraft zu gehen, und deshalb gab sie es auf und ließ sich ziehen.

Nach einer Weile fühlte sie sich jäh nach oben gezerrt und an etwas Hartes gedrückt, vermutlich den Stamm eines Baums. Einige Sterne funkelten am Himmel, spendeten etwas Licht und bestätigten Kathryn, daß sie sich tatsächlich im Freien befand. Vor ihr stand ein ganz in Schwarz gekleideter Mann und preßte ihr noch immer die Hand auf den Mund.

Er beugte sich zu ihrem Ohr und flüsterte mit einer Stimme, die ihr seltsam vertraut erschien: »Seien Sie still. Verstanden?«

Kathryn nickte, und die Hand löste sich von ihren Lippen. Ein schlanker, muskulöser Leib ragte dicht neben ihr auf, und nur wenige Zentimeter trennten den Mund des Mannes von ihrem Ohr.

»Rühren Sie sich nicht von der Stelle. Seien Sie völlig lautlos. Und bereiten Sie sich vor. Wenn ich zurückkehre, müssen Sie laufen können.«

Und dann begriff sie, wer sie aus dem Pferch geholt hatte: Justin Tighe. Sie nickte erneut, und daraufhin ließ er sie los. Er glitt fort, und Kathryn glaubte, in der Dunkelheit andere Schemen zu erkennen, die ihn begleiteten, mit ihm zusammen in der Nacht verschwanden.

Plötzlich verstand sie: Dies waren die Ranger, die Eliteeinheit, von der Admiral Paris gesprochen hatte. Ihr Arbeitskollege, der unnahbare, abweisende Justin Tighe, gehörte dazu!

Sie haben mich gerettet, und jetzt kehren sie zurück, um auch den Admiral zu holen, dachte sie.

Damit waren weitaus mehr Gefahren verbunden, wußte Kathryn. Mit ziemlicher Sicherheit kam es zu einem Kampf gegen die Cardassianer, die natürlich die

Flucht ihrer Gefangenen bemerken und alles daransetzen würden, sie wieder in ihre Gewalt zu bringen.

Die junge Frau sah sich um und versuchte, den Plan der Ranger zu erahnen – sie wollte für alles bereit sein. Offenbar befand sie sich in einem dichten, feuchten und unangenehm kalten Wald. Irgendwo in der Nähe hörte sie Wasser. Das entsprechende Geräusch war zwischen Tröpfeln und Gurgeln angesiedelt; sie konnte es nicht genau identifizieren.

Ihre Augen gewöhnten sich allmählich an die Dunkelheit, was sie in die Lage versetzte, einzelne Bäume zu erkennen. Sie konnte durch diesen Wald laufen, wenn das notwendig werden sollte. Und genau darauf deuteten die nächsten Geräusche hin.

Laute Stimmen, Rufe und Schreie, das Fauchen von Phaserstrahlen – der Kampf zwischen Rangern und Cardassianern hatte begonnen. Bedeutete das, Tighe und die anderen hatten Admiral Paris befreit? Oder waren sie angegriffen worden, bevor sie Gelegenheit bekamen, bis zu ihm vorzustoßen?

Beunruhigt stellte Kathryn fest, daß sich die Geräusche des Kampfes von ihr *entfernten*. Worauf deutete das hin? Blieb sie sich selbst überlassen? Hatten die Ranger irgendwo einen Transferort? Konnte sie ihn allein finden?

Sie rang mit Panik. In dieser Situation war sie wenigstens nicht mehr völlig hilflos: Sie konnte aktiv werden, Entscheidungen treffen, *handeln*.

Als sich die Stimmen noch weiter entfernten, trat sie fort von dem Baum.

Und stieß gegen einen Mann, den sie überhaupt nicht kommen gehört hatte.

»Ich habe Ihnen doch gesagt, Sie sollen sich nicht von der Stelle rühren«, flüsterte er, streckte die Hand aus und gab Kathryn einen Stoß. »Bewegung!«

Sie rannte hinter dem Mann und folgte ihm, als er im Zickzack durch den Wald lief, dabei ein bestimmtes

Muster einzuhalten schien. Schon nach kurzer Zeit schnaufte Kathryn und schaffte es nicht mehr, gleichmäßig zu atmen. Erschöpfung, Hunger und Durst schwächten sie. Sie schenkte dem Brennen in den Lungen keine Beachtung und lief weiter.

Plötzlich stolperte sie über eine dunkle Gestalt auf dem Boden und fiel. Ein oder zwei Sekunden später gelang es ihr, das unerwartete Hindernis zu identifizieren: Tighe. Mit beiden Händen hielt er sich den einen Fuß. Kathryn kroch auf ihn zu und sah in ein schmerzverzerrtes Gesicht.

»Mein Fuß ...«, brachte er hervor. Er lag dicht hinter einer großen Wurzel, die aus dem Boden ragte. Offenbar hatte er sie zu spät gesehen und war von ihr zu Fall gebracht worden. Der verletzte Fuß bildete einen ungewöhnlichen Winkel zum Bein – der Knöchel war gebrochen.

»Laufen Sie weiter«, ächzte er. »Zum Transferort ... dreißig Meter weiter vorn ... Lichtung ...«

»Warum können wir nicht von hier aus transferiert werde?«

»Transgenes Feld ... Transfer nur auf der Lichtung möglich ... keine Fragen mehr ...«

Kathryn hörte Stimmen, die sich rasch näherten – die Cardassianer waren dicht hinter ihnen. Sie vernahm auch noch etwas anderes: ein gespenstisches Heulen, das nur aus den Kehlen von Tieren stammen konnte.

»Verlieren Sie keine Zeit«, drängte Tighe. »Das sind toskanarische Hunde. Wollen Sie sich von ihnen zerfleischen lassen?«

Kathryn hatte plötzlich eine Idee. Sie wußte inzwischen, woher das Wassergeräusch kam, das ihr zunächst so seltsam erschienen war: von einem einige Meter entfernten Sumpf. Ein Gürtel aus schilfartigen Pflanzen umgab ihn. Sie ergriff Justin Tighe am Arm, um ihn durchs Dickicht zu ziehen.

»Verschwinden Sie von hier«, zischte er. »Sie müssen den Transferort erreichen, bevor die Cardassianer eintreffen.«

»Hören Sie auf, mir Befehle zu erteilen, Lieutenant. Diesmal entscheide ich, was es zu tun gilt.«

Kathryn war geschwächt, aber sie gab sich alle Mühe, zog Tighe in Richtung Sumpf. Er versuchte, ihr zu helfen, indem er sich mit dem anderen Arm immer wieder abstieß. Auf diese Weise legten sie einige Meter zurück. Hinter dem Schilfgürtel ließ Kathryn den Mann los und brach zwei Halme.

»Wir tauchen unter, und zwar im wahrsten Sinne des Wortes«, verkündete sie, reichte Tighe einen hohlen Halm und zog ihn dann weit genug in den Schlamm, damit sie beide ganz darin versinken konnten. Deutlich hörte sie die Stimmen der Cardassianer und das Heulen der toskanarischen Hunde – die Entfernung zu ihnen war weiter geschrumpft.

Kathryn schob sich das eine Ende des Halms in den Mund und beobachtete, wie Tighe ihrem Beispiel folgte. Dann streckte sie sich auf dem Rücken aus, ließ sich in den eiskalten, brackigen Schlamm sinken.

Sie spürte, wie er über ihr Gesicht rann, Ohren, Wangen, Mund und Augen bedeckte, und dann auch die Nase. Die Masse war so zähflüssig, daß Kathryn zunächst befürchtete, nicht ganz untertauchen zu können. Doch allmählich spürte sie, wie der kalte Matsch auch über den Rest des Körpers kroch, bis der dünne Halm ihre einzige Verbindung zur Außenwelt darstellte. Sie atmete langsam und verdrängte den Gedanken daran, daß sich der Schlamm wie Beton anfühlte, der um sie herum härtete und sie langsam zerquetschte.

Der Schlick füllte ihr die Ohren, aber trotzdem hörte sie die Cardassianer und ihre Hunde. Die gedämpften Geräusche wurden lauter, bis sich die Lautstärke schließlich nicht mehr veränderte. Kathryn schloß daraus, daß die Gruppe in der Nähe stehengeblieben war.

Die Hunde heulten noch hingebungsvoller – hatten sie Witterung aufgenommen? Konnte der Schlamm den menschlichen Geruch verbergen?

Die junge Frau spürte, wie sich neben ihr etwas bewegte, und sofort hämmerte ihr Herz. Suchten die Cardassianer mit Stangen im Sumpf? In dem Fall war es nur eine Frage der Zeit, bis man sie fand. Doch dann fühlte Kathryn tastende Finger, die nur Tighe gehören konnten. Er drückte ihre Hand, um ihr damit ein wenig Mut zu machen, und sie wiederholte diese Geste. Eine besondere Art von Wärme verscheuchte einen Teil der Kälte.

Nach einer halben Ewigkeit entfernten sich die Cardassianer und ihre Tiere. Trotzdem: Sie wußten beide, daß es besser war, noch etwas länger im Sumpf zu bleiben. Vielleicht hatten die Feinde einen Wächter in der Nähe gelassen. Möglicherweise kehrten sie gleich zurück.

Eine andere Gefahr rückte immer mehr in den Vordergrund: Unterkühlung. Die Kälte ließ Kathryns Leib taub werden; sie hatte bereits das Gefühl in den Füßen verloren. Um gegen den Frost anzukämpfen, rief sie ihre Erinnerungen an die Sommer in Indiana wach: heiße Tennisplätze, Schweiß, Läufe zum Netz ... brennender Sonnenschein auf der Haut ... Wasser, das man sich ins Gesicht spritzte, um sich ein wenig abzukühlen ... ein feuchtes Handtuch auf dem Kopf, um die Hitze der Sonne fernzuhalten ... Kathryn stellte sich vor, durchs All zu schweben, der Sonne entgegen. Sie kam ihrem goldenen Lodern näher und näher, spürte einen Hauch von Wärme ...

Etwas zog sie hoch, aus dem Schlamm. Sie bewegte Arme und Beine, trachtete danach, sich zu orientieren.

»Wir müssen weiter«, hörte sie Tighes Stimme.

Kathryn spuckte den Halm fort, hob die Hände zum Gesicht und wischte genug Matsch fort, um die Augen zu öffnen und sich umzusehen.

»Vielleicht haben wir genug Zeit gewonnen, um den Transferort zu erreichen.«

»Können Sie gehen?« fragte Kathryn.

»Nein, aber ich kann hüpfen.«

Und damit setzte er sich in Bewegung, hüpfte auf dem gesunden Bein durch den Wald und biß die Zähne zusammen, um nicht zu schreien: Bei jeder Landung zuckte heißer Schmerz durch den gebrochenen Fuß.

Nach einigen Minuten sah Kathryn eine Lichtung und wußte, daß sie den Transferort erreicht hatten.

Doch dort erwartete sie ein Cardassianer. Mitten auf der Lichtung stand er, mit einem toskanarischen Hund an der Kette. Das kräftig gebaute Tier sah aus wie eine Mischung zwischen Puma und Bär, hatte muskulöse Beine und einen großen, zottigen Kopf. Es gab keinen Laut von sich, zerrte jedoch an der Kette und fletschte die Zähne.

»Bleiben Sie, wo Sie sind!« befahl der Cardassianer. Kathryn vermutete, daß sie sich noch immer im Innern des transgenen Feldes befanden. Sie mußten auf die Lichtung hinaus, um sich von der *Icarus* an Bord beamen zu lassen. »Legen Sie sich auf den Boden und falten Sie die Hände hinterm Kopf.«

Kathryn ging in die Knie, um die Anweisung zu befolgen, doch Tighe deutete auf seine Verletzung. »Ich habe mir den Fuß gebrochen.«

»Legen Sie sich auf den Boden und falten Sie die Hände hinterm Kopf«, wiederholte der Cardassianer.

Tighe nickte, stützte sich mit einer Hand auf dem Boden ab und erweckte den Anschein, sich hinlegen zu wollen. Doch dann rollte er plötzlich herum, richtete sich mit gezogenem Phaser halb auf und feuerte.

Nichts geschah.

Kathryn starrte auf den Strahler. Er war mit Schlamm aus dem Sumpf bedeckt und schien seine Ladung verloren zu haben. Sie drehte den Kopf und blickte zu dem Cardassianer, der lächelte und den großen Hund freigab. Das Tier lief sofort los, sprang mit weiten Sätzen über die Lichtung.

Sie sah es wie in Zeitlupe. Der toskanarische Hund öffnete das Maul, zeigte lange, spitze Zähne. Speichel tropfte von der Zunge, und die kleinen, runden Augen blitzten in der Dunkelheit. Das Geschöpf knurrte, schien sich bereits auf eine leckere Mahlzeit zu freuen.

Tighe warf sich ihm in den Weg, und die Wucht des Aufpralls riß ihn zur Seite. Kathryn griff nach einem dicken Ast, der dicht neben ihr lag, schwang ihn wie eine Keule und schlug damit auf das Tier ein, bis es von Justin Tighe abließ und sich ihr zuwandte. Sie schloß die Hand noch fester um den Ast, drehte sich nach links und spürte vertraute Kraft. Das Ziel war ein Tennisball. Sie beobachtete es aufmerksam, schätzte die Geschwindigkeit ab, brachte die Schultern in die richtige Position und beugte das Bein. Unmittelbar darauf bewegte sich ihr Leib im gewohnten Muster: Beine und Hüften drückten den Oberkörper jäh nach vorn, verliehen dem Arm noch mehr Schwungkraft, als er den Schläger auf eine Höhe mit dem Ziel brachte, das die ganze Zeit über von den Augen anvisiert wurde ...

Der Ast traf die Schnauze des toskanarischen Hundes. Es knirschte laut, und das Geschöpf sank mit zertrümmertem Schädel zu Boden.

Der Cardassianer war über den Verlust seines Tieres so überrascht, daß er wertvolle Sekunden verlor und einfach nur starrte. Justin Tighe kroch etwas näher und versuchte, seinen Phaser schußbereit zu machen. Kathryn handelte instinktiv, hielt noch immer den Ast in der Hand und griff den Cardassianer an.

Der Rest geschah sehr schnell. Der Wächter faßte sich wieder und griff nach seiner Waffe, als die junge Frau ihn erreichte und ausholte. Ein Strahl gleißte, und der Ast wurde Kathryn jäh aus der Hand gerissen. Sie sah, wie die Waffe herumschwang, sich auf sie richtete – um dann regelrecht zu explodieren. Der Cardassianer fiel, blieb benommen liegen. Kathryn spürte, wie Zorn in ihr emporstieg, eine Wut, die alles andere verdrängte. Sie dachte daran, was diese Leute dem Admiral, ihr selbst und vielen anderen angetan hatten. Mit aller Kraft trat sie zu und fühlte profunde Genugtuung, als Knorpel und Knochen nachgaben. Sie wollte erneut zutreten, als hinter ihr Tighes Stimme erklang und den Transfer anordnete.

Kathryn entmaterialisierte, bevor ihr Fuß erneut den cardassianischen Schädel treffen konnte.

Die übrigen Mitglieder der Ranger-Gruppe waren zusammen mit dem Admiral zur *Icarus* zurückgekehrt. Paris, Tighe und Kathryn wurden in der Krankenstation untergebracht. Justins Fuß heilte schnell, ebenso die tiefen Kratzer, die von den Krallen des toskanarischen Hundes stammten. Sowohl Tighe als auch Kathryn mußten wegen Hypothermie behandelt werden.

Sie hörte zu, wie der Arzt den Admiral über das Foltergerät befragte, das ihm die Cardassianer implantiert hatten. Schließlich entschied man, den medizinischen Transporter zu benutzen, um ihn von dem Apparat zu befreien – er sollte aus dem Körper heraustransferiert werden. Es handelte sich um das Produkt einer sehr hochentwickelten Technologie: Das Gerät konnte unbegrenzt starke Schmerzen verursachen, aber der Arzt glaubte, daß es keine bleibenden physischen Schäden hinterließ.

Doch die psychischen Folgen standen auf einem ganz anderen Blatt, wußte Kathryn. Nach seinen schrecklichen Erlebnissen wirkte Paris geschwächt und aschfahl. Er dankte den Rangern und gratulierte ihnen zu einer bestens durchgeführten Mission. Irgend etwas an ihm wirkte still und zurückgezogen, bot einen vagen Hinweis auf das Grauen, das er in der cardassianischen Gefangenschaft erfahren hatte.

Der Admiral bestellte Kathryn in den Bereitschaftsraum, und als sie ihn dort sah, regte sich Sorge in ihr. Die einst fröhlich glitzernden Augen wirkten nun trüb, ohne Glanz.

»Lieutenant Tighe hat mir berichtet, daß Sie sich während unseres jüngsten Abenteuers auf sehr lobenswerte Weise verhielten, Fähnrich.«

»Danke, Sir. Ich muß sagen, daß die Ranger die wahren Helden der Mission waren. Insbesondere der Lieutenant.«

»Ich weiß, daß Sie Probleme mit ihm hatten.«

Kathryn hob ruckartig den Kopf. Woher wußte der Admiral davon? Sie war immer bestrebt gewesen, ihre Schwierigkeiten mit Justin Tighe vor anderen Leuten zu verbergen – der Admiral sollte nicht glauben, daß es ihr an der Fähigkeit zur guten Teamarbeit mangelte.

Paris lächelte, aber die frühere Heiterkeit fehlte.

»Ich bin stolz darauf, immer hinter die Kulissen blicken zu können«, sagte er und bestätigte damit, daß er Kathryns Überraschung bemerkt hatte. »Außerdem kenne ich Justin gut. Er kann sehr schwierig sein. Aber er ist ein besonderer junger Mann und wird eine wichtige Rolle in Starfleet spielen.«

Ein oder zwei Sekunden lang gewann Kathryn fast den Eindruck, als versuchte der Admiral, ihr Tighe schmackhaft zu machen. *Nein, Unsinn,* dachte sie dann. *Als kommandierender Offizier ist er nur auf die Helden seiner Mission stolz.*

»Falls es Sie interessiert ...«, fuhr der Admiral fort. »Wir waren sehr erfolgreich und haben viele wichtige Informationen über die Cardassianer gesammelt. Zwar hat der Gegner unseren Lauschposten auf dem Mond von Urtea II entdeckt, aber das ändert nichts an der Absicht von Starfleet Command, Ihren Personalakten offizielle Belobigungen hinzuzufügen.«

»Danke, Sir. Das freut mich sehr.«

Stille folgte, und Admiral Paris musterte Kathryn ernst. Sein Blick schuf Unbehagen in ihr, aber sie zwang sich, ruhig zu bleiben.

»Fähnrich ...«, begann er. »Ich möchte Ihnen eine Idee präsentieren. Es ist nicht in dem Sinne ein Vorschlag, nur eine Anregung. Bitte nehmen Sie sich Zeit, darüber nachzudenken, die Sache von allen Seiten zu betrachten.«

Neugier erwachte in Kathryn. Worauf wollte der Admiral hinaus? Sie beschloß, zunächst einen neutralen Standpunkt zu vertreten. »Worum geht es, Sir?«

»An Ihrer wissenschaftlichen Kompetenz kann kein Zweifel bestehen. Sie gäben in jedem Fall einen ausgezeichneten Wissenschaftsoffizier ab.« Paris zögerte und sah sie mit Augen an, die noch immer trüb wirkten. »Aber vielleicht sollten Sie einmal in Erwägung ziehen, den Kommandobereich zu wählen.«

»Den ... Kommandobereich?« Kathryn hörte die Verwirrung in ihrer Stimme. Die Worte des Admirals verblüfften sie geradezu – ihre Vorstellungen von einer beruflichen Laufbahn bei Starfleet waren immer untrennbar mit der wissenschaftlichen Sektion verbunden gewesen.

»Sie sind klug, und Sie geben nicht so leicht auf. Außerdem sind Sie einfallsreich und geraten selbst in schwierigen Situationen nicht in Panik. Ein guter Kommandooffizier braucht noch weitere Eigenschaften, aber die gerade genannten *muß* er haben. Denken Sie darüber nach. Wir können die Sache gründlich besprechen, wenn Sie möchten.«

»Ja, Sir. Danke. Ich fühle mich geschmeichelt und verspreche Ihnen, mir alles durch den Kopf gehen zu lassen.«

Kathryn zögerte und wußte nicht recht, wie sie das nächste Thema ansprechen sollte. Irgend etwas sagte ihr, daß es für den Admiral besser war, darüber zu reden. »Ich bitte um Verzeihung, Sir, aber als wir uns in cardassianischer Gefangenschaft befanden ... Ich habe Ihre Schreie gehört, und ... Ich meine, es muß sehr schlimm für Sie gewesen sein.«

Die Augen des Admirals schienen sich noch mehr zu trüben. »Ja, das war es«, sagte er leise. »Noch schlimmer, als ich befürchtet hatte.«

»Wollten die Cardassianer etwas von Ihnen? Informationen?«

Er schüttelte den Kopf. »Nein. Sie stellten mir Fragen, und ich habe versucht, sie so gut wie möglich zu beantworten, aber das nützte überhaupt nichts. Ihre Absicht bestand vor allem darin, meinen Willen zu brechen.«

Admiral Paris stand auf, trat zum Fenster und sah zu den Sternen. »Mit dem, was ich Ihnen jetzt sagen werde, gehe ich ein gewisses Risiko ein, Fähnrich. Aber es dürfte Ihnen dabei helfen, bestimmte Dinge zu verstehen.«

Er legte eine kurze Pause ein und fuhr dann fort: »Ich mußte die cardassianische Folter etwas länger als eine Stunde ertragen und bin nicht sicher, ob ich jemals wieder der Mann sein kann, der ich vorher gewesen bin.« Er drehte sich um, und Ehrfurcht erklang in seiner Stimme, als er fortfuhr: »Lieutenant Tighe geriet vor zwei Jahren in cardassianische Gefangenschaft. Drei Tage lang wurde er gefoltert, und trotzdem gelang es ihm irgendwie, zu entkommen und zu uns zurückzukehren.«

Paris zögerte erneut. »Es ist mir ein Rätsel, wie er überlebt hat. Und mindestens ebenso erstaunlich finde ich, daß er den Mut aufbrachte, jene Gruppe anzuführen, die uns befreite. Ein solcher Mann ist wirklich außergewöhnlich und verdient meinen höchsten Respekt.«

Kathryn reagierte mit einem Durcheinander aus Gefühlen, in dem Erstaunen und Verwunderung dominierten. Schließlich verdichtete sich das emotionale Chaos zu tiefer Dankbarkeit. Sie sah zu Admiral Paris und spürte, wie ihre Augen brannten. »Danke dafür, daß Sie mir dies gesagt haben. Es macht einen großen Unterschied.«

Er nickte knapp und schien sich zurückzuziehen, hinter eine unsichtbare Barriere. »Sie können gehen«, sagte er.

Kathryn stand sofort auf und verließ den Bereitschaftsraum.

Als sie den Türmelder von Justin Tighes Quartier betätigte, hämmerte ihr Herz, und die Wangen glühten. War es richtig hierherzukommen? Kathryn wußte es nicht. Ein innerer Drang zwang sie, ihn zu besuchen. Es gab eine Leere zwischen ihnen, die gefüllt werden mußte. Er hatte etwas Immenses geleistet, das Anerkennung verdiente.

»Herein«, sagte er, und seine Stimme klang dumpf. Die Tür öffnete sich, und Kathryn verharrte im offenen Zugang – sie wollte seine Erlaubnis, bevor sie eintrat.

Überrascht sah er zu ihr auf. »Fähnrich Janeway ... Bitte kommen Sie herein.«

Sie betrat das Quartier und dachte daran, daß sie sich jetzt zum erstenmal an diesem Ort befand. Sonst hatten sie sich im wissenschaftlichen Laboratorium oder in der Offiziersmesse getroffen, auf neutralem Territorium. Aus den Augenwinkeln sah Kathryn ein Zimmer, in dem es keine persönliche Note gab – es hätte praktisch jedem als Unterkunft dienen können. Es zeigte ebensoviel Individualität wie ein leeres Quartier.

Er richtete einen für ihn typischen vorsichtigen Blick auf sie, wirkte wie ein Geschöpf, das einen Angriff erwartete, sich auf die Verteidigung vorbereitete. Seine blauen Augen hielten ihren Blick fest.

Kathryn wußte nicht, was sie sagen und wie sie vorgehen sollte: direkt oder indirekt, ungezwungen oder ernst. Nur eins wußte sie: Es mußte ihr irgendwie gelingen, eine Verbindung zu ihm zu schaffen.

Die Stille dauerte an und dehnte sich, als Kathryn auch weiterhin nach geeigneten Worten suchte. Plötzlich verblüffte Tighe sie, indem er leise lachte – ein kehliges Geräusch, das sie nie zuvor von ihm gehört hatte. Sie musterte ihn neugierig.

»Was ist?«

»Einmal mußte meine kleine Schwester unseren Vater fragen, ob sie an einem außerplanetaren Schulausflug teilnehmen durfte. Sie wußte, daß er nein sagen würde, aber sie war entschlossen, trotzdem einen Versuch zu wagen. Ich war bei ihm, als sie kam, um ihn zu fragen. Etwa drei Minuten lang stand sie da, ohne einen Ton von sich zu geben, und in ihrem Gesicht spiegelte sich deutlich wider, was sie empfand. Mein Vater machte es ihr nicht leichter: Er schwieg und wartete. Als sie schließlich den Mund öffnete, um die Frage zu formulieren, sagte er schlicht: ›Ja, du darfst mit.‹«

Tighe richtete einen amüsierten Blick auf Kathryn. »Derzeit haben Sie eine gewisse Ähnlichkeit mit meiner kleinen Schwester.«

Kathryn lächelte, und die Spannung fiel von ihr ab. Sie trat ein und nahm Platz. »Ich habe mit Admiral Paris gesprochen und weiß, was Sie bei den Cardassianern erlebt haben. Ich ... bin Ihnen sehr dankbar dafür, daß Sie sich so großer Gefahr ausgesetzt haben, um uns zu retten.«

Tighe zuckte mit den Schultern und schien mit Kathryns Dankbarkeit nicht viel anfangen zu können. »Es war meine Pflicht.«

»Admiral Paris glaubt, daß Sie weitaus mehr getan haben als nur Ihre Pflicht.«

Justin schwieg wieder, und die Anspannung kehrte in Kathryn zurück. Sie mußte die Leere irgendwie füllen.

»Haben Sie daran gedacht, was mit Ihnen geschehen wäre, wenn die Cardassianer Sie erneut gefangengenommen hätten?«

»Natürlich.«

»Aber Sie sind trotzdem aufgebrochen, um uns zu befreien.«

Tighe schwieg und erweckte einige Sekunden lang den Anschein, als würde er mit sich selbst ringen. Dann traf er eine Entscheidung und erwiderte Kathryns fragenden Blick. »Ich konnte die Vorstellung nicht ertragen, daß Sie von den Cardassianern gefoltert werden«, sagte er schlicht.

Die Kluft zwischen ihnen verschwand plötzlich, und Kathryn begriff, was die Kühle und das Unbehagen bedeuteten, die sie in Hinsicht auf Tighe so lange empfunden hatte. Dabei handelte es sich um unbewußten Widerstand gegen das Unvermeidliche.

17

Harry und Kes saßen patschnaß in der Mitte des Raums und keuchten. Die Hitze hatte inzwischen ein unerträgliches Maß erreicht, und von den Wänden ging ein unheilvolles rotes Glühen aus. Kim und die Ocampa hatten nach einem verborgenen Ausgang gesucht, nach irgendwelchen Kontrollen – nach der Möglichkeit, einen weiteren, möglicherweise fatalen Temperaturanstieg zu verhindern.

Ihre Bemühungen blieben erfolglos. Die Hitze nahm immer mehr zu, bis allein das Atmen zu einer Anstrengung wurde. Ein roter Schimmer zeigte sich in Kes' Gesicht, doch sie schien sich nicht zu fürchten. Kim bewunderte ihre Zuversicht, bezweifelte allerdings, ob sie allein damit überleben konnten.

Er sank zu Boden und versuchte, einen klaren Gedanken zu fassen, konzentrierte sich auf das Überlebenstraining, das man an der Starfleet-Akademie lehrte. Es kam in erster Linie darauf an, ruhig zu bleiben und nicht in Panik zu geraten, ganz gleich, wie ernst und kritisch die Situation sein mochte.

Nichts deutete darauf hin, daß die Erbauer der unterirdischen Anlage Aggressoren waren oder Fremde auf derart seltsame Weise gefangennehmen würden. Kim hielt es für absurd anzunehmen, daß diese Kammer dazu diente, Eindringlinge langsam umzubringen.

Andererseits: Viele Zivilisationen des Universums orientierten sich nicht an den Maßstäben der Vernunft. Manche Leute stellten seltsame Dinge aus noch seltsameren Gründen an, und der langsame, rituelle Tod spielte in vielen Gesellschaften eine Rolle.

Harrys Gedanken glitten fort. Er dachte an Libby und seine Eltern, trennte sich von der Gegenwart und gewann den Eindruck, durch Zeit und Raum zu schweben. Halluzinatorische Bilder wehten durch Kims geistigen Kosmos: die erste Klarinettenlektion; Libby, in Weiß gekleidet; das melodische Klimpern mehrerer kleiner Glocken, die vom Wind bewegt wurden; die stolz glänzenden Augen seiner Mutter, als er die Ausbildung an der Akademie beendete ...

Jene Menschen hielten ihn bestimmt für tot. Und vermutlich dauerte es jetzt nur noch einige Minuten, bis sie recht hatten. Eigentlich bedauerte es Kim nicht einmal. Der Tod erschien ihm als ein sonderbares Phänomen, nicht als etwas, vor dem man Angst haben mußte. Gab es ein Jenseits? Was erwartete ihn dort? Bot es neue Erkenntnisse? Es gab so viele Fragen im Universum – und nur wenige Antworten.

Er tastete nach Kes, die ebenfalls auf den Boden gesunken war. Vorsichtig drückte er ihr die Hand und spürte, wie sie die wortlose Geste erwiderte. Es erfüllte ihn mit Zufriedenheit, auf diese Weise zu sterben, in Gesellschaft eines Freundes, Trost zu spenden und zu empfangen, begleitet von Erinnerungen an jene Personen, die er liebte. Ein friedliches Ende.

Eine Zeitlang nahm er den kühlenden Luftstrom überhaupt nicht bewußt zur Kenntnis. Die Phantasie hatte ihn an einen Strand versetzt. Es war heiß. Gelegentlich kam kühler Wind vom Meer und strich ihm über die Haut. Nach einer Weile spürte er, daß der Wind tatsächlich existierte, und daraufhin öffnete er die Augen. Durch einen Schleier aus Schweiß sah er eine Gestalt, die vor ihm aufragte und ihm Luft zufächelte.

Nein, sie fächelte nicht, zumindest nicht im normalen Sinn. Sie bewegte etwas ... Kim rieb sich Feuchtigkeit aus den Augen, richtete den Blick dann erneut auf die Gestalt.

Sie war humanoid, hatte einen schmalen, langen Kopf. Dichter Pelz bedeckte den Leib, und die dunklen, ausdrucksstarken Augen saßen nicht etwa an den Seiten, sondern vorn.

Große, fedrige Schwingen wuchsen aus dem Rücken, schlugen langsam und majestätisch. Sie sorgten für den kühlenden Luftstrom, der Kim Erleichterung brachte.

Tuvok führte die Einsatzgruppe durch ein Labyrinth aus Korridoren, fort von dem Zugangsbereich, in dem sie die unterirdische Anlage betreten hatten. Neelix' Unbehagen wuchs von Minute zu Minute. Bisher hatten sie noch keine Spur von Kes oder Harry gefunden, und nach wie vor gelang es nicht, eine Kom-Verbindung zu ihnen herzustellen. An der Oberfläche kam es zu weiteren Explosionen, die zu teilweise recht heftigen Erschütterungen führten. Feiner Staub löste sich von den Wänden und der Decke, klebte an Kleidung und Haut fest, verursachte immer wieder Hustenanfälle.

Neelix schloß zu dem großen Vulkanier auf, der zielstrebig durch die Tunnel schritt, dabei immer wieder sondierte und den Weg aufzeichnete, den sie nahmen. »Mr. Vulkanier ... Je tiefer wir kommen, desto leichter können die Kazon uns in diesem Irrgarten gefangenhalten. Das stimmt doch, oder?«

»Vielleicht finden wir einen anderen Ausgang. Fähnrich Kim hat von einer Treppe berichtet. Meine Absicht besteht darin, jenem Weg zu folgen, den er beschritten hat, um dann ebenfalls die Treppe zu lokalisieren.«

Daraufhin schlug das Herz des Talaxianers schneller – sie versuchten also, Harry und Kes zu finden. Doch als er genauer darüber nachdachte, regten sich wieder Zweifel in ihm.

»Selbst wenn wir sie finden ... Es bedeutet nicht, daß sie einen Ausgang entdeckt haben. Die Kazon brauchen einfach nur zu warten. Immerhin sind unsere Vorräte an Wasser und Lebensmitteln begrenzt.«

»Wir müssen versuchen, die Probleme dann zu lösen, wenn wir mit ihnen konfrontiert werden. Derzeit gehen wir nach der von mir beschlossenen Strategie vor.« Er ging weiter, blickte dabei immer wieder aufs Display des Tricorders.

Neelix blieb an seiner Seite und ließ sich von der ruhigen Gelassenheit des Vulkaniers trösten. Doch die Sorge um Kes blieb in ihm. Ihre Abwesenheit und der Umstand, daß sie nicht auf Kom-Signale reagierte, beunruhigten ihn sehr. Niemand von ihnen wußte, was in diesen dunklen Tiefen lauern mochte. Auf welche Gefahren waren Harry und Kes gestoßen? Neelix wußte, daß er sich erst dann wieder entspannen konnte, wenn er das liebliche Gesicht der Ocampa sah und ihre sanfte Stimme hörte.

Plötzlich erloschen alle Handlichter.

Die Männer und Frauen der Einsatzgruppe schnappten erschrocken nach Luft, als Finsternis sie umhüllte. Die Schalter von zwanzig Lampen klickten, doch die Dunkelheit blieb.

In der Ferne grollte noch immer das dumpfe Donnern der Explosionen. Angesichts der dichten Staubwolken wurde das Atmen immer mühsamer, und hinzu kam nun die psychische Last einer undurchdringlichen Schwärze. Neelix glaubte fest daran, daß sich etwas Gräßliches anbahnte, ein Ereignis von enormer Tragweite, das ihnen allen Unheil brachte.

Jal Sittik zupfte an seinem blutigen Fingernagel und versuchte, sich seine Nervosität nicht anmerken zu lassen. So viele Sprengsätze sie auch zündeten – die Föderationsleute kamen nicht zum Vorschein. Immer häufiger drehten sich die Männer zu ihm um und warfen ihrem Anführer verärgerte Blicke zu. Sittik gab sich lässig und reinigte seine Fingernägel, als sei das letztendliche Resultat der Mission so sicher, daß seine Aufmerksamkeit nicht erforderlich war.

Doch wenn er aufsah, starrten immer mehr Männer in seine Richtung. Zweifel breitete sich aus. Schließlich hielt es Sittik für nötig, seine passive Haltung aufzugeben und zu versuchen, die Moral zu verbessern.

Unglücklicherweise entwickelten sich die Ereignisse des Tages nicht so, wie er es sich erhofft hatte.

Als die Sonne höher stieg und es heißer wurde, kamen Insekten in ganzen Schwärmen. Sie summten laut und lästig, stachen überall dort, wo die Haut nicht bedeckt war. Zuerst verursachten die Stiche keine Schmerzen, doch dann bildeten sich an den entsprechenden Stellen rote Blasen, die heftig brannten. Die allgemeine Stimmung verbesserte sich dadurch nicht. In solchen Situationen mußte ein guter Anführer Selbstsicherheit und Mut ausstrahlen, damit seine Leute durchhielten.

Sittik klopfte einem Mann kraftvoll auf die Schulter. »Heute abend sitzen wir alle bei einem Festmahl zusammen, Bruder. Ich selbst zapfe das Bier für euch und schneide den köstlichen Naggath-Braten.« Er schenkte dem Mann ein Lächeln, wurde dafür jedoch nur mit einem verdrießlichen Blick belohnt. Rasch ging er weiter.

»Teslin, mein Freund. Wenn wir dem Maje Dut von unserem heutigen Triumph berichten, wird er die schönsten Frauen zu uns schicken.« Er beugte sich vor und fügte in einem verschwörerischen Tonfall hinzu: »Ich weiß, daß du ein Auge auf Kosla geworfen hast, die unter dem Schutz des Maje steht. Heute nacht gehört sie dir.«

Teslin nickte kurz und bereitete einen weiteren Sprengsatz vor.

Sittik setzte die Aufmunterungstour fort und beschrieb seinen Leuten immer neue Details der Siegesfeier, die am kommenden Abend stattfinden sollte. Es ärgerte ihn ein wenig, daß sie nicht mit mehr Enthusiasmus reagierten, aber vielleicht ließ sich dieser Mangel an Begeisterung durch die Hitze und die Insekten erklären.

Er dachte kurz an Kosla, eine üppige junge Frau, die das Interesse des Maje geweckt hatte, als sie das Erwachsenenalter erreichte: dunkle, samtige Augen, mit langen Wimpern geschmückt. Das zusammengesteckte Haar war dicht und schwer. Wenn man es löste ... Sittik stellte es sich lang genug vor, um den ganzen Körper zu bedecken. Oh, der Körper ... Er mußte wundervoll sein. So prall wie eine brütende Looci-Henne – er schien sich der Kleidung entgegenzustemmen, sich von ihr befreien zu wollen. Oft hatte Sittik sich folgende Szene vorgestellt: Er ergriff Kosla am Arm, preßte ihr weiches Fleisch mit Daumen und Zeigefinger zusammen, woraufhin plötzlich Saft herausrann, so wie aus einer reifen, dick angeschwollenen Frucht.

Sittik beschloß, daß sich Teslin noch etwas gedulden mußte. Die kommende Nacht wollte er selbst mit Kosla verbringen.

Die erotischen Träumereien hatten ihn so sehr abgelenkt, daß er den vor ihm stehenden Miskk erst nach einigen Sekunden bemerkte.

»Ja, Miskk?« fragte er freundlich, und ein Teil seiner Gedanken weilte noch immer bei Kosla. Nur allmählich wurde ihm das Ausmaß des Zorns in Miskks Gesicht klar.

»Wie lange sollen wir mit dieser dummen Taktik fortfahren? Begreifen Sie denn nicht, daß wir damit keinen Erfolg erzielen? Sie sollten sich schleunigst etwas anderes einfallen lassen!« Ärger formte purpurne Streifen auf Miskks Stirnhöckern.

Das Feuer der Wut loderte in Sittik, ließ ihm das Blut in den Adern kochen. Seine eigenen Stirnhöcker gewannen ebenfalls einen purpurnen Ton. »Fordern Sie mich heraus, Miskk? Sollen wir hier und jetzt entscheiden, wer diese Mission leitet?«

Sittik wartete keine Antwort ab und rammte seinem Gegenüber eine von hartem Leder umhüllte Faust ins Gesicht.

Miskk fiel wie ein Stein, blieb benommen liegen und blutete. Sittik trat ihm mehrmals in die Rippen, doch die Gestalt auf dem Boden regte sich überhaupt nicht mehr. Er bückte sich, nahm dem Hilflosen die Waffen ab und wandte sich dann an die anderen Kazon. Sie hatten vorübergehend den Versuch eingestellt, die Föderationsleute aus ihrem unterirdischen Versteck zu treiben.

Voller Genugtuung beobachtete Sittik die Furcht in ihren Mienen.

»Das passiert mit jenen, die sich mir widersetzen!« verkündete er. »Dieser Mann soll Ketten tragen, bis ihm die Handgelenke verfaulen.« Er nickte zwei Kriegern zu. »Bringt ihn zum Shuttle und fesselt ihn dort.«

Die beiden Kazon traten zu Miskk, der sich inzwischen aufgesetzt hatte und beide Hände an die stark blutende Nase preßte. Die Männer zogen ihn hoch, führten ihn dann in Richtung Shuttle. Als Miskk an Sittik vorbeikam, warf er ihm einen letzten Blick zu, und in seinen Augen irrlichterte dabei ein solcher Haß, daß Sittik unwillkürlich zusammenzuckte. Eine bittere Erkenntnis bildete sich in ihm. Er hatte Miskk nicht unterworfen – sein Widersacher würde die erste Chance nutzen, um sich zu rächen.

Captain Janeway stand neben B'Elanna Torres, sah auf den Bildschirm und betrachtete die grafischen Darstellungen der Waffensysteme. Irgend etwas sorgte dafür, daß die Phaser auch weiterhin nicht funktionierten, und bisher war es den Technikern trotz aller Anstrengungen nicht gelungen, die Ursache des Problems zu finden. Die *Voyager* hatte in den planetaren Nebel zurückkehren müssen; nur dort konnte sie Sicherheit finden und etwas Zeit gewinnen. Diesmal schien ihnen der Kazon-Raumer nicht in die weiten Gas- und Staubwolken gefolgt zu sein. Janeway hoffte, daß sie die Bordwaffen reparieren konnten, bevor die Kazon sie zu weiteren Ausweichmanövern zwangen. Wenn sie das nächste Mal den Nebel verließ, wollte sie über die volle Feuerkraft der *Voyager* verfügen.

Flecken zeigten sich in B'Elannas Gesicht, und ihre Augen lagen tief in den Höhlen. Seit dem Angriff der Kazon hatte sie nicht mehr geschlafen, und ihre Erschöpfung war unübersehbar. Doch sie blieb auf den Beinen und hielt an der Entschlossenheit fest, das offensive Potential wiederherzustellen.

»Der Fehler liegt irgendwo im Plasmaverteiler«, wandte sich die Chefingenieurin an Janeway. »Die Flußregulatoren des Elektroplasmasystems funktionieren einwandfrei, aber wenn Energie in den Verteiler geleitet wird, kommt sie nicht in der richtigen Reihenfolge in die Ladekammern. Wenn wir unter solchen Umständen versuchen, die Phaser einzusetzen, könnte es zu einer verheerenden Explosion kommen.«

»Haben Sie versucht, die magnetischen Leiter und Schaltgatter neu zu kalibrieren?«

»Nicht nur einmal, sondern gleich mehrmals. Außerdem habe ich den Hauptprozessor überprüft, um mich zu vergewissern, daß der Fehler sich nicht irgendwo im Computer verbirgt. Derzeit nehmen wir uns die Nadion-Injektoren vor – wir wollen ganz sicher sein, daß bei den Ventilen kein Defekt vorliegt.«

B'Elanna Torres sah die Kommandantin an. »Ich gehe dieser Sache auf den Grund, Captain«, sagte sie. »Und ich werde die Ursache des Problems finden.«

»Daran zweifle ich nicht. Bitte halten Sie mich auf dem laufenden.«

B'Elanna blickte wieder zu den Schemata auf dem

Bildschirm, und Janeway kehrte zur Brücke zurück. Dumpfer Schmerz pochte in ihren Schultern. Sie massierte erst die rechte und dann die linke Schulter, trachtete danach, die Anspannung zu vertreiben. Wenn die Phaserbänke wieder funktionierten, mußte sie ebenfalls voll einsatzbereit sein.

18

»Möchten Sie noch ein Stück Kuchen, Lieutenant?« fragte Gretchen Janeway und bot dem Gast einen Teller an. Kathryn lächelte, als Justin die Hand hob, um den gnadenlosen Angriff so schmackhafter Desserts abzuwehren. Er hatte bereits zwei Stück verdrückt, und darüber hinaus einige Portionen Maiskompott und Tomatensalat.

»Vielen Dank, Ma'am, aber ich habe schon so viel gegessen, daß es für einige Tage reicht. Ich muß sagen, eine solche Mahlzeit habe ich nie zuvor genossen.«

»Mutter kocht alles selbst, Justin. Als wir heranwuchsen, kamen praktisch nie replizierte Speisen auf den Tisch.« Diese Worte stammten von Phoebe, die inzwischen dreiundzwanzig war und zur Universität ging. Sie studierte die schönen Künste und Malerei, verbrachte ihre Zeit vor allem damit, das Leben zu genießen. Das quicklebendige Mädchen war zu einer schönen Frau mit dunklem, lockigem Haar und den grauen Augen ihres Vaters geworden. Eine Familie von fleißigen, verantwortungsbewußten Arbeitern wurde durch ihren freien Geist bereichert; sie war eine immerzu heitere Person, die wie ein Wirbelwind durchs Leben fegte, Energie und Enthusiasmus ausstrahlte.

Edward Janeway saß am oberen Ende des Tisches und hörte dem Wortgeplänkel amüsiert zu. Kathryn freute sich sehr über seine Präsenz. Er hatte die Teilnahme an einer wichtigen Konferenz abgesagt, um seinen mutmaßlichen zukünftigen Schwiegersohn kennenzulernen.

»Damals wußten unsere beiden Mädchen das kaum zu schätzen«, sagte er. »Alle anderen, die sie kannten, aßen replizierte Lebensmittel, und die von ihrer Mutter gekochten Speisen fanden sie gräßlich.«

»Nicht alle«, warf Kathryn ein. »Ihr Kuchen hat mir immer gut geschmeckt.« Sie wandte sich an ihre Mutter. »Ist Kaffee da?«

»Du trinkst zuviel davon«, erwiderte ihre Mutter sanft.

»Es ist mein einziges Laster.« Kathryn stand auf. »Sonst noch jemand?« Niemand meldete sich. Sie ging in die Küche, schenkte sich dort eine Tasse ein und spürte dabei, wie ein warmes Etwas näher kam und an ihren Beinen entlangstrich. Es handelte sich um Blanca, Phoebes Samoyed-Mischung; ein deutlich angeschwollener Bauch wies auf ihre Trächtigkeit hin. Kathryn bückte sich und streichelte Blanca. »Du solltest nicht in die Küche verbannt sein, Mädchen«, sagte sie. »Komm und leiste uns Gesellschaft.« Sie schenkte sich Kaffee ein und hielt dann die Tür für den flauschigen weißen Hund auf.

»Hallo, Mama«, quiekte Phoebe und breitete die Arme aus, um den Hund willkommen zu heißen. Blanca watschelte ihr gehorsam entgegen und legte den Kopf auf Phoebes Knie. »In drei Wochen ist es soweit«, fuhr Kathryns Schwester fort und tätschelte Blancas Kopf. »Der Tierarzt hat uns vier Welpen angekündigt, zwei männliche und zwei weibliche. Einen möchte ich dir und Justin zur Hochzeit schenken. Ihr könnt ihn euch selbst aussuchen.«

»Das ist sehr nett von dir, Phoebe. Ich nehme gern eins von Blancas Babys.« Kathryn freute sich wirklich. Sie hatte versucht, Phoebe näherzukommen und jene Distanz zu überwinden, die während ihrer Kindheit durch die dauernden Konflikte entstanden war. Das

Welpen-Geschenk hielt Kathryn für ein Friedensangebot.

Sie wandte sich an Justin. »Was meinst du? Männchen oder Weibchen?«

Justin zögerte, und Kathryn hatte plötzlich ein flaues Gefühl in der Magengrube.

»Ich schätze ... es spielt keine Rolle. Äh, wie sollen wir uns um einen Hund kümmern, wenn wir beide viel Zeit im All verbringen?«

»Ich nehme ihn zu mir, wenn ihr fort seid«, bot sich Phoebe an.

»Vielleicht sollte Justin selbst entscheiden, ob er einen Hund möchte«, sagte Gretchen freundlich. Kathryn begriff plötzlich, daß es ihr überhaupt nicht in den Sinn gekommen war, ihn zu fragen. Sie hatte einfach angenommen, daß er Hunde ebenso liebte wie sie. Jetzt sah sie Unbehagen und Verlegenheit in seinen Zügen.

»Zu Hause hatte ich nie ein Tier«, sagte er. »Als ich aufwuchs, fiel es uns schwer genug, die Familie zu ernähren. Nahrung an Tiere zu verschwenden ... Das kam nicht in Frage. Ich ... kann mir nur schwer vorstellen, mit ... einem Hund zusammenzuleben.«

Phoebe starrte ihn an, als sei er übergeschnappt. Unangenehme Stille senkte sich herab, und Kathryn versuchte, die entstandene Spannung zu verscheuchen. »Es ist meine Schuld. Ich hätte dich fragen sollen. Ich habe einfach nicht daran gedacht ...«

»Wie kann sich jemand in Kathryn verlieben und keine Hunde mögen?« fragte Phoebe, die keinen Hehl aus ihrer Verärgerung machte. »Na schön. Dann schenke ich euch eben einen Kerzenhalter oder so.«

Edward stand auf und winkte Justin zu. »Bitte begleiten Sie mich in mein Arbeitszimmer, Lieutenant. Ich möchte Ihnen die Diagramme eines Testschiffes zeigen.«

»Ja, Sir.« Justin stand auf, und Kathryn entdeckte

einen rötlichen Schimmer auf seinen Wangen, als ihr Vater ihn hinausführte. Er sah dabei weder zu ihr noch zu Phoebe.

Als sie fort waren, wandte sich Kathryn sofort an ihre Schwester. »Was fällt dir ein? Wie konntest du ihn vor allen in Verlegenheit bringen? Das war sehr unhöflich von dir.«

»Und du? Wie kannst du nur daran denken, jemanden zu heiraten, der keine Hunde mag? Vielleicht hast du heute abend eine wichtige Erkenntnis gewonnen, für die du mir dankbar sein solltest.«

Zorn brodelte in Kathryn. Phoebe hatte sich überhaupt nicht verändert, war noch immer stur, eigensinnig und ganz auf sich selbst fixiert. »Vielleicht gelingt es dir eines Tages, erwachsen zu werden, Phoebe. Und dann begreifst du, daß in einer Beziehung die Wünsche der anderen Person mindestens ebenso wichtig sind wie die eigenen.«

»Auf derartige Beziehungen verzichte ich lieber. Wenn ich jemandem nicht so gefalle, wie ich bin, kann er mir gestohlen bleiben.«

»Mädels ...«, warf Gretchen ein. »Bitte übertreibt es nicht. Ihr könnter euren Streit beim Abwasch beilegen. So wie damals, als ihr noch Kinder gewesen seid.«

Damit verließ sie den Raum. Kathryns Blick kehrte zu Phoebe zurück, und Ärger blitzte in ihren Augen. »Ich möchte, daß du dich bei Justin für dein Verhalten entschuldigst.«

»Kommt überhaupt nicht in Frage. Du bauschst diese Sache nur auf.«

Für ein oder zwei Sekunden hielt es Kathryn für möglich, daß ihre Schwester recht hatte. Aber alles in ihr drängte danach, Justin in Schutz zu nehmen. Sie konnte einfach nicht anders. Was wußte Phoebe von ihm? Was wußte sie davon, wie er aufgewachsen war, welches Leben er geführt und was er aus sich gemacht hatte?

»Welches Recht hast du, über ihn zu urteilen, wegen eines Hundes, um Himmels willen? Er ist ein außergewöhnlicher Mann und wird dein Schwager sein.«

Phoebe stellte sich quer und zeigte nicht die geringste Kompromißbereitschaft. Kathryn begriff, daß sich ein zeitloses Muster wiederholte – sie hatten dies schon tausendmal erlebt. Mußte es immer so zwischen ihnen sein? Warum war Phoebe so verdammt eigenwillig? Konnte sie denn nie nachgeben?

»Ich erledige den Abwasch, Phoebe. Und ich ziehe es vor, dabei allein zu sein.«

»Wie du meinst. Ich nehme Blanca und kehre zur Schule zurück.«

»Gut.«

»Ja.«

Und damit ging Phoebe. Sie ließ eine Kathryn zurück, die noch immer mit ihrem Ärger rang und es nicht bedauerte, für ihren zukünftigen Ehemann eingetreten zu sein.

»Du mußt mit ihr reden. Du bist der einzige, auf den sie hört. Sie sollte begreifen, wie unhöflich sie gewesen ist.«

Justin war gegangen, und Kathryn befand sich bei ihrem Vater im Arbeitszimmer, wo sie einige der wundervollsten Momente ihrer Kindheit verbracht hatte. Erinnerungen daran kehrten jetzt zurück, brachten sowohl Freude als auch Schmerz. Sie wünschte sich, wieder ein kleines Mädchen zu sein, so wie damals, als sie sicher sein konnte, daß ihr Vater sie liebte – bevor er wegen der Cardassianer keine Zeit mehr für sie hatte.

Es war ihr sehr wichtig, daß er nun Partei für sie ergriff und Phoebe tadelte, die sich ganz offensichtlich falsch verhalten hatte. Doch die Sache entwickelte sich anders. Ihr Vater hörte aufmerksam und mit neutralem Gesichtsausdruck zu, sah die Dinge allerdings nicht aus dem gleichen Blickwinkel. »Phoebe kann sehr launisch sein und wählt oft Worte, die schlimmer klingen, als sie es eigentlich beabsichtigt. Du solltest dich deshalb nicht aufregen.«

»Wie kannst du so etwas sagen? Sie hat sich unmöglich benommen und war gemein zu Justin.«

»Ich bin nachher fast eine Stunde lang mit ihm zusammen gewesen. Er schien mir kaum beunruhigt zu sein.«

»Du kennst ihn nicht. Er läßt sich so etwas nicht anmerken. Er wird mit den Dingen fertig, ohne andere Leute damit zu belasten – im Gegensatz zu Phoebe.«

Edward strich sich übers Haar (Sein Haar lichtete sich, stellte Kathryn fest. Hier und dort zeigten sich graue Strähnen. Wann war es zu dieser Veränderung gekommen?) und atmete tief durch. »Ich möchte bei dieser Angelegenheit keine Stellung beziehen, Kathryn. Du und Phoebe ... Ihr müßt selbst über eure Beziehung bestimmen. Inzwischen seid ihr beide erwachsen, und ich kann deine Schwester nicht so tadeln, als sei sie noch ein kleines Mädchen. Dies ist dein Problem, nicht meins.«

Kathryn starrte ihn groß an, fühlte sich verraten. Alter Schmerz stach in ihr. »Du bist auf ihrer Seite, so wie immer. Sie ist dein Liebling, und sie war es immer, seit ihrer Geburt. Du läßt ihr alles durchgehen; deshalb wurde sie zu so einer gedankenlosen, ungezogenen Göre.«

»Ich möchte diese Diskussion nicht fortsetzen, Kathryn. Es tut mir leid, daß du so verärgert bist, aber bestimmt siehst du morgen alles ganz anders.« Edward griff nach den Diagrammen auf seinem Schreibtisch. »Wenden wir uns angenehmeren Dingen zu. Eine Stunde lang bin ich mit Justin diese Pläne hier durchgegangen, und er hat mich sehr beeindruckt. Er ist klug, vernünftig – und hart im Nehmen.« Er lächelte in dem Versuch, humorvoll zu sein. »Diese Eigenschaften braucht er, wenn er mit dir verheiratet ist.«

Die Worte kamen einem Messer gleich, das sich in Kathryns Leib bohrte. Dachte er auf diese Weise von ihr? Glaubte er, daß ihr Ehepartner besondere Kraft brauchte, um sie zu ertragen? Sie hörte, wie ihre Stimme vibrierte, als sie antwortete: »Er ist ein sehr besonderer Mann, Dad. Es kostet Zeit und Mühe, ihn richtig kennenzulernen, aber dann erkannt man sein außergewöhnliches Wesen.«

Sie merkte plötzlich, daß ihr Vater sie besorgt musterte, fühlte dann das Brennen in ihren Augen. Tränen quollen daraus hervor, und Kathryn wischte sie verlegen fort.

»Was ist los mit dir?« fragte ihr Vater.

Kathryn wollte sich entschuldigen und gehen, doch als sie Luft holte, konnte sie ein Schluchzen nicht unterdrücken. Und damit brach der innere Damm. Von einem Augenblick zum anderen weinte sie, schlug die Hände vors Gesicht und kauerte sich zusammen. Tränen strömten ihr über die Wangen.

Ihr Vater eilte bestürzt zu ihr und schloß sie in die Arme. Er klopfte ihr auf den Rücken, murmelte immer wieder: »Es ist alles gut, es ist alles gut.« Seine Worte kamen einem hilflosen Mantra gegen den völlig unerwarteten Kummer gleich, der sich über Jahre hinweg in Kathryn angesammelt hatte. Die Geburtstage und Abschlußfeiern, bei denen er gefehlt hatte, die monatelange Abwesenheit, der Umstand, daß er praktisch aus ihrem Leben verschwunden war... Diese Wunden rissen nun auf, und Seelenblut rann aus ihnen.

Nach einer Weile schluchzte sie leiser und in größeren Abständen. Es gelang ihr, sich wieder unter Kontrolle zu bringen, ruhiger zu atmen, wenn auch nur durch den Mund – die Nase war verstopft. Inzwischen saßen sie auf der Couch, und Kathryns Kopf ruhte an der Brust ihres Vaters. Ihre Tränen hatten feuchte Flecken auf seinem Hemd hinterlassen. Sanft strich er ihr übers Haar und murmelte tröstend.

Es fühlte sich fast so gut an wie damals, als sie vier Jahre alt gewesen war.

Als das Schluchzen vollkommen aufgehört hatte, stand sie auf und ging zum Schreibtisch, um sich ein Papiertaschentuch zu holen. Den Platz des Aquariums nahm nun eine Starfleet-Konsole ein – seit wann?

Kathryn wischte sich das Gesicht ab und kehrte zur Couch zurück. »Es tut mir leid, Dad. Ich schätze, es liegt am Streß.«

Er musterte sie ernst, tastete sanft nach ihrem Kinn und neigte ihren Kopf nach oben. »Was ist los, Goldvogel?« fragte er. »Was steckt wirklich dahinter?«

Sie fragte sich, ob sie eine ehrliche Antwort geben sollte. Sie hatte sich nie beklagt, ihm nie ihre Schwäche gezeigt. Dieser Punkt spielte eine große Rolle für sie: Ihr Vater sollte keine Belastung in ihr sehen, sie nicht für schwach halten, oder für jemanden, der Forderungen stellte. Er sollte sie für *stark* halten, für eine Person, die …

… keine Aufmerksamkeit erforderte.

Aus verweinten Augen sah sie zu ihm auf. »Ach, Daddy … Ich wollte nur, daß du stolz auf mich bist.«

Er blinzelte verwirrt. »Ich *bin* stolz auf dich, Kathryn. Es gibt gar keine geeigneten Worte, um auszudrücken, *wie* stolz ich auf dich bin. Frag die Leute, mit denen ich zusammenarbeite. Ich treibe sie in den Wahnsinn, weil ich dauernd von meiner Tochter erzähle.«

»Tatsächlich?«

»Ich habe meinen Kollegen von allen Ehrungen und Auszeichnungen berichtet, die du bekommen hast. Es waren sehr viele. Ich bin ein ziemlicher Prahler, wenn es um meine Kathryn geht.«

»Admiral Paris spricht die ganze Zeit über von seinem Sohn. Ich wollte, daß du ebenso stolz auf mich bist.«

Edward neigte den Kopf nach hinten und lachte laut. »Soll das ein Witz sein? Owen spricht *gelegentlich* von Tom … Er ist kein annähernd so stolzer und prahlerischer Vater wie ich.«

Er beugte sich vor und strich über Kathryns Wangen. »Wie hast du nur glauben können, ich sei nicht stolz auf dich? Wie bist du darauf gekommen?«

»Du hast es mir nie gesagt«, erwiderte Kathryn schlicht.

Daraufhin umwölkte sich Edwards Miene. Abrupt stand er auf und trat fort, ballte dabei die Fäuste. Einige Sekunden lang stand er starr und steif, drehte sich dann um.

»Der Krieg fordert einen hohen Tribut, Kathryn. In Form von Tod, Schmerz, Elend, Hunger …« Er kam jetzt wieder näher. »Solche Dinge kann man nicht ignorieren. Aber es gibt auch einige andere Konsequenzen, denen ich vielleicht nicht die nötige Beachtung geschenkt habe. Man bat mich, dabei mitzuhelfen, die Föderation vor einem Krieg zu bewahren. Dazu habe ich mich natürlich bereit erklärt, und ich bin noch immer damit beschäftigt.«

Edward musterte seine Tochter ernst, sah ihr tief in die großen, liebevoll blickenden Augen. Alles an ihm kündete von Aufrichtigkeit. »Du, Phoebe und eure Mutter … Ihr habt den Preis bezahlt. Ich war einfach nicht da, als ihr groß wurdet. Ich wußte, daß eure Mutter genug Liebe für euch hatte, und ich dachte – ich hoffte –, das würde genügen. Aber ich schwöre dir: Meine Gedanken waren jeden Tag und jede Stunde bei dir. Ich habe dich so sehr vermißt, daß es weh tat.

Du schienst dich prächtig zu entwickeln. Deine Leistungen waren immer ausgezeichnet. Unsere Besorgnis galt vor allem Phoebe: Es mangelte ihr an Motivation, an einem Ziel im Leben. Ich war sehr erleichtert, als sie die Malerei entdeckte – dadurch fand sie etwas, das ihr inneren Halt gab. Aber du ... Nein, du hast uns nie Anlaß zur Sorge gegeben.«

Kathryn konnte sich nicht daran erinnern, daß ihr Vater jemals auf diese Weise zu ihr gesprochen hatte: über persönliche Dinge. Sie fühlte sich wie von einem gewaltigen Tumor befreit, der sich in den Millionen von ihr vergossenen Tränen aufgelöst hatte. Erneut ließ sie sich von ihrem Vater umarmen, und eine weitere Stunde lang saßen sie zusammen, sprachen über Kathryns Kindheit, über Phoebe und Justin, auch über Admiral Paris' Vorschlag, die Kommando-Laufbahn zu wählen.

Ihr Vater hielt es für eine gute Idee und betonte: »Die Besten der Besten sollten zu Kommando-Offizieren werden – und du gehörst zweifellos dazu, Goldvogel.«

Kathryn machte Popcorn und Kakao. Schale um Schale verspeisten sie, tranken dazu heiße Schokolade.

Spät in jener Nacht erwachte sie und lauschte der Stille im Haus – ihre Eltern schliefen tief und fest. Auf leisen Sohlen schlich sie nach unten ins Büro und hockte sich unter den Schreibtisch, saß dort glücklich bis zum Morgen.

Einen Monat später befanden sich Kathryn, ihr Vater und Justin an Bord des Prototyp-Schiffes *Terra Nova,* das zum Tau Ceti-System flog. Es war ein beeindruckendes Schiff: klein und schnittig, ausgestattet mit hohem Manövrierpotential und schwerer Bewaffnung.

Es handelte sich um Starfleets Antwort auf die zunehmende Gefahr eines Krieges gegen die Cardassianer.

Zweieinhalb Jahre lang hatte Edward Janeway in der Werft Utopia Planitia an den Entwürfen gearbeitet und zahlreiche Testflüge durchgeführt. Jetzt fand der erste Langstreckenflug statt: drei Tage nach Tau Ceti. Dort standen weitere experimentelle Flüge auf dem Programm, und zwar unter verschiedenen Bedingungen. Lieutenant Justin Tighe bediente die Navigationskontrollen.

Den letzten Abend vor dem Flug hatten sie in der Mittern-Station verbracht, bei einem Festessen mit Admiral Finnegan – Kathryn war ihm Jahre zuvor in der Mars-Kolonie begegnet. Das rote Haar war inzwischen an vielen Stellen grau geworden, doch an Finnegans ausgeprägtem Sinn für Humor hatte sich nichts geändert. Sie ließen sich beim Kaffee viel Zeit, sprachen miteinander und lachten viel.

Selbst Justin, der sicher nicht zu den geselligsten Leuten zählte, hatte sich entspannt und amüsierte sich. Er erzählte eine komische Geschichte aus seiner Kindheit in der Bergbaukolonie. Kathryn konnte sich nicht daran erinnern, daß er jemals in der Lage gewesen war, über seine Kindheit zu lachen – ein deutlicher Hinweis darauf, wie wohl er sich in ihrer Nähe fühlte. Sie freute sich, als sie beobachtete, wie ihr Vater und Admiral Finnegan auf ihn reagierten: Sie mochten und respektierten ihn. Und was ihr noch wichtiger erschien: Sie fanden Gefallen an seiner Gesellschaft.

Justins Stimme unterbrach Kathryns Überlegungen. »Wir nähern uns jetzt dem Tau Ceti-System, Sir.«

»Bereiten Sie die Aktivierung der Warpdüsen vor«, erwiderte Kathryns Vater.

Die *Terra Nova* war für den Einsatz unter verschiedenen Kampfbedingungen bestimmt. Zu den Innovationen dieses Schiffes gehörten Warpdüsen, die schnelle Manöver erlaubten, ohne das volle Potential des Warptriebwerks nutzen zu müssen. Sie ermöglichten es, gefährliche Situationen mit einem raschen

Sprung zu verlassen und aus einer für den Feind unerwarteten Richtung zurückzukehren. Computersimulationen hatten auf erhebliche Belastungen der Außenhülle durch solche Manöver hingewiesen, doch Edward Janeway war es gelungen, diese und andere Entwicklungsprobleme zu lösen.

Eine Stunde lang testeten sie die neuen Warpdüsen, die einwandfrei funktionierten. Kathryn sah, daß Justin die Kontrollen wie ein Künstler bediente. Während er die komplizierten Manöver durchführte, schien er eins mit dem Schiff zu werden. Die Liebe für ihn schwoll in ihr wie ein lebendes Etwas an und hüllte sie in eine ganz besondere Wärme, die sie nie zuvor gespürt hatte. Eine irrationale Stimme in ihr flüsterte, daß sie ein solches Glück gar nicht verdiente.

»Der Sonnenwind wird stärker, Lieutenant«, sagte ihr Vater. »Wir geben noch einmal Schub mit den Backborddüsen und kehren dann heim.«

»Aye, Sir. Den ersten Flug können wir als vollen Erfolg bezeichnen.«

Dann geschah alles so schnell, daß Kathryn selbst Jahre später nicht zu sagen vermochte, *was* passierte und in welcher Reihenfolge sich die Ereignisse zutrugen. Sie hörte erneut die Stimme ihres Vaters. Er sagte: »Sonnenwind ist …« Und dann fiel sie plötzlich durchs All, spürte dabei eine sonderbare Kühle, die sie jedoch nicht beunruhigte. Sie hatte das Gefühl, in einer Hängematte zu liegen, die langsam hin und her schwang, verglich sich mit einem Stück Papier, das im Wind tanzte, dabei aber immer tiefer sank.

Kathryn gewann nicht den Eindruck, daß etwas Schreckliches geschehen war und sich eine Katastrophe anbahnte. Sie begegnete der eigenen Situation mit Neugier, fühlte sich aber nicht von ihr beunruhigt. Der Fall war sehr sanft, und sie wünschte sich fast, daß er nie zu Ende ging.

Der schwebende Sturz setzte sich fort.

Dann hörte Kathryn das Zischen von Luft, und ein heftiger Aufprall jagte so heftigen Schmerz durch ihren Körper, daß sie befürchtete, sich alle Knochen gebrochen zu haben. Für einige Zeit blieb sie liegen und wartete darauf, daß die Pein nachließ, daß sich die Dunkelheit vor ihren Augen lichtete ...

Sie konnte nichts sehen. Irgendwann reifte diese Erkenntnis in ihr heran. Nur Finsternis umgab sie, ein von Schmerz erfülltes schwarzes Universum, das mit ihrem Körper begann und endete. Sie besann sich auf bestimmte geistige Übungen, um die Pein zu reduzieren – ohne Erfolg. Und schließlich resignierte sie, nahm die Agonie einfach hin.

Zeit verstrich. Sie wußte nicht, ob es Minuten oder Stunden waren, vermutete allerdings, daß sie immer wieder das Bewußtsein verlor. Schließlich ließ der Schmerz nach, und neuerliche Ruhe breitete sich in ihr aus. Etwas schien sie zu betäuben – *Endorphine, eine natürliche Reaktion des Körpers,* dachte ein Teil ihres Selbst –, und sie spürte, wie erneut Bewußtlosigkeit nach ihrem Geist tastete.

Etwas befand sich in ihrem Mund. Und in ihrer Nase. Sie konnte nicht atmen, erstickte langsam. Deshalb zerfaserten ihre Gedanken. Andererseits ... Es erschien Kathryn seltsam, daß sie den Vorgang des Sterbens ganz bewußt erkennen und analysieren konnte – ohne imstande zu sein, etwas dagegen zu unternehmen.

Sie hustete. Etwas Kaltes drang ihr in die Kehle, und sie hustete erneut, keuchte, schnappte nach Luft. Dadurch drang ihr noch mehr von der kalten Masse in den Mund. Sie wünschte sich zurück in den Kokon der Bewußtlosigkeit. Der Tod erschreckte sie nicht; das Leben empfand sie als weitaus schwieriger.

Aus einem Reflex heraus hob sie den Kopf und begriff: Sie lag mit dem Bauch nach unten in einer

Schneewehe. Weiße Kristalle klebten an ihrem Gesicht – deshalb hatte sie bisher nichts sehen können. Sie tastete nach den Augen, strich Schnee und Eis fort. Dadurch verflüchtigte sich die Dunkelheit.

Teile eines kleinen Raumschiffs lagen in einer weiten Eislandschaft. Alles war weiß, soweit der Blick reichte, und der Horizont verschmolz übergangslos mit dem grauen Himmel. Kathryn gewann dadurch den Eindruck, sich im Innern einer großen weißen Kugel zu befinden. Mehrere Kilometer hinter ihr ragten eisverkrustete Klippen empor. Hier und dort zeigten sich seltsame weiße Objekte, wie abstrakte Skulpturen aus Eis.

Kathryn setzte sich auf – und stieß einen schmerzerfüllten Schrei aus. Es war tatsächlich der eine oder andere Knochen gebrochen. Sie bewegte sich ganz vorsichtig und stellte fest, daß sie auf dem Heckleitwerk des Schiffes hockte. Irgendein Sicherheitssystem mußte den Sturz zum Planeten abgebremst haben, doch das hätte ihr nichts genützt, wenn sie nicht ausgerechnet in einer Schneewehe gelandet wäre.

Die junge Frau wußte nicht, aus welchem Grund sie sich in dieser Schneewüste aufhielt. Sie hatte keine Erinnerungen an jene Ereignisse, die ihre derzeitige, von Schmerz und Kälte geprägte Existenz auf einem Eisplaneten erklärten. Wie war sie hierhergekommen? Und die Wrackteile um sie herum... Zu welchem Schiff gehörten sie? Gab es andere Personen, die ihr Schicksal teilten?

Andere Personen. Dieser Gedanke schuf vage Unruhe in Kathryn. War sie mit jemandem zusammen gewesen? Und wenn nicht: Warum hatte sie sich allein an Bord eines Raumschiffs befunden? Sie konnte nicht von sich behaupten, eine sehr gute Pilotin zu sein, und deshalb erschien ihr eine Solo-Mission unwahrscheinlich.

Worin hatte die Mission bestanden? Und wenn es

wirklich andere Personen gab ... Wer waren sie? Und wo hielten sie sich auf?

Benommenheit und Schwindel erfaßten Kathryn. Sie senkte den Kopf und versuchte so, die Durchblutung des Gehirns zu verbessern. Verwirrung dehnte sich in ihr aus, und sie wußte einfach nicht, was sie unternehmen sollte. Die Vorstellung, sich wieder hinzulegen, übte einen gewissen Reiz aus. Es fühlte sich viel besser an, in den weichen Kissen von Schnee und Dunkelheit zu ruhen, als verwirrt über die weiße Landschaft zu starren.

Sie wollte sich gerade zurücksinken lassen, als ihr ein weiteres Merkmal der Landschaft auffiel. Ein Eisberg. Ein großer Brocken aus scharfkantigem Eis, der aus dem ... aus dem ... *Boden* wuchs? Nein, Eisberge bildeten sich nicht auf dem Land. Es mußte hier Wasser geben.

Vielleicht war es gar kein Eisberg. Möglicherweise handelte es sich nur um eine weitere sonderbare Eisformation, nur größer als die anderen.

Nein, nein, es war ein Eisberg. Kathryn hatte nicht den geringsten Zweifel daran, ohne zu wissen, warum sie so sicher sein konnte.

Die Frage fesselte ihre Aufmerksamkeit, wurde zu einer regelrechten Besessenheit. Woher wußte sie mit solcher Sicherheit, daß sie einen Eisberg sah?

Sie rief sich ihre Kenntnisse über Eisberge ins Gedächtnis zurück. Sie stellten große, schwimmende Massen aus Eis dar, abgebrochene Teile eines Gletschers oder einer polaren Eiskappe. Die Richtung ihres Treibens wurde von den Meeresströmungen bestimmt. Ja, Eisberge *schwammen*, und deshalb mußte es hier Wasser geben.

Weitere Informationen krochen an die Oberfläche von Kathryns Denken. Nur ein Neuntel eines Eisbergs ragte aus dem Wasser. Die *Titanic* war nach dem Zusammenstoß mit einem Eisberg gesunken. Viele derartige Eismassen neigten sich zur Seite, weil Erosion das Gleichgewicht störte.

Sie sah an ›ihrem‹ Eisberg empor und stellte fest, daß er schräg nach oben ragte und damit eine weitere Voraussetzung erfüllte, um ein richtiger Eisberg zu sein. Trotzdem: Für Kathryn wurde es immer wichtiger, absolute Gewißheit zu erlangen.

Sie zwang sich aufzustehen, schauderte heftig, als bei jeder Bewegung Schmerz wie mit tausend Klingen durch ihren Leib stach. Der Horizont bebte und wogte wie ein Seidenband im Wind. Sie fürchtete, in Ohnmacht zu fallen, doch ihr Bestreben, ganz sicher zu sein, verdrängte alles andere. *War es wirklich ein Eisberg?*

Allmählich kam die Welt wieder zur Ruhe, und Kathryn konzentrierte sich auf den Bereich in der Nähe des ... des Objekts, das sie zu identifizieren versuchte.

Es war tatsächlich von Wasser umgeben. Das Etwas ragte aus einem dunklen Teich, der seltsam aufgewühlt wirkte. Ein weiterer sonderbarer Aspekt gesellte sich hinzu: Der Teich erwies sich als sehr klein. Hier gab es kein Meer, keinen Ozean, nur einen Ring aus schwarzem Wasser, das am Rand des Eisbergs blubberte und schäumte.

Konnte das Objekt dann als Eisberg bezeichnet werden? Konnte man es entsprechend definieren, obgleich ein Meer fehlte? Und wenn nicht: Welche Definition war dann angemessen?

Kathryns Gedanken rasten plötzlich, als sie einen sokratischen Dialog mit sich selbst begann. Das Streben nach Antwort und Erklärung gewann immer mehr Bedeutung.

Sie mußte feststellen, ob es wirklich kein Meer gab. Empirische Beweise, die Sicherheit brachten, letzten Zweifel ausräumten.

Sie trat einen Schritt vor und brach fast zusammen. Etwas war gebrochen, der Fuß oder das Bein, doch davon durfte sie sich jetzt nicht aufhalten lassen. Kathryn beschloß, den Schmerz als eine Art Fokussierungslinse zu nutzen, um sich dadurch noch mehr auf ihre Absicht zu konzentrieren. Jeder von Pein begleitete Schritt sollte ihre Entschlossenheit vergrößern, bis nichts mehr sie aufhalten konnte.

Auf diese Weise näherte sie sich dem Gebilde.

Dort offenbarten sich ihr mehrere Wahrheiten. Die erste belohnte ihre Determination: Es gab nicht nur einen Teich, sondern eine wesentlich größere, zugefrorene Wassermasse. Der Eisberg (ja, jetzt verdiente er diese Definition) ragte aus der dunklen Tiefe des verborgenen Meeres, aber auch an anderen Stellen zeigten sich Risse und Löcher im Eis, durch die man schwarzes Wasser sehen konnte. Ein Riese schien in einem Anfall von Zerstörungswut mit einer Spitzhacke immer wieder auf das Eis eingeschlagen zu haben. Kathryn entdeckte ständig neue Öffnungen, manche groß, manche klein. Dampf quoll aus ihnen hervor, und das sichtbare Wasser brodelte, als kochte es über einem verborgenen Feuer.

Die zweite Wahrheit lautete: Ihr Verstand funktionierte nicht richtig. Abgesehen von den Knochenbrüchen schien sie auch an einer Gehirnerschütterung zu leiden. Warum dieser irre Drang zu beweisen, daß der Eisberg ein Eisberg war? Dadurch lieferte sie sich der Irrationalität aus. Sie mußte sich auf die eigentlich wichtigen Dinge besinnen, ihre Wunden behandeln und irgendwo einen Unterschlupf finden. Wenn sie einfach nur dastand und zum Eisberg starrte, dauerte es nicht lange, bis sie erfror.

Kathryn trachtete danach, das Rätsel ihrer Situation mit Logik zu entwirren. Etwas war durchs Eis gebrochen. Das erklärte die vielen Löcher und Risse ebenso wie das aufgewühlte Wasser. Einige Wrackteile des Raumschiffs, mit dem sie unterwegs gewesen war, mußten auf eine dünne Stelle der weiten Eisschicht herabgestürzt sein, und zwar mit einer ziemlich hohen Temperatur – aufgrund der Reibungshitze beim Flug durch die Atmosphäre. Deshalb kochten die schwarzen Fluten.

Wrackteile des Raumschiffs, mit dem sie unterwegs gewesen war. Wie hieß es? Kathryn sah sich erneut um und stellte fest: Nur das Hecksegment, auf dem sie gesessen hatte, war noch einigermaßen intakt. Sie bemerkte eine Konsole, bei der noch einige Schaltflächen glühten. Doch was die anderen Trümmerstücke um sie herum betraf: Keines von ihnen war größer als ein Quadratmeter.

Wo befand sich der Kontrollraum?

Wo befand sich der Pilot?

Woraus bestand ihre letzte Erinnerung, bevor sie sich in dieser kalten Wüste wiederfand, vor einem Ring aus brodelndem schwarzen Wasser?

Kathryn fragte sich plötzlich, ob der Fisch aus dem Aquarium hier in diesem Wasser trieb, das gegarte Fleisch halb von den Gräten gelöst. Welcher Fisch?

Und dann zeigte sich ihr die dritte Wahrheit, wie ein Phantom, das aus den Schatten eines Alptraums trat, vor ihr tanzte und sie verspottete.

Ihr Vater. Und ihr zukünftiger Ehemann. Sie befanden sich im Kontrollraum des abgestürzten Raumschiffs.

Und jetzt ruhten ihre Leichen irgendwo in den Tiefen des kalten schwarzen Meers.

Von einem Augenblick zum anderen verschwand Kathryns Benommenheit. Sie sah alles ganz klar und deutlich, wußte genau, worauf es nun ankam. Entschlossen hob sie das gebrochene Bein und stampfte damit auf den Boden, behutsam zunächst, dann immer fester und härter. Nur entsetzlicher Schmerz konnte die dritte Wahrheit verscheuchen und es Kathryn ermöglichen, das Grauenhafte zu verdrängen. Die Agonie vergrößerte die Distanz zu dem gräßlichen Phantom, das weiterhin tanzte. Die Pein löschte alles andere aus, füllte den ganzen Wahrnehmungskosmos.

Kathryn sank ins kalte Weiß, und bevor sie das Bewußtsein verlor, sah sie noch: Der Eisberg existierte nicht mehr. Er war im kochenden Wasser geschmolzen und für immer verschwunden, um Justin Tighe und Edward Janeway in ihrem dunklen Grab Gesellschaft zu leisten.

19

Der Arzt Trakis blickte Maje Dut ruhig in die Augen. Angesichts der Umstände erstaunte es ihn, wie gefaßt er blieb. Der Maje stand nicht in dem Ruf, großzügig zu jenen Leuten zu sein, die versagt hatten. Aber Trakis wußte auch, daß es Dut an Intelligenz mangelte (wie allen Kazon, fand er), und deshalb glaubte er, diese unangenehme Sache überstehen zu können.

Der Maje war zornig: Seine Stirnhöcker wirkten sehr finster, und in den blutunterlaufenen Augen blitzte es. Er deutete zu dem Gefangenen, der reglos auf dem Untersuchungstisch lag. »Sie haben überhaupt nichts herausgefunden. Wir wissen nicht mehr als zu Beginn Ihrer von Inkompetenz geprägten Analysen. Und jetzt haben Sie den Fremden umgebracht.«

»Sie sind für seinen Tod verantwortlich, nicht ich. Sie bestanden darauf, ihn immer wieder zu betäuben. Ich gab zu bedenken, daß ihn die wiederholte Verwendung des Betäubungsmittels umbringen könnte, und wie Sie nun sehen, habe ich recht behalten.«

Wenigstens hat der Gefangene nicht gelitten, dachte Trakis. Die Narkose ging einfach in den Tod über, ohne daß er etwas davon spürte. Nun, vielleicht wäre das Wesen gar nicht imstande gewesen, so etwas bewußt wahrzunehmen. Die Kazon hatten dummerweise darauf bestanden, ihn fast ständig unter Betäubung zu halten, was Trakis daran hinderte, das eventuelle Vorhandensein von Intelligenz festzustellen. Das Ergebnis seiner Bemühungen bestand nur aus einem Katalog von anatomischen und physiologischen Daten – und damit konnte der Maje nicht viel anfangen.

»Seien Sie vorsichtig, Trabe. Wenn Sie Ihre Zunge nicht unter Kontrolle halten, könnte ich in Versuchung geraten, sie Ihnen aus dem Mund schneiden zu lassen.« Der Maje starrte ihn finster an, doch Trakis wich dem Blick nicht aus.

Dut ging um den Untersuchungstisch herum und sah dabei auf die Leiche des Gefangenen hinab. »Es grenzt an ein Wunder, daß wir eins dieser Geschöpfe fanden. Wir haben keinen Zugang zu weiteren Exemplaren. Dies war unsere einzige Möglichkeit, die Spezies zu untersuchen.« Er wandte sich wieder an Trakis. »Mir scheint, Sie haben jetzt keinen Nutzen mehr für uns, Arzt.«

Es war klar, in welche Richtung diese Worte zielten, doch Trakis ließ sich nicht einschüchtern. »Da irren Sie sich, Maje. Ich kann eine Nekropsie durchführen. Vermutlich hält dieses Geschöpf im toten Zustand noch viel mehr Informationen für mich bereit als lebend.«

Neues Interesse zeigte sich in Duts Miene. »Zum Beispiel?«

»Hirnstruktur. Nervensystem. Synaptische Integration. Ich könnte herausfinden, wie die Krett diese Wesen kontrollierten.«

Der Maje streckte ruckartig die Hand aus und hielt Trakis an der Kehle fest. »Das rate ich Ihnen dringend, Trabe. Und beeilen Sie sich. Wenn die Föderationsleute erledigt sind, müssen wir schnell handeln.«

»Wenn Sie Wert darauf legen, daß ich rasche und gute Arbeit leiste, sollten Sie die Kontrolle von diesem Raum fernhalten.«

»Nimmet? Er ist nicht beauftragt, Ihnen ein Leid zuzufügen.«

»Seine Präsenz schadet. Er ist ein schwatzhafter Narr, der meine Überlegungen ständig mit dummen Bemerkungen und völlig unnötigen Anweisungen unterbricht. Ohne ihn nähme dieses Projekt viel weniger Zeit in Anspruch.«

Dut musterte ihn einige Sekunden lang, und Trakis wußte, daß der Maje nachdachte. Er breitete die Arme aus und lächelte unschuldig. »Wohin könnte ich schon fliehen, Maje?«

Daraufhin nickte Dut knapp. »Na schön. Aber ich möchte stündliche Berichte von Ihnen. Und konkrete Resultate.«

Trakis neigte den Kopf. »Ich bin sicher, Sie werden sehr überrascht sein, Maje.«

Dut verließ den Raum, und Trakis trat an die Leiche auf dem Untersuchungstisch heran. Im Tod waren die Augen ebenso dunkel und unergründlich wie im Leben. »Ich hätte es vorgezogen, dich nicht zu verletzen. Aber vielleicht können wir uns gegenseitig helfen.«

Trakis bat die Götter um ihren Segen für das tote Geschöpf, bevor er den Schädel öffnete und das Gehirn freilegte.

Nie war Neelix dankbarer gewesen für Tuvoks hervorragenden Orientierungssinn. Bei einem anderen Anführer wäre es vielleicht schon zu Panik gekommen, aber Tuvok verhielt sich so, als sei alles nur eine Routinemission, die bald zu Ende ging. Mit seinem besseren vulkanischen Sehvermögen fiel es ihm nicht schwer, selbst in der Finsternis Sondierungen mit dem Tricorder vorzunehmen und Daten von den Displays abzulesen.

»Greifen Sie nach den Händen der Personen vor und hinter Ihnen. Jeder von ihnen sollte mit zwei anderen verbunden sein, abgesehen von mir, weil ich an der Spitze gehe, und von Fähnrich LeFevre, der den Abschluß bildet.«

Im Dunkeln erklangen die Geräusche schlurfender Schritte, als die Besatzungsmitglieder der *Voyager* Tuvoks Aufforderung nachkamen. »Alles klar, Sir«, tönte einige Sekunden später LeFevres Stimme durch den langen Korridor.

»Gut«, erwiderte der Vulkanier. Er sprach laut, damit ihn alle hörten. »Mr. Neelix, Sie bleiben direkt hinter mir. Wir setzen den Weg jetzt fort.«

Neelix griff nach einer Hand des Vulkaniers und stellte einen zweiten Kontakt dieser Art mit der hinter ihm gehenden Greta Kale her. Ein Teil von ihm nahm zur Kenntnis, daß Tuvoks Stimme bei der letzten Anweisung ein wenig anders geklungen hatte, aber der Unterschied blieb so subtiler Natur, daß der Talaxianer ihn zunächst nicht zu deuten vermochte.

Während sie in der Finsternis einen Fuß vor den anderen setzten, berichtete der Vulkanier immer wieder von ihren Fortschritten. Neelix vermutete, daß er die anderen damit beruhigen wollte. »Ich orte Hinweise darauf, daß Kes und Fähnrich Kim durch diesen Tunnel gegangen sind«, sagte Tuvok. »Wir nehmen also den gleichen Weg wie sie.«

Ja, Tuvoks Stimme klang tatsächlich anders, kein Zweifel. Näher und ... dumpfer. Was bewirkte die Veränderung? Neelix sprach ebenfalls, in erster Linie mit der Absicht, den Klang der eigenen Stimme zu überprüfen. »Orten Sie auch Lebenszeichen von Kes und Harry?«

Es hörte sich seltsam an. Seine Stimme hing wie ein Fremdkörper in der Luft, als wäre er in einen dicken Kokon eingesponnen.

»Derzeit orte ich nur ihre Spuren. Lebenszeichen kann ich noch nicht feststellen.« Als Tuvok diese Antwort gab, fand Neelix heraus, was ihm so seltsam erschien: Die Stimme des Vulkaniers erzeugte kein Echo. Die nackten Steinwände dieser unterirdischen Anlage hatten die Stimmen bisher reflektiert, was ihnen einen hohlen Klang verlieh. Doch jetzt wurden die Geräusche absorbiert.

»Hier wenden wir uns nach links«, sagte Tuvok. Neelix reagierte ein wenig zu spät, und dadurch streifte seine Schulter die steinerne Kante.

Allerdings ... Es fühlte sich jetzt gar nicht mehr nach Stein an. Die Substanz war nicht mehr fest, sondern gab nach.

Der Talaxianer wollte Kale nicht beunruhigen, indem er ihre Hand losließ. Deshalb schob er sich etwas näher an die Wand heran, hob dann seine Hand ein wenig, um sie zusammen mit ihrer zu berühren.

Sie fühlte sich klebrig und gallertartig an, wie ein Yasti-Pudding. Aus einem Reflex heraus zuckte Neelix' Hand zurück, und er rieb seine Fingerknöchel – zusammen mit denen Kales – an der Hose ab. »Mr. Vulkanier«, sagte er, und seine Stimme hörte sich so an, als ertöne sie unter Wasser, »ich glaube, mit den Wänden passiert etwas.«

Tuvok blieb sofort stehen. »Betasten Sie die Substanz«, fügte Neelix hinzu. »Man könnte fast meinen, daß die Wände ... schmelzen.«

Er glaubte zu spüren, wie Tuvok in der Dunkelheit die Hand ausstreckte und über die Wand strich. Kurz darauf sah er das matte Glühen der Tricorder-Anzeigen, als der Vulkanier sondierte.

»Es scheint tatsächlich eine Metamorphose der Wand stattzufinden«, sagte Tuvok. »Der Anteil von organischen Komponenten wächst schnell.«

»Was bedeutet das?« fragte Neelix. Die jüngste Entwicklung beunruhigte ihn. Stein, der plötzlich weich und klebrig wurde, dabei immer mehr organische Anteile aufwies ... Eins stand fest: Es gefiel ihm nicht, von solchem Stein dreißig Meter unter der Oberfläche eines fremden Planeten umgeben zu sein.

»Ich weiß es nicht genau. Unter den gegebenen Umständen glaube ich, daß mehr Eile angebracht ist. Halten Sie sich aneinander fest und folgen Sie mir.«

Die Kolonne setzte sich wieder in Bewegung, und

Neelix spürte, wie er zu schwitzen begann. Lag es an seiner Nervosität, oder wurde es wärmer? Schmolzen die Wände vielleicht, weil die Temperatur stieg? Und wenn das stimmte: Wie heiß mochte es werden? Und wann lösten sich die Wände ganz auf? Und dann? Was geschah, wenn der ›Stein‹ ganz geschmolzen war?

Die Fragen senkten sich wie eine schwere Last auf Neelix herab, und er seufzte dankbar, als Tuvok eine Treppe entdeckte – vermutlich die, von der Kes und Harry berichtet hatten. Die Stufen führten sie nach unten, Kes entgegen und mit etwas Glück fort von den gräßlichen schmelzenden Wänden.

Harry Kim beobachtete fasziniert, wie Kes mit dem geflügelten Humanoiden zu kommunizieren schien – obwohl für ihn nichts darauf hindeutete, daß der Fremde sprach.

»Zeit wofür?« fragte Kes. Und nach einigen Sekunden: »Ich verstehe nicht. Wofür soll es Zeit werden?«

Anschließend herrschte Stille.

»Kes?« fragte Harry nach einer Weile, woraufhin Kes die Hand hob, ihn stumm darum bat, still zu sein. Dünne Falten bildeten sich auf ihrer Stirn, und sie schien sich auf etwas zu konzentrieren. Mehrmals blickte sie sich in dem Raum um.

Dieses sonderbare Verhalten dauerte einige Minuten lang, während Harrys Blick zwischen Kes und dem Fremden hin und her wechselte. Und dann verschwand das geflügelte Wesen ganz plötzlich.

Er sah Kes an. »War das ein Hologramm?«

Sie nickte. »Vermutlich handelt es sich um ein Programm, das eine telepathische Nachricht hinterlassen sollte. Aber sie war recht verwirrend. Der Fremde betonte mehrmals, daß es *Zeit* für etwas sei. Vielleicht geht es dabei um ein Regenerationsritual, denn er sprach vom sogenannten Wiedererwachen.«

Harry merkte, daß die Temperatur im Zimmer allmählich sank. Es war noch immer heiß, aber nicht mehr so sehr wie noch vor einigen Minuten. »Vielleicht haben wir mit unserer Ankunft ein Programm aktiviert. Möglicherweise ist diese Kammer so vorbereitet, daß die holographische Nachricht übermittelt wird, wenn jemand hereinkommt.«

»Nun, ich weiß nicht, ob uns das etwas nützt. Zwar habe ich die Nachricht gehört, aber mir ist trotzdem nicht klar, was geschehen ist und was die Zukunft bringt.«

»Ich glaube, es wird kühler«, sagte Harry. Er trat zu der Wand, durch die sie hereingekommen waren, nahm dort eine neue Sondierung vor. »He, irgend etwas bahnt sich an. Der Tricorder registriert jetzt energetische Signaturen, die es bis vor kurzer Zeit noch nicht gab.«

Er schritt durchs Zimmer und blickte dabei auf das Display des kleinen Ortungsgeräts. Kes folgte seinem Beispiel.

»Irgendeine Art von Technik wird jetzt aktiv«, meinte sie. »Können Sie feststellen, womit wir es zu tun haben?«

»Nein«, erwiderte Kim. »Es sind organometallische Komponenten, aber sie verändern sich ständig. Die Föderationsdatenbanken enthalten keine diesbezüglichen Informationen – was mich kaum überrascht.« Er dachte über ihre seltsame Situation nach. Es wurde nun schnell kühler in der Kammer; die Temperatur hatte fast wieder ein angenehmes Niveau erreicht. Was bedeutete das? »Sie sprachen eben von einer telepathischen Mitteilung. Wie erschien Ihnen der Fremde dabei? War er aggressiv und kampflustig?«

»Nein, ganz und gar nicht. Er erschien mir ruhig und konzentriert. Wenn sein Gebaren ein charakteristisches Merkmal der Spezies ist, so brauchen wir sicher nicht mit Feindseligkeit oder dergleichen zu rechnen.«

Diese Einschätzung beruhigte Harry ein wenig, doch

es blieb die Besorgnis angesichts einer Situation, über die sie nicht die geringste Kontrolle ausüben konnten.

Er stand auf, entschlossen dazu, einen Weg aus dieser geheimnisvollen Kammer zu finden. Zielstrebig ging er zu der Wand, die ihnen Einlaß gewährt hatte.

Was er dort fand, erwies sich als ebenso überraschend wie die bisherigen Ereignisse.

Am Ende des Raums zeigte sich eine geschlossene Tür, hinter der es einen anderen Raum gab, ein Zimmer, das sie unbedingt betreten mußte, weil es dort aufzuräumen galt. Sie näherte sich der Tür und blieb stehen, als hinter ihr die Stimme von Admiral Paris erklang. »Warten Sie, Kathryn, ich brauche Sie hier.« Sie drehte sich um, doch es stand überhaupt niemand hinter ihr. Und als sie sich wieder der Tür zuwandte, existierte sie nicht mehr. Wie konnte diese in jenes Zimmer gelangen?

Ruckartig hob Janeway den Kopf und begriff, daß sie im Kommandosessel auf der Brücke eingeschlafen war. Niemand schien es bemerkt zu haben. Chakotay saß nicht an seinem Platz – er verschaffte sich im Maschinenraum einen Eindruck vom aktuellen Stand der Reparaturarbeiten –, und die übrigen Brückenoffiziere gingen ihrer Arbeit nach. Wie dem auch sei: Es beunruhigte Janeway, daß sie für kurze Zeit die Kontrolle über sich verloren hatte. So etwas durfte sich auf keinen Fall wiederholen.

Ihr lag nichts daran, dem Haus mit den vielen Zimmern einen neuerlichen Besuch abzustatten und zu versuchen, dort die verschlossene Tür zu öffnen.

20

Am Ende des Raums zeigte sich eine geschlossene Tür, hinter der es einen anderen Raum gab, ein Zimmer, das sie unbedingt betreten mußte, weil es dort aufzuräumen galt. Sie näherte sich der Tür und blieb stehen, als hinter ihr die Stimme von Admiral Paris erklang. »Warten Sie, Kathryn, ich brauche Sie hier.« Sie drehte sich um, doch es stand überhaupt niemand hinter ihr.

Kathryn öffnete die Augen und starrte an die Decke ihres früheren Kinderzimmers. Der Traum wiederholte sich so oft, daß sie nicht länger mit klopfendem Herzen erwachte, so wie zu Anfang. Selbst das Gefühl des Unbehagens, das sonst mit dem Erwachen einhergegangen war, wurde immer schwächer. Der Traum verlor allmählich die Fähigkeit, Einfluß auf ihre Emotionen auszuüben – und das konnte Kathryn nur recht sein.

Sie rollte sich auf die Seite, um weiterzuschlafen, doch ein beharrliches Klopfen an der Tür hinderte sie daran. Sie achtete nicht darauf, grub den Kopf tief ins Kissen und zog die Decke bis zum Hals hoch.

Erstaunt hörte sie, wie sich die Tür öffnete, jemand hereinkam und zum Bett schritt. Vermutlich ihre Mutter. Sie kam mehrmals am Tag, um heiße Suppe oder Tee zu bringen, oder um einfach nur für ein paar Minuten bei ihr zu sitzen und ihr stumm über die Schulter zu streichen. Das waren angenehme Störungen, die nichts weiter von ihr verlangten als nur einige gemurmelte Worte des Dankes.

Doch diesmal zerrte jemand Kissen und Decke fort.

Verblüfft setzte sich Kathryn auf und blickte in die Augen ihrer Schwester Phoebe.

»Du hast lange genug im Bett gelegen, Kathryn. Es wird Zeit, aufzustehen und das Leben fortzusetzen.«

Phoebes Worte bewirkten nicht mehr als vagen Ärger – zu einer stärkeren Reaktion fehlte Kathryn die emotionale Kraft. Sie verglich ihre Schwester mit einem summenden Moskito, der sich leicht verscheuchen ließ. »Geh weg«, murmelte sie und griff nach der Decke.

Aber Phoebe zog sie ganz vom Bett herunter und warf die Kissen zur anderen Seite des Raums. »Ich gehe erst, wenn du geduscht und dich angezogen hast. Anschließend essen wir und spielen vielleicht ein wenig Tennis.«

Kathryn sah zu ihrer Schwester auf und war zu müde für einen Streit. »Ich möchte schlafen«, sagte sie und legte sich hin, bereit dazu, auf Decke und Kissen zu verzichten. Sie schloß die Augen, doch eine Sekunde später griffen starke Hände nach ihren Schultern und zogen sie hoch.

»Du hast genug geschlafen. Steh auf, Kathryn. Zwing mich nicht dazu, drastische Maßnahmen zu ergreifen.«

Der Moskito wurde allmählich zu einem Ärgernis. Kathryn spürte, wie ihre emotionale Reaktion etwas stärker wurde, und erneut hob sie die Lider. »Geh, Phoebe. Ich lege keinen Wert auf deine Gesellschaft.«

»Wirklich schade. Ich schätze, du wirst dich mit ihr abfinden müssen. Stehst du jetzt freiwillig auf, oder muß ich hart durchgreifen?«

»Verschwinde.«

Phoebe schwieg einige Sekunden lang, drehte sich dann um und verließ das Zimmer. Kathryn schloß die Augen, gab sich dankbar Dunkelheit und Vergessen hin.

Bis kaltes Wasser auf sie herabströmte, sie und das

Bett durchnäßte. Erschrocken schoß sie hoch und wischte sich nasse Haarsträhnen aus dem Gesicht. »Bist du übergeschnappt? Was soll das?«

»Ich wollte nur dafür sorgen, daß das Bett zu unbequem wird, um darin zu schlafen. Steh jetzt auf und geh unter die Dusche.«

Echter Zorn regte sich nun in Kathryn. Sie stand auf, fröstelte und bedachte Phoebe mit einem durchdringenden Blick – den ihre Schwester erwiderte. »Weiß Mutter von dieser Sache?«

»Und ob. Sie hat mich sogar dazu ermutigt.«

»Und was willst du damit erreichen?«

»Heute gebe ich mich damit zufrieden, wenn du aufstehst und dich anziehst. Du gehst erst wieder heute abend zu Bett. Morgen geht's um sieben aus den Federn, und dann spielen wir Tennis oder wandern im Wald. In drei Wochen meldest du dich wieder zum Dienst.«

Kathryn spürte, wie zwischen ihren Schläfen dumpfer Kopfschmerz zu pochen begann. »Es dauert noch eine Weile, bevor ich mich zum Dienst zurückmelden muß. Mir bleiben noch Monate.«

»Inzwischen sind Monate vergangen. In drei Wochen geht's an die Arbeit.«

Kathryn versuchte, die Worte ihre Schwester zu verstehen, doch dazu war Konzentration notwendig, und deshalb gab sie ihre Bemühungen sofort wieder auf. Phoebe irrte sich einfach.

Sie zerrte nun an Kathryns Arm und dirigierte sie in Richtung Bad. »Dort findest du Seife, Shampoo und Handtücher. Wenn du fertig bist, steht das Essen auf dem Tisch.«

Es fehlte Kathryn die Kraft, zu widersprechen. Das Verhandeln schien einfacher zu sein. »Wenn ich mich anziehe und esse – läßt du mich dann in Ruhe?«

»Erst dann, wenn wir draußen gewesen sind und uns bewegt haben.«

»Na schön. Anschließend läßt du mich also in Frieden.«

»Bis morgen.«

Kathryn seufzte, fügte sich und betrat das Badezimmer. Dem Morgen würde sie sich stellen, wenn es soweit war.

Der Sonnenschein war so grell, daß er sich wie tausend Nadeln in Kathryns Augen anfühlte. Der Versuch, das Licht mit den Händen abzuschirmen, scheiterte schon nach wenigen Sekunden.

»Ich muß zurück und einen Hut holen«, klagte sie.

Aber Phoebe blieb nicht stehen. »Du gewöhnst dich daran«, sagte sie einfach und blickte auch weiterhin nach vorn.

Kathryn fühlte sich nicht kräftig genug, um Einwände zu erheben, und deshalb folgte sie ihrer Schwester.

Sie schritten über den gefrorenen Boden der kahlen Kornfelder. In sechs Monaten würden die neuen Halme mehr als anderthalb Meter hoch sein, doch an diesem kalten Tag im Januar war die Erde hart und klumpig. Kathryn stolperte immer wieder.

»Wie weit noch?« fragte sie und schwankte erneut, als ihr Fuß in eine Furche geriet.

»Bis du körperlich erschöpft bist.«

»Das bin ich bereits. Wirklich.«

»Ich weiß, wann es soweit ist.«

Erneut gab Kathryn nach. *Bring es hinter dich,* dachte sie. *Stolpere über die Felder, bis Phoebe dich laut keuchen hört und glaubt, daß du fix und fertig bist – dann kannst du wieder ins Bett.* Sie schwieg, setzte einen Fuß vor den anderen und achtete darauf, nicht mit dem Fuß umzuknicken.

Sie hatte es geschafft, etwas von der Gemüsesuppe zu schlucken, die Phoebe ihr vorsetzte. Außerdem leerte sie mehrere Becher Kaffee – ihre Schwester kochte den besten Kaffee in der Familie –, woran sie echten Gefallen fand. Jetzt waren sie ziellos unterwegs, gingen nur, um zu gehen, um müde zu werden. Je mehr Kathryn darüber nachdachte, desto sinnloser erschien ihr alles. Schließlich blieb sie stehen.

»Das reicht, Phoebe«, sagte sie fest. »Ich bin nicht deine Gefangene. Ich brauche diese Wanderung nicht fortzusetzen, wenn ich nicht will. Ich kehre jetzt heim.«

Phoebe trat vor sie, sah sie aus hellgrauen Augen an. Die Kälte hatte einen rötlichen Schimmer auf ihren Wangen geschaffen. »Nein, du kehrst nicht heim«, erwiderte sie. »Offenbar verstehst du nicht. Ich lasse nicht zu, daß du dein Leben verschläfst. Du hast lange genug auf der faulen Haut gelegen.«

Empörung erwachte in Kathryn, ein Zorn, der die Leere in ihrem Innern zu füllen begann. »Auf der faulen Haut gelegen? Entschuldige bitte, Phoebe, aber ich wußte nicht, daß ich mein Verhalten deinen Zeitplänen und Vorstellungen anpassen muß. Ist es vielleicht zuviel verlangt, wenn ich dich um ein wenig Mitgefühl bitte?«

Phoebe schob das Kinn vor und bedachte ihre Schwester mit einem durchdringenden Blick. Sie schien selbst Zorn zu empfinden. »Genau das hast du die ganze Zeit über von allen bekommen: Mitleid. Meine Güte, Kathryn – eine schreckliche Sache ist passiert. Aber du trauerst nicht nur; du schwelgst geradezu in Trauer. Der Kummer frißt dich auf, und dagegen will ich etwas unternehmen.«

Kathryn setzte zu einer Antwort an, aber Phoebe holte tief Luft und fuhr fort: »Glaubst du vielleicht, nur du leidest daran? Für dich war es natürlich am schlimmsten, denn du hast zwei geliebte Personen verloren. Aber auch ich muß auf Daddy verzichten. Und unsere Mutter verlor ihren Ehemann. Und sie kann deswegen nicht trauern, weil sie sich dauernd um dich Sorgen machen muß.«

Phoebe musterte ihre ältere Schwester aufmerksam und hielt nach einer Reaktion Ausschau. Kathryn fühlte sich plötzlich nackt im kalten Licht der Wintersonne, nackt und hilflos. Sie begann zu zittern.

»Wir haben dir Zeit gegeben, darauf gewartet, daß du dich erholst. Wir haben alles versucht, um dir dabei zu helfen, es durchzustehen. Aber du versinkst immer tiefer im Gram. Ich hätte es nicht für möglich gehalten, daß man soviel schlafen kann wie du. Es ist nicht gut für dich, und es ist auch nicht gut für Mutter und mich, für die Leute, die dich lieben, denen etwas an dir liegt. Deshalb habe ich beschlossen, es nicht länger hinzunehmen. Von jetzt an wirst du das Leben fortsetzen. Wenn es manchmal weh tut, so mußt du eben damit fertig werden. Nur auf diese Weise kannst du den Kummer überwinden.«

Vor Kathryns innerem Auge entstand das Bild einer verschlossenen Tür. Sie wollte Phoebe darauf hinweisen, daß sie sich erst erholen konnte, wenn es ihr gelang, jene Tür zu öffnen. Doch dann begriff sie, daß sie eigentlich gar nicht wußte, was das bedeutete. Phoebes Worte hallten tief in ihrem Innern wider, und einige Sekunden lang sträubte sich Kathryn gegen die in ihnen enthaltene Wahrheit. Doch dann war sie nicht mehr imstande, noch länger Widerstand zu leisten – die Realität holte sie ein.

Ihre Schwester hatte recht. Auf diese Weise konnte es nicht weitergehen. Ganz gleich, wie sie sich verhielt: Sie konnte ihren Vater und Justin nicht aus dem Jenseits zurückholen. Also war es tatsächlich besser, das Leben fortzusetzen.

Aber wie? Wenn sie im Bett lag und die Augen schloß … Dann wich der Schmerz von ihr. Hier draußen, in der Kälte des Winters, fühlte Kathryn ein Elend, das irgendwo in ihrer Magengrube wurzelte, um dann emporzusteigen, sich auszudehnen und den ganzen Körper zu beanspruchen. Sie spürte, wie ihr übel wurde. Sie sehnte sich danach, unter die warme Decke zu kriechen, die Augen zu schließen.

Phoebes Hand schloß sich fest um ihren Arm. »Ich bin hier, um dir zu helfen«, sagte sie. »Jetzt bist du vielleicht böse auf mich, weil ich dich so sehr unter Druck setze, aber eins verspreche ich dir: Ich bleibe bei dir und lasse nicht locker.«

Kathryn schwankte im grellen Sonnenlicht, als sich in ihrem Bauch etwas zusammenkrampfte und die Übelkeit noch schlimmer wurde. Sie griff nach Phoebes Hand, hielt sie wie einen Rettungsanker.

Vier Tage später zog ein heftiger Wintersturm über die weite Ebene. Schon am frühen Nachmittag wurde der Himmel bleigrau, und die Temperatur sank rapide. Es begann zu schneien, als Kathryn, ihre Mutter und Phoebe beim Abendessen saßen. Durch die breiten Fenster des Eßzimmers blickten sie ins wogende Weiß des Schneesturms.

Während der vergangenen vier Tage hatte sich Kathryn von ihrem Zimmer ferngehalten und es nur aufgesucht, um dort die Nacht zu verbringen. Doch eine seltsame Ironie des Schicksals wollte es, daß sie jetzt nicht mehr schlafen konnte, stundenlang wach lag und versuchte, nicht an Justin und ihren Vater zu denken, die im dunklen, eisigen Wasser eines fernen Planeten ums Leben gekommen waren: ihr Fleisch verschlungen von exotischen Fischen, die bleichen Knochen eins mit dem Schlamm am finsteren Meeresgrund.

Die Gedanken an sie kehrten immer wieder zurück, verlangten immer wieder nach Aufmerksamkeit. Es fiel Kathryn leichter, sich Edward Janeway und Justin Tighe tot vorzustellen, als vor dem inneren Auge Szenen von den Umständen ihres Todes zu betrachten. Hatte die Wucht des Aufpralls sie getötet? Oder waren sie bewußtlos gewesen, um zusammen mit dem Rumpf des Schiffes im Meer zu verschwinden und zu ertrinken? Hatten sie vielleicht zuerst überlebt, in einer Luftblase, um dann ganz langsam zu erfrieren?

Nein, Kathryn sah lieber bleiche Skelette, stumm und reglos.

Morgens fühlte sie sich ausgelaugt, aber Phoebe schenkte ihrer Erschöpfung keine Beachtung. Sie frühstückten, aßen zu Mittag und zu Abend, spielten Tennis und wanderten, besuchten auch ihre alte Schule, die ›Wiesen‹. Kathryn versuchte, allen Anforderungen gerecht zu werden, die man an sie stellte. Mit jeder verstreichenden Stunde wuchs ihre Müdigkeit, und die ganze Zeit über fürchtete sie sich vor einer weiteren schlaflosen Nacht, die Erinnerungen brachte.

Sie wies Phoebe nicht darauf hin, daß ihr Plan letztendlich scheitern mußte – ihrer Mutter bedeuteten die Bemühungen ganz offensichtlich viel. Nie hatte sie etwas anderes gezeigt als Liebe und Großzügigkeit, und Kathryn wollte ihr keinen neuen Kummer bescheren. In einigen Wochen würde sie sich beim Starfleet-Hauptquartier zum Dienst melden und um Versetzung zu einer fernen wissenschaftlichen Station bitten; dort konnte sie so oft und so lange schlafen, wie sie wollte.

Beim Abendessen bemühten ihre Mutter und Phoebe sich um eine ungezwungene Konversation. Kathryn beschloß, an dem Gespräch teilzunehmen, und die Erleichterung in den Zügen ihrer Mutter war Lohn genug. Doch etwas später starrte sie aus dem Fenster ins weiße Tosen und spielte mit dem Gedanken, hinauszugehen und zu wandern, so wie damals, als sie nach dem verlorenen Tennismatch aufbrach und sich von der Nacht verschlingen ließ. Die Vorstellung, im Schneesturm einfach zu verschwinden, übte einen immer größeren Reiz auf sie aus.

Eine sonderbare Ruhe senkte sich auf Kathryn herab, als sie darüber nachdachte. Die Stimme ihrer Mutter wurde zu einer sanften, melodischen Euphonie, die Frieden schenkte. Sie sah Phoebe an und lächelte, trachtete danach, die Freude in den Augen ihrer Schwester zu übersehen.

»Ich vertrete mir ein wenig die Beine«, sagte Kathryn nach dem Essen.

Ihre Mutter hob besorgt den Blick. »Dort draußen wütet ein Schneesturm ...«, gab sie zu bedenken.

»Eine gute Idee«, warf Phoebe rasch ein. »Nichts wirkt so belebend wie ein Spaziergang im Schnee. Ich komme mit.«

Kathryn lächelte erneut. »Während der letzten Tage waren wir praktisch immer zusammen. Wird's nicht langsam Zeit, daß ich auch allein etwas unternehme?«

Phoebe hob und senkte die Schultern. »Wie du meinst. Aber bleib nicht zu lange fort. Und nimm ein Handlicht mit.«

Fünf Minuten später verließ Kathryn das Haus, in einen dicken Parka gehüllt. Sie hielt den Kopf gesenkt, stemmte sich dem Heulen des Windes entgegen. Der von den Böen durch die Nacht geschleuderte Schnee war körnig und schabte wie Sand über die Wangen. Kathryn stapfte durch den Sturm und wollte zur alten Weide, aber in dem weißen Wüten um sie herum verlor sie schon nach wenigen Metern die Orientierung.

Eine Zeitlang ging sie einfach und gab die Suche nach dem Baum schließlich auf. Sie begnügte sich damit, in Bewegung zu bleiben, wobei die Richtung überhaupt keine Rolle spielte. Es dauerte nicht lange, bis sie das Gefühl hatte, auf einem fremden, toten Planeten unterwegs zu sein.

Auf einem toten Planeten. Auf einem Planeten der Toten. Einer Welt aus Schnee und Eis. Unwillkommene Bilder tauchten in ihr auf, so plötzlich und unbarmherzig, daß Kathryn der Atem stockte. Ärger und Wut vibrierten in ihr. Sie war hierhergekommen, um zu vergessen, doch statt dessen öffneten sich alte Wunden.

Kathryn ging schneller, als sei es möglich, den gräßlichen Bildern und Gedanken auf diese Weise zu entkommen.

Einige Minuten lang lief sie fast, hielt den Kopf dabei auch weiterhin gesenkt und wußte gar nicht, wohin die Füße sie trugen. Dann blieb sie stehen, atmete tief durch und beobachtete, wie die ausgeatmete Luft vor ihr kondensierte. Langsam drehte sie sich im Kreis, starrte in die Nacht und in wirbelnden Schnee. Wenn sie sich hinlegte, würde der Schnee eine Decke formen, die sie umhüllte und immer dichter wurde, sie vor Visionen von Eisbergen und hungrigen Fischen schützte.

Eigentlich war es ganz leicht. Sie brauchte nur zu Boden zu sinken, eine ganz natürliche Sache, die kaum eine bewußte Entscheidung erforderte.

Genau in diesem Augenblick hörte sie das Geräusch. Beim erstenmal hielt sie es für eine Laune des Windes und achtete nicht darauf. Doch dann ertönte es erneut, und diesmal war es deutlicher: ein klagendes, verzweifeltes Winseln.

Erst jetzt schaltete Kathryn ihr Handlicht ein, ließ den Strahl hin und her gleiten, während sie nach der Ursache des Geräuschs suchte. Doch das Licht verlor sich im Schneegestöber, ohne irgendwelche Einzelheiten zu offenbaren.

Die junge Frau lauschte aufmerksam, während sie ihre Schritte in die Richtung lenkte, aus der das Winseln kam.

Aus den Augenwinkeln sah sie etwas auf dem Boden und richtete den Schein des Handlichts darauf.

Zuerst schien es sich um eine hellbraune Schlange zu handeln. Doch das Etwas bewegte sich nicht wie eine Schlange, sondern trippelte auf kurzen Beinen. Kathryn brauchte einige Sekunden, um zu begreifen, was sie sah: einen jungen, haarlosen Welpen, nicht älter als einige Wochen. Die Beine waren so kurz, daß der Körper beinahe im kalten Schnee versank. Erneut winselte der kleine Hund, ein mitleiderweckender Laut, der von Kälte und Einsamkeit kündete. Er fand Kathryns Stiefel und ließ sich sofort darauf nieder, schien zu glauben, eine sichere Zuflucht gefunden zu haben.

Kathryn hob ihn hoch und fühlte dünne Knochen unter der Haut des Welpen. Er war bereits unterkühlt und schien seine letzte Kraft bei dem Versuch aufgewendet zu haben, sie zu erreichen.

Sie schob das kleine Tier unter den Parka und spürte, wie das Herz des Hundes rasend schnell klopfte. Einige Sekunden lang befürchtete sie, daß er ausgerechnet jetzt starb, nachdem er einen warmen Ort entdeckt hatte. Doch allmählich beruhigte sich der Welpe, und er schien sogar ein wenig wärmer zu werden.

Kathryn begriff, daß sie nach Hause zurückkehren mußte. Der Hund brauchte Nahrung und vermutlich auch medizinische Hilfe. Es war ihm gelungen, im Schneesturm zu überleben, und sie wollte nicht für seinen Tod verantwortlich sein.

Erneut drehte sie sich im Kreis und versuchte, ihren gegenwärtigen Aufenthaltsort zu bestimmen. Sie wußte nicht, wie lange und in welcher Richtung sie unterwegs gewesen war. Wenn sie jetzt die falsche Wahl traf, entfernte sie sich vielleicht noch weiter von zu Hause.

Doch die Entschlossenheit schärfte Kathryns Instinkt. Das Wie blieb ihr ein Rätsel, aber plötzlich wußte sie genau, wohin sie sich wenden mußte, um heimzukehren.

Sie ging mit langen Schritten, drückte dabei den kleinen Welpen gegen ihre Brust.

»Bei Fuß, Petunia! Bei Fuß!« Kathryn benutzte einen besonders strengen Tonfall, aber der vier Monate alte Hund achtete nicht auf sie. Aus dem zitternden Bündel, das sie im Schnee gefunden hatte, war inzwischen ein gesunder schwarzer Retriever geworden: ein freches, unbändiges Geschöpf, das über unerschöpfliche Kraftreserven und unendliche Ausdauer zu verfügen schien.

Genau diesem Lebensgeist verdankte Kathryn ihre eigene Rekonvaleszenz. Tagelang hatte sie den halb verhungerten und halb erfrorenen Welpen gepflegt; er gab ihr einen Grund, selbst ins Leben zurückzukehren. Später meldete sie sich beim Starfleet-Hauptquartier zum Dienst und gab ihre Absicht bekannt, die Kommando-Laufbahn einzuschlagen. Admiral Paris wies sie einem speziellen Ausbildungsprogramm zu, das es ihr erlaubte, sechs weitere Monate lang auf der Erde zu bleiben, bevor die ersten Missionen im All begannen.

Sechs Monate sollten eigentlich genügen, um Petunia abzurichten, damit sie Teil von Phoebes Tierfamilie werden konnte. Doch Petunia schien davon nicht viel zu halten. Sie fand viel zu großen Gefallen an der Hundejugend, um sich wie ein erwachsener Hund mit guten Manieren zu betragen. Immer wieder kaute sie an Kathryns Schuhen (die viel besser schmeckten als Hundespielzeug), kletterte auf die Möbel im Wohnzimmer (die viel mehr Bequemlichkeit boten als ihr Körbchen) und spielte auf ihre Art und Weise Verstecken mit den Handcomputern auf Kathryns Schreibtisch (was interessanter war als das Zurückholen irgendwelcher Dinge).

Kathryn wußte, daß es eine schwere Zeit für ihre Mutter gewesen war. Aber sie wußte auch, wie sehr sie sich darüber freute, daß ihre älteste Tochter den Kummer überwunden hatte. Unter solchen Umständen wäre sie bereit gewesen, ein Dutzend Petunias in ihrem Haus aufzunehmen.

Kathryn hatte ihren Hund zum botanischen Garten gebracht, einem herrlichen Park, der an diesem Morgen im Mai zahllose Frühlingsblüten präsentierte. Vom Flieder ging in der sanften Brise ein aromatischer Duft aus. Schon seit einigen Wochen kamen sie jeden Abend hierher – Kathryn empfand die Umgebung als sehr angenehm. Der Verlust Justins und ihres Vaters schmerzte noch immer, doch allmählich wich diese Pein in den Hintergrund. Andere Dinge – Petunia, die Blumen hier im Park – waren imstande, ihr Trost zu gewähren, sogar für kurze Zeit das Gefühl von Wohlbehagen zu vermitteln.

»Komm, Petunia. Sei ein braves Mädchen. Hier entlang, Petunia. Bei Fuß!« Sie arbeiteten ohne eine Leine, und es klappte nicht besonders gut. Petunia genoß ihre neue Freiheit von der Leine und wollte sie nicht von Kathryn einschränken lassen. Sie fand die Akazien hochinteressant und genoß das Gefühl von warmer Erde auf ihren Pfoten. Was konnte mehr Spaß machen, als inmitten von blühenden Pflanzen zu tollen?

Kathryn seufzte und wußte, daß sie die Oberhand gewinnen mußte. Wenn sie nicht konsequent und streng blieb, konnte ein eigenwilliger Hund wie Petunia völlig außer Kontrolle geraten. »Bei *Fuß*, Petunia!« Diesmal ließ sie noch mehr Autorität in ihrer Stimme erklingen und hoffte, daß Petunia endlich gehorchte.

Die Hündin reagierte tatsächlich und lief nun links neben ihr. Sie schnupperte neugierig, blickte von raschelnden Büschen zu hin und her flatternden Motten.

Doch Petunias Gehorsam blieb nur von kurzer Dauer. Einige Glühwürmchen erschienen und faszinierten sie so sehr, daß sie ihr Frauchen ganz vergaß. Von einem Augenblick zum anderen hüpfte sie umher, sprang hoch in die Luft und schien zu versuchen, sich ebenfalls in ein Glühwürmchen zu verwandeln.

»Komm zurück, Petunia!« rief Kathryn, aber die Hündin achtete nicht mehr auf sie. Mit weiten Sätzen lief sie über eine kleine Anhöhe und verschwand auf der anderen Seite. Kathryn folgte ihr, sah sich jedoch vergeblich nach Petunia um – es war, als hätte sie sich einfach in Luft aufgelöst.

Die junge Frau versuchte, sich keine Sorgen zu machen. Petunia mochte unreif und übertrieben lebhaft sein, aber sie wußte genau, wer ihr jeden Abend den Napf füllte. Früher oder später kehrte sie bestimmt zurück.

Kathryn nahm auf einer Parkbank Platz und nickte einigen Spaziergängern zu. Im Lauf des Tages lockte der botanische Garten viele Besucher an, und es gefiel ihr, sich als Teil dieser Gemeinschaft zu fühlen. *Vielleicht bin ich tatsächlich auf dem Weg der Besserung,* dachte sie.

Sie entsann sich an eine Entscheidung, die bald getroffen werden mußte: Sollte sie einen Kommandoposten bei einer Mission akzeptieren, die in drei Monaten zum Beta-Quadranten aufbrach? Sie bekam dadurch die Möglichkeit, die Kommandoleiter schnell einige Sprossen höher zu klettern, aber es bedeutete auch, daß sie zwei Jahre lang von der Erde, ihrer Mutter, Phoebe und Petunia getrennt blieb. Während der vergangenen Monate hatte sie sich hier gut eingerichtet. Sie fühlte sich sicher bei ihrer Familie und im Haus ihrer Kindheit; dort gelang es ihr, die Dämonen der Nacht von sich fernzuhalten.

Und genau das war der Grund, warum sie glaubte, sich auf den Weg machen zu müssen. Eine Zufluchtsstätte konnte auch zur Falle werden. Über Monate hinweg war ihr Bett ein Refugium gewesen, und erst jetzt wußte sie, daß es gleichzeitig einen Kerker dargestellt hatte. Wenn sie wirklich wollte, daß ihre inneren Wunden heilten, so durfte sie sich nicht länger verstecken und mußte hinaus ins All.

Ein schwarzer Kopf erschien auf der Anhöhe, und Kathryn lächelte. Petunia kehrte tatsächlich zurück.

Doch was hing da in ihrem Maul? Kathryn stand auf und schnitt eine Grimasse, als sie das Objekt erkannte: Es handelte sich um die Hälfte eines Sandwichs, und Petunia hielt die weiche Masse so vorsichtig im Maul wie eine Ente. Stolz, mit wedelndem Schwanz und glänzenden Augen, legte sie ihre Beute vor Kathryns Füßen auf den Boden, sah dann auf und schien Lob zu erwarten.

»Ach, Petunia, was hast du jetzt wieder angestellt? Von wem stammt das?« Kathryn sah zur Anhöhe und fürchtete das Erscheinen eines zornigen Picknickteilnehmers.

Sie sah schließlich einen Mann, der ein wenig unordentlich wirkte, sich mit einem halb über die Schulter geschlungenen Rucksack näherte. Sie bemerkte zerzaustes Haar und ein irgendwie vertraut wirkendes Bewegungsmuster.

Kathryn sah genauer hin und versuchte, im schwächer werdenden Licht der Dämmerung Einzelheiten des Gesichts zu erkennen. Die schwankende Gangart gab ihr schließlich den entscheidenden Hinweis.

»Hobbes?« fragte sie erstaunt.

Der Mann blieb stehen und musterte sie erstaunt. »Kath? Bist du das? Ich fasse es nicht.« Er lief auf sie zu, umarmte sie und lachte, als er das halbe Sandwich vor ihren Füßen entdeckte. »Es war meine Schuld«, versicherte er ihr. »Ich habe mein Sandwich geteilt, um deinen Hund mit einer Hälfte zu füttern. Aber er schnappte auch nach der anderen, was man ihm wohl kaum vorwerfen kann.«

Er wich ein wenig zurück und musterte die junge Frau aufmerksam. »Gut siehst du aus. Aber du scheinst abgenommen zu haben.«

Kathryn nickte. Manchmal mußte sie sich noch immer zwingen, etwas zu essen. Wie dem auch sei: Sie fühlte sich nicht zu einer Erklärung verpflichtet. Hobbes' Worte waren nur eine Feststellung, keine Bewertung.

»Ich habe von deinem Vater und von deinem... Freund gehört. Es tut mir sehr leid.«

Diese Worte des Mitgefühls von jemandem, den sie seit ihrer Kindheit kannte, entfalteten eine überraschend große Wirkung. Kathryn spürte, wie ihr Tränen – Tränen? Sie hatte noch nicht über die Tragödie geweint – in die Augen quollen. Sie blinzelte sie fort. »Danke, Hobbes. Ich freue mich sehr, dich wiederzusehen.«

Er schüttelte ihr die Hand, und sie nahmen nebeneinander auf der Bank Platz. Petunia ließ sich den Rest des Sandwichs schmecken. »Was machst du so?« fragte Kathryn in der Hoffnung, die Vertrautheit wiederherzustellen, zu der sie bei ihrer letzten Begegnung gefunden hatten.

»Ich bin Mitglied eines philosophischen Symposiums in Südamerika. Eine großartige Sache, Kath. Wir sitzen zusammen und denken über die bisher noch unbeantworteten Fragen nach, sprechen über sie, diskutieren miteinander und veröffentlichen Berichte über unsere Gespräche. Nie zuvor hatte ich so viel Spaß.«

»Du bist Mitglied der Quästorgruppe?«

Er nickte, und daraufhin wuchs Kathryns Respekt vor ihm. Die Quästorgruppe war eine illustre Gemeinschaft von Philosophen, die in ihren Thesen die neuesten Aspekte von Wissenschaft und Technik berücksichtigten. Überall in der Föderation nahm man ihre Publikationen mit großem Interesse zur Kenntnis, denn sie boten immer neue Herausforderungen und verblüffende Ideen. Kathryn konnte es kaum fassen, daß Hobbes Johnson – der unbeholfene, ›dämliche‹ Hobbes Johnson – zu einer so elitären Gruppe gehörte.

»Das ist wundervoll, Hobbes. Ich kann mir nichts Besseres für dich vorstellen. Bestimmt zählst du dort zu den jüngsten Mitgliedern.«

Er lachte und strich sich das zerzauste Haar zurück. »Ja, das stimmt. Nun, ich habe einige Altersgenossen in Curitiba kennengelernt, und es gibt da einen Tennisklub, in dem ich viel Zeit verbringe.«

»Du spielst noch immer?«

»So oft wie möglich. Und du?«

»In letzter Zeit habe ich des öfteren mit Phoebe gespielt. Aber ich breche bald zu einer zweijährigen Mission ins All auf, und dabei werde ich wohl kaum Gelegenheit bekommen, mir mit Tennis die Zeit zu vertreiben.«

»Vielleicht können wir zusammen spielen, bevor es für dich losgeht.«

»Ja, gern.« Kathryn zögerte, sah Hobbes an und lächelte. »Früher habe ich Tennis gehaßt. Aber aus irgendeinem Grund greife ich immer wieder zum Schläger. Das Tennisspiel ist auf eine Weise befriedigend, die ich als Kind nicht zu schätzen wußte.«

Eine Stunde lang saßen sie auf der Bank und plauderten zwanglos miteinander, während Petunia vor ihren Füßen lag, im Bauch ein Käsesandwich, und Hundeträume träumte. Sie sprachen über ihre Kindheit, über die Ereignisse seit ihrer letzten Begegnung. Schließlich stellte Kathryn fest, daß sie von dem schrecklichen Unglück auf dem Eisplaneten erzählte. Sie beschrieb die Schneelandschaft, das dunkle Meer, den Eisberg – insbesondere den Eisberg – und die anderen gräßlichen Bilder, die sich in ihr Gedächtnis eingebrannt hatten. Hobbes legte ihr den Arm um die Schultern, und Kathryn spürte Wärme, die von ihm auf sie überging. Ein Teil der schweren Last schien von ihr zu weichen.

Sie verabredeten sich zum Tennis am nächsten Tag und standen auf. Kathryn befestigte die Leine an Petunias Halsband, so daß sie während des Heimwegs nicht ausreißen konnte.

Dann reichte sie Hobbes ein wenig unsicher die Hand. »Ich bin sehr froh über unser Wiedersehen, Hobbes.«

Er ergriff die dargebotene Hand und lächelte, so ruhig und sanft wie immer. »Ich ebenfalls. Aber du solltest wissen, daß mich inzwischen niemand mehr Hobbes nennt. So lautet mein mittlerer Name, und ich habe beschlossen, zu meinem Vornamen zu wechseln.« Er lachte leise. »Wenn ich diese Entscheidung früher getroffen hätte, wäre mir sicher so mancher Spott in Hinsicht auf meinen Namen erspart geblieben.«

»Meiner Ansicht nach gibt es nichts an ihm auszusetzen. Aber ich nenne dich so, wie du möchtest. Wie lautet dein Vorname?«

»Mark. Ich heiße Mark Hobbes William Johnson – so steht's in meiner Geburtsurkunde. Aus irgendeinem Grund wählten meine Eltern als Rufnamen ausgerechnet ›Hobbes‹. ›Mark‹ gefällt mir besser. Ich glaube, dieser Name paßt jetzt besser zu mir.«

»Na schön – Mark«, sagte Kathryn und lächelte.

21

Harry und Kes beobachteten verblüfft, wie Tuvok, Neelix und die anderen Mitglieder der Einsatzgruppe die Kammer betraten. Sie schritten durch leere Luft dort, wo sich eben noch eine feste Wand befunden hatte. Sie war in einem kurzen Schimmern verschwunden, so wie zu jenem Zeitpunkt, als Kim und Kes diesen Ort erreicht hatten.

Mitgenommen wirkende Männer und Frauen wankten herein.

»Sir, ich weiß nicht, ob es klug von Ihnen ist, diesen Raum aufzusuchen«, wandte sich Kim an Tuvok, während Neelix sofort zu der Ocampa eilte. »Aus dem offenen Zugang könnte gleich wieder eine Wand werden. Vielleicht sollten wir die gute Gelegenheit nutzen, um den Raum zu verlassen.«

Tuvok wirkte besorgt, und allein das war erstaunlich genug. »Ich glaube nicht, Fähnrich«, erwiderte er. »Wir können nur hoffen, daß diese Kammer eine Art Refugium darstellt.«

»Haben uns die Kazon gefunden?«

»Nein. Aber ich fürchte, wir haben eine andere Nemesis geweckt.«

Der den Abschluß bildende LeFevre taumelte herein und sank zu Boden. Dutzende von Kratzern zeigten sich in seinem Gesicht und an den Armen. »Sie sind direkt hinter uns«, brachte er hervor.

Woraufhin sich alle Anwesenden umdrehten und in die Richtung sahen, aus der sie kamen. Wieder schimmerte es, und einen Sekundenbruchteil später erschien erneuet die massive Wand.

»Was meinen Sie mit ›geweckt‹, Sir?« fragte Kes, die vortrat, nachdem sie und Neelix sich umarmt hatten.

»Es scheint mir eine angemessene Bezeichnung zu sein. Als wir durch die Korridore gingen, veränderten sich die Wände und offenbarten die Existenz von fremden Wesen, die irgendwie darin eingebettet waren.«

Harry Kim und die Ocampa wechselten einen kurzen Blick. »Das Wiedererwachen«, hauchte Kes. Als hätte sie damit das Stichwort gegeben, erschien wieder das Hologramm des geflügelten Humanoiden. Die übrigen Mitglieder der Landegruppe sahen diese Gestalt nun zum erstenmal und wichen erschrocken zurück. Tuvok griff aus einem Reflex heraus nach seinem Phaser, doch Kim gab ihm mit einer knappen Geste zu verstehen, daß keine Gefahr drohte. Kes trat vor das Hologramm und konzentrierte sich auf den Empfang der telepathischen Botschaft.

Stille herrschte, als sie zu dem großen Geschöpf aufsah, das langsam mit den Flügeln schlug, wodurch die Luft in der Kammer in Bewegung geriet. Schließlich verschwand das Hologramm wieder.

»Offenbar wird das Holo-Programm aktiv, sobald jemand die Kammer betritt. Es geschah auch, als wir hier eintrafen.« Kim wandte sich an Kes. »Wurde die gleiche Nachricht übermittelt?«

Die Ocampa nickte. »Der Geflügelte sprach davon, daß die Zeit gekommen ist. Er dankt jenen, die diesen Raum betreten haben. Außerdem hofft er, daß einige Angehörige seines Volkes übriggeblieben sind, um das Wiedererwachen der Tokath mitzuerleben.«

»Ich habe festgestellt, daß von dieser Kammer energetische Emissionen ausgingen«, sagte Kim. »Vielleicht hat unsere Ankunft einen Mechanismus ausgelöst, der seinerseits ein Programm aktivierte. Vor einer halben Stunde wurde es hier drin ziemlich heiß – möglicherweise eine Begleiterscheinung der von Ihnen beobachteten Metamorphose.«

»Die Wänden schienen regelrecht zu schmelzen«, fügte Neelix hinzu.

»Die Tokath«, wiederholte Tuvok nachdenklich. »Damit sind vermutlich die Wesen in den Wänden gemeint.«

»Vielleicht ruhten sie dort in einer Art Stasis«, spekulierte Harry Kim.

»Ja. Aber aus welchem Grund? Wer brachte sie dort unter? Und warum erwachen sie jetzt? Diese Fragen sind bisher noch ohne Antwort.«

»Was veranlaßte Sie, die Tokath als ›Nemesis‹ zu bezeichnen?« fragte Kes den Vulkanier.

Greta Kale deutete auf ihre zerrissenen Uniformärmel. »Sie streckten ihre Klauen nach uns aus, als sie aus den Wänden kamen. Wenn sie in der Lage gewesen wären, sich sofort ganz aus der gallertartigen Masse zu befreien... Dann hätten sie uns sicher in Stücke gerissen.«

»Das geflügelte Wesen wies auch noch auf etwas anderes hin.« Kes sah sich um und schien nicht recht zu wissen, ob sie diesen Teil der Mitteilung an die anderen weitergeben sollte. »Wenn keine Angehörigen seines Volkes zugegen sind, um über die Tokath zu wachen... In dem Fall sollten diejenigen, die sich in der Kammer befinden, besser dort bleiben. Es ist der einzig sichere Ort.«

Es waren unheilvoll klingende Worte, und die Mitglieder der Landegruppe sahen sich besorgt in dem Raum um.

Als ein Teil des Bodens sich senkte, reagierte Jal Sittik zunächst mit Verwirrung. Planten die Föderationsleute vielleicht eine offensive Aktion? Wollten sie einen Überraschungsangriff durchführen? Doch die nervöse Unruhe wich rasch der Vorfreude auf den Sieg. Die zahllosen Explosionen trieben den Gegner endlich aus seinem Unterschlupf. Jetzt ging es nur noch darum, ihn zu erledigen, sobald er sich zeigte.

»Haltet euch bereit!« rief er seinen Männern zu, die bereits ihre Waffen hoben. Der Boden, so bemerkte er nun, senkte sich in einem kreisförmigen Bereich. Vier dreieckige Keile neigten sich nach unten und formten Rampen. Auf ihnen wollten die Föderationsleute vermutlich nach oben gelangen und versuchen, in die Freiheit zu entkommen.

Die vier Keile kamen auf dem Boden der unterirdischen Höhle zur Ruhe, und Sittik spannte instinktiv die Muskeln. Er wartete auf den Schlachtruf der Föderationskrieger, auf ein lautes Gebrüll, mit dem sie aus ihren Verstecken stürmten.

Doch alles blieb still. Hier und dort stieg Staub auf und bildete dichte Wolken in der stickigen Luft. Erneut wurde sich Sittik der Insekten bewußt, die sie vorher umschwirrt und gestochen hatten. Spürten sie, daß der Kampf unmittelbar bevorstand? Sittik hatte das Gefühl, daß alle Kräfte der Natur Zeugen seines epischen Triumphes werden wollten.

Wo blieben die Föderationsleute? Glaubten sie etwa, er sei dumm genug, seine Leute in die Grube zu schicken? Ungläubig schüttelte Sittik den Kopf und vernahm das leise Klirren der Ziergegenstände im Haar.

»Kommt zum Vorschein, ihr Leute von der Föderation!« rief er zuversichtlich. »Wenn ihr kapituliert, verspreche ich euch einen schnellen, schmerzlosen Tod.«

Er lauschte aufmerksam, doch es erklang keine Antwort. Seine Ungeduld wuchs. Der dumme, sture Feind verzögerte den Augenblick des Ruhms. Mit einem Nicken forderte er seine Männer auf, in die Grube zu feuern, und sofort entluden sich die Waffen. Strahlbündel zuckten fauchend in die Tiefe.

Nach einigen Minuten bedeutete Sittik seinen Kriegern, das Feuer einzustellen. Qualm stieg aus der Öffnung im Boden, und Sittik kniff die Augen zusammen, bemühte sich, Einzelheiten in der Grube zu erkennen.

Schließlich glaubte er, jenseits der Rauchwolken eine Bewegung bemerkt zu haben. Es klappte! Er hatte die Föderationsleute aus ihren Verstecken gejagt! Heute abend würde er neben dem Maje sitzen und beobachten, wie Kosla vor ihm auf und ab ging, in der Hoffnung, seine Aufmerksamkeit zu wecken. Er glaubte bereits, ihre prachtvolle Üppigkeit zu berühren ...

Eine Gestalt kam aus der Grube. Langsam stieg sie auf.

Sie *stieg auf?*

Sittik war verwirrt. Irgend etwas ging nicht mit rechten Dingen zu. Angesichts der dichten Wolken aus Qualm und Staub ließ sich kaum feststellen, was in der Grube geschah, aber die Gestalt erweckte nicht den Eindruck, über die Rampen zu klettern – und Sittik war sicher, daß es für die Föderationsleute keine andere Möglichkeit gab, nach oben zu gelangen. Nein, das Etwas *schwebte* nach oben. Verfügte die Föderation vielleicht über eine Technik, die es ihren Kriegern erlaubte, wie Insekten oder Vögel zu fliegen? Keiner der ihm bekannten Berichte über die Fremden erwähnte eine solche Möglichkeit.

Inzwischen zeichneten sich weitere Gestalten in den Rauchschwaden ab, und sie alle flogen. Aus der Grube schwebten sie empor, verharrten dann kurz und musterten die Kazon, schienen ihre Streitmacht einzuschätzen.

Es waren nicht die Leute von der Föderation.

Es handelte sich vielmehr um große, braune Parasektoiden, jeweils etwa einen halben Meter lang, ausgestattet mit recht gefährlich aussehenden Beißzangen und langen Schnauzen mit vielen spitzen Zähnen. Der Bauch war grün gesprenkelt, und eine zähflüssige Substanz tropfte von ihren Leibern.

Sittik begriff, daß es sich um Tokath handelte, aber die Bedeutung ihres Erscheinens blieb unklar für ihn. Hatten die Föderationsleute diese Wesen gefunden, um sie nun für ihre Zwecke einzusetzen? Sollten sie ein Ablenkungsmanöver durchführen, damit die in der Falle sitzenden Gegner entkommen konnten? Sittik sah sich außerstande, diese Fragen zu beantworten, aber er hielt das Erscheinen dieser Geschöpfe nicht für ein gutes Zeichen.

Die Tokath schienen deutlich auf ihre feindlichen Absichten hinweisen zu wollen, indem sie beunruhigende Geräusche von sich gaben. Es klang nach einer Mischung aus Klicken und Heulen.

Sittik reagierte automatisch.

»Feuer«, sagte er, und sofort schossen seine Männer auf die Wesen.

Energiestrahlen fauchten, und die Tokath stimmten ein Kreischen an, das sich wie mit spitzen Dolchen in die Trommelfelle der Kazon bohrte. Sie fielen in die Grube zurück, tot oder tödlich verletzt, und ein gräßlicher Geruch breitete sich aus.

Sittiks Unbehagen verdichtete sich, als immer weitere Geschöpfe aus der Grube aufstiegen, die zu einem Friedhof wurde. Das markerschütternde Kreischen dauerte an. Er fragte sich, woher die vielen Tokath kamen.

Die Kazon feuerten auch weiterhin, aber ganz gleich, wie viele Tokath in die Grube zurückfielen: Neue nahmen sofort ihren Platz ein, stiegen durch wogenden Wolken aus Rauch und Staub. Sittik erlitt einen Hustenanfall, als sich seine Lungen gegen die vielen Schmutzpartikel wehrten.

Die Tokath wurden zu einem großen Schwarm, gegen den die Waffen der Krieger nichts ausrichten konnten. Sittik beobachtete verblüfft, wie Dutzende von ihnen von pulsierenden Schwingen nach oben getragen wurden, über den Rand der Grube hinweg.

Etwas Feuchtes traf sein Gesicht, und er versuchte es fortzuwischen. Dann schrie er, als sich ihm das Etwas in die Haut von Wange und Hand fraß. Entsetzt kratzte er an der gräßlichen Substanz, die sein Fleisch aufzulösen begann. Doch je verzweifelter er versuchte, das Zeug fortzuwischen, desto tiefer ätzte es sich in die Haut. Sittik sank auf die Knie, und der Schmerz trieb ihn an den Rand des Wahnsinns. Um sich Linderung zu verschaffen, schmierte er Staub und Erde in die Wunde. Aber es nützte nichts.

Ein weiterer Tropfen traf ihn an der Stirn, und der schreckliche Vorgang begann noch einmal. Den anderen Kazon erging es ebenso, und Sittik begriff, daß die säureartige Flüssigkeit von den Tokath ausging. Sie tropfte aus Drüsen in ihrem Unterleib. Die Männer wälzten sich auf dem Boden hin und her, flehten die Götter an, ihren Qualen ein Ende zu bereiten.

Diese Gebete sollten erhört werden, aber nicht sofort. Sittik hob den Kopf und sah, wie eins der Geschöpfe auf ihn zuflog. Die Beißzangen bohrten sich ihm in den Bauch, zerrten an seinen Eingeweiden und rissen sie heraus. Die Kiefer des Tokath mahlten, als er zu fressen begann.

Ein blutroter Schleier bildete sich vor Sittiks Augen. Kosla tanzte kurz darin, als er begriff, daß er die kommende Nacht nicht in ihrer Gesellschaft verbringen würde – für ihn gab es überhaupt keine kommende Nacht mehr. Und das war plötzlich nicht mehr wichtig, denn Sittik sehnte sich nur noch nach der dunklen Schmerzlosigkeit des Todes.

Trakis' Finger huschten über die Kontrollen der Konsole. Nervosität erfaßte ihn – er fürchtete, daß jemand kam und ihn bei seinen Vorbereitungen überraschte. Mit der Kommunikationstechnik an Bord des Kazon-Schiffes kannte er sich nicht besonders gut aus. Die inkompetenten Kazon hatten zwei Systeme miteinander verbunden, die keine vollständige Kompatibilität aufwiesen. Der Grund: Vermutlich waren sie nicht imstande, ein System vollständig zu reparieren. Trakis veränderte die Justierungen und suchte nach einer Frequenz, die es ihm erlaubte, unbemerkt eine Nachricht zu übermitteln. Der Vorgang stellte sich als recht kompliziert heraus.

Die sezierte Leiche des Gefangenen lag noch immer auf dem Untersuchungstisch. Trakis hatte keine besonderen Merkmale gefunden. Die Kazon hofften, daß sich jene Geschöpfe als Soldaten einsetzen ließen, doch das Gehirn der Tokath schien nicht groß genug zu sein, um Intelligenz zuzulassen. Alles deutete darauf hin, daß sie allein nach ihrem Instinkt handelten – wodurch sie zu einem unzuverlässigen und möglicherweise sogar gefährlichen Verbündeten wurden. Genausogut konnte man versuchen, ein Rudel blutrünstiger Raubtiere abzurichten.

Schließlich entdeckte Trakis eine vielversprechende Frequenz: ein niederenergetisches Subraum-Band, das sich kaum von den Warpkern-Emissionen des Schiffes unterschied. Mit großer Sorgfalt modulierte er die ersten Signale. Er brauchte ein wenig Glück, aber seine Chance, dieses Schiff lebend zu verlassen, waren gerade viel größer geworden.

»Wir empfangen Kom-Signale, Captain«, sagte Rollins verwirrt. Janeway drehte sich um und sah zu ihm auf.

»Von wem?«

»Ich bin mir nicht sicher. Die Signale stammen von dem Kazon-Raumer, aber es wird ein niederenergetisches Subraum-Band als Trägerfrequenz benutzt. Das ist eine sehr ungewöhnliche Art der Übertragung.«

»Auf den Schirm.« Sie sah zum Hauptschirm und sah ein von statischen Störungen überlagertes Bild. Die Gestalt ließ sich kaum erkennen, und angesichts des lauten Rauschens konnte sie kein einziges Wort verstehen.

»Ich versuche, die Interferenzen herauszufiltern«, sagte Rollins. Innerhalb weniger Sekunden verbesserten sich die Audiosignale, doch an der schlechten Bildqualität veränderte sich kaum etwas.

»... versuch, einen Kontakt mit dem Föderationsschiff herzustellen. Empfängt jemand diese Nachricht? Ich bin Trakis, ein Trabe-Arzt, der von den Kazon gefangengenommen wurde. Ich wiederhole: Ich versuche, einen Kontakt mit dem Föderationsschiff ...«

»Hier spricht Captain Janeway von der *Voyager*. Wir empfangen Ihre Signale.«

Die Gestalt auf dem Bildschirm seufzte erleichtert. »Captain ... Es freut mich sehr, von Ihnen zu hören. Ich bitte um Asyl. Für die Kazon-Vistik habe ich keinen Nutzen mehr, und deshalb muß ich bald mit dem Tod rechnen. Können Sie mich an Bord Ihres Schiffes holen, mit jener Technik, die imstande ist, Personen von einem Ort zum anderen zu versetzen?«

Janeway überlegte rasch und schätzte die Risikofaktoren ein. »Unser Transporter läßt sich nur bis zu einer Entfernung von maximal vierzigtausend Kilometer einsetzen. Wir müßten uns in die Reichweite der Kazon-Waffen begeben, und derzeit sind unsere Phaser nicht einsatzbereit. Außerdem wären wir gezwungen, die Schilde zu senken, um Sie an Bord zu holen.«

Die Gestalt auf dem Hauptschirm beugte sich vor. Janeway konnte den Fremden noch immer nicht genau erkennen, aber sie vernahm den drängenden Unterton in seiner Stimme. »Ich habe Informationen, die sehr wichtig für Sie sein könnten. So weiß ich zum Beispiel, warum die Kazon so sehr an dem Planeten interessiert sind und weshalb ihnen so viel daran liegt, Sie zu vernichten.«

»Dr. Trakis, Sie brauchen uns nichts anzubieten, damit wir Ihnen helfen. Wenn wir eine Möglichkeit finden, Sie zu befreien, so nutzen wir sie sofort.«

»Danke, Captain. Ich befinde mich in einem kleinen

Laboratorium auf der Steuerbordseite, unweit der unteren Luftschleusen.«

»Bleiben Sie dort, bis Sie von uns hören.«

Trakis bestätigte und unterbrach die Kom-Verbindung. Janeway dachte über die Bedeutung des gerade geführten Gesprächs nach. Es konnte natürlich ein Trick der Kazon sein. Andererseits: Die Besorgnis in Trakis' Stimme hatte echt geklungen – ein von den Kazon gefangengenommener Trabe mußte immer um sein Leben fürchten.

Die in Aussicht gestellten Informationen weckten ihr Interesse. Konnte ihnen Trakis' Wissen dabei helfen, die Einsatzgruppe von dem Planeten zurückzuholen?

Eine aus dem Interkom-Lautsprecher dringende Stimme unterbrach Janeways Überlegungen.

»Maschinenraum an Brücke.«

»Hier Janeway.«

»Die Phaser sind wieder in Ordnung, Captain.«

»Gute Arbeit, B'Elanna. Woran lag es?«

»An einer Mikrofraktur im PDM-Kristall. Sie war so klein, daß wir sie nicht entdecken konnten. Die Reaktion der Fokuskammer bot den einzigen Hinweis darauf. Wie dem auch sei: Wir haben wieder volles Phaserpotential.«

Janeways Gedanken rasten. Jetzt waren sie den Kazon ebenbürtig, ihnen vielleicht sogar überlegen. Es galt, rasch zu handeln, solange der Gegner sie noch im Nachteil glaubte.

Die Kommandantin wandte sich an Chakotay.

»Gefechtsstationen besetzen, Commander. Rollins, volle Energie in dic Schilde. Mr. Paris, bringen Sie uns aus dem Nebel und zum Kazon-Schiff.«

Die *Voyager* beschleunigte und glitt aus dem Nebel. Janeway spürte, wie ihr Herz schneller schlug, als eine neuerliche Konfrontation mit dem Gegner bevorstand. Mochten die Kazon zu Verhandlungen bereit sein, wenn sie merkten, daß die *Voyager* wieder über volle Kampfkraft verfügte?

»Mr. Rollins, versuchen Sie, einen Kom-Kontakt herzustellen, sobald wir in Reichweite sind.«

»Aye, Captain. Die Sensoren erfassen das Schiff. Alle Grußfrequenzen werden geöffnet.«

Ein Minute verging, dann eine weitere. Schließlich stellte Rollins das Offensichtliche fest: »Die Kazon antworten nicht, Captain.«

Chakotay reagierte auf etwas, das ihm seine Konsole zeigte. »Das energetische Niveau ihrer Waffensysteme steigt.«

»Ausweichmanöver Chi-acht, Mr. Paris. Wir müssen tief in unsere Trickkiste greifen, um den Traben-Arzt von Bord jenes Schiffes zu holen.«

Bevor sie etwas hinzufügen konnte, eröffneten die Kazon das Feuer. Doch diesmal war die *Voyager* bereit. Sie schüttelte sich nur, ohne Schaden zu nehmen.

»Erwidern Sie das Feuer, Rollins. Zielerfassung auf die Waffen- und Antriebssysteme.«

»Aye, Captain. Feuer wird erwidert.«

Phaserstrahlen rasten durchs All, streiften jedoch nur die Schilde des gegnerischen Schiffes – der Kazon-Pilot flog ebenfalls Ausweichmanöver. Ein Gefecht begann, und destruktive Energie zuckte zwischen den beiden Schiffen hin und her. Einige Minuten vergingen, und die *Voyager* arbeitete sich immer näher an den Kazon-Raumer heran.

»Unsere Schilde werden instabil, Captain«, warnte Chakotay. »Je näher wir kommen, desto mehr Wirkung erzielen die Waffen des Gegners.«

»Ich weiß. Wir müssen einfach noch etwas länger durchhalten. Mr. Paris, bringen Sie uns *unter* das Schiff. In einer solchen Position fällt es den Kazon schwerer, auf uns zu feuern. Kuscheln Sie sich an den Bauch des Raumers, wie ein Kätzchen an seine Mutter.«

Tom Paris lächelte bei diesen Worten und berührte

mehrere Schaltflächen. Janeway sah zum Hauptschirm und beobachtete, wie die Unterseite des gegnerischen Schiffes näherkam. Die Kazon leiteten weitere Ausweichmanöver ein, aber Paris paßte sich ihnen sofort an – die *Voyager* blieb in ihrer neuen Position, schien dort regelrecht festzukleben.

»Mr. Rollins, senken Sie auf meinen Befehl hin die Schilde und transferieren Sie gleichzeitig die trabische Lebensform unweit der Steuerbord-Luftschleusen.«

»Ich bin soweit, Captain«, meldete Rollins kurz darauf.

»Also los«, sagte Janeway.

Die *Voyager* senkte ihre Schilde – und wurde in der gleichen Sekunde von einer Salve des Kazon-Schiffes getroffen. An mehreren Stellen bildeten sich Risse in der Außenhülle. Hier und dort kam es zu explosiver Dekompression – bis die Sicherheitsautomatik Schirmfelder aktivierte. Innerhalb weniger Augenblicke herrschte Chaos. Schaltkreismodule explodierten, und Funken stoben aus Konsolen. Notsysteme sorgten dafür, daß Energie durch neue Kanäle zu wichtigen Aggregaten an Bord geleitet wurde, so auch zum Transporter ...

Trakis hatte mit einer nervösen Wanderung durchs Laboratorium begonnen, doch gelegentlich mußte er sie unterbrechen und sich irgendwo festhalten – wenn die Phaserstrahlen des Föderationsschiffes den Kazon-Raumer erzittern ließen. Immer wieder fragte er sich, ob es der Kommandantin gelingen würde, ihn an Bord zu holen. Er wußte nicht, wie das während eines heftigen Gefechts möglich sein sollte. Ein Teil von ihm versuchte, sich an die Vorstellung zu gewöhnen, auch weiterhin bei den Kazon zu bleiben. Als er darüber nachdachte, wie er den nächsten Tag überleben sollte, kam Nimmet herein. Er lächelte selbstgefällig, und Trakis spürte, wie sich Unbehagen in ihm ausbreitete.

»Haben Sie etwa geglaubt, uns überlisten zu können, Trabe?« knurrte Nimmet und kniff die Augen zusammen. Hatte er noch immer nicht begriffen, wie absurd er dadurch aussah? »Dachten Sie vielleicht, wir hätten nichts von Ihrem Kom-Kontakt mit der Föderation gemerkt?«

»Wovon reden Sie da, Nimmet? Haben Sie die Sensordaten schon wieder falsch interpretiert?«

»Sparen Sie sich die Mühe. Ich weiß, daß Sie sich mit den Föderationsleuten in Verbindung gesetzt haben.« Nimmet legte eine kurze Pause ein, um den nächsten Worten noch mehr Wirkung zu verleihen. Er gab seiner heiseren Stimme einen dramatischen Klang, als er hinzufügte: »Mir ist das Privileg vergönnt, Ihr armseliges Leben zu beenden.«

Eine heftige Erschütterung erfaßte das Kazon-Schiff, und dadurch geriet Nimmet aus dem Gleichgewicht. Trakis nutzte die Gelegenheit, um den Untersuchungstisch mit dem sezierten Leichnam darauf zwischen sich und den Kazon zu bringen.

Nimmet sprang sofort wieder auf, und plötzlich hielt er ein großes Messer in der Hand. Damit näherte er sich dem Traben.

»Ich habe Maje Dut noch nicht von den Ergebnissen der Nekropsie berichtet«, sagte Trakis hastig. »Er wird sich bestimmt nicht freuen, wenn Sie ihm die Möglichkeit nehmen, mehr über das Wesen zu erfahren.«

»Der Maje hat mich zu Ihnen geschickt«, erwiderte Nimmet ungerührt. »Er glaubt nicht mehr daran, daß Sie nützliche Informationen liefern können. Sie haben sich als Verräter erwiesen, als jemand, dem man nicht trauen kann.«

Der Kazon kam noch näher, und seine Bewegungen deuteten darauf hin, daß er mit dem Messer umzugehen verstand.

»Nimmet, mein Freund, hören Sie mir zu ...«

»Ich bin nicht Ihr Freund, Trabe. Seit Sie an Bord gekommen sind, haben Sie mich wie einen Bediensteten behandelt. Glauben Sie bloß nicht, Ihre Verachtung mir gegenüber sei meiner Aufmerksamkeit entgangen. Es wird mir ein Vergnügen sein zu beobachten, wie das Blut aus Ihrer durchgeschnittenen Kehle fließt.«

Nimmet sprang, und Trakis reagierte sofort; er packte die Leiche und riß sie hoch, um sich vor dem Messer zu schützen. Die Klinge bohrte sich hinein – und schnitt in den Giftbeutel des Parasektoiden. Der Kazon zerrte die Waffe heraus und begann zu schreien, als sich ätzende Flüssigkeit in seine Hand fraß.

Trakis sah in Nimmets Augen, die eine Mischung aus Schmerz und Zorn zeigten, und dann verschwammen die Konturen des Laboratoriums. Er blinzelte – und fand sich plötzlich auf einer kleinen Bühne in einem Raum wieder, den er nie zuvor gesehen hatte. Direkt vor ihm stand ein uniformierter Föderationsmann. Trakis schwankte, als der Mann vortrat und nach seinem Arm griff. »Ich soll Sie zur Brücke bringen«, sagte der Fremde.

Sie verließen den Raum, betraten eine Art Lift und erreichten kurze Zeit später den Kontrollraum. Dort schien ein ziemliches Durcheinander zu herrschen. Übelriechendes Kühlgas zischte aus einem Leck, und die ganze Zeit über ertönte ein akustischer Alarm. In einer Ecke lag ein verletztes Besatzungsmitglied und wurde offenbar behandelt. Es donnerte immer wieder, als das Schiff von den Entladungen der Kazon-Waffen getroffen wurde, und Trakis fragte sich, ob ihn an Bord dieses Raumers tatsächlich mehr Sicherheit erwartete. Sein Gaumen war trocken, und die Beine zitterten, aber vielleicht handelte es sich dabei um eine Nebenwirkung des seltsamen Transfers, der ihn hierhergebracht hatte, oder um eine Folge der fast tödlichen Begegnung mit Nimmet. Furcht kam hinzu: Er wollte nicht an Bord dieses Schiffes sterben, umgeben von Fremden.

Eine kleine, schlanke Frau näherte sich, und der Trabe erkannte die Kommandantin.

»Es sieht schlimmer aus, als es ist«, sagte sie. »Unsere Schilde halten.«

Trakis konzentrierte sich sofort auf sie. Seine Aufgabe war klar: Er mußte die Frau dazu bringen, sofort mit ihrem Schiff aufzubrechen, diesen Raumbereich so schnell wie möglich zu verlassen. »Sie brauchen keine weiteren Risiken einzugehen, Captain. Die Kazon folgen Ihnen bestimmt nicht, wenn Sie das Sonnensystem verlassen.«

»Das kommt nicht in Frage. Eine Landegruppe sitzt auf dem Planeten fest.«

»Die Kazon werden nicht zulassen, daß Sie sich ihm nähern. Sie glauben, Sie hätten es auf die Tokath abgesehen, und deshalb werden sie alles versuchen, um Ihr Schiff von dem Planeten fernzuhalten.«

»Die Tokath?« wiederholte Janeway. Erneut krachte es, und die *Voyager* kippte zur Seite. Alle verloren das Gleichgewicht, auch Trakis. Mit dem Ellenbogen stieß er gegen eine nahe Konsole, stöhnte und rieb sich den schmerzenden Arm.

»Ich kann Ihnen alles erklären. Aber es wäre besser, wenn wir zuvor einen Ort aufsuchen, wo wir nicht damit rechnen müssen, von den Beinen gerissen zu werden. Bitte – Sie brauchen das Sonnensystem nur zu verlassen, und schon droht uns keine Gefahr mehr.«

Zu Trakis' großer Verblüffung packte ihn die Kommandantin an der Jacke und führte ihn zu einem der beiden Sessel im Zentrum des Kontrollraums. Sie beugte sich zu ihm vor, und der Blick ihrer blaugrauen Augen schien bis zum innersten Kern seiner Seele zu reichen. Ihre Stimme klang fest und entschlossen, als sie sagte: »Ich lasse meine Leute nicht im Stich. Erzählen Sie mir nun, was Sie von dieser Sache wissen. Vielleicht helfen mir Ihre Informationen dabei, eine Entscheidung zu treffen.«

Sie wandte sich an die anderen. »Mr. Paris, setzen Sie die Ausweichmanöver fort. Rollins, Feuer frei.« Dann kehrte ihr Blick zu Trakis zurück, und er erzitterte innerlich – diese Frau entnervte ihn noch mehr als die Angriffe der Kazon.

»Viele sahen nicht mehr als eine Legende darin«, begann er und sprach schnell – wenn er alles erzählt hatte, war die Kommandantin vielleicht bereit, seinem Drängen nachzugeben und das Sonnensystem zu verlassen. »Aber es stimmt: Die Tokath existieren wirklich. Ich habe einen untersucht und kann den Mythos bestätigen.«

Das Föderationsschiff mußte einen neuerlichen Treffer einstecken, und Trakis blickte sich besorgt um. Weitere Kühlgaslecks hatten sich gebildet, und mehrere Konsolen waren explodiert. Er wandte sich wieder der Frau zu, die ihn noch immer ansah. »Die Tokath sind eine parasektoide Spezies«, fuhr er noch schneller fort. »Geschöpfe, die mit einem Exoskelett ausgestattet sind, denen es jedoch an Intelligenz mangelt. Sie sind sehr gefährlich und können in fast jedem Ambiente überleben: in Luft und Wasser, sogar im Vakuum des Alls. Die Tokath waren eine fast ideale Verteidigungsstreitmacht, die den Planeten über Jahrhunderte hinweg schützten.«

Das Schiff erbebte mehrmals, und die Kommandantin sah zu einem Mitglied der Brückencrew.

»Schilde bei siebenundachtzig Prozent und weiterhin stabil, Captain. Wir können das noch eine ganze Weile aushalten.«

Trakis wunderte sich über die in diesen Worten zum Ausdruck kommende Zuversicht. Diese Leute zeigten ein für ihn geradezu verblüffendes Verhalten. Im Kampf verwandelten sich die Kazon in Wilde, die immer wieder laut schrien, vermutlich deshalb, weil sie sich dadurch Mut machen wollten. Traben reagierten unter solchen Umständen mit ausgeprägter Nervosität, das Ergebnis jahrelanger Flucht vor den Kazon. Die Föderationsleute hingegen blieben ruhig und gefaßt.

Die Frau wandte sich ihm wieder zu und erwartete ganz offensichtlich, daß er seinen Bericht fortsetzte. »Auf dem Planeten lebte auch ein Volk von geflügelten Humanoiden, die sogenannten Krett – kluge, sanfte Geschöpfe, die sich telepathisch verständigten und eine tiefe Zuneigung zu ihren ungewöhnlichen Beschützern entwickelt hatten. Deshalb gaben sie sich so große Mühe, sie zu retten.«

Die Kommandantin bedachte ihn mit einem fragenden Blick.

»Vor Jahrtausenden kam es im Äquatorialbereich der Sonne zu einer gewaltigen Plasmaeruption. Sie bewirkte so starke elektrische Störungen in der Atmosphäre des Planeten, daß praktisch die gesamte Flora und Fauna bedroht war. In diesem Sonnensystem gab und gibt es keine andere Welt, auf der Leben möglich ist. Nun, den technisch hochentwickelten Krett standen Raumschiffe zur Verfügung, mit denen sie auswandern konnten, aber es war völlig unmöglich, Millionen von Tokath mitzunehmen. Aus diesem Grund verwandelten sie das Habitat der Parasektoiden in Hibernationskammern. Ihre Verteidiger blieben in der Stasis zurück, als sie die Heimat verließen und hofften, eines Tages zurückzukehren.« Trakis schüttelte traurig den Kopf. »Doch sie mußten schon bald feststellen, daß sie in keinem besonders freundlichen Teil des Universums zu Hause waren. Immer wieder bekamen sie es mit Feinden zu tun, und ohne den Schutz der Tokath wurden sie ebenso dezimiert wie wir.«

Die Frau maß ihn mit einem aufmerksamen Blick. »Was hat das alles mit uns zu tun? Warum greifen die Kazon die *Voyager* an?«

»Sie sind besessen von der Idee, die Tokath zu finden und aus ihrem langen Schlaf zu wecken, sie zu ihrer Streitmacht zu machen und mit ihnen die Herrschaft über den ganzen Sektor zu erringen. Sie argwöhnen bei Ihnen ähnliche Absichten und sind deshalb entschlossen, Sie von dem Planeten fernzuhalten.«

»Woher wissen die Kazon das alles? Wie erfuhren sie, daß die Tokath hier in der Hibernation ruhen?«

»Während eines Überfalls auf einen ungeschützten Außenposten stolperten die Kazon-Vistik über diese Wahrheit. Sie entdeckten eine kleine Krett-Kolonie, die mehrere Jahrhunderte überdauert hatte und in der es noch immer einige Tokath gab. Die Krett hofften auf das Mitgefühl der Angreifer, erzählten von ihrem lange zurückliegenden Exodus und ihrem Glauben, daß die Tokath vielleicht noch lebten. Die Kazon dankten es ihnen mit einem Massaker: Sie brachten alle Krett um und nahmen ihre Tokath mit. Später untersuchten sie die Parasektoiden und schafften es dabei, sie alle zu töten – bis auf ein Exemplar.«

Trakis legte eine Pause ein und empfand echten Kummer. Er bedauerte noch immer, dem Geschöpf an Bord des Kazon-Schiffes Leid zugefügt und es letztendlich sogar getötet zu haben. Und das alles nur, um die Neugier der Kazon zu befriedigen. Er mußte diese Frau irgendwie davon überzeugen, daß es zu weiteren Opfern kommen würde, wenn sie sich nicht für den Rückzug entschied. Seine Hände schlossen sich krampfhaft fest um die Armlehnen des Sessels, als einmal mehr dumpfes Donnern durchs Föderationsschiff hallte, richtete dann einen flehentlichen Blick auf die Kommandantin. »Ich kann Sie zu einem Traben-Planeten bringen. Dort wird man Sie willkommen heißen und Ihnen die Möglichkeit geben, Ihr Schiff zu reparieren und neue Vorräte an Bord zu nehmen. Überlassen Sie die Kazon ihren wilden Träumen. Nach meinen Erfahrungen sind sie so unfähig, daß es ihnen nie gelingen wird, ihre Absichten zu verwirklichen.«

»Wenn der Maje doch nur unsere Kom-Signale beantworten würde ...«, erwiderte die Frau. »Dann könnte ich ihm erklären, daß wir überhaupt kein Interesse an den Tokath haben. Ich bin einzig und allein daran interessiert, die Landegruppe zurückzuholen.«

Trakis unterdrückte einen Anflug von Ärger. Ganz offensichtlich wußte die Kommandantin nicht viel von den Kazon. Hielt sie es allen Ernstes für möglich, daß Maje Dut ihren Erläuterungen glaubte, den Angriff einstellte und ihr erlaubte, die planetare Einsatzgruppe wieder an Bord zu holen? Ihre sture Weigerung, die auf dem Planeten festsitzenden Besatzungsmitglieder zurückzulassen (womit sie den Rest der Crew und ihr Schiff großen Gefahren aussetzte), war ein Zeichen von Schwäche. In manchen Dingen vertrat der Trabe die gleichen Ansichten wie die Kazon: Frauen eigneten sich einfach nicht für Führungspositionen; sie waren zu idealistisch, zu sentimental und emotional.

Er seufzte und suchte nach einer anderen Möglichkeit, um die Kommandantin zur Einsicht zu bringen, als zwei Mitglieder der Brückencrew gleichzeitig sprachen: der Pilot und der Mann, der rechts hinter ihr stand.

»Captain, die Sensoren erfassen etwas ...«

»Auf der Oberfläche des Planeten kommt es zu Aktivität ...«

Die Frau setzte sich sofort in Bewegung und trat an die Station des Piloten heran. »Was passiert, Mr. Paris?« fragte sie rasch.

Die Finger des blonden jungen Manns huschten über die Kontrollen. »Etwas steigt vom Planeten auf. Ein Konvoi aus kleinen Raumschiffen ... Das heißt ... nein ...«

Verwirrt sah er auf, und Trakis näherte sich ebenfalls der Konsole.

»Captain«, erklang wieder die Stimme des Mannes an der rückwärtigen Station, »die Sensoren erfassen organische Wesen. Millionen von Lebensformen fliegen durch die Ionosphäre des Planeten.«

»Auf den Schirm«, sagte die Kommandantin.

Trakis drehte den Kopf und sah zum zentralen Projektionsfeld. Gleichzeitig bemerkte er, daß die Kazon nicht mehr auf das Föderationsschiff schossen. Vielleicht waren sie ebenfalls neugierig darauf, was nun geschah.

Als der Hauptschirm den Planeten zeigte, schnappte der Trabe nach Luft und begriff sofort. Was sich seinen Blicken darbot, ließ ihm die Knie weich werden und schuf Leere in seiner Magengrube.

Ein braunes Miasma, gewaltig und unaufhaltsam, stieg vom Planeten auf und flog ins All. Trakis wischte sich die feuchten Hände an der Hose ab und wandte sich der Kommandantin zu, die verwundert zum großen Bildschirm sah.

»Captain ...«, brachte er hervor und versuchte, mit fester Stimme zu sprechen. »Das sind die Tokath.«

22

»Der Untersuchungsausschuß ist reine Routine, Kathryn. Nach der ersten Mission muß sich jeder Captain einer solchen Kommission stellen – ein Vorgang, der sich später noch mehrmals wiederholen wird. Machen Sie sich deshalb keine Sorgen.« In den Mund- und Augenwinkeln von Admiral Paris entstanden dünne Falten, als er lächelte.

Kathryn saß ihm in seinem Büro gegenüber – im gleichen Büro, in dem vor mehr als zehn Jahren ihre erste Begegnung stattgefunden hatte. Jetzt war sie gerade von einer sechs Monate langen Mission im Beta-Quadranten zurückgekehrt, bei der sie wichtige wissenschaftliche Daten über Mikrosekunden-Pulsare gesammelt hatte. Es ärgerte sie, daß sich die Reise nach Hause – wo Mark auf sie wartete – wegen einer routinemäßigen und ihrer Ansicht nach völlig unnötigen Prozedur verzögerte.

»Ich mache mir deshalb keine Sorgen. Es gibt nicht den geringsten Anlaß für mich, besorgt zu sein. Immerhin war die Mission ein voller Erfolg; nichts ging schief. Ich verstehe nicht, warum mit einem völlig überflüssigen Untersuchungsausschuß Zeit vergeudet werden muß.«

»Sie sind ein guter Captain, und ich bin sehr stolz auf Sie. Allerdings gibt es noch einige subtile Aspekte des Kommandos, denen Sie ein wenig mehr Beachtung schenken sollten. Ich rate Ihnen, den Vorschriften und Regeln Starfleets mit etwas mehr Geduld zu begegnen.

An Bord Ihres Schiffes bestimmen Sie die Maßstäbe, Kathryn. Und Sie können nur dann erwarten, respektiert zu werden, wenn Sie selbst bereit sind, sich an die Regeln zu halten.«

Kathryn holte tief Luft. Admiral Paris hatte natürlich recht. Sie konnte es nur nicht erwarten, Mark, Phoebe und ihre Mutter wiederzusehen. Nun, zwei Tage mehr bedeuteten nicht das Ende der Welt, und anschließend hatte sie einen ganzen Monat lang Urlaub. »Sie haben recht, Sir. Danke dafür, daß Sie mich daran erinnern.«

Paris wollte etwas erwidern, doch genau in diesem Augenblick öffnete sich die Tür, und seine Adjutantin kam herein: die würdevolle Mrs. Klenman; inzwischen bekleidete sie den Rang eines Captains. Sorge zeigte sich in ihrer Miene. »Entschuldigen Sie bitte, Admiral, aber ich glaube, Sie sollten sich sofort zur Akademie begeben.«

Kathryn beobachtete, wie Paris erbleichte. Er vermutete, daß es um seinen Sohn Tom ging, der die Starfleet-Akademie besuchte. »Was ist denn? Stimmt was nicht?«

»Es kam zu einem Unfall. Commander Lewis wollte mir keine Einzelheiten nennen, aber er schien recht beunruhigt zu sein.«

Im Gesicht des Admirals sah Kathryn jene Furcht, die nur Eltern empfinden können. Er blickte zur Konsole und dachte daran, sich mit der Akademie in Verbindung zu setzen, entschied dann aber, sich persönlich auf den Weg zu machen. »Teilen Sie dem Commander mit, daß ich unterwegs bin.«

»Soll ich Sie begleiten, Sir?« fragte Kathryn. Sie fühlte sich verpflichtet, dem Admiral Hilfe anzubieten.

»Nein. Vielen Dank. Wir sehen uns morgen beim Untersuchungsausschuß.« Und damit ging er, von Sorge begleitet. Kathryn war plötzlich froh darüber, keine Kinder zu haben – damit ging eine Verantwortung einher, die sie als zu schwere Bürde empfand. Sie wandte sich an Klenman.

»Bitte teilen Sie mir mit, was passiert ist. Ich bin heute abend im Offiziersquartier.«

»Natürlich, Captain.« Auch Klenman war ganz offensichtlich besorgt. Seit zehn Jahren gehörte sie zum Mitarbeiterstab von Admiral Paris, fühlte sich ihm und seiner Familie verbunden.

Kathryn verließ das Büro mit schwerem Herzen.

An jenem Abend hörte sie die tragischen Nachrichten, und zum Glück war die Familie Paris nur indirekt davon betroffen. Bei einem Testeinsatz hatte Tom eine Kampfstaffel angeführt. Einem der Kadetten unterlief ein Berechnungsfehler, was zu einem falschen Flugmanöver führte, das wiederum einen Unfall verursachte. Drei der Schiffe kollidierten, und ihre Piloten kamen um. Tom hatte sein eigenes Leben riskiert, um die Betroffenen zu retten – ohne Erfolg.

Am nächsten Tag war Admiral Paris recht blaß, als Kathryn den Konferenzraum erreichte, in dem der Untersuchungsausschuß tagte. Sie trat sofort zu ihm. »Das mit dem Unglück tut mir leid, Sir. Es muß sehr schwer für Tom gewesen sein.«

Paris nickte. »Es ist immer schwer, Leute zu verlieren, die zum eigenen Kommando gehören – ich fürchte, das werden Sie irgendwann selbst feststellen. So was gehört zu den allgemeinen Risiken. Tom gab sich alle Mühe, aber manchmal passieren solche Dinge. Er muß jetzt irgendwie damit fertig werden. Auf lange Sicht wird es ihn abhärten.«

Kathryn nickte, stand auf und nahm Haltung an, als zwei andere Admiräle hereinkamen. Sie freute sich darüber, in einem von ihnen Admiral Finnegan zu erkennen, den sie vor langer Zeit kennengelernt hatte, bei ihrer ersten Mars-Reise. Sie waren auch an jenem letzten Abend zusammen gewesen, bevor Justin und ihr Vater starben.

»Es freut mich, Sie wiederzusehen, Captain Janeway«, sagte Finnegan. »Admiral Paris kennen Sie natürlich. Dies ist Admiral Nechejew.«

Kathryn nickte einer adretten Blondine mit scharfen Gesichtszügen und durchdringend blickenden Augen zu. Eine Aura müheloser Autorität umgab die Frau, was ihr sofort Kathryns Bewunderung einbrachte. Sie fragte sich, ob sie die gleiche ruhige Zuversicht ausstrahlte – vermutlich nicht. Bei ihrem Kommando hatte sie oft gespürt, daß sie lernen mußte, streng zu sein.

»Wir warten noch auf den taktischen Offizier«, fuhr Finnegan fort. »Er wollte noch einmal die Daten durchgehen.«

Diese Bemerkung verwunderte Kathryn. Eine neuerliche Datenanalyse? In Hinsicht auf die taktischen Operationen? Warum sollte jener Teil der Mission irgendeine Rolle spielen?

Während sie noch über diese Fragen nachdachte, öffnete sich die Tür, und ein Mann kam herein. Es handelte sich um einen dunkelhäutigen Vulkanier, und er wirkte nicht mehr ganz jung. Trotzdem bekleidete er nur den Rang eines Fähnrichs.

Admiral Finnegan wandte sich ihm freundlich zu. »Captain Janeway, ich möchte Ihnen Fähnrich Tuvok vorstellen.«

Kathryn streckte die Hand aus, und der Vulkanier ergriff sie. Auch seine Augen waren dunkel und erschienen ihr gewissermaßen undurchsichtig: Sie stellten keine Fenster zu seiner Seele dar, eher eine Barriere. Er wirkte sehr förmlich, stand kerzengerade und sprach mit einem vollen Bariton. »Captain ...«, sagte er schlicht und legte dann einige Datenmodule auf den Tisch.

Admiral Finnegan eröffnete die Sitzung, und nach

einigen schmeichelhaften Bemerkungen, die Kathryn galten, sah er den Vulkanier an. »Die meisten Punkte dieser Untersuchung fallen in den Zuständigkeitsbereich von Mr. Tuvok, und deshalb gebe ich ihm jetzt das Wort.«

Kathryn war verwirrt – was ging hier vor?

Tuvok begann zu sprechen. Es dauerte nur einige Minuten, bis Kathryns Wangen glühten und ihr Herz heftig klopfte. Das Feuer des Zorns brannte in ihrem Innern. Sie versuchte, sich unter Kontrolle zu halten, als der Vulkanier seinen Vortrag fortsetzte. »... deuten die Aufzeichnungen der taktischen Logbücher darauf hin, daß die Waffensysteme während der ganzen Mission nur zweimal überprüft, aber nicht ein einziges Mal zu Testzwecken aktiviert wurden. Außerdem blieben Kampfmanöver aus. Es kam zu insgesamt dreiundvierzig Verstößen gegen die taktischen Vorschriften, und darunter sind einige, die ich als sehr ernst bezeichnen würde.«

Im Anschluß an diese Worte legte Tuvok das letzte Datenmodul beiseite, faltete die Hände und musterte Kathryn ernst. Völlige Stille herrschte nun, und die junge Frau begriff, daß sie sich verteidigen und rechtfertigen mußte. Admiral Finnegan wandte sich ihr zu. Zwar sprach er ruhig, aber es erklang keine Nachgiebigkeit in seiner Stimme. »Es steht Ihnen frei, auf diese Vorwürfe zu antworten, Captain.«

Kathryn faßte sich wieder, ordnete ihre Gedanken und stand auf. »Sir, ich bin in der Tradition von Starfleet aufgewachsen. Die Grundsätze dieser Organisation habe ich schon ganz früh gelernt; ich bewundere und respektiere sie.« Ihr Blick glitt über die Gesichter der Anwesenden, sparte jedoch Tuvok aus.

»Für mich ist Starfleet immer und vor allem eine Institution gewesen, die der Erforschung des Alls gilt. Ihre wichtigste Aufgabe besteht darin, Wissen zu sammeln, fremde Welten zu erforschen und freundschaftliche Beziehungen mit anderen Völkern herzustellen.

Das ist unsere Hauptaufgabe – sie kann kaum ehrenhafter sein.« Kathryn sah jetzt Admiral Finnegan an. »Genau genommen ist Starfleet keine militärische Organisation. Nur im Verteidigungsfall nimmt sie entsprechende Funktionen wahr. Die militärischen Aspekte von Starfleet – zum Beispiel Kommandostruktur und Nomenklatur – sind in erster Linie ein Gerüst, in dem die Starfleet-Angehörigen auf der Grundlage klarer Regeln tätig werden.«

Sie drehte den Kopf und richtete ihren Blick auf Tuvok, bohrte ihn in seine dunklen Augen. »Taktische Funktionen, Testeinsätze der Waffensysteme, Kampfmanöver – solche Aktivitäten haben für mich eine niedrige Priorität. Solange ich sicher bin, daß wir uns im Fall eines Angriffs wirkungsvoll verteidigen können, halte ich es nicht für notwendig, viel Zeit zu investieren, um die Crew für den Krieg zu rüsten. Ich habe sichergestellt, daß die Waffensysteme funktionierten und die Besatzung auf alles vorbereitet war; damit wurde allen taktischen Erfordernissen Genüge getan.«

Kathryn sah den Vulkanier noch einige Sekunden länger an. Dann kehrte ihr Blick zu Admiral Finnegan zurück, dessen Gesicht jetzt einer ausdruckslosen Maske gleichkam.

»Irgendwelche Kommentare, Fähnrich?« fragte er.

Tuvok stand auf, aber Kathryn setzte sich nicht. Sie standen sich gegenüber, jeweils am Ende des Tisches, wie zwei Gladiatoren in der Arena. Kathryns Herz klopfte noch immer, doch der Vulkanier wirkte völlig gelassen. Ebensogut hätte er über die Entwicklung des Wetters sprechen oder das Abendessen bestellen können. Kathryn glaubte, daß sie die Vulkanier und ihre eisige Reserviertheit nie verstehen würde. Wie konnte man den Fähigkeiten von Personen vertrauen, die alles Emotionale verbannten? Sie erinnerte sich plötzlich an die demütigende Niederlage beim Tennismatch gegen Shalarik vor vielen Jahren, und alte Wunden rissen in ihr auf. Diesmal durfte sie nicht versagen; dieser Vulkanier durfte keinen Sieg über sie erringen.

»Der Idealismus des Captains ist natürlich bewundernswert«, sagte Tuvok. »Doch die von ihr erwähnte Struktur stellt den wesentlichen Teil einer reibungslos funktionierenden Organisation dar. Regeln und Vorschriften existieren nicht im leeren Raum, dienen vielmehr einem spezifischen Zweck. Starfleet Command legt jene Regeln fest, und ich bin sicher, daß man dort sorgfältig über sie nachdenkt. Wir können also davon ausgehen, daß es für jede Vorschrift einen guten Grund gibt.«

Jetzt fing er Kathryns Blick ein und hielt ihn fest. »Wenn es dem Individuum überlassen bleibt zu entscheiden, welche Regeln unter welchen Umständen beachtet werden müssen, so verlieren sie ihre Bedeutung. Das unausweichliche Resultat wäre Anarchie. Das von mir erwähnte reibungslose Funktionieren erfolgt nicht spontan; es erfordert einen Preis, der bezahlt werden muß.«

Kathryn spürte die Blickte der drei Admiräle auf sich ruhen. »Möchten Sie noch etwas sagen, Captain?« fragte Finnegan.

Sie holte tief Luft, sah Tuvok an und erwiderte: »Das Kommando über ein Raumschiff, das viele Monate lang in den Weiten des Alls unterwegs ist, erfordert naturgemäß einen breiten Ermessensspielraum. Ein Captain muß in der Lage sein, mit ungewöhnlichen Situationen fertig zu werden und seine Reaktionen den Umständen anzupassen. Wer sich sklavisch an die Regeln hält, verliert gerade jene Individualität, durch die sich die besten Offiziere Starfleets auszeichnen. Um es noch einmal zu betonen: Wenn die Sicherheit von Schiff und Crew gewährleistet ist, sollte ich befugt sein, die Zeit so einzuteilen, wie ich es für richtig halte.«

Es folgte eine Stille, die weder Tuvok noch Kathryn zu beenden versuchten. Admiral Finnegan lehnte sich zurück. »Wenn das alles ist … Bitte warten Sie im Korridor, während wir uns beraten.«

Kathryn und der Vulkanier nickten, gingen dann zur Tür. Noch immer zitterte eine Mischung aus Zorn und Entschlossenheit in Kathryn. Sie nahmen an den gegenüberliegenden Wänden des Flurs Platz, und der jungen Frau fiel eine Strähne ihres Haars in die Stirn. Mit einer ruckartigen Bewegung schob sie sie zurück. *Verdammtes Haar!* fuhr es ihr durch den Sinn. Sie mußte sich eine neue Frisur zulegen, die sie nicht auf diese Weise in Schwierigkeiten brachte und die zu ihr paßte.

Plötzlich begriff sie, wie irrational es war, sich ausgerechnet jetzt über Haar und Frisur Sorgen zu machen. Kathryn lachte leise, und der Vulkanier musterte sie.

»Captain?« fragte er höflich.

»Nichts«, lautete ihre Antwort. Sie wollte dem arroganten Vulkanier nicht von ihren Problemen mit dem Haar berichten. Er hätte es sicher für kapriziös gehalten, daß sie unter den gegenwärtigen Umständen an so etwas dachte.

Doch offenbar brauchte er gar nicht ihre Hilfe, um das menschliche Wesen zu kommentieren. »Ich finde es faszinierend, daß Menschen oft einen solchen Ausdruck verwenden, um das genaue Gegenteil zu beschreiben«, sagte er.

»Wie bitte?«

»Einerseits ist die betreffende Person ganz offensichtlich mit irgend etwas beschäftigt, aber andererseits behauptet sie, von ›nichts‹ belastet zu sein. Ich würde gern den Grund dafür erfahren.«

Ärger gesellte sich dem emotionalen Chaos in Kathryn hinzu. »Ich wollte meine Privatsphäre schützen. Mir liegt nichts daran, meine innersten Gedanken mit jemandem zu teilen, nur weil er sich danach erkundigt.« Ihre Stimme klang schroff, selbst für die eigenen Ohren.

Doch Tuvok dachte nur über die Erklärung nach und nickte dann. »Ich verstehe. Vielen Dank, Captain. Damit ist diese Angelegenheit geklärt.« Er wirkte nun sanft und nachdenklich, aber der Zorn brodelte auch weiterhin in Kathryn. Irgend etwas in der Präsenz des Vulkaniers forderte sie heraus.

Die Tür öffnete sich, und Admiral Paris winkte ihnen zu. »Sie können jetzt wieder hereinkommen«, sagte er.

Kathryn und Tuvok kehrten zu ihren Plätzen am Tisch zurück. Admiral Finnegan räusperte sich.

»Sie haben Ihren Standpunkt beide mit großer Überzeugungskraft vertreten«, begann er. »Es würde uns sehr gefallen, Sie bei einer formellen Debatte zu hören.« Er lächelte bei dieser Vorstellung, ebenso wie die beiden anderen Admiräle. »Allerdings geht es hier nicht darum, Ihr Debattiergeschick festzustellen.« Er wandte sich an Kathryn. »Captain, Sie haben Ihre erste Mission erfolgreich beendet, und ich füge Ihrer Personalakte eine Belobigung von Admiral Paris hinzu. Er hält die von Ihnen gesammelten Pulsar-Daten für sehr wichtig.«

»Danke, Sir.«

»Alles deutet darauf hin, daß Sie einen ausgezeichneten Captain abgeben werden. Allerdings hat Mr. Tuvok recht, wenn er darauf hinweist, daß Sie die taktischen Vorschriften nicht mißachten dürfen, weil Sie die Starfleet-Regeln auf Ihre eigene Art und Weise interpretieren. Von jetzt an werden Sie sich daran halten.«

»Ja, Sir.« Kathryn fühlte sich von dem Tadel verletzt, schluckte ihre Gefühle jedoch hinunter.

»Nun, wir haben da eine Idee, die vielleicht im Interesse von Ihnen beiden liegt. Schon seit einer ganzen Weile suchen wir nach einem geeigneten Posten für Fähnrich Tuvok, der gern ins All zurückkehren würde. Wir halten es für angebracht, ihn Ihrem Schiff zuzuweisen, damit er dort während Ihrer nächsten Mission die Aufgaben des taktischen Offiziers wahrnimmt.«

Kathryn glaubte, ihren Ohren nicht zu trauen. Dieser arrogante, herablassende Bursche sollte sich ihrer Brückencrew hinzugesellen, jemand, der es mit den Regeln immer peinlich genau nahm? Was dachte sich Admiral Finnegan bei diesem Vorschlag?

»Wir glauben, daß Sie sich gut ergänzen.« Finnegan sah Kathryn an und lächelte. »Auf diese Weise könnten Sie sicher sein, keine taktische Übung zu vergessen.« Er zögerte kurz und musterte sie beide. »Nun? Was halten Sie davon?«

»Es wäre mir eine Ehre, einen solchen Posten zu akzeptieren«, sagte Tuvok sofort.

Kathryn spürte, wie sich Finnegans Blick auf sie richtete. »Bitte geben Sie mir etwas Zeit, um darüber nachzudenken, Sir.«

Der Admiral nickte freundlich. »Nehmen Sie sich so viel Zeit, wie Sie wollen, Captain. Allerdings möchte ich Sie darauf hinweisen, daß die Entscheidung bereits getroffen ist.«

Die drei Admiräle musterten sie, und Kathryn fühlte, wie ihr das Blut ins Gesicht schoß. »Ich verstehe. Ja, Sir. Danke, Sir. Können wir jetzt gehen?«

Finnegan nickte, woraufhin sich Kathryn umdrehte und hoch erhobenen Hauptes das Konferenzzimmer verließ. Es blieb ihr nichts anderes übrig, als den Vulkanier in ihrer Brückencrew zu akzeptieren, aber niemand konnte sie zwingen, ihn zu mögen oder anders zu behandeln als mit Verachtung. Mit etwas Glück begriffen die Admiräle nach der nächsten Mission, daß

Captain Janeway und Fähnrich Tuvok absolut nicht zueinander paßten. Dann wurde Tuvok vielleicht auf ein Schiff versetzt, das unter dem Kommando eines Vulkaniers stand, der sein anmaßendes Gebaren für vorteilhaft hielt. Eines stand fest: Sie würde sich nie mit ihm anfreunden.

23

Die Brückenoffiziere starrten verblüfft zum Hauptschirm und beobachteten, wie eine braune Wolke vom Planeten aufstieg, den Blick auf seine Oberfläche versperrte. Sie schien sehr dicht zu sein: eine gewaltige Masse aus wogender Materie, die sich immer mehr ausdehnte, durch die Atmosphäre glitt und den Weltraum erreichte, in Richtung der beiden Raumschiffe flog, die ihren Konflikt vergessen hatten.

»Captain ...«, flüsterte Trakis. Furcht ließ seine Stimme rauh klingen. »Wir müssen uns vom Planeten entfernen. Schnell. Die Tokath stellen eine enorme Gefahr für Ihr Schiff dar. Sie setzen eine ätzende Substanz frei, die sich langsam durch die Schilde und dann auch durch die Außenhülle frißt. Innerhalb einer Stunde wären sie an Bord – um alles zu töten, was sich bewegt.«

Janeway beobachtete die braune Flut und hielt die Furcht des Traben nicht mehr für übertrieben. Der Anblick vermittelte das Gefühl von drohendem Unheil, und sie begriff: Ihr Schiff war in Gefahr.

Doch das galt auch für die Landegruppe. Janeway wandte sich an Trakis, der noch etwas blasser wirkte. »Gibt es eine Möglichkeit, die Tokath zu vertreiben?«

»Ich kenne keine. Sie sind erbarmungslos und können nicht vernichtet werden. Selbst wenn Sie Tausende von ihnen töten – es kommen immer mehr, bis Sie ihnen schließlich zum Opfer fallen.«

Janeway sah, wie die bernsteinfarbene Wolke noch

höher stieg und dabei Konturen gewann: Die Vergrößerung zeigte einzelne Gestalten in der gewaltigen organischen Masse. Die Wesen erinnerten sie an Käfer, von denen es auf der Erde viele verschiedene Arten gab. Doch diese Geschöpfe waren wesentlich größer und ganz offensichtlich imstande, in der Kälte und dem Vakuum des Alls zu überleben.

Die Wissenschaftlerin in Janeway wurde sehr neugierig, doch der Kommando-Instinkt teilte ihr mit: Die Tokath stellten für ihr Schiff eine größere Gefahr dar als die hochentwickelten Waffensysteme eines gegnerischen Raumers.

»Sie können ihnen entkommen, Captain – die Tokath sind nicht zu einem Warptransfer imstande«, betonte Trakis, der noch immer sehr bleich war. »Es ist unsere einzige Überlebenschance.«

»Dr. Trakis, Ihre Präsenz auf der Brücke dieses Schiffes hat durchaus einen Sinn, da Sie etwas über die Geschöpfe dort draußen wissen. Aber wenn Sie mich noch einmal dazu auffordern, die Landegruppe im Stich zu lassen, gebe ich die Anweisung, Sie in Ihrem Quartier unter Arrest zu stellen. Wir bleiben hier. Ich bin entschlossen, das Erscheinen der Tokath zu unserem Vorteil zu nutzen; dadurch können wir an den Kazon vorbeigelangen und den Planeten erreichen.« Es bereitete Janeway eine gewisse Genugtuung zu beobachten, wie Trakis noch blasser wurde. »Haben wir uns verstanden?«

Er nickte, und daraufhin fügte sie hinzu: »Läßt sich mit konventionellen Waffen etwas gegen die Wesen ausrichten?«

»Ja. Aber es sind zu viele. Sie greifen auch dann noch an, wenn Ihnen keine Energie mehr für die Waffensysteme zur Verfügung steht.«

»Es liegt mir fern, ein Massaker bei Geschöpfen anzurichten, die nur aufgrund ihres Instinkts handeln.« Janeway drehte sich zu Rollins um. »Unsere *Voyager* hat einige Möglichkeiten, die den Schiffen des Delta-Quadranten nicht zur Verfügung stehen. Rollins, bereiten Sie Polaron-Emissionen vor. Vielleicht werden wir dadurch weniger attraktiv für die Tokath.«

Plötzliche Aktivität auf dem Hauptschirm weckte Janeways Aufmerksamkeit, und sie hörte, wie der Traben-Arzt nach Luft schnappte.

»Captain, das Kazon-Schiff greift die Tokath an«, meldete Tom Paris.

Und tatsächlich: Strahlbündel zuckten aus den Bordkanonen, als das Raumschiff der Kazon in die braune Wolke hineinraste. Hunderte von Tokath verbrannten, aber eine Sekunden später hatte es den Anschein, als sei überhaupt nichts geschehen: Myriaden dieser Geschöpfe strebten auch weiterhin ins All. Die Kazon feuerten eine Salve nach der anderen ab, und Tausende von Tokath starben.

Aber es kamen immer mehr. Stumm und betroffen beobachtete die Crew der *Voyager*, wie der Kazon-Raumer auch weiterhin feuerte, ohne daß die dichte braune Wolke dünner wurde. Zahllose Wesen starben in den Entladungen destruktiver Energie, und doch schien ihre Streitmacht nicht zu schrumpfen, sondern noch weiter anzuschwellen.

»Vielleicht wenden sie sich allein den Kazon zu, da sie von ihnen angegriffen werden«, spekulierte Paris. Janeway nickte; ihr gingen ähnliche Gedanken durch den Kopf. Trakis hingegen lachte abfällig, verzichtete jedoch darauf, einen Kommentar abzugeben.

Das Verhalten der Tokath schien Paris und Janeway recht zu geben. Als die Kazon das Feuer eröffneten, wandte sich der Schwarm ihrem Schiff zu, konzentrierte sich ganz offensichtlich auf den Aggressor. Dieser Anblick genügte Janeway, um eine Entscheidung zu treffen.

»Mr. Rollins, ist alles für die Polaron-Emissionen bereit?«

»Ja, Ma'am.«

»Beginnen Sie damit. Mr. Paris, treffen Sie Vorbereitungen dafür, in die Atmosphäre des Planeten zu fliegen und zu landen. Ganz ruhig und vorsichtig.«

»Aye, Captain. Alarmstufe Blau.«

Der akustische Hinweis für die selten angeordnete Alarmstufe Blau erklang, und das Licht auf der Brücke veränderte sich, gewann einen bläulichen Ton.

»Landekurs ist programmiert«, sagte Paris. »Ich versuche, uns an einer Stelle herunterzubringen, die maximal zwei Kilometer vom Einsatzort der Landegruppe entfernt ist.«

»Alle Decks bestätigten Alarmstufe Blau«, meldete Chakotay.

Paris' Hände huschten über die Kontrollen. »Atmosphärenkontrollen in Bereitschaft. Landemechanismen aktiviert. Trägheitsabsorber bei maximaler Leistung.«

Langsam ging das Schiff tiefer. Die Tokath ignorierten die *Voyager*, strömten zu Hunderttausenden dem Kazon-Raumer entgegen.

»Bisher klappt alles«, murmelte Paris. »Wenn uns wirklich die Landung gelingt, so haben wir das den Kazon zu verdanken.«

Janeway sah zu Trakis und stellte fest, daß er noch immer der Panik nahe zu sein schien. Sein Blick klebte am Hauptschirm fest, und Schweiß glänzte auf der sorgenvoll gerunzelten Stirn.

Wie in Zeitlupe sank die *Voyager* dem Planeten entgegen, durch ein Meer aus braunen Körpern, die an ihren Schilden abglitten. Janeway erinnerte sich an ihre Tauchausflüge: Damals war sie durch silbern glänzende Fischschwärme geglitten, begleitet von einem angenehmen Gefühl der Ruhe und des Friedens. Sie versuchte, auch jetzt auf diese Weise zu empfinden.

»Höhe tausend Kilometer, Captain«, sagte Paris. »Neunhundertsiebzig – und sinkt weiter.«

»Die Sensoren erfassen unsere Shuttles auf der Oberfläche des Planeten«, ließ sich Chakotay vernehmen. »Außerdem orten sie auch eine Kazon-Raumfähre. Lebenszeichen von Kazon lassen sich allerdings nicht feststellen.«

»Und unsere Leute?«

»Bisher fehlt noch jede Spur von ihnen, Captain.«

Die *Voyager* sank noch tiefer, durch die Ionosphäre zur Mesosphäre. Noch immer flogen Tokath an ihr vorbei, in Richtung All. Janeway fragte sich, wie viele es inzwischen sein mochten. Und würden sie alle unterwegs sein, wenn sich die *Voyager* zur Landung anschickte? Von der Antwort dieser Frage hing die Rettung der Einsatzgruppe ab. Es beunruhigte Janeway, daß Chakotay keine Lebenszeichen fand, als die Entfernung zur Oberfläche des Planeten weiter schrumpfte. Sie hielt an der Überzeugung fest, daß Tuvok und die anderen irgendwo Zuflucht gesucht hatten. Bestimmt dauerte es nur noch wenige Minuten, bis dieser Einsatz mit einem Erfolg endete und alle Gefahren überstanden waren.

Den ersten Hinweis darauf, daß sich Probleme ergaben, lieferte kurze Zeit später Rollins. »Es bildet sich eine Instabilitätszone bei den rückwärtigen Schilden, unterer Bereich«, sagte er ruhig.

»Art der Instabilität?«

»Unbekannt. Wenn Tokath dahinterstecken, so richten sie keinen großen Schaden an.«

»Erhöhen Sie die Intensität der Polaron-Emissionen.«

»Aye. Wir sind jetzt beim Maximum.«

Eine Minute lang setzte die *Voyager* den Sinkflug fort, und dann ertönte erneut Rollins' Stimme. Diesmal klang sie besorgt. »Captain, die Instabilitätszonen der Schilde dehnen sich aus.«

»Tokath?«

»Das vermute ich. Durch die Strukturlücken lassen

sich Tokath erfassen. In einigen Bereichen sinkt die energetische Kapazität.«

»Bereiten Sie einen Positronentladung vor. Vielleicht können wir die Biester abschütteln.«

»Entladung erfolgt jetzt, Captain.«

Der Hauptschirm zeigte einen kurzen Blitz, auf den der Schwarm tatsächlich reagierte: Die Tokath wichen ein wenig zurück – um sich dann wieder zu nähern. Hunderte von braun und grün gefleckten Körpern bedeckten die Schilde, sonderten eine dunkle Substanz ab, die sich früher oder später durch die energetischen Barrieren und dann auch durch die Außenhülle fressen würde.

Der neben Janeway stehende Trakis seufzte schwer und schien jede Hoffnung aufzugeben. »Das wär's, Captain«, brachte er hervor. »Sobald sie sich an den Schirmen festgesetzt haben, ist es aus. Wir sind so gut wie tot.«

Paris sah zu ihr und erwartete offenbar neue Anweisungen. *Welche?* fragte sich Janeway. Wenn Trakis recht hatte, spielte es keine Rolle mehr, ob sie sich zurückzogen oder nicht.

Andererseits: Wenn die Tokath in der *Voyager* keine Gefahr mehr für den Planeten sahen, so verloren sie vielleicht das Interesse an ihr.

»Captain, die Kapazität unserer Schilde nimmt schnell ab«, warnte Chakotay. »Sie liegt bei dreiundsechzig Prozent und sinkt weiter.«

Janeway handelte. »Mr. Paris, unterbrechen Sie die Landesequenz. Bringen Sie uns fort vom Planeten.«

»Aye, Captain. Alarmstufe Blau wird aufgehoben.«

Die *Voyager* änderte den Kurs und flog mit den Tokath durch die Mesosphäre und dann auch die Ionosphäre. Kurze Zeit später blieb der Planet hinter ihr zurück. Die Brückencrew sah das Kazon-Schiff – beziehungsweise eine braune Masse, unter der das Kazon-Schiff vollkommen verschwand. Das Bild erinnerte

Janeway an einen Besuch in Georgia: Damals hatte sie einen Wald gesehen, der völlig von einem Rebengewächs namens Kudzu bedeckt gewesen war – nur die Umrisse der Bäume zeichneten sich noch ab.

Die Kazon feuerten inzwischen nicht mehr, und das Schiff trieb steuerlos im All. Die *Voyager* flog daran vorbei – und aus dem Schwarm der Tokath heraus, deren Hauptmasse sich zwischen dem Planeten und dem Kazon-Raumer befand. Die Brückenoffiziere hielten unwillkürlich den Atem an und warteten, um festzustellen, ob ihnen die Geschöpfe folgten.

»Offenbar hat der Schwarm kein Interesse an uns, Captain«, sagte Paris nach einer Weile.

»Aber die Tokath an den Schilden lassen nicht los«, fügte Chakotay hinzu. »Kapazität auf siebenundvierzig Prozent gesunken.«

»Verstärken Sie unsere Schirme mit der Energie der Waffen- und Antriebssysteme.«

»Ja, Ma'am«, erwiderte Rollins.

Doch schon wenige Sekunden später wies Chakotay darauf hin, daß sich ihre Situation dadurch kaum besserte. »Die Kapazität der Schilde sinkt weiter und liegt jetzt bei einundvierzig Prozent ... achtunddreißig ...«

»Captain, wenn es so weitergeht, fressen sich die Tokath in acht Minuten durch die Außenhülle.«

Janeways Gedanken rasten. Wie konnten sie diese Wesen von den Schilden lösen? Wie Zecken saßen sie daran fest, und es dauerte nicht mehr lange, bis sie den Rumpf des Schiffes erreichten.

Wie Zecken ... Und wie wurde man Zecken los?

Janeway legte Paris die Hand auf die Schulter. »Lieutenant, nehmen Sie Kurs auf die Sonne. Wir brennen die Tokath von unseren Schilden.«

Paris lächelte und bediente die Navigationskontrollen. Janeway merkte, daß Trakis in ihre Richtung sah, und sie glaubte, den Hauch eines Lächelns auf seinen Lippen zu erkennen. »Sie sind erstaunlich mutig, Captain«, sagte der Trabe. »Ich bewundere Sie dafür – obgleich uns Ihre Tapferkeit nichts nützt.«

»Wir werden sehen«, erwiderte Janeway, die Trakis' Pessimismus allmählich satt hatte.

Gelbes Glühen vom Hauptschirm weckte nicht nur ihre Aufmerksamkeit, sondern auch die aller anderen. Die Sonne schwoll an, zum Teil verdeckt von einigen Tokath an den Schilden.

»Entfernung fünfzigtausend Kilometer«, meldete Paris.

»Außenhüllentemperatur bei zweitausend Grad Celsius«, fügte Rollins hinzu. »Strahlungsintensität erreicht zwanzig Rad pro Minute.«

Chakotay trat neben Janeway. »Die Kapazität der Schilde liegt jetzt bei sechsundzwanzig Prozent. Viel näher können wir nicht heran.«

»Vielleicht ist das auch gar nicht nötig. Für die Tokath dort draußen ist es viel heißer als für uns.«

Die *Voyager* glitt weiter der Sonne entgegen, und Janeway spürte bereits einen Temperaturunterschied – die instabilen Schilde konnten die enorme Hitze nicht mehr ganz vom Schiff fernhalten. Trotzdem wies bei den Tokath nichts darauf hin, daß sie irgendwelchen Belastungen ausgesetzt waren. Sie hafteten auch weiterhin an den Schutzschirmen, hielten die *Voyager* in einer tödlichen Umklammerung.

»Die Außenhüllentemperatur beträgt jetzt zwölftausend Grad und steigt weiter. Strahlungsintensität bei vierzig Rad pro Minute.«

»Entfernung zehntausend Kilometer.«

»Distanz stabilisieren, Mr. Paris«, sagte Janeway. Es wurde allmählich heiß auf der Brücke. Die Luft war stickig, und sie fühlte Schweiß auf ihrer Stirn. Auch die anderen schwitzten.

»Wie hoch ist die Temperatur hier drin?« fragte sie.

»Fünfundfünfzig Grad Celsius«, antwortete Rollins, und es klang fast nach einem Schnaufen.

»Wie können die Tokath eine solche Hitze überleben?« brachte Chakotay hervor. »Wieso lösen sie sich nicht endlich von den Schilden?«

»Sie haben sich vielen unterschiedlichen Umweltbedingungen angepaßt, auch großer Hitze«, sagte Trakis. »Aber bestimmt können sie so hohe Temperaturen nur für eine bestimmte Zeit aushalten.«

»Kapazität der Schilde bei neunzehn Prozent. Sinkt weiter.«

Minuten verstrichen. Die Brückenoffiziere litten immer mehr unter der Hitze, doch die Tokath ließen nicht locker. Männer und Frauen hockten in ihren Sesseln, wischten sich Schweiß aus dem Gesicht und schnappten mühsam nach Luft. Janeway begriff, daß es auf diese Weise nicht mehr lange weitergehen konnte.

Sie wandte sich an Chakotay. »Können wir das Metaphasenschild-Programm aktivieren?«

»Ich weiß es nicht. Wir haben soviel Energie in die Schilde geleitet, daß kaum mehr etwas fürs Metaphasenprogramm übrigbleibt.«

»Besorgen Sie sich die Energie irgendwo. Wir müssen noch näher an die Sonne heran.«

»Aye, Captain«, bestätigte der Erste Offizier und betätigte die Schaltflächen einer Konsole. »Ich ziehe energetisches Potential von den Impulsreaktoren ab, außerdem von den ambientalen Systemen und dem Transporter ... Mal sehen, ob es klappt. Ich aktiviere das Metaphasenprogramm – jetzt.«

Fast sofort ließ die Hitze nach. Das Metaphasenschild-Programm stellte eine Innovation dar, die kurz vor der ersten Mission der *Voyager* entwickelt worden war, und zwar an Bord des früheren Flaggschiffs von Starfleet, der U.S.S *Enterprise*-D. Es war den Verteidigungssystemen bestimmter Raumschiffklassen hinzugefügt worden und sollte genug Schutz vor Hitze und Strahlung gewähren, um es einem Schiff zu gestatten, bis in die innere Korona zu fliegen. Da es sich um eine neue Technik handelte, gab es kaum Daten über ihre Zuverlässigkeit. Wie dem auch sei: Der Metaphasenschild bot ihnen jetzt die einzige Chance, die Entfernung zur Sonne weiter zu verringern, ohne daß die *Voyager* sofort verbrannte.

»Mr. Paris, steuern Sie uns mit den Manövrierdüsen näher.«

»Aye«, erwiderte der Pilot und zündete die Düsen.

»Ich weiß nicht, wie lange das Metaphasenprogramm stabil bleibt«, warf Chakotay ein. »Es verschlingt unsere Energiereserven ziemlich schnell.«

»Die Tokath können einer solchen Belastung nicht lange standhalten«, entgegnete Janeway. »Wenn sie nicht bald loslassen, verwandeln sie sich in Asche.«

»Außenhüllentemperatur beträgt jetzt vierzehntausend Grad. Strahlungsintensität bei siebzig Rad pro Minute.«

»Entfernung von der Sonne eintausendzweihundert Kilometer.«

Und die Geschöpfe klebten noch immer an den Schilden. Janeway blickte zum Hauptschirm, verblüfft von der enormen Ausdauer der Tokath. *Gebt euch geschlagen,* dachte sie. *Laßt endlich los.* Die Zeit verstrich, und Stille herrschte, nur unterbrochen von Rollins' Meldung:

»Außenhüllentemperatur beträgt jetzt fünfzehntausend Grad. Strahlungsintensität bei fünfundsiebzig Rad pro Minute.«

Erneut stieg die Temperatur im Kontrollraum, trotz des Metaphasenprogramms. Janeway spürte eine warnende Benommenheit und wußte: Die Anstrengungen der vergangenen acht Stunden waren nicht spurlos an ihr vorübergegangen. Sie atmete mehrmals tief durch, damit das Gehirn mehr Sauerstoff bekam.

Vor ihrem inneren Auge erschien plötzlich das Bild der geschlossenen Tür, und sie schüttelte den Kopf, um es zu vertreiben. Wieso erwachte die Erinnerung an den Traum ausgerechnet jetzt? Jähe Besorgnis erfaßte sie, Furcht davor, die Kontrolle über sich zu verlieren. Sie rief sich innerlich zur Ordnung und blickte wieder zum Hauptschirm.

»Der Metaphasenschild verliert seine Integrität, Captain«, sagte Chakotay.

Janeway sah ihn an. Ohne das Metaphasenprogramm gab es keine Möglichkeit für sie, so nahe bei der Sonne zu überleben. »Können Sie ihn stabilisieren?«

»Ich versuche es. Aber ohne Energiereserven ist es alles andere als leicht.«

»Außenhüllentemperatur beträgt jetzt siebzehntausend Grad. Strahlungsintensität bei neunzig Rad pro Minute. Innentemperatur zweiundsechzig Grad.«

Janeway wischte sich Schweiß von der Stirn. Die Entscheidung wurde ihr aufgezwungen: Sie mußten sich von der Sonne entfernen. Sie richtete einen zornigen Blick auf den Hauptschirm.

Die Tokath lösten sich von den Schilden.

Sie alle bemerkten es gleichzeitig. »Es klappt!« rief Paris.

Rollins bestätigte die Beobachtungen durch die jüngsten Sensordaten. »Die Lebensformen lösen sich von unseren Schilden, Captain.«

Nacheinander fielen die braunen und grünen Körper fort, verschwanden vom Hauptschirm und gaben den Blick frei auf die lodernde Sonne. Die Temperatur auf der Brücke war jetzt fast unerträglich.

»Der Metaphasenschild steht kurz vor dem Zusammenbruch, Captain«, warnte Chakotay. »Wir müssen fort von hier.«

»Einen Augenblick. Rollins, geben Sie mir Bescheid, sobald keine Tokath mehr an den Schilden haften.«

»Sie sind alle fort, Captain. Die Sensoren registrieren keine Lebensformen mehr.«

»Der Metaphasenschild versagt ...«

»Weg von hier, Lieutenant.«

Paris bediente einmal mehr die Navigationskontrollen, und das Schiff sprang fort von der Sonne. Janeway trat zum Kommandosessel, nahm erleichtert darin Platz und hörte sich die Schadensmeldungen an.

»Schildkapazität stabil bei dreizehn Prozent ...«

»Strukturschäden in der Backbordluftschleuse ...«

»Leck in Höhe von Deck vierzehn ...«

»Beginnen mit Reparaturarbeiten am Antriebssystem ...«

»Krankenstation meldet zwölf Besatzungsmitglieder mit leichter Strahlenkrankheit ...«

Die gut ausgebildete Crew wurde bereits aktiv und ergriff alle notwendigen Maßnahmen, um die volle Einsatzbereitschaft der *Voyager* wiederherzustellen. Es dauerte bestimmt nicht lange, bis die Reparaturarbeiten abgeschlossen waren, und dann ...

Und dann was? Sollten sie den Flug fortsetzen, die Einsatzgruppe auf dem Planeten zurücklassen, in der Hoffnung, daß Tuvok und die anderen irgendwie überlebten? Tuvok, den sie zu Anfang so abgelehnt hatte, um dann Gefallen an ihm zu finden und ihn schließlich wie einen Bruder zu lieben ...

Und Kes. Und Neelix. Greta Kale. Nate LeFevre ... Über zwanzig Personen, die sie nie wiedersehen würde ...

Chakotay hatte neben ihr Platz genommen und sah sie an. Sie wandte sich ihm zu.

»... scheinen die Kazon zwar keine Gefahr mehr darzustellen, aber wir können keinen weiteren Angriff der Tokath riskieren. Einen zweiten Aufenthalt in unmittelbarer Nähe der Sonne überstehen wir nicht.«

»Was schlagen Sie vor, Commander?«

Chakotay zögerte. Er wußte, wie ernst Janeway seine Empfehlungen nahm. »Ich sehe keine Möglichkeit, zum Planeten zurückzukehren, Captain.«

Sie starrte ins Leere, und alles in ihr wehrte sich dagegen, dem Ersten Offizier zuzustimmen. Sie dachte über alle Aspekte der gegenwärtigen Situation nach und gelangte zu dem bitteren Schluß, daß ihr eigentlich gar keine Wahl blieb. Die Kazon schienen tatsächlich keine Gefahr mehr darzustellen, aber dafür gab es einen anderen Gegner, eine an praktisch alle Umweltbedingungen angepaßte, enorm widerstandsfähige Lebensform, die sich als unbesiegbar erwies.

Sie musterte Chakotay, sah in seine ruhigen, klugen, mitfühlend blickenden Augen und nickte knapp. Es war vorbei. Bei diesem Kampf hatte sie alle Mittel eingesetzt, jeden Trick benutzt – und trotzdem verloren.

Es fiel Janeway schwer, sich mit der Niederlage abzufinden. Sie fröstelte plötzlich und spürte die gleiche Benommenheit wie vor einigen Minuten. Die Phantasie zeigte ihr Bilder von der Einsatzgruppe auf dem Planeten – vielleicht wurde sie von den Tokath angegriffen. Sie fühlte sich wie von der Gegenwart und den aktuellen Ereignissen abgeschnitten. Vor ihren Augen drehte sich alles …

Eine Art Warpblase schien ihr Selbst zu umhüllen. Die Zeit gefror, und die Stimmen der Brückenoffiziere verklangen in der Ferne. Die Farben des Kontrollraums verblaßten, verflüchtigten sich dann in einem sonderbaren Nichts …

Mit ausgestreckten Händen näherte sie sich der Tür, dazu entschlossen, sie diesmal zu öffnen. Von nichts wollte sie sich daran hindern lassen herauszufinden, was sich hinter ihr befand. Das Zimmer mußte aufgeräumt, in Ordnung gebracht werden. Ihr Herz klopfte schneller, als sie nach der Klinke tastete, und irgend etwas teilte ihr mit, daß Eile geboten war. Erstaunlicherweise öffnete sich die Tür sofort, leistete überhaupt keinen Widerstand. Janeway atmete tief durch, trat über die Schwelle und rechnete damit, einem großen Durcheinander zu begegnen.

Kälte. Um sie herum erstreckte sich eine weiße

Wüste, eine öde, unbarmherzige Landschaft aus Schnee und Eis. Janeway kannte sie natürlich. Hier hatte der Absturz stattgefunden; hier waren Justin und ihr Vater im dunklen Meer ums Leben gekommen. Fast wäre sie ihnen ins Jenseits gefolgt. Ihre Körpertemperatur sank auf ein gefährliches Maß, bevor ein Rettungsschiff den automatischen Notruf empfing und sie an Bord beamte.

Warum die Rückkehr? Warum führte die verschlossene Tür hierher? Ihr lag nichts daran, diesen Ort noch einmal zu besuchen. Janeway versuchte, sich wieder auf die Brücke zu konzentrieren, erneut Teil der *Voyager*-Realität zu werden, doch etwas ließ sie nicht los, hielt sie auf dem Planeten des Todes fest.

Sie hatte in einer Schneewehe gelegen, war dann mühsam aufgestanden, um ... um einen Eisberg zu sehen.

Der Eisberg. Sie hatte ihn ziemlich lange beobachtet und sich immer wieder gefragt, ob sie wirklich einen Eisberg sah. Warum war ihr das so wichtig erschienen? Warum überhaupt der Zweifel?

Sie kehrte jener Stelle nun den Rücken zu und glaubte eigentlich gar nicht daran, daß der Eisberg hinter ihr existierte. Sie mußte sich umdrehen, um Gewißheit zu erlangen, doch Furcht stieg in ihr empor. Mehr als nur Furcht: Angst und Entsetzen. Etwas zwang sie, sich umzudrehen, und gleichzeitig schreckte sie davor zurück.

Eine Minute verging auf diese Weise. Janeway fühlte sich hin und her gerissen, war dadurch wie gelähmt. Aber ... Spielte es eine Rolle, wenn sie sich umdrehte und zum Eisberg sah? Bestimmt ragte er hinter ihr auf. Und wenn nicht ... Warum sollte es so wichtig sein? Es handelte sich um eine Erinnerung, weiter nichts.

Doch es war eine Erinnerung, die sie über viele Jahre hinweg hinter einer verschlossenen Tür aufbewahrt hatte. Was bedeutete das? Stellte der Eisberg ein so mächtiges Bild dar? Und was verlieh ihm solche Macht?

Um ihn zu entmystifizieren und Antworten auf ihre Fragen zu bekommen, mußte sie sich umdrehen. *Dreh dich um, Kathryn …*

Ganz langsam, Millimeter um Millimeter, kam sie dieser Aufforderung nach. Die Drehung schien eine Ewigkeit zu dauern, und während dieser Zeit begriff Janeway, daß etwas ganz anders sein würde, wenn sie sich umgedreht hatte.

Eigentlich war es gar keine Überraschung, als sie zu dem dunklen Teich blickte – ein vom Himmel herabstürzendes, brennendes Objekt hatte das zugefrorene Meer an jener Stelle aufgeschlagen – und gar keinen Eisberg sah.

Ein eisbergartiges Etwas ragte aus dem schwarzen Wasser. Aber in diesem Meer konnte es gar keine Eisberge geben, weil es zugefroren war – bis auf diese eine Öffnung, geschaffen vom abgestürzten Raumschiff.

Der Rumpf jenes Schiffes ragte aus dem brodelnden Wasser, neigte den Bug wie trotzig dem Firmament entgegen. Und durch die transparente Bugkanzel sah Janeway ihren Vater und Justin, blutüberströmt aber lebendig.

Sie war sofort aktiv geworden. Die Starfleet-Ausbildung hatte einen tief in ihr verwurzelten Instinkt geschaffen, der sie sofort auf Notfälle und dergleichen reagieren ließ. Außerdem entsprach es einem fundamentalen Aspekt ihres Wesens. Sie hatte gelernt, mit elf zu multiplizieren und die Entfernungsformel abzuleiten. Sie war zu einer guten Tennisspielerin geworden und imstande gewesen, Hobbes Johnson vor dem Ertrinken zu retten. Sie hatte Admiral Paris dazu gebracht, ihr Mentor zu werden, und es war ihr schon einmal gelungen, Justin Tighe das Leben zu retten, damals, als von den Cardassianern Gefahr drohte. Jetzt mußte sie die beiden wichtigsten Personen in ihrem Leben vor dem Tod bewahren; sie durfte nicht versagen.

In dem Teil des Schiffes, mit dem Kathryn auf der Oberfläche des Planeten aufgeschlagen war, gab es eine Konsole, deren Schaltflächen glühten. Es stand also noch immer Energie zur Verfügung, und nicht alle technischen Systeme waren ausgefallen. Sie hastete zu den Kontrollen und berührte Schaltflächen, stellte erleichtert fest, daß die Aggregate des Schiffes ihre Anweisungen entgegennahmen. Vielleicht war es tatsächlich möglich, ihren Vater und Justin aus der Pilotenkanzel zu beamen.

Kathryn konzentrierte sich auf diese Aufgabe und merkte schon nach kurzer Zeit, daß sie mehrere Schaltkreise miteinander verbinden mußte, um genug Energie zu bekommen. Für den Transfer von zwei Personen brauchte sie achthundert Megawatt. Die individuellen Strukturmuster waren natürlich bereits gespeichert – das gehörte zu den Standardmaßnahmen für die Besatzungsmitglieder eines jeden Raumschiffs.

Sie blickte über die Schulter, um eine visuelle Positionsbestimmung vorzunehmen, und dabei machte sie eine gräßliche Entdeckung: Das schwarze Meer verschlang allmählich den Rumpf des Schiffes. Seit dem Beginn ihrer Bemühungen war er bereits um zwei Meter gesunken. Noch befanden sich die beiden Männer im Cockpit über der Wasserlinie.

Kathryn wandte sich wieder der Konsole zu und setzte die Arbeit fort. Zwei für den Notfall bestimmte Mikrofusionsgeneratoren funktionierten noch und konnten mit den primären Energiespulen verbunden werden. Sie aktivierte die Zielscanner und richtete den Transferfokus aus. Bei diesem Vorgang würde sich herausstellen, ob das Transportersystem zuverlässig funktionierte – angesichts der umfassenden Schäden konnte Kathryn in dieser Hinsicht nicht ganz sicher sein.

Die beiden Personen im Cockpit ließen sich von den Scannern nicht erfassen. Kathryn überprüfte die Kontrollen und fand den Grund: Der ringförmige Sperrstrahl war nicht stabil genug, um zwei Körper in der Raummatrix zu halten, in der die Entmaterialisierung stattfand. Die Energie reichte aus, um eine Person zu transferieren, nicht zwei.

Etwas schnürte ihr den Hals zu. Zwar war die Luft eiskalt, aber sie spürte die niedrige Temperatur überhaupt nicht. Ein Adrenalinschub ließ sie erzittern, und ihr Puls raste; jeder Herzschlag hallte laut hinter der Stirn wider. Sie sah zum langsam versinkenden Schiff, zu den beiden Männern, die zusammengesackt in ihren Sesseln ruhten und sich gelegentlich bewegten – ja, sie lebten noch. Justin, ihr Verlobter und zukünftiger Ehemann, mit dem sie den Rest ihres Lebens verbringen wollte. Und ihr Vater, ihr geliebter Daddy, der sie immer wieder herausgefordert und inspiriert hatte, dem sie verdankte, was sie heute war.

Wie sollte sie entscheiden, wer von ihnen leben durfte und wer sterben mußte? Sie stellte sich das Leben mit Justin vor, mit dem Wissen, ihren Vater geopfert zu haben. Wie konnte sie unter solchen Umständen mit Justin glücklich werden?

Und wenn sie ihren Vater rettete ... Das Leben ohne Justin erschien ihr ebenso unerträglich. Warum zwang ihr das Schicksal eine solche Wahl auf?

Kathryn füllte ihre Lungen mit der eisigen Luft und versuchte, ihr Bewußtsein von allem Ballast zu befreien, um die Herausforderung anzunehmen. Sie beschloß, sich der Situation nicht zu fügen, sondern sie zu verändern. Sie würde beide Männer transferieren, irgendwie.

Erneut wandte sie sich der Konsole zu und rief sich alle technischen Einzelheiten des experimentellen Schiffes ins Gedächtnis zurück. Die Phaserbänke wurden mit Hilfe eines Neodyn-Kapazitorschaltkreises aufgeladen. Wenn die Kapazitoren genug Restenergie enthielten, ließ sich das energetische Niveau des ringförmigen Sperrstrahls vielleicht bis auf achthundert Megawatt erhöhen – das Minimum für den Transport von zwei Personen. Um festzustellen, ob genug Restenergie vorhanden war, mußte sie die Kapazitoren anzapfen. Nach der Aktivierung des Transportersystems würde sich erweisen, ob ausreichend Energie zur Verfügung stand.

Kathryn schuf eine Verbindung zum Kapazitorschaltkreis, atmete tief durch und aktivierte den Transporter. Sie brauchte die achthundert Megawatt nur lange genug, um einen Transfer durchzuführen. Fünf Sekunden, um ihren Vater und Justin zu entmaterialisieren, die molekularen Muster im Strukturspeicher abzulegen und sie anschließend zu rematerialisieren. Es *mußte* möglich sein.

Der Sperrstrahl wurde allmählich stärker. Es funktionierte! Nur noch einige wenige Sekunden – dann waren ihr Vater und Justin in Sicherheit. Die medizinische Notausrüstung befand sich in ihrem Teil des Schiffes. Damit konnte sie die Verletzungen der beiden Männer behandeln und sie warm halten, bis Rettung kam.

Die Energie des ringförmigen Sperrstrahls nahm quälend langsam zu: fünfhundertachtzig Megawatt ... sechshundertneunzig ... siebenhundertvierzig ... Wertvolle Sekunden verstrichen, als sich Kathryn mit ihrer ganzen mentalen Kraft auf die Anzeige konzentrierte, als könnte ihr beschwörender Blick dafür sorgen, daß sie sich schneller veränderte. Siebenhundertfünfundsiebzig ... siebenhundertneunzig – und endlich waren die achthundert Megawatt erreicht, ermöglichten den Transfer beider Personen. Kathryn verlor keine Zeit, richtete den Fokus aus und deaktivierte den automatischen Kontrollvorgang, um einige Millisekunden zu gewinnen, aktivierte dann manuell den ringförmigen Sperrstrahl und drehte sich um.

Der Rumpf des Schiffes war verschwunden, versunken im schwarzen Wasser. Ihr Vater und Justin materialisierten nicht neben ihr. Kathryn berührte Schaltflächen, wiederholte die Transferanweisung – es mußte möglich sein, die beiden Männer aus dem Meer zu beamen. Sie modifizierte die Daten, rejustierte den Transferfokus, aktivierte den Sperrstrahl erneut – ohne Erfolg.

Sie hatte sowohl ihren Vater als auch Justin verloren.

Wie betäubt stand sie da und starrte zum schwarzen Wasser, das noch immer brodelte und schäumte. Es dauerte eine Weile, bis sie den Schmerz in ihrem gebrochenen Bein bemerkte. Sie stampfte damit auf den Boden und versuchte, eine Agonie zu schaffen, in der sich die Seelenpein verlor.

Als das unmöglich war, vergrub sie jene Pein so tief in ihrem Innern, daß sie das Leben fortsetzen konnte. Während der nächsten zehn Jahre stieg sie in der Hierarchie von Starfleet auf und wurde zum Captain befördert. Ihre Liebe zu Mark vertiefte sich, und sie schloß Freundschaft mit dem bemerkenswerten Tuvok. Sie bekam das Kommando über die *Voyager* und wurde mit ihrem Schiff siebzigtausend Lichtjahre weit in den Delta-Quadranten transferiert. Während all dies geschah, ruhte die bittere Wahrheit des Versagens in einem fernen Winkel ihres Selbst, eingekapselt wie ein gefährlicher Krankheitserreger, der ihr den Tod bescheren mochte, wenn er sich frei entfalten konnte.

Und wie sollte sie sich nun vor ihm schützen? Es war unmöglich, die gräßliche Wahrheit noch einmal zu verdrängen und hinter eine verschlossene Tür zu verbannen. Von jetzt an würde sie immer bei ihr sein, sie langsam von innen her zerfressen.

Nein. Nein, das durfte nicht geschehen. Zu viele Personen hingen von ihr ab, brauchten ihre Kraft und Unerschütterlichkeit. Sie durfte ihre Erwartungen nicht enttäuschen.

Die Erinnerungen mußten irgendwie neutralisiert werden. Dabei handelte es sich nicht um einen bewußten Gedanken, sondern eine intuitive Erkenntnis, die ihrem Bewußtsein entsprang wie Athene dem Haupt des Zeus. Sie konnte sich nur dann von dieser Last befreien, wenn sie Gebrauch davon machte. Immerhin: Die Tür war nun geöffnet und erlaubte es, das Zimmer aufzuräumen. Janeway stellte sich vor, die stickige Dunkelheit darin durch Licht und frische Luft zu vertreiben. Der Traum würde sich jetzt bestimmt nicht mehr wiederholen. Es mußte eine Möglichkeit geben, seinen Schmerz in Kraft zu verwandeln.

Sie stand auf, ohne es bewußt zur Kenntnis zu nehmen, trat zur Navigationsstation, deren Kontrollen von Paris bedient wurden – er steuerte das Schiff noch immer von der Sonne fort. Wieviel Zeit war vergangen? Es schien ein halbe Ewigkeit her zu sein, seit sie begonnen hatte, durch die Welt ihrer Erinnerungen zu reisen, doch in Wirklichkeit konnten es nur wenige Sekunden gewesen sein. Die Brückencrew war noch immer damit beschäftigt, Schadensberichte entgegenzunehmen und Reparaturgruppen in den Einsatz zu schicken.

»Relativgeschwindigkeit null, Mr. Paris«, sagte Janeway, woraufhin der Navigator erstaunt den Kopf drehte.

»Captain?«

»Wir lassen die Landegruppe nicht im Stich. Wir fliegen zum Planeten und holen sie zurück.«

Chakotay näherte sich und runzelte sorgenvoll die Stirn. »Haben Sie einen Plan, Captain?« fragte er.

Janeway starrte ihn groß an. Nein, sie hatte keinen Plan, nur ihre Entschlossenheit – und damit allein ließ sich das Problem der Tokath nicht lösen. Gab es eine Möglichkeit, den Planeten zu erreichen, ohne einen neuerlichen Angriff zu riskieren?

Sie spürte die Blicke aller Anwesenden auf sich ruhen. Die Gesichter zeigten Zuversicht – die Männer und Frauen vertrauten darauf, daß ihrem Captain immer etwas einfiel. Unruhe entstand in ihr, grenzte fast an Panik. Sie hatte eine Absicht verkündet, ohne hinzuzufügen, wie sie sich verwirklichen ließ. Darin kam eigentlich nur dummer Starrsinn zum Ausdruck, mehr nicht. Die Frage lautete: *Wie* sollte die Landegruppe zurückgeholt werden?

Plötzlich war Janeway wieder vier Jahre alt, saß im Arbeitszimmer ihres Vaters und versuchte, mit elf zu multiplizieren. Damals hatte sie die Augen geschlossen, um sich besser auf das Problem zu konzentrieren – woraufhin es ihr gelang, eine Antwort zu finden. Darin bestand die Lektion jener Erfahrung: Es gab immer eine Antwort; man mußte sie nur finden.

Sie schloß die Augen und stellte sich die Tokath vor, dachte an das, was sie über diese Wesen wußte. Vor langer Zeit hatten sie das sanfte Volk der Krett geschützt, Feinde vom Planeten ferngehalten und so den Frieden bewahrt.

Bis sich etwas veränderte. Vor dem inneren Auge beobachtete Janeway die unerwartete Eruption der Sonne – damals wurde erneut Materie ins All geschleudert, eine Wiederholung des Vorgangs, der den planetaren Nebel geschaffen hatte. Dadurch kam es zu starken elektrischen Störungen in der Atmosphäre des Planeten. Janeway dachte an die Bemühungen der Krett, nicht nur sich selbst in Sicherheit zu bringen, sondern auch die Tokath, die sie so lange geschützt hatten ...

Sie öffnete die Augen. Die Brückencrew sah sie an, stumm und voller Vertrauen. Ihre Zuversicht war eine Quelle positiver Energie, die Janeway neue Kraft gab.

Und dann existierte der Plan plötzlich.

»Dr. Trakis, jene Umweltkatastrophe, von der die Tokath in die Hibernation getrieben wurden ... Es kam dazu, als die Sonne Plasma ins All schleuderte, nicht wahr?«

Der Trabe musterte sie neugierig. »So heißt es in den Überlieferungen. Durch eine gewaltige Eruption im Bereich des Sonnenäquators geriet eine große Wolke solarer Materie ins All, traf den Planeten und ionisierte die Atmosphäre.«

Janeway wandte sich an Chakotay. »Wir können eine solche Eruption verursachen und für eine Wiederholung des Ereignisses sorgen, das die Tokath in die Hibernation schickte.«

Der Erste Offizier dachte darüber nach. »Unsere Energiereserven sind nahezu erschöpft. Ich bin mir nicht sicher, ob wir in der Lage sind, eine ausreichend starke Eruption zu bewirken.«

»Wenn wir einen gebündelten Nadionstrahl auf eine Instabilitätszone in der solaren Photosphäre richten, so kommt es vielleicht zu einer Kettenreaktion.«

»Wenn eine solche Explosion erfolgt, möchte ich nicht in der Nähe sein.«

»Keine Sorge. Wir leiten den Warptransfer ein, sobald die Instabilität kritisch wird.«

»Was ist mit der Landegruppe? Gerät sie dadurch in Gefahr?«

»Wenn wir die Eruption mit der Rotationsgeschwindigkeit der Sonne abstimmen, so müßte sich ein Plasmaausstoß bewerkstelligen lassen, der die Atmosphäre des Planeten nur streift, ohne sie zu ionisieren. Das sollte genügen, um den Tokath einen Schrecken einzujagen und sie wieder in die Hibernation zu treiben.«

Chakotay lächelte. Es war ein ziemlich verrückter Plan, voller Risiken und ohne eine Erfolgsgarantie. Das wußte der Erste Offizier natürlich – trotzdem fand er großen Gefallen daran.

»Worauf warten wir noch?« fragte er.

Sie machten sich sofort an die Arbeit, führten die notwendigen Berechnungen durch, um die richtige zeitliche Abstimmung zu gewährleisten. Chakotay behielt die Anzeigen seiner Konsole im Auge. »Die Sensoren haben eine gravitationelle Instabilitätszone in der Photosphäre entdeckt«, sagte er nach einer Weile.

»Rollins, richten Sie den Nadionstrahl auf die entsprechenden Koordinaten.«

»Strahl wird ausgerichtet.« Der dunkelblaue Nadionstrahl zuckte fort vom Schiff und stach durch die kochende Atmosphäre der Sonne. Janeway stellte sich vor, wie die Nadionen mit den Partikeln der Sonne kollidierten, mit Wasserstoff, Helium, Lithium und Beryllium. Jede winzige Kollision führte zu neuen Kollisionen, die weitere bewirkten. Dadurch verschmolzen Atome, was Energie freisetzte – eine gewaltige Kettenreaktion, die sich innerhalb weniger Sekunden ausbreitete, zu einer weiteren Destabilisierung der gravitationellen Instabilitätszone führte. Schließlich mußte ein enormer energetischer Ausbruch erfolgen.

»Dreihundert Megajoule pro Kubikmeter«, meldete Rollins mit gepreßt klingender Stimme. »Steigt weiter an. Vierhundertzehn. Vierhundertneunzig. Fünfhundertdreißig. Sechshundert. Kritische Grenze erreicht.«

»Warptransfer einleiten, Mr. Paris.«

Der Navigator berührte Schaltflächen, und die *Voyager* beschleunigte auf Überlichtgeschwindigkeit, raste fort von der gewaltigen nuklearen Explosion. In sicherer Entfernung unterbrach das Schiff den Warpflug, und der Hauptschirm zeigte eine vergrößerte Darstellung der Sonne.

Sie bot einen beeindruckenden Anblick. Die Gewalt der Kettenreaktion ging weit über die bei einer Warpkern-Explosion frei werdenden Energie hinaus. Mehrere hunderttausend Kilometer lange Plasmabögen wuchsen durch die Korona ins All, wie die feurigen Tentakel eines titanischen Ungeheuers.

Stille herrschte auf der Brücke, während das Projektionsfeld die Eruptionen zeigte. Als sie schließlich nachließen, wandte sich Janeway an Rollins. »Stellen die Sensoren Lebenszeichen in der Nähe des Planeten fest?«

»Schalte auf Fernbereichsensoren um ... Ja, es befinden sich tatsächlich Lebensformen in der Nähe des Planeten. Und sie scheinen auf dem Rückzug zu sein, Captain.«

»Wie sind die atmosphärischen Bedingungen?«

»In großer Höhe gibt es starke Turbulenzen. Das Strahlungsniveau steigt.«

»Chakotay, bieten unsere Schilde ausreichenden Schutz, wenn wir uns dem Planeten nähern?«

»Das Metaphasenprogramm können wir nicht noch einmal aktivieren. Aber wir sollten imstande sein, genug Energie in die Hauptschilde zu leiten, um nicht in Gefahr zu geraten.«

»Also gut. Mr. Paris, steuern Sie uns langsam zum Planeten. Aber seien Sie bereit, uns schnell fortzubringen, falls das notwendig werden sollte.«

»Ja, Ma'am.«

Die *Voyager* wendete und kehrte ins Sonnensystem zurück. Janeway behielt die Strahlungsanzeigen im Auge, bis die Entfernung gering genug geworden war, um ein Bild des Planeten auf dem Hauptschirm erscheinen zu lassen.

Was sie dort sahen, weckte in ihnen zum erstenmal seit Stunden wieder Hoffnung. Ein Strom aus grünbraunen Körpern glitt zur Oberfläche des Planeten – die Tokath kehrten heim.

Als sich die *Voyager* weiter näherte, geriet das Kazon-Schiff in Sicht. Antriebslos driftete es im All, und die Außenhülle wies an vielen Stellen Löcher auf – dort hatten sich die Parasektoiden ins Innere des Raumers gefressen. Janeway schauderte innerlich, als sie daran dachte, was mit den Besatzungsmitgliedern geschehen war. Eines stand fest: An Bord des Kazon-Schiffes lebte niemand mehr.

Die Tokath strömten zur Oberfläche des Planeten zurück, die sie vor etwa einer Stunde verlassen hatten. Ganz offensichtlich erinnerten sie sich an die Katastrophe, von der ihre Welt vor Äonen heimgesucht worden war – eine Katastrophe, die nach ihrem subjektiven Zeitempfinden gar nicht lange zurück lag, denn schließlich hatten sie Jahrtausende in der Stasis verbracht.

Doch ihr Rückzug war nur der erste Schritt bei dem Bemühen, die Landegruppe zu retten. Für Janeway gab es noch immer keinen Hinweis darauf, wo sich Tuvok und die anderen befanden. Sie verdrängte den Gedanken daran, daß es ihnen vielleicht ebenso ergangen war wie den Kazon. Nach all den überwundenen Hindernissen wollte sie sich nicht mit Zweifeln belasten.

Die meisten Mitglieder der Einsatzgruppe schliefen, erschöpft von den Ereignissen der letzten neun Stunden. Tuvok und Kim waren jedoch entschlossen, der Technik auf den Grund zu gehen, die sich in dieser seltsamen Kammer verbarg. Sie suchten nach einer Möglichkeit, den Öffnungsmechanismus zu kontrollieren. Irgendwie mußte es ihnen gelingen, die unterirdische Anlage zu verlassen und einen Kontakt zur *Voyager* herzustellen.

Bisher blieben ihre Bemühungen ohne Erfolg. Harry Kim hatte sondiert und es mit allen Tricks versucht, die er kannte, doch die technischen Geheimnisse der Kammer ließen sich nicht lüften. Schließlich sprach er jene eine Möglichkeit aus, die sein wissenschaftlicher Verstand ablehnte. »Sir«, sagte er zu Tuvok, »vielleicht wird der Mechanismus telepathisch kontrolliert. Vielleicht sind Sie zu einer geistigen Verbindung mit der hiesigen Technik imstande.«

Tuvok wölbte die Brauen, trat jedoch sofort an die Stelle der Wand heran, die ihrer Meinung nach die Kontrollen enthielt. Er konzentrierte sich, doch es geschah nichts. Nach einigen Minuten drehte er sich um. »Ich bin nicht in der Lage, einen telepathischen Kontakt zu schaffen«, sagte er.

Daraufhin wandte sich Kim an Kes, die in Neelix' Armen schlummerte. Er weckte sie sanft.

»Was ist denn, Harry?« fragte die Ocampa.

Er erläuterte ihr seine Vermutung, und Kes hörte aufmerksam zu. »Ich weiß nicht recht, wie ich dabei vorgehen soll.«

»Ich auch nicht. Aber Sie stehen offenbar in einer intuitiven Verbindung zu dem, was hier passiert. Sie fühlten sich aus keinem ersichtlichen Grund von diesem Ort angezogen. Sie hörten etwas ...«

Kes sah besorgt auf. »Ja, das stimmt. Ich habe die Botschaft des Humanoiden vernommen. Doch der geistige Zugriff auf einen technischen Mechanismus ... Das ist etwas ganz anderes. Ich habe nicht die geringste Ahnung, wie man dabei vorgeht.«

»Versuchen Sie, sich auf das Hologramm zu konzentrieren. Vielleicht handelt es sich dabei um ein interaktives Programm, das nur auf den richtigen Input wartet. Möglicherweise gelingt es ihnen, den Geflügelten erneut erscheinen zu lassen. Es wäre zumindest ein Anfang.«

Kes nickte und trat zur Wand. Kim sah, wie sie die Augen schloß und sich konzentrierte. Die Zeit verstrich, während er und Tuvok darauf warteten, daß irgend etwas geschah. Es blieb still in der Kammer, abgesehen von den Atemgeräuschen der Schlafenden.

Ab und zu veränderte sich etwas in Kes' Gesicht, und dann musterten die beiden Männer sie noch aufmerksamer, in der Hoffnung, daß die Ocampa einen Erfolg erzielte. Doch schon nach wenigen Sekunden glätteten sich ihre Züge wieder.

Schließlich öffnete sie die Augen. »Es hat keinen Zweck. Ich habe es mit allen mir bekannten Methoden versucht. Als ich meine Gedanken nicht fokussierte, fühlte ich etwas, aber die Empfindungen verflüchtigten sich sofort wieder.«

Kes hatte diese Worte kaum ausgesprochen, als wieder das Hologramm des Humanoiden erschien. Auch diesmal schlug die Gestalt langsam mit den Flügeln. Die Ocampa wandte sich ihr überrascht zu und erneuerte ihre Konzentration. Harry und Tuvok beobachteten, wie sie stumm dastand und lauschte. Dann verschwand das Hologramm, und Kes drehte sich um.

»Wir müssen aufbrechen«, sagte sie. »Ich weiß nicht genau, was passiert, aber offenbar soll das Wiedererwachen nicht ausgerechnet jetzt stattfinden.«

»Was bedeutet das?« fragte Kim, doch Kes schüttelte nur hilflos den Kopf.

»Der Mitteilung wurden keine Erklärungen hinzugefügt. Man lädt uns jedoch ein, irgendwann in der Zukunft wiederzukommen – wenn das Wiedererwachen erfolgt.«

»Nein, danke«, sagte Harry aus einem Reflex heraus, doch etwas anderes weckte ihre Aufmerksamkeit.

Eine Öffnung bildete sich in der Wand. Tuvok näherte sich ihr mit schußbereitem Phaser und hob die Hand, bedeutete den anderen, zunächst zurückzubleiben. Er schaltete sein Handlicht ein und leuchtete in die Dunkelheit. Der Lichtkegel glitt über die Stufen der Treppe, tastete durch leere Finsternis.

Tuvok vertraute sich der Schwärze an und brachte einige Stufen hinter sich, ohne daß etwas geschah. Daraufhin sah er zu den anderen. »Folgen Sie mir. Halten Sie Ihre Waffen bereit und bleiben Sie zusammen.«

Sie stiegen die Treppe hoch, sondierten dabei immer wieder mit den Tricordern und wunderten sich über den langen Weg nach oben. Die Luft war frisch und kühl, eine große Erleichterung nach der stickigen Wärme in der Kammer.

Schließlich befanden sie sich auf einer Höhe mit dem verzweigten Korridorsystem, und Tuvok führte die Gruppe mit Hilfe der in seinem Tricorder gespeicherten Orientierungsmarken. Immer wieder wandten sie sich nach rechts und links, beschritten den gleichen

Weg, den sie zuvor gekommen waren, auf der Suche nach Harry und Kes.

Nach etwa zehn Minuten hörte der Vulkanier ein Geräusch. Er hob die Hand, hielt die Kolonne an und sagte: »Schalten Sie die Handlichter aus.«

Dreißig Lichter erloschen, und sofort hüllte die Dunkelheit sie ein. In völliger Finsternis warteten die Männer und Frauen der Einsatzgruppe, während ein seltsames Schwirren näherkam. Kim merkte, wie er schneller atmete und seine Hände feucht wurden. Woher stammte das Geräusch? Drohte neue Gefahr? Es fühlte sich schrecklich an, in rabenschwarzer Dunkelheit völlig still zu stehen, ohne eine Möglichkeit, die Begleiter zu sehen, während das unheilvolle Geräusch immer lauter wurde.

Kim hörte, wie einige andere Mitglieder der Landegruppe so schwer atmeten, daß fast ein Keuchen daraus wurde. Die allgemeine Anspannung wuchs. Das Schwirren schwoll auch weiterhin an, hatte sie inzwischen fast erreicht.

Der junge Fähnrich spürte, wie die Luft in Bewegung geriet. Geschöpfe flogen links und rechts vorbei, ohne auf das zu achten, was mitten im Korridor stand, reglos, wie angewurzelt. Dutzende, Hunderte, Tausende, Zehntausende von Wesen surrten vorbei, ein endloser Schwarm, der das ganze unterirdische Labyrinth füllte.

Die Männer und Frauen von der *Voyager* standen wie erstarrt, wagten es nicht, sich von der Stelle zu rühren. Auf diese Weise verbrachten sie die seltsamste halbe Stunde ihres Lebens, ohne genau zu wissen, was um sie herum geschah. Die Tokath – jene Geschöpfe, die sehr aggressiv gewesen waren, als sie aus den Wänden kamen – verhielten sich ihnen gegenüber wie Wasser, das um Felsen herumströmte. Kim befürchtete, daß es nur eine Frage der Zeit war, bis eins der Wesen beschloß, den Hindernissen nicht auszuweichen und anzugreifen. In dem Fall hatten sie nicht die geringste Überlebenschance.

Aber die Tokath schienen kein Interesse an den Fremden in ihrem Habitat zu haben. Sie achteten nicht auf sie, flogen rechts und links an ihnen vorbei. Kim und seine Gefährten bewiesen große Selbstdisziplin, indem sie auch weiterhin völlig still standen, nicht einmal zusammenzuckten.

Schließlich ließ das Schwirren nach. Die letzten Nachzügler des Schwarms flatterten durch den Tunnel, und dann herrschte wieder Stille. Sicherheitshalber wartete Tuvok noch ein wenig, bevor er sein Handlicht einschaltete und die Gruppe mit einem Wink aufforderte, sich wieder in Bewegung zu setzen. Fasziniert beobachteten Kim und die anderen, wie die Tokath von den Wänden aufgenommen wurden. Eine gallertartige Substanz schloß sich um sie, wurde dann schnell hart. Als die Gruppe in den Eingangsbereich des unterirdischen Refugiums gelangte, waren die Wände wieder steinhart.

Die Rampen des Deckensegments hatten sich nach unten gesenkt, und trübes Licht flackerte herunter. Dutzende von toten Tokath lagen auf dem Boden. Eine rasche Sondierung ergab keine Lebenszeichen von Kazon. Tuvok ging schneller und lief fast, als er die Landegruppe über die Rampen nach oben führte, aus der Grube hinaus ins Freie.

»Sie haben ausgezeichnete Arbeit geleistet, Mr. Vulkanier«, lobte Neelix. »An Bord der *Voyager* habe ich etwas, um Ihnen meine Dankbarkeit zu zeigen.« Der Talaxianer dachte an den *Nocha*-Kuchen und freute sich darauf, Tuvok mit seinem köstlichen Geschmack zu überraschen.

Draußen markierte die Abenddämmerung das Ende eines außergewöhnlichen Tages. Die Dunkelheit der heraufziehenden Nacht verbarg immer mehr Einzelheiten einer gräßlichen Szene: Überall lagen tote

Kazon, ihre Leichen verstümmelt und zerfetzt. Fliegen und andere Insekten hatten bereits damit begonnen, die Knochen abzunagen. Ein entsetzlicher Todesgestank breitete sich immer weiter aus, aber glücklicherweise brauchten ihn die Mitglieder der Landegruppe nicht lange zu ertragen – sie entmaterialisierten nacheinander.

Als Chakotay und Rollins gleichzeitig meldeten, daß sie Tuvok und die anderen auf dem Planeten geortet hatten, gab Janeway sofort die Anweisung, sie an Bord zu beamen. Sie wollte keine weiteren Risiken eingehen, nicht so lange warten, bis die Landegruppe mit den Shuttles zurückkehrte. Besatzungsmitglieder und Raumfähren konnten leicht transferiert werden – das kostete Energie, sparte aber Zeit. Als der Transporterchef meldete, daß sich alle Personen sicher an Bord befanden, atmete Janeway erleichtert auf. Die Krise war überstanden.

»Mr. Paris, nehmen Sie wieder Kurs auf den Alpha-Quadranten«, sagte sie und stellte fest, daß ihre Stimme hohl klang. Sie stand auf und ging zum Turbolift, mit der Absicht, die Landegruppe in der Krankenstation zu begrüßen. Doch auf halbem Wege zum Lift blieb sie unsicher stehen, denn alle Brückenoffiziere starrten sie an.

Chakotay maß sie mit einem durchdringenden Blick, und Janeway fragte sich verwundert, ob sie krank aussah. Machte sich die Crew Sorgen um sie? Sah sie ihr die Anstrengungen der letzten Stunden an?

Wie sich herausstellte, hatten die Offiziere etwas ganz anderes im Sinn. Chakotay stand auf, hob die Hände und begann langsam zu klatschen. Janeways Verwirrung wuchs, als sich auch Tom Paris erhob und ebenfalls applaudierte. Der Rest der Brückencrew folgte seinem und Chakotays Beispiel, brachte mit dem Beifall Respekt, Bewunderung und Dankbarkeit dem

Captain gegenüber zum Ausdruck, der Gefahr vom Schiff und seiner Besatzung abgewendet, sie alle in Sicherheit gebracht hatte.

Nach einigen Sekunden verstand Janeway und spürte, wie es in ihren Augen brannte. Sie war einfach nur sie selbst gewesen – dafür verdiente sie keinen Applaus. Sie hatte dem Mosaik ihrer Identität nur einen weiteren Stein hinzugefügt, jenem immer größer werdenden Muster, das seit ihrer Kindheit wuchs und mit jedem Jahr an Komplexität zunahm. Die Struktur dieses Musters wurde nicht von ihr bestimmt, sondern von den Lebensumständen, die sie nicht kontrollieren konnte, von ihren Beziehungen zu anderen Personen. Ihr Mosaik bestand aus vielen verschiedenen Farbtönen, Texturen und Linien, die sehr komplizierte Bilder formten. Es beruhte auf ihren Kontakten mit Leuten, die sie mochte oder unsympathisch fand, auf Ereignissen, die ein Trauma darstellten oder inneren Frieden brachten, auf Erfahrungen, die sie bis an die Grenzen ihrer Belastbarkeit geführt oder sie innerlich gestärkt hatten. Das Mosaik würde auch weiterhin wachsen, sich auf geheimnisvolle Weise entfalten, Kummer mit Freude verbinden, Licht und Schatten auf ihren Lebensweg werfen, bis es schließlich, im letzten Moment, Vollständigkeit erlangte.

Der Applaus der Brückencrew klang noch immer in Kathryn Janeways Ohren, als sie ging, um jene willkommen zu heißen, deren Leben sie gerettet hatte.

DANKSAGUNGEN

Eine Liste all jener Personen, die meinen Dank verdienen, würde die Geduld der Leser sicher zu sehr strapazieren. Daher beschränke ich mich darauf, folgende Namen zu nennen:

- John Ordover wurde nicht müde, Enthusiasmus zu zeigen und immer dann Unterstützung zu gewähren, wenn ich sie besonders dringend brauchte.
- Brannon Braga, Ken Biller, Lisa Klink und Joe Menosky gehören zum Team der Drehbuchautoren und sorgten für immer neue Inspirationen. Rene Echevarria ließ *DS9* lange genug im Stich, um ebenfalls willkommene Hilfe zu leisten.
- Andre Bormanis lieferte technische Informationen. Bei ihm ist die Wissenschaft präzise, übersichtlich und klar verständlich.
- Rick Berman und Michael Piller machten mich zu einem Teil des *Star Trek*-Universums und veränderten dadurch mein Leben.
- Meine Mutter und mein Vater formten die Person, zu der ich geworden bin.
- Durch meinen geliebten Ehemann wird jeder Tag zu einem kostbaren Schatz.

STAR TREK™

in der Reihe
HEYNE SCIENCE FICTION & FANTASY

STAR TREK: CLASSIC SERIE

Vonda N. McIntyre, Star Trek II: Der Zorn des Khan · 06/3971
Vonda N. McIntyre, Der Entropie-Effekt · 06/3988
Robert E. Vardeman, Das Klingonen-Gambit · 06/4035
Lee Correy, Hort des Lebens · 06/4083
Vonda N. McIntyre, Star Trek III: Auf der Suche nach Mr. Spock · 06/4181
S. M. Murdock, Das Netz der Romulaner · 06/4209
Sonni Cooper, Schwarzes Feuer · 06/4270
Robert E. Vardeman, Meuterei auf der Enterprise · 06/4285
Howard Weinstein, Die Macht der Krone · 06/4342
Sondra Marshak & Myrna Culbreath, Das Prometheus-Projekt · 06/4379
Sondra Marshak & Myrna Culbreath, Tödliches Dreieck · 06/4411
A. C. Crispin, Sohn der Vergangenheit · 06/4431
Diane Duane, Der verwundete Himmel · 06/4458
David Dvorkin, Die Trellisane-Konfrontation · 06/4474
Vonda N. McIntyre, Star Trek IV: Zurück in die Gegenwart · 06/4486
Greg Bear, Corona · 06/4499
John M. Ford, Der letzte Schachzug · 06/4528
Diane Duane, Der Feind – mein Verbündeter · 06/4535
Melinda Snodgrass, Die Tränen der Sänger · 06/4551
Jean Lorrah, Mord an der Vulkan Akademie · 06/4568
Janet Kagan, Uhuras Lied · 06/4605
Laurence Yep, Herr der Schatten · 06/4627
Barbara Hambly, Ishmael · 06/4662
J. M. Dillard, Star Trek V: Am Rande des Universums · 06/4682
Della van Hise, Zeit zu töten · 06/4698
Margaret Wander Bonanno, Geiseln für den Frieden · 06/4724
Majliss Larson, Das Faustpfand der Klingonen · 06/4741
J. M. Dillard, Bewußtseinsschatten · 06/4762
Brad Ferguson, Krise auf Centaurus · 06/4776
Diane Carey, Das Schlachtschiff · 06/4804
J. M. Dillard, Dämonen · 06/4819
Diane Duane, Spocks Welt · 06/4830
Diane Carey, Der Verräter · 06/4848

STAR TREK™

Gene DeWeese, Zwischen den Fronten · 06/4862
J. M. Dillard, Die verlorenen Jahre · 06/4869
Howard Weinstein, Akkalla · 06/4879
Carmen Carter, McCoys Träume · 06/4898
Diane Duane & Peter Norwood, Die Romulaner · 06/4907
John M. Ford, Was kostet dieser Planet? · 06/4922
J. M. Dillard, Blutdurst · 06/4929
Gene Roddenberry, Star Trek (I): Der Film · 06/4942
J. M. Dillard, Star Trek VI: Das unentdeckte Land · 06/4943
David Dvorkin, Die Zeitfalle · 06/4996
Barbara Paul, Das Drei-Minuten-Universum · 06/5005
Judith & Garfield Reeves-Stevens, Das Zentralgehirn · 06/5015
Gene DeWeese, Nexus · 06/5019
D. C. Fontana, Vulkans Ruhm · 06/5043
Judith & Garfield Reeves-Stevens, Die erste Direktive · 06/5051
Michael Jan Friedman, Das Doppelgänger-Komplott · 06/5067
Judy Klass, Der Boacozwischenfall · 06/5086
Julia Ecklar, Kobayashi Maru · 06/5103
Peter Norwood, Angriff auf Dekkanar · 06/5147
Carolyn Clowes, Das Pandora-Prinzip · 06/5167
Diana Duane, Die Befehle des Doktors · 06/5247
V. E. Mitchell, Der unsichtbare Gegner · 06/5248
Dana Kramer-Rolls, Der Prüfstein ihrer Vergangenheit · 06/5273
Michael Jan Friedman, Schatten auf der Sonne · 06/5179
Barbara Hambly, Der Kampf ums nackte Überleben · 06/5334
Brad Ferguson, Eine Flagge voller Sterne · 06/5349
Gene DeWeese, Die Kolonie der Abtrünnigen · 06/5375
Michael Jan Friedman, Späte Rache · 06/5412
Peter David, Der Riß im Kontinuum · 06/5464
Michael Jan Friedman, Gesichter aus Feuer · 06/5465
Peter David/Michael Jan Friedman/Robert Greenberger, Die Enterbten · 06/5466
L. A. Graf, Die Eisfalle · 06/5467
John Vornholt, Zuflucht · 06/5468
L. A. Graf, Der Saboteur · 06/5469
Melissa Crandall, Die Geisterstation · 06/5470
Mel Gilden, Die Raumschiff-Falle · 06/5471
V. E. Mitchell, Tore auf einer toten Welt · 06/5472
Victor Milan, Aus Okeanos Tiefen · 06/5473
Diane Carey, Das große Raumschiff-Rennen · 06/5474
Diane Carey, Kirks Bestimmung · 06/5476

STAR TREK™

STAR TREK: THE NEXT GENERATION

David Gerrold, Mission Farpoint · 06/4589
Gene DeWeese, Die Friedenswächter · 06/4646
Carmen Carter, Die Kinder von Hamlin · 06/4685
Jean Lorrah, Überlebende · 06/4705
Peter David, Planet der Waffen · 06/4733
Diane Carey, Gespensterschiff · 06/4757
Howard Weinstein, Macht Hunger · 06/4771
John Vornholt, Masken · 06/4787
David & Daniel Dvorkin, Die Ehre des Captain · 06/4793
Michael Jan Friedman, Ein Ruf in die Dunkelheit · 06/4814
Peter David, Eine Hölle namens Paradies · 06/4837
Jean Lorrah, Metamorphose · 06/4856
Keith Sharee, Gullivers Flüchtlinge · 06/4889
Carmen Carter u. a., Planet des Untergangs · 06/4899
A. C. Crispin, Die Augen der Betrachter · 06/4914
Howard Weinstein, Im Exil · 06/4937
Michael Jan Friedman, Das verschwundene Juwel · 06/4958
John Vornholt, Kontamination · 06/4986
Mel Gilden, Baldwins Entdeckungen · 06/5024
Peter David, Vendetta · 06/5057
Peter David, Eine Lektion in Liebe · 06/5077
Howard Weinstein, Die Macht der Former · 06/5096
Michael Jan Friedman, Wieder vereint · 06/5142
T. L. Mancour, Spartacus · 06/5158
Bill McCay/Eloise Flood, Ketten der Gewalt · 06/5242
V. E. Mitchell, Die Jarada · 06/5279
John Vornholt, Kriegstrommeln · 06/5312
Laurell K. Hamilton, Nacht über Oriana · 06/5342
David Bischoff, Die Epidemie · 06/5356
Diane Carey, Abstieg · 06/5416
Michael Jan Friedman, Relikte · 06/5419
Michael Jan Friedman, Die Verurteilung · 06/5444
Simon Hawke, Die Beute der Romulaner · 06/5413
Rebecca Neason, Der Kronprinz · 06/5414
John Peel, Drachenjäger · 06/5415
Diane Duane, Dunkler Spiegel · 06/5417
Susan Wright, Der Mörder des Sli · 06/5438
W. R. Thomson, Planet der Schuldner · 06/5439
Michael Jan Friedman & Kevin Ryan, Requiem · 06/5442
Dafydd ab Hugh, Gleichgewicht der Kräfte · 06/5443

STAR TREK™

STAR TREK: DIE ANFÄNGE
Vonda N. McIntyre, Die erste Mission · 06/4619
Margaret Wander Bonanno, Fremde vom Himmel · 06/4669
Diane Carey, Die letzte Grenze · 06/4714

STAR TREK: DEEP SPACE NINE
J. M. Dillard, Botschafter · 06/5115
Peter David, Die Belagerung · 06/5129
K. W. Jeter, Die Station der Cardassianer · 06/5130
Sandy Schofield, Das große Spiel · 06/5187
Lois Tilton, Verrat · 06/5323
Diane Carey, Die Suche · 06/5432
Esther Friesner, Kriegskind · 06/5430
Melissa Scott, Der Pirat · 06/5434
Nathan Archer, Walhalla · 06/5512
Greg Cox/John Gregory Betancourt, Der Teufel im Himmel · 06/5513
Robert Sheckley, Das Spiel der Laertianer · 06/5514

STAR TREK: STARFLEET KADETTEN
John Vornholt, Generationen · 06/6501
Peter David, Worfs erstes Abenteuer · 06/6502
Peter David, Mission auf Dantar · 06/6503
Peter David, Überleben · 06/6504
Brad Strickland, Das Sternengespenst · 06/6505
Brad Strickland, In den Wüsten von Bajor · 06/6506
John Peel, Freiheitskämpfer · 06/6507
Mel Gilden & Ted Pedersen, Das Schoßtierchen · 06/6508
John Vornholt, Erobert die Flagge! · 06/6509
V. E. Mitchell, Die Atlantis Station · 06/6510
Michael Jan Friedman, Die verschwundene Besatzung · 06/6511
Michael Jan Friedman, Das Echsenvolk · 06/6512
Diane G. Gallagher, Arcade · 06/6513
John Peel, Ein Trip durch das Wurmloch · 06/6514
Brad & Barbara Strickland, Kadett Jean-Luc Picard · 06/6515

STAR TREK: VOYAGER
L. A. Graf, Der Beschützer · 06/5401
Peter David, Die Flucht · 06/5402
Nathan Archer, Ragnarök · 06/5403
Susan Wright, Verletzungen · 06/5404
John Betancourt, Der Arbuk-Zwischenfall · 06/5405

STAR TREK™

Christie Golden, Die ermordete Sonne · 06/5406
Mark A. Garland & Charles G. McGraw, Geisterhafte Visionen · 06/5407
S. N. Lewitt, Cybersong · 06/5408

DAS STAR TREK-UNIVERSUM, 2 Bde.,
überarbeitete und aktualisierte Neuausgabe!
von *Ralph Sander* · 06/5150

DAS STAR TREK-UNIVERSUM, Ergänzungsband
von *Ralph Sander* · 06/5151

William Shatner/Chris Kreski, Star Trek Erinnerungen · 06/5188
William Shatner/Chris Kreski, Star Trek Erinnerungen: Die Filme · 06/5450

Phil Farrand, Cap'n Beckmessers Führer durch STAR TREK – DIE NÄCHSTE GENERATION · 06/5199
Phil Farrand, Cap'n Beckmessers Führer durch STAR TREK – DIE CLASSIC SERIE · 06/5451

Ralph Sander, Star Trek Timer 1997 · 06/1997
Nichelle Nichols, Nicht nur Uhura · 06/5547
Leonard Nimoy, Ich bin Spock · 06/5548
Lawrence M. Krauss, Die Physik von Star Trek · 06/5549
J. M. Dillard, Star Trek: Wo bisher noch niemand gewesen ist · 06/6500
Judith & Garfield Reeves-Stevens, Star Trek – Deep Space Nine: Die Realisierung einer Idee · 06/5550
Judith & Garfield Reeves-Steven, Star Trek Design · 06/5545
Aris Kazidian & Bruce Jacoby, Das Star Trek Kochbuch · 06/5546

Diese Liste ist eine Bibliographie erschienener Titel
KEIN VERZEICHNIS LIEFERBARER BÜCHER!